BUK

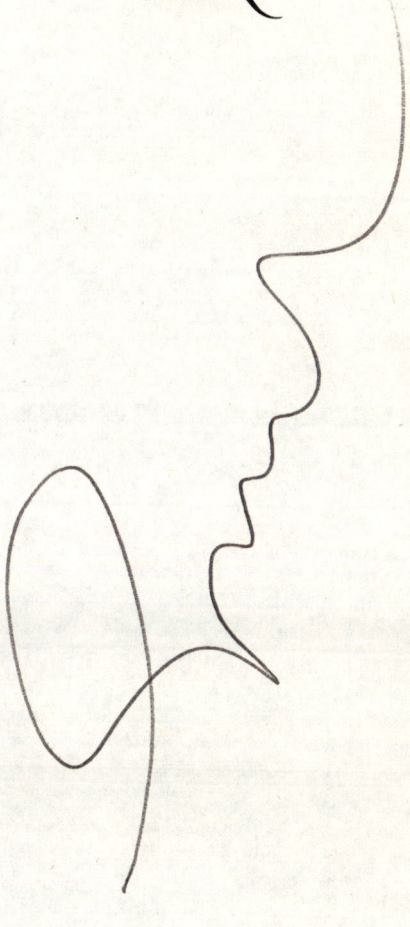

Guido Maria Brera

I diavoli

BUR

Proprietà letteraria riservata
© 2014 RCS Libri S.p.A., Milano

ISBN 978-88-17-07934-1

Prima edizione Rizzoli 2014
Prima edizione BUR gennaio 2015

Realizzazione editoriale: studio pym / Milano

Questo libro è un'opera della fantasia. Nomi, personaggi, luoghi e avvenimenti sono il prodotto dell'immaginazione dell'Autore o, se reali, sono utilizzati in modo fittizio. Ogni riferimento a fatti o persone viventi o scomparse è del tutto casuale.

Seguici su:

Twitter: @BUR_Rizzoli   www.bur.eu   Facebook: BUR Rizzoli

I diavoli

*A Caterina,
Roberto, Costanza e Guido Alberto*

«L'utopia dei deboli è la paura dei forti.»
Ezio Tarantelli

PARTE PRIMA

La terra

I
Match point

Cinquantasette grammi viaggiano nello spazio a novanta chilometri orari. La sfera giallo elettrico colpisce l'incrocio delle righe prima di schizzare via.

Piegato sulle ginocchia, le mani strette intorno all'impugnatura della racchetta, Massimo guarda la pallina perdersi oltre il campo.

La macchia verde del rettangolo di gioco annega nella circonferenza rosso sangue della sala concerto: le tendine di velluto campeggiano su tre ordini di palchi, tra gli archi del loggione si intravede la tappezzeria rossa, e rossa è la pioggia di luce che gronda dai fari piatti e circolari, sotto la cupola di vetro che collega direttamente al cielo uno dei più celebri edifici di South Kensington, nel cuore pulsante di Londra.

Il silenzio rimanda un'eco perfetta. Massimo maledice senza voce l'effetto che gli ha pietrificato il polso insieme alla risposta di dritto.

Ace sulla seconda di servizio.

Il rischio paga sempre. *Quasi* sempre.

«Quindici quaranta» urla Derek dall'altra parte della rete. Saltella con naturalezza nelle Nike Zoom vapor by Roger Federer. Sul viso squadrato, mascella da boxeur e occhi scuri tagliati sottili, affiora un sorriso ironico sotto la fronte alta e i capelli neri, separati da un'impeccabile riga che neppure nove game hanno increspato. Somiglia a Colin Firth nel *Discorso del re*. Ma non balbetta, lui. È un usurpatore americano che da cinquant'anni non rimane mai a corto di parole. Un colono ribelle all'assalto di Buckingham Palace e della corona di Sua Maestà.

Sulla maglietta bianca a maniche corte con righe blu orizzontali è ricamato il logo della grande banca. *La* banca. È lì che Derek ha imparato a dire e a fare sempre la cosa giusta. Al desk del *fixed income*, settore dei governativi, area "Europa". Acquisti e vendite di titoli di Stato. Sottoscrizione del debito.

Sbarcato in Inghilterra a trent'anni, voleva prendersi Londra. E in pochissimo tempo Londra è stata sua.

Poi aveva voluto prendersi tutto il vecchio continente. E anche l'Europa aveva chinato la testa.

Non è facile fermare Derek William Morgan.

Massimo annaspa. Lo teme sul campo, lo imita fuori. Si asciuga il sudore che gli cola sugli occhi. Ruba qualche secondo provando a spezzare il gioco.

«Ci sei?» incalza l'altro. «Se vuoi, chiudiamo pari.»

Massimo sogghigna, si protende in avanti e tiene l'impugnatura con entrambe le mani, pronto al quinto servizio del decimo game.

Derek Morgan sa bluffare in ogni situazione. Sa rischiare, ma sa anche qual è il momento migliore per tirarsi indietro, rinunciare a un affare, mettere fine a un trade.

Sotto cinque a quattro, quindici quaranta, a un passo dalla sconfitta, la parità ha il sapore della vittoria.

Ma Massimo non ci pensa neanche. Dare una soddisfazione simile a un suo superiore non lo farebbe dormire la notte.

Ripassa mentalmente gli scambi. Il servizio veloce di Derek. L'effetto a uscire. Il palleggio insistito da fondo campo per risparmiare fiato ed energie. L'attacco di dritto, la difesa sul rovescio. Traiettorie millimetriche giocate sul filo delle linee. Per settantacinque minuti ha mantenuto la parità senza fare un passo di troppo. Una macchina che non può incepparsi, Derek Morgan, assemblata e registrata al Massachusetts Institute of Technology.

Poi, all'improvviso, l'americano ha perso tre punti di fila. Un doppio fallo, una palla sulla rete, un passante troppo lungo.

Strano, ha pensato Massimo. *Ci dev'essere sotto qualcosa.* Ha interrogato la statistica. Si è chiesto se gli errori sono inevitabili per un uomo, *qualunque* uomo, oppure se Derek si sia voluto concedere il brivido di una rimonta, se abbia soltanto voluto metterlo alla prova regalandogli l'illusione del vantaggio. Per costringerlo a scegliere.

Si passa una mano sul viso lungo e spigoloso. Ravvia i capelli appiccicati sulla fronte.

Scegliere. Catturare un'intuizione, montare il trade e andare giù duro. Senza nessuna esitazione, attaccare e non lasciare spazio ai dubbi. I dubbi non servono.

«Te la do buona anche se era fuori» lo provoca Massimo. «È il mio regalo di Natale. Ricordatelo quando assegni il budget del prossimo anno.»

Derek alza lentamente la testa, raddrizza il busto e punta la racchetta verso di lui come a minacciarlo. «Era buona! E adesso sbrigati che tra meno di un'ora ho Larry che mi aspetta al Berkeley.» Ostenta una voce gelida in contrasto con il ghigno che gli illumina lo sguardo.

«Dài allora» replica Massimo, piegandosi di nuovo sulle gambe.

Tenta di prevedere i passaggi dello scambio successivo: la battuta di Derek, forte e precisa, una risposta angolata, l'americano che scatta dall'altra parte del campo e lui che, a quel punto, salendo a rete decide di giocarsi il tutto per tutto.

Sì, è ora di rischiare.

Quando è concentrato, a Massimo si appanna lo sguardo. Fissa un punto nello spazio, senza vedere niente. Lo fa ogni mattina, mentre lo specchio gli restituisce i suoi quarantatré anni, insieme agli occhi azzurri e al bianco della schiuma da barba. La mano che asseconda i gesti automatici, precisissimi della rasatura. Nella testa, il ronzio di quello che riempirà la sua giornata. Controllo dei tassi, calcolo del rendimento, evoluzione delle aste. Singoli passaggi da scorrere come una sequenza di fotogrammi, come un flashforward già vissuto nell'incoscienza della notte, nelle immagini sfocate dei sogni.

La verità è che vive in anticipo, Massimo. Da sempre.

Oggi non è mai oggi. Oggi è già domani.

La mente, costretta a dominare le variabili, insegue il tempo e cerca di superarlo. L'ossessione è il carburante che alimenta il suo corpo.

Mentre la schiena s'inarca, Derek lancia la pallina in aria. Dietro di lui incombono le canne del gigantesco organo, il più grande *"in the United Kingdom"*, dicono le guide turistiche.

La battuta è la solita rasoiata, ma questa volta l'effetto non è quello giusto e Massimo ne approfitta. Gioca d'anticipo, calcola la traiettoria e colpisce di dritto, cercando il massimo della profondità sull'angolo opposto a quello del servizio. Quando vede Derek correre per intercettare il colpo, Massimo avanza verso la rete. Scommette tutto contro il passante che lo taglierebbe fuori.

Rischio calcolato.

Ancora un metro. Adesso la rete è vicina.

La risposta di rovescio arriva centrale, Massimo ammorbidisce la presa intorno all'impugnatura e flette la racchetta. Il suono è quello del tappo d'una bottiglia di champagne quando, smorzata dall'impatto, la pallina perde velocità e una traiettoria tesa si trasforma in una parabola lenta.

Nel momento in cui la sfera colpisce il nastro e rimane

sospesa in aria, tutto si blocca per un istante. Londra. Il board. Gli investimenti. Gli azzardi che l'hanno portato a quel campo da tennis, a quella partita col destino. È uno stop motion in bianco e nero, prima che la gravità torni ad avere ragione.

Poi la pallina ricade goffa a pochi passi dalla rete, le imprecazioni dell'americano restituiscono colore e vita al teatro vuoto.

I due si avvicinano al centro del campo. «Ripetiamo il punto» dice Massimo mentre stringe la mano dell'avversario. «Non mi piace vincere così.»

Derek scuote la testa. «Perché?» Sfiora con un dito il nastro bianco come ad accarezzarlo. «La fortuna conta quanto il talento.»

«La fortuna non esiste, Derek. Me l'hai insegnato tu.»

«Lascia perdere quello che ti ho insegnato.»

Massimo si tiene il polso con una mano e lo fa girare su se stesso. «Almeno dimmi quanto vi sono costate due ore qui dentro.»

Derek lo studia con la fronte aggrottata, gli angoli della bocca piegati all'ingiù, in un'espressione scettica. «Quanto vi sono costate...» ripete scavalcando la rete. «Vorrai dire quanto *ci* sono costate» e gli assesta una pacca sulla spalla. «Hai pagato anche tu, e non solo perché da anni ci fai guadagnare un sacco di soldi...»

Massimo lo guarda senza espressione. Aspetta solo che continui.

L'americano non si fa pregare.

«... ma soprattutto perché da oggi sei il nuovo partner e responsabile dell'Europa.» Si concede una pausa per dare tempo al tempo. Poi, con tono più basso, aggiunge: «Ce l'hai fatta».

Lo dice ridendo, ma Massimo sa che non è uno scherzo. È tutto vero.

Ogni volta che, nel corso delle sue infinite giornate in ufficio o delle sue serate a inseguire calcoli e probabilità, ha immaginato quell'istante, Massimo ha provato un senso di pienezza, qualcosa di simile a un sonno senza sogni o alle palpebre pesanti dopo un orgasmo.

Adesso, invece, non prova niente. Stupore, meraviglia, incredulità, gratificazione, merito. *Niente.*

Si guarda i piedi: quanto può essere ridicolo incontrare il successo e trenta milioni di dollari l'anno in pantaloncini e maglietta, sudato, con i calzini di spugna abbassati alle caviglie e un polso dolorante?

Non c'è nulla di epico. È solo un trucco. Come quel campo da tennis sovrastato da un palco leggendario: esorbitante trionfo del cattivo gusto. Insieme a una vittoria consumata nell'assenza, davanti a cinquemila sedie vuote.

Derek lo scuote dai pensieri. «Credevo avresti detto qualcosa.»

«E tu? Cosa farai?» si limita a chiedere Massimo.

«Io torno a casa.»

«Sei entrato nel board di New York?»

Derek annuisce. «Vedi di non combinare casini qui. Comunque ti controllerò anche da Manhattan.» Lancia una rapida occhiata all'orologio. «Adesso devo andare, altrimenti Larry sarà talmente sbronzo da non ricordarsi nemmeno il cambio dell'euro» dice prima di avviarsi a passo svelto verso l'uscita.

Massimo abbassa la testa. Stringe il nastro della rete, percepisce lo spessore e la consistenza tra i polpastrelli, poi la voce di Derek lo raggiunge dal fondo del teatro. «Max, questo è il *mio* regalo di Natale.»

È passata almeno un'ora, quando Massimo fissa la sagoma rossa della Royal Albert Hall schiacciata contro il cielo della sera. Un tempio di fine Ottocento eretto alla magnificenza di tutti gli dèi della musica.

Alza il cappuccio della felpa per ripararsi dalla pioggia leggera e attraversa Exhibition Road senza degnare di uno sguardo gli automobilisti che con il clacson cercano di riportarlo alla realtà. Dalla tasca dei jeans tira fuori una sterlina. Fissa un lato e sussurra «croce» prima di tirare in aria la moneta. La riprende al volo bloccandola tra il dorso della mano sinistra e il palmo della destra.

Croce.

Si guarda intorno e ripete il gesto.

Croce.

Lo sapeva. Ma sorride amaro.

La fortuna non esiste.

2
La felicità è un'idea semplice

Posata sul fondale di sabbia, la membrana della medusa pulsa come un cuore lattiginoso. È una vescica scivolosa e lucente, gonfia di nulla, che sembra possa esplodere da un momento all'altro. I filamenti viola sul cobalto del fondo compongono un movimento muto, una danza armoniosa in assenza di musica.

Saranno ormai cinque minuti che Massimo non muove un dito, gli occhi fissi sull'acquario a L fuori misura.

Alle sue spalle l'imponente sala dell'Aqua Restaurant, al quinto piano del 240 di Regent Street. Americani, europei, asiatici: una cinquantina di persone in piedi, divise in gruppetti intorno al bancone centrale o nelle nicchie a parete in prossimità di tavoli dalle linee minimal. Sembrano a loro volta branchi di pesci che si muovono senza direzione, allargandosi e raccogliendosi di nuovo. Nei bicchieri luccicano le tonalità accese di cocktail troppo dolci.

C'è il mare nell'acquario. C'è il mare nella sala.

A Massimo era rimasta impressa una frase che aveva letto tempo prima: "Di fronte al mare la felicità è un'idea semplice". Ci pensava di continuo, soprattutto quando era assorto davanti alla liquida superficie dei pixel, in ufficio, mentre seguiva l'andamento di un'asta. Nel rettangolo del monitor si formavano e disfacevano numeri e lettere.

I simboli dell'arcano. L'arcano della finanza. Bund, Gilt, Treasury, DTC, OAT, BOT, BTP. Titoli di Stato, obbligazioni, buoni del Tesoro. A ciascuno corrisponde una scadenza, un rendimento, degli interessi. Sigle e parole compongono un unico mantra sinuoso: "Fidatevi. Sottoscrivete il debito. Comprate, comprate, comprate".

A guidare le aste dei titoli di Stato sono le banche d'affari, i *primary dealer*, che raccolgono gli ordini d'acquisto condensando la domanda. Uno, cento, mille, un milione di ordini: non fa differenza, non è quello il punto. Il meccanismo è lo stesso di una discoteca esclusiva il sabato sera: code create ad arte e dirette con maestria da buttafuori in maniche di camicia e cravatta, addetti a regolare i flussi. Non importa che il locale sia vuoto, meno ancora che la festa sia cominciata. Anzi, magari quella festa non ci sarà neppure. L'importante è convincere tutti che ne valga la pena: attendere, puntare, rischiare. Rassicurarli sul fatto che un dealer sarà sempre pronto davanti all'ingresso a spacciare la roba più buona. Che il premio sarà unico e irripetibile, il rendimento sicuro. Così lo scetticismo muta in aspettativa, l'attesa in desiderio, il dubbio in certezza.

Creare un'illusione. Smerciare un'illusione.

E trattenere una percentuale.

La finanza è una guerra quotidiana combattuta mossa dopo mossa. Un faccia a faccia virtuale senza volti di cui Massimo da qualche tempo si sentiva stanco. Stanco di tenere gli occhi fissi su cifre verdi e rosse, mentre parlava al telefono. Stanco di regolare la fila.

Avrebbe voluto essere altrove.

Sempre più spesso, quando emergeva dal palazzo della banca e si ritrovava a passeggiare in Leadenhall Market – la cupola di St. Paul's sullo sfondo e subito oltre la City –, i morsi del freddo lo facevano sentire inadeguato. Ormai l'inverno inglese non si limitava a incrispargli la pelle e ad arrossargli il volto. Oltrepassava il tessuto della sua giacca blu e faceva scoppiare la bolla della nostalgia.

Se di un luogo o di un tempo, poi, Massimo non l'avrebbe saputo dire. Si era perfino chiesto se quel gelo fosse il sintomo d'un invecchiamento precoce perché, a quarantatré anni, lui si sentiva già vecchio. Da almeno venti viveva calcolando le probabilità e scommettendoci sopra. Risiedeva a Londra in una bella casa di Chelsea. Era stato felice. Ora non più.

Neppure negli ultimi due giorni, dopo che Derek gli aveva comunicato che era il suo turno, che stava diventando uno dei cinque più importanti operatori finanziari d'Europa.

Quando la musica dei Coldplay a volume esagerato riporta Massimo alla realtà, la visione d'insieme lo raggiunge come uno schiaffo. La voce di Chris Martin galleggia sul fitto brusio di sottofondo, fluttua sull'inglese piegato da accenti diversi.

Derek, appoggiato a uno sgabello, intercetta il suo sguardo. In maniche di camicia, la cravatta allentata sul colletto aperto, gli fa segno di avvicinarsi. Accanto a lui sta Larry, il suo uomo di fiducia, un mastino sovrappeso di Austin capace di fare di ogni trade, anche il più insignificante, un duello all'ultimo sangue. Parla a voce alta e gesticola animatamente. Il suo viso tondo è già illuminato dall'alcol, la pancia sporge da una giacca sportiva. Le pupille dilatate frugano senza ritegno la scollatura di Cheryl, la giovane segretaria di Derek. Lei lo sa e fa finta di niente, lo ignora platealmente ma si vede che ci è abituata. Gioca con i ricci corvini arrotolandoli con un'unghia laccata di viola mentre una patina di noia le vela gli occhi.

A passo lento, Massimo si immerge nella confusione. Stringe mani, concede qualche sorriso, risponde ai complimenti con dei "thanks" secchi e veloci. A quanto pare la notizia non ha tardato a diffondersi, è scivolata tra brandelli di discorsi, impermeabile alla mondanità che compone le cronache di serate in locali alla moda e club di tendenza: Cipriani in Davies Street, il Bungalow 8 al Sanderson Hotel, il bar del Dorchester. Voci tintinnanti di donne celebrano i risultati miracolosi della dieta Dukan e citano i suoi illustri sostenitori. Kate Middleton e il suo lato B sono sulla bocca di tutti. Commenti cinici classificano uomini in base al domicilio e al reddito annuo.

«Che tipo è Michael?»

«Vive a Chelsea e ne fa duecento.»

«E George?»

«Pfff, quello non ha neanche più i soldi per comprarsi i fazzoletti se piange...»

Dopo essere passato dal bancone per un gin tonic, Massimo raggiunge il terzetto dalla parte opposta della sala. E fa giusto in tempo a distinguere le ultime parole di Larry che gli dà le spalle. «Dicevano che eravamo morti. Invece eccoci qua, ancora in sella. Fanculo alla crisi, siamo sempre i migliori.» La voce è nasale e distorta dalla pesante cadenza texana. L'uomo butta giù una robusta sorsata di single malt prima di accorgersi di lui. «Oh, ecco il nostro uomo nuovo per l'Europa. Congratulazioni, Max» biascica tentando di metterlo a fuoco.

«Ciao, Massimo. Complimenti» gli fa eco Cheryl. Il dito laccato si muove con maggiore convinzione tra la massa di ricci. Inclina leggermente la testa e le labbra si schiudono in un sorriso.

Larry nasconde il disappunto dietro l'ennesimo sorso di liquore. «Massimo, con noi a New York avrai campo libero. Farai soldi a palate.»

Di fronte a lui, Derek se ne sta con le mani sprofondate nelle tasche, il mento sollevato, la solita riga perfetta a dividere i capelli. Accorda una divertita indulgenza al texano.

Massimo avverte un senso di nausea. «I migliori... Siamo solo dei sopravvissuti di successo» commenta scuotendo la testa con un sorriso tirato.

«Non è poi male sopravvivere così...» dice Cheryl a voce bassa. La mano sottile che per un istante poggia sul braccio di Massimo gli trasmette un brivido elettrico.

«C'è differenza tra sopravvivere ed essere dei sopravvissuti.»

«Non fare il modesto. Lo sanno tutti che quando ti attacchi al monitor diventi uno squalo» insiste Larry.

«Ma no, non è modestia» irrompe Derek. «Max pensa semplicemente che l'entusiasmo sia una cosa poco cool!» Il commento strappa a tutti una risata. Tutti tranne Cheryl.

«Io trovo cool trenta milioni di dollari. Allora, hai già deciso cosa comprare? Non vorrai mica spenderli qui in Europa? Sarebbe uno spreco.» Larry non sta mai zitto, nemmeno quando è lucido. In momenti come questo, poi, raggiunge il parossismo.

«Solo i pesci piccoli fanno la schiuma, Larry. Gli squali lasciano sempre le acque tranquille, ricordatelo.» Questa volta gli occhi di Massimo cercano quelli del texano. E la sua euforia alcolica si spegne in un soffio.

«Smettetela» li interrompe Derek con aria annoiata. Poi, rivolto a Massimo, aggiunge: «E tu pensa a bere. Sei ancora sobrio».

L'italiano annuisce mentre fa tintinnare il ghiaccio nel bicchiere quasi vuoto. «Allora seguo il consiglio» e si volta per raggiungere il bar, seguito dallo sguardo deluso di Cheryl.

"Di fronte al mare la felicità è un'idea semplice."

Ma in quell'istmo assurdo, quell'avamposto pacchiano popolato di meduse, squali, pesci palla e pesci sega, la felicità è solo un'idea lontana.

Massimo ordina un altro gin tonic, «3 e 1» dice al barman, 3 parti di gin e una sola di tonica, lo mescola con calma e, mentre osserva le bollicine sottili uscire dal limone, gli occhi si appannano. Si gira verso il centro della sala e un lieve tremore gli scuote una palpebra. Inondato dal chiarore dei neon, il suo cocktail restituisce l'inganno dell'effetto *deep blue*.

Intanto, su una piccola pedana dalla parte opposta, Derek sta per iniziare il tradizionale discorso del Christmas Party. La musica sfuma prima che la voce di Larry, sempre più strascicata, sovrasti il mormorio dei presenti per dargli il *la*. «Forza, un applauso» grida agitando il braccio come se stringesse un lazo. Qualcuno gli dà retta, altri fischiano o urlano.

«Non sono stati tempi facili» attacca subito Derek, «ma c'è un motivo se siamo ancora qui.» Una pausa, poi varia il tono e calca sulle ultime parole per rimarcarne l'importanza. «Siete il miglior team con cui abbia mai lavorato e i risultati lo dimostrano...»

Sorseggiando il suo gin tonic, Massimo si concentra sui trucchi della retorica aziendale. Si annota mentalmente come Derek sia riuscito a eludere con una negazione la formula "tempi difficili" per poi lusingare l'orgoglio del gruppo. Si chiede se anche lui sarà capace di fare lo stesso, se riuscirà a curare ogni dettaglio, ora che l'americano gli ha passato le redini del fixed income "Europa".

Non ha avuto maestri, Massimo, ha imparato da solo i numeri e l'azzardo. Ma se dovesse fare un nome, dire chi gli ha insegnato di più, non avrebbe dubbi: la scelta ricadrebbe proprio su Derek Morgan.

«Come avrà fatto a sopportarlo per quindici anni?»

La domanda lo distoglie dai suoi pensieri. Accanto a lui, Carina gli sorride da dietro le lenti rettangolari. Sul viso magro, intorno agli occhi verdi, un leggero reticolo di rughe celato da un velo di trucco tradisce l'incombere dei sessanta. Massimo non ha bisogno di squadrarla da capo a piedi per scoprire com'è vestita: il solito tailleur, scuro perché è sera, composto da giacca e pantaloni. A volte, di giorno, il colore cambia, ma raramente li ha stupiti con *mise* particolari.

«Parli di Larry?» domanda Massimo.

Lei annuisce, scuotendo l'enorme massa di capelli rossi.

È di nuovo lui a parlare: «Si sarà abituato, sono insieme dalle Dot-com. Hanno comprato tutto quello che c'era da comprare e venduto anche quello che non avevano, prima che la bolla scoppiasse. Dev'essere stato come andare in guerra.»

«Solo che Derek è tornato coi gradi di generale, Larry è ancora lì che combatte.»

«Combatte anche Derek, ma a Larry piace di più l'odore del sangue.»

«E tu come stai?» chiede Carina dopo un attimo di silenzio.

«Non lo so.» Massimo si stropiccia gli occhi. «A volte mi chiedo che cosa stiamo facendo, se ne valga la pena. Non so più che farmene dei soldi.»

«Non l'hai mai fatto per i soldi, Massimo. I soldi sono solo la misura di quello in cui credi.»

«Un tempo credevo in tante cose, ora credo solo ai numeri. E si torna ai soldi, insomma» conclude sorridendo.

Carina gli accarezza il viso.

Poi, con l'indice della mano destra si aggiusta la montatura sul naso sottile. È un gesto che Massimo conosce bene e che ha visto per la prima volta un giorno di tredici anni prima. Il pomeriggio di settembre in cui il giovane titolare di un aggressivo *hedge fund* aveva assunto come collaboratrice una metodica quarantacinquenne in tailleur. Col tempo Carina Walsh era diventata la sua segretaria e parte integrante della sua vita. L'unica a sopportarne manie, lunghi silenzi e modi bruschi. L'unica disposta a sottoporsi a quotidiane sedute di ping pong, da quando lui si era fatto consegnare in ufficio un tavolo per scaricare lo stress. Gli avevano detto che aiutava a sciogliere la tensione. Aveva deciso di provare e Carina si era proposta di fargli da sparring partner.

Era rimasta con lui anche quando, dieci anni prima, Derek l'aveva convocato per il primo passo decisivo della sua carriera.

«Ti seguiamo da tempo. Sei veloce, ti muovi con discrezione, arrivi prima degli altri. Il tuo è il miglior hedge della City e non ha mai perso. C'è del genio in quello che fai» gli aveva detto. Il dirigente della grande banca stava seduto su una poltrona in pelle dietro una scrivania lucidissima. La cravatta era allentata sul colletto aperto. Teneva gli occhi socchiusi e osservava Massimo come se volesse leggergli dentro. Si muoveva con gesti sicuri, sfoderando la calma di chi è avvezzo al comando. Parlava un inglese senza accento, ma la pronuncia corta di qualche sillaba finale tradiva una vaga cadenza d'oltreoceano.

East coast, aveva tirato a indovinare Massimo. *New York o Boston.*

L'uomo si era allungato sullo schienale della poltrona, prima di passargli dei fogli. «Questa è un'offerta. Ti vorremmo con noi.»

Massimo aveva ostentato distacco, attento a non tradire alcun interesse.

Era il giro giusto. Era la sua mano. Non serviva leggere le carte per dichiararsi servito. Così aveva scosso il capo e rilanciato al piatto. «La proposta non può riguardare solo me, mister Morgan...»

«Chiamami Derek» lo aveva interrotto l'altro.

«Prendi il team, Derek.»

«Parli di Paul Farradock e Kalim Madan?»

«E Carina Walsh.»

«Carina Walsh?»

«La mia segretaria.»

«La *tua* segretaria...» aveva considerato lentamente Derek, indugiando sull'aggettivo possessivo.

Massimo aveva annuito, quasi con sfrontatezza, mentre l'interlocutore tamburellava con le dita sulla scrivania. Si erano fissati in silenzio, studiandosi come due pugili sul ring all'inizio di un incontro.

Alla fine il volto di Derek si era aperto in un sorriso. Sui tratti duri si rincorrevano condiscendenza e sangue freddo. «Va bene» aveva risposto. «Squadra che vince non si cambia. È così che dite in Italia, no? Raddoppia la cifra su quel contratto e valuta l'offerta insieme ai tuoi.»

«Tra ventiquattr'ore avrai la nostra risposta» gli aveva detto Massimo alzandosi.

Sapeva di aver giocato forte. Ma sapeva anche che il suo team non avrebbe avuto dubbi.

Non ne avrebbe avuti Paul, che per seguirlo aveva abbandonato la più antica banca della City ed era sceso a patti col destino, scommettendo tutto su un ragazzo di Roma, dal talento purissimo, con solo tre anni di *track record*, che aveva fatto il salto nel buio fondando un hedge.

Non ne avrebbe avuti Kalim, che a una prima occhiata era la persona più distante da Massimo sulla faccia della terra. Quell'eleganza ostentata, quella ricercatezza nell'abbigliamento spinta spesso al parossismo. Sempre vestiti su misura, la camicia Charvet di sartoria, i gemelli Bulgari, la sgargiante cravatta di seta Hermès. E le immancabili John Lobb di vernice lucidissima.

Prima di cominciare, Paul non riusciva a capacitarsi di come Massimo, con il suo disprezzo per l'esibizione, potesse sopportare quel ragazzo indiano. Ma gli era bastato un giorno di lavoro per capire che insieme avrebbero fatto grandi cose.

E, tanti azzardi dopo, tanti trade dopo, eccoli ancora

insieme al Christmas Party aziendale. Con Massimo che, dieci anni più tardi, prende il posto di Derek, il boss, e diventa il partner più giovane che la banca abbia mai avuto.

«Com'è quello nuovo?» chiede a Carina indicando una delle nicchie a parete.

È appoggiato al muro, Giorgio, insieme a Kalim. Il nuovo è un ragazzo italiano, magrissimo, i capelli lunghi, la barba folta e una camicia a righe sotto una giacca stazzonata, così diverso dal collega, dalla corporatura robusta, vestito a tre pezzi tagliato su misura e Trickers lucidissime, le dita che lisciano un paio di baffi sottili.

«Forse è troppo sicuro di sé, ma ci sa fare» risponde Carina. «Troverai un po' di tempo per parlarci, prima o poi? Sarà contento, anche lui è di Roma.»

Massimo sorride, sfiora il braccio della donna e si dirige verso di loro. Al tavolino di fianco, coi gomiti poggiati sul tavolo e la testa incassata nelle spalle, siede Paul, l'ultimo elemento della squadra *che non poteva cambiare*: capigliatura bianca nonostante i quarant'anni, viso dai tratti spigolosi, ascolta distrattamente gli altri due, concentrato in verità su una pinta di birra scura.

Nella sala, intanto, risuonano le ultime parole del discorso di Derek: «Ed è con assoluta convinzione che, come credo ormai sappiate tutti, abbiamo scelto di affidare il desk a Massimo. Nessuno meglio di lui sarà in grado di continuare quello che abbiamo fatto finora. Un brindisi per il nuovo responsabile dell'area Europa, il nostro partner più giovane».

Un applauso deciso accompagna la fine del discorso, seguito da un lungo *"cheers!"*, strette di mano, vigorose pacche sulle spalle e sorrisi schiusi su una tacita invidia. Quando Massimo riesce a sottrarsi al rito delle congratulazioni e raggiunge il tavolo, Paul solleva il boccale e lo inclina in un brindisi muto.

«Sapendo quanto adori essere al centro dell'attenzione, te la stai cavando bene...» gli dice come benvenuto Kalim. «Non avevi calcolato i rischi di questo party, vero?»

«Calcolare il rischio è il tuo lavoro» ribatte Massimo. «Forse dovrei valutare l'idea di licenziarti.»

«Io lo dico da tempo» aggiunge Paul prima di dare una lunga sorsata di birra.

«Paul, tu sei incapace di apprezzare l'eleganza. Come tutti gli irlandesi, del resto» risponde l'indiano, mentre sistema una minuscola piega del gilet con una mano. «Stavo dicendo a Giorgio» prosegue, «che è un po' troppo scettico nei nostri confronti. I suoi studi di fluidodinamica servono più alla banca che a qualsiasi università. In fondo sono i flussi della finanza che hanno diffuso la rete, e adesso noi competiamo ovunque, in tutto il pianeta. Il mondo è diventato piatto: niente Stati, multinazionali o altro, solo individui che se la giocano alla pari. È questo il bello. Stesse informazioni, stesse chance. Alla fine: uno vince, l'altro perde e la somma è sempre zero. Così un povero matematico indiano può diventare milionario e sfoggiare la propria innata eleganza.»

Giorgio storce la bocca in un'espressione di disgusto. «Credo che ti sfugga qualcosa. Due anni fa il tuo mondo piatto stava implodendo in un buco nero.» Dopo una pausa si rivolge a Massimo passando dall'inglese all'italiano: «Il manager del rischio, qui, è un fanatico dell'ordine, cerca un senso dove c'è solo caos. Oppure la vodka gli ha dato alla testa».

«È acqua.»

«Come?»

«Kalim sta bevendo acqua liscia» precisa Massimo. «È musulmano, non tocca alcol. E tu faresti bene a non presumere niente. Il pregiudizio è pericoloso per chi fa il nostro lavoro.»

In quel momento Paul solleva la testa. «Arriva il cowboy» mormora, e con un gesto impercettibile indica un punto alle spalle di Giorgio.

Larry avanza con passo incerto, ondeggiando pericolosamente. In una mano stringe una bottiglia di whisky. Un bicchiere vuoto nell'altra. L'orlo della camicia sporge dai pantaloni. Le palpebre gonfie coprono per metà gli occhi acquosi e bovini.

«Brindiamo, Max» biascica l'americano. Poggia il bicchiere sul tavolo, lo riempie e lo avvicina a Massimo prima di trangugiare direttamente dalla bottiglia. Quindi si rivolge agli altri: «Andate di là a giocare che dobbiamo parlare di affari».

Kalim rimane interdetto. Un'ombra di disappunto gli offusca il viso ma è solo un attimo, prima di riprendere il controllo. «Vieni, Giorgio. Andiamo a ragionare dove sanno apprezzare la sottigliezza.» E senza aggiungere altro si allontana in compagnia del collega più giovane.

Paul non si alza, mantiene la sua aria imperturbabile sotto lo sguardo acuto del texano. Che, dopo qualche secondo, si rassegna alla presenza indesiderata e dice a Massimo: «Allora, chi tiene le tue posizioni di rischio?».

È l'irlandese a ribattere: «Il tizio con i baffi e la pelle scura che hai fatto andare via».

«Com'è che si chiama? Vashid? Mohammed?» E Larry scoppia a ridere.

Massimo rimane in silenzio bagnandosi le labbra di whisky. Il sapore contrasta con quello del gin e sente un bruciore acido montare dalla bocca dello stomaco.

«Ascolta, Max. Con Derek ogni tanto davamo una mano per le aste dei Treasury. Se ricapita, dovresti aiutarci nello stesso modo, prestandoci il tuo book. Lo sai, è semplice: buttiamo dentro un po' di milioni, tu li tieni una notte in pancia e la mattina dopo non ci sono più. Puf. Così facciamo vedere a Washington che collaboriamo e ai mercati che lo zio Sam fa sempre il tutto esaurito perché è il più richiesto... Spero che non ci saranno problemi.» Questa volta la voce di Larry suona decisa.

Paul ha alzato la testa. Il boccale sospeso a mezz'aria, gli occhi ridotti a fessure sottili. Studia l'americano con l'attenzione di un giocatore di poker che cerca di capire dallo sguardo dell'avversario se sia il caso di andare a vedere una puntata.

Un buttafuori ubriaco che non perde occasione per reclamizzare i locali del suo Paese, pensa Massimo: "*Debito made in the Usa. È roba buona. Provatela. E se non volete provarla, almeno facciamo credere che la vogliono in tanti*".

Un cerchio inizia a serrargli la testa. Sente le tempie pulsare. Il brusio della sala è diventato pesante. Vuota il bicchiere in un sorso e una vampata di calore gli incendia la gola.

«È tardi. Se Derek vuole qualcosa, sa dove trovarmi. Io vado.»

«Vengo con te.» Paul si raddrizza e mette le mani in tasca. Lancia un'occhiata a Larry prima di sfilargli davanti.

Mentre raggiungono l'uscita vicino all'acquario, Paul indica l'insegna verde al neon poco lontano. «Arrivo subito» gli dice. «La birra, sai com'è...» e sgattaiola verso il bagno. Quando incrocia René, gli tiene la porta puntando gli occhi a terra. Veste con un completo tagliato su misura, il francese, una camicia blu a righe bianche e un paio di bretelle verdi, perché – per René – le bretelle sono importanti. Sente che conferiscono un tono e lo fanno pensare a Wall Street.

Massimo rimane lì, in disparte, e scorge Derek al centro di un altro gruppetto. Sta tenendo banco come al solito. La cravatta slacciata pende lungo i lati del collo. Accanto a lui, la chioma riccia di Cheryl. Le lunghe gambe svettano sui tacchi delle Manolo Blahnik. Al braccio una vistosa Balenciaga in pelle azzurra. Lei ride per una battuta di Derek. Poi incrocia lo sguardo di Massimo, che si gira automaticamente verso l'acquario. E il suo sorriso svanisce.

La medusa è ancora lì, ferma nello stesso punto. Nella stessa posizione. Massimo si lascia ipnotizzare da quelle trasparenze.

Senza nessuno a parlargli, riesce a volare altrove: sopra di lui il cielo d'Italia, tutt'intorno la luce e i riflessi del mare.

Rivede due quindicenni di Roma in vacanza, su una spiaggia di ciottoli dell'Argentario. Venticinque anni prima. Sono lui e un amico sempre più lontano, in quelle estati in cui un angolo del Mediterraneo sembrava tutti i mari del mondo.

Ricorda la mattina in cui lui e Mario avevano ormeggiato alla cala del Pozzarello il *Dory 13*, un quattro metri di terza mano che Massimo era riuscito a rimettere in sesto alla bell'e meglio. Vista dall'acqua, la piccola insenatura sormontata dalla vegetazione era uno struggente abbraccio di terra che cingeva l'azzurro.

«A nuoto fino a riva?» aveva chiesto Mario.

«A nuoto, sì. Facciamo presto che il braccio fa troppo male» era stata la risposta di Massimo.

Non avevano aspettato l'uomo dei remi: il monumentale Siro, un Caronte obeso che faceva la spola tra la costa e i gavitelli, traghettando i proprietari delle imbarcazioni. Ma, una volta riemersi dall'acqua ed entrati all'Approdo, la baracca in legno sulla spiaggia, l'avevano trovato dietro al bancone, perso nelle pagine sportive del «Tirreno». Appese a una parete, le foto dei giorni in cui era stato uno dei migliori pescatori della zona. Il migliore, per chi lo conosceva bene.

Ora teneva la sigaretta all'angolo della bocca, la barba

bianca era ingiallita dal tabacco. Sessantacinque anni avevano scavato segni profondi sul viso cotto dal sole. Sul bicipite, il tatuaggio di una carpa azzurra dalle venature gialle. Un pesce d'acqua dolce per un uomo del mare.

Massimo stringeva la mano destra intorno al braccio sinistro. Il segno della medusa aveva un colore rosso fuoco. Il bruciore lo tormentava come colpi di frusta, alternati a un prurito insopportabile.

Mario aveva chiesto dell'acqua e Siro era rimasto immobile, in silenzio, fissando ora la pelle arrossata di uno, ora la faccia dell'altro. Poi aveva scosso la testa. «L'acqua fa peggio» aveva biascicato. Trascinando gli zoccoli, aveva aggirato il bancone e preso Massimo per una spalla. Lui si era lasciato condurre all'esterno, dietro la baracca, da quella mano massiccia, resa dura e callosa da lenze, nasse, tremagli.

«Ci devi pisciare sopra» aveva detto Siro col suo accento maremmano che non avrebbe mai dimenticato, sbuffando una nuvola di fumo. «Avanti.»

Siro non si sbagliava. E non si sbagliava neanche qualche giorno più tardi, quando li stava accompagnando verso il *Dory* perché volevano uscire al largo.

«Così andate a fondo» aveva detto Siro mentre remava.

Massimo e Mario ogni volta erano rapiti: quando Siro stava sull'acqua era come se tornasse al proprio elemento naturale. La massa del corpo assecondava il dondolio del legno, mostrando un'agilità sconcertante. Sulle onde, il suo baricentro trovava inattesi equilibri, come se il mare potesse rendere aggraziato anche un uomo sovrappeso e goffo come lui. In barca Siro dimenticava persino il tabacco. Prima di mettersi ai remi, infatti, lasciava sempre il pacchetto stropicciato di MS sul bancone dell'Approdo. Poteva stare per ore senza fumare.

«Così andate a fondo» aveva ripetuto.

Massimo e Mario si erano scambiati un'occhiata perplessa. Non capivano l'avvertimento: nell'insenatura in cui era ormeggiato il *Dory*, il mare era una distesa piatta e grigia.

Quando Siro li aveva scaricati, Mario aveva sciolto il nodo della gomena e Massimo si era messo al timone. Il motore Mercury da venticinque cavalli aveva tossito a vuoto prima di emettere un lungo ronzio, quindi avevano preso il largo, accompagnati dallo sguardo scettico del Caronte maremmano.

Pochi minuti dopo, il mare si era ingrossato sotto le raffiche dello scirocco. Il vento aveva cominciato a soffiare all'improvviso, trasformando l'immobile superficie dell'acqua in un'altalena di onde. Mario stava rigido, le mani stringevano il bordo dello scafo, le nocche bianche per la tensione. Massimo intanto manovrava con difficoltà nel tentativo d'invertire la rotta ma il *Dory*, preso d'infilata dalle correnti, si inclinava pericolosamente. Folate umide gli gelavano il sudore. Aveva compiuto un giro largo per mettersi sopravento, riparando il fianco dello scafo. Alla fine ce l'avevano fatta.

Rientrati nella piccola baia e ancora tremanti di paura, videro Siro che li stava aspettando vicino a una boa, in piedi sulla barca, con le braccia conserte e un'espressione di compatimento sul volto.

Da quel momento aveva cominciato a portarli per mare, la sera o all'alba. Aveva insegnato loro come l'unica vera pesca fosse quella con la lenza. Proprio lui, che aveva campato una vita pescando a strascico. Non aveva nascosto nemmeno un trucco ai due ragazzini, aveva deciso di trasmettere tutta la propria esperienza.

«Un buon pescatore non lo riconosci dai nodi, dio bono. E nemmeno da come strappa. Lo vedi dal tocco e da come innesca il vivo. Si muove, vedete?» e tirava fuori dal secchio azzurro un'aguglia lunga e sinuosa che si contorceva freneticamente. La teneva stretta prima di fissarla all'amo, attento a non uccidere l'animale.

La velocità e la precisione dei gesti erano un miracolo per quelle dita tozze. «E poi ricordatevi» ripeteva dopo aver lanciato la lenza, «il pesce lo dovete sentire prima che abbocchi. È una questione di fiuto.»

Il pesce lo dovete sentire prima che abbocchi. È una questione di fiuto.

Quante volte Massimo, in futuro, avrebbe ripensato a quella frase.

Quando si svegliava la mattina, quando studiava un investimento, quando impostava un trade, le parole del vecchio pescatore tornavano cariche di un significato che non cambiava mai. Ma che cambiava ogni volta.

Avere fiuto, preparare l'esca.

Era stata l'ultima vacanza che Massimo e Mario avevano trascorso in Toscana. L'ultima estate dell'adolescenza. L'ultima volta che avevano visto Siro, fulminato una mattina di luglio dall'ennesimo pacco di MS.

Tutto in quel momento tornava nitido nella mente di Massimo, gli occhi a scavare nella membrana trasparente della medusa, le orecchie a respingere un chiacchiericcio insopportabile.

Al centro dei pensieri la domanda che Mario gli aveva posto una volta in un localino di prodotti biologici di Milano, nei pressi di Porta Romana.

«A te piace il mare, perché stai a Londra?»

Una domanda semplice. Banale. Terribile.

Massimo si era trincerato dietro un silenzio che poteva significare qualsiasi cosa, per evitare di pensarci davvero, di mettere le proprie scelte sulla bilancia. «Milano è meglio?» aveva chiesto dopo qualche secondo indicando la strada, oltre la vetrina. Le pozzanghere, la pioggia, un cielo malato e inopportuno d'inizio primavera.

«Hai capito quello che voglio dire» aveva concluso Mario prima di lasciarlo da solo.

Con un tocco sulla spalla, Paul lo riporta all'improvviso in quella sala impossibile dell'Aqua Restaurant. Forse salvandolo da se stesso e da quei ricordi che, sempre più spesso, lo assalivano portandolo lontano.

«Andiamo» si limita a sussurrargli l'italiano, ancora incapace di distinguere i suoi pensieri dalla realtà. René li osserva dall'angolo opposto della sala. È solo, il francese. È sempre solo.

Un minuto e sono su Regent Street. Camminano uno di fianco all'altro senza fiatare.

È stato sempre così, d'altronde: a volte Massimo vorrebbe parlargli, ma è come se la brusca complicità tra di loro escludesse altre forme di comunicazione.

In quattordici anni non si sono mai raccontati nulla.

Paul, molto simile a un amico.

Paul, un amico con cui ha scelto di non confidarsi.

Le luminarie natalizie delle vetrine proiettano una luce intermittente sull'asfalto bagnato. Un ragazzo e una ragazza camminano ridendo a crepapelle, tenendosi a fatica in equilibrio sulle gambe. Massimo e Paul superano il negozio di giocattoli Hamleys. In fondo alla strada, la scritta "Underground" bianca su fondo blu. Stazione Oxford Circus.

«Ma il texano che cazzo voleva?» chiede Paul rompendo il silenzio.

«Pfff... Era sbronzo, non pensarci.»

«Da quanti anni ci conosciamo, Massimo?»

«Quattordici, credo.»

«Tredici anni, otto mesi e venticinque giorni.»

Massimo sorride.

«Accetta un consiglio» gli dice Paul.

«Dimmi.»
«Non sottovalutare Larry. È una bestia ma ci sa fare. Se gli americani vogliono qualcosa, faresti bene a capire di cosa si tratta.»

La conversazione cessa all'improvviso com'è cominciata, all'altezza della metropolitana.

«Ti saluto, io vado di là» dice Paul indicando la direzione di Oxford Street.

Massimo fa un cenno di saluto con la testa, poi si dirige a testa bassa dalla parte opposta.

3
Home sweet home

Un'ora più tardi

Massimo si infila in casa senza fare rumore né accendere la luce, approfittando di quella intermittente dell'albero di Natale.
Giallo. Verde. Rosso.
Giallo. Verde. Rosso.
Dormono tutti.
Il Christmas Party gli ha lasciato addosso uno sgradevole senso d'incompiutezza, di parole non dette e gesti mancati. Di cose che sfuggono al controllo.
Rivede la mano di Cheryl, le dita tra i ricci nerissimi.
Accanto a lei, aveva percepito la fragranza del Bond Numero 9, una linea ricercatissima dedicata alla Grande Mela. Si era chiesto se per Derek quel profumo, su una ragazza inglese con la metà dei suoi anni, fosse il magico ingrediente di una miscela di scoperta e ricordo, di conquista e rievocazione.
Chiude gli occhi e scaccia l'immagine di Cheryl.
Fermo al centro della stanza, lascia vagare lo sguardo. Il salotto, al piano terra, è arredato con ricercata essenzialità. Due divani capitonné in pelle nera e, davanti alle finestre, una poltrona anch'essa di pelle in diagonale, a riequilibrare la prevalenza delle linee perpendicolari. Sulla parete opposta all'ingresso, una serigrafia di Piet Mondrian che

Massimo ha sempre amato per l'armonia, la nitidezza dei tratti, le dominanti cromatiche delle superfici, gli schemi di quadrati e rettangoli. Tre riquadri rossi, otto gialli, sei blu, ventiquattro bianchi.
Composition in red yellow blue. 1921.
Nel silenzio risuona il ticchettio dell'orologio sul caminetto: le lancette segnano trenta minuti dopo le ventitré.
Tra i rami dell'albero di Natale riesce a distinguere le sfere in finiture perlate di Harrods, i festoni della Winter Collection Frontgate, i cristalli Swarovski che riflettono il lampeggiare multicolore. Le decorazioni gli ricordano le pagine di qualche rivista d'arredamento: non c'è nulla di intimo nella perfezione di quegli accostamenti.
A passo lento si avvicina al camino, sul quale sono allineate alcune cornici.
Frammenti di passato.
Massimo in abito scuro bacia una donna dai lunghi capelli biondi, vestita di bianco, negli ultimi scorci di una primavera di tanti anni prima. *Michela.*
Massimo e una ragazzina davanti a una torta con dieci candeline. La glassa di cioccolato compone la scritta "Happy birthday". *India.*
Massimo culla un bambino. *Roberto.*
Massimo e Carina davanti a un cinema, dopo la prima di una commedia brillante. Lui in smoking, lei con il solito tailleur scuro, elegantissimo. Lui che guarda l'obiettivo. Lei che guarda lui.
Massimo, Kalim e Paul, i colleghi di sempre, la sera in cui avevano ritirato il premio per il miglior hedge fund della City. I ciuffi bianchi tra i capelli ancora neri dell'irlandese. Il panciotto viola con arabeschi dorati sotto la giacca dell'indiano. L'espressione concentrata di Massimo tra i volti sorridenti degli altri due.
Massimo e Mario da bambini con un pallone in mano,

davanti alle vetrine di Zì Elena, il bar del Testaccio. Ricordava alla perfezione quel giorno dell'estate del '78: gli era rimasto impresso non tanto perché si giocava la partita tra Argentina e Italia, ma perché lui aveva capito cosa significa "guardare oltre".

Era sera e Massimo se ne stava ai bordi della piazza. Un Adidas Tango sotto il braccio, un cono gelato in mano. La sala interna di Zì Elena era stracolma di gente. Nell'ambiente aleggiava il fumo denso delle sigarette. Aveva notato accanto all'entrata un ragazzino magro coi capelli scuri che guardava lo schermo della televisione in bianco e nero. Teneva i pugni in tasca, la spalla poggiata contro lo stipite della porta.

Massimo spiava attraverso la vetrina il bambino che gridava «goal», in mezzo a un coro di voci esultanti. Anche suo padre era là in piedi ad applaudire, mentre a diecimila chilometri di distanza Roberto Bettega aveva portato la nazionale in vantaggio contro i padroni di casa, futuri campioni del mondo.

Aveva sorriso. Quindi era tornato a fissare la strada e aveva visto Picchio, un bulletto del quartiere, che camminava lungo il marciapiede. Faceva rimbalzare un pallone di gomma sull'asfalto, colpendolo con le nocche come fosse un pungiball.

Quando era arrivato all'altezza di Zì Elena aveva alzato la testa. «Cazzo stai a fa'?»

Massimo aveva distolto lo sguardo, ma poi un impulso irrazionale aveva avuto la meglio. Gli occhi si erano ancorati ai pentagoni del pallone Pelé in finto cuoio del ragazzo, prima di scivolare sui cerchi neri del proprio. «Facciamo a cambio, se mi dài quello ti do il mio Tango» aveva detto.

Non era una domanda. E Picchio aveva corrugato la fronte in cerca della fregatura.

Non l'aveva trovata.

«Ci sto.» Aveva allungato il pallone tenendolo sul palmo d'una mano.

In quel momento il ragazzino magro si era staccato dallo stipite ed era intervenuto: «Troppo semplice, Pi'». Quindi aveva preso il Tango e aveva cominciato a palleggiare. «Vediamo chi ne fa di più.» Parlava mentre la palla rimbalzava prima sul collo e poi sull'esterno del piede, come se una calamita invisibile fosse in grado di annullare gli effetti della gravità. «Ma se vinco io, niente cambio.»

La bocca aperta, l'invidia a riempirgli gli occhi, Picchio era rimasto interdetto davanti all'abilità del tocco. Aveva perso tanto a poco.

«'N'artra vorta» aveva biasciato prima di allontanarsi scuotendo la testa.

«Quando vuoi» aveva risposto l'altro bloccando il Tango tra il dorso e il collo del piede, in equilibrio. Quindi con un ultimo colpo l'aveva preso tra le mani e l'aveva restituito a Massimo dicendogli: «Non ti conveniva».

«Invece sì. Voglio un pallone con le linee, uno uguale agli altri.»

«Il Tango è meglio, perché è diverso. E poi l'hanno appena fatto. Tra poco lo compreranno tutti e tu sarai stato il primo ad averlo» aveva detto, pronto ad allungare la mano. «Mi chiamo Mario.»

Poi aveva lasciato cadere il pallone per impattarlo di collo pieno.

La sfera aveva colpito la saracinesca di un bar. Da una finestra del palazzo che gli stava sopra era risuonata una bestemmia.

Massimo aveva capito tempo dopo quanto fosse stato prezioso il consiglio dell'amico. Il valore delle cose va capito prima degli altri. Solo così si può vincere.

Nella foto a fianco, scattata l'anno dopo, lui e Mario erano già inseparabili. Con loro il vecchio Siro, immortalati nel bianco e nero del porticciolo.

Poi sono di nuovo insieme, a braccetto, in una polaroid del pomeriggio del 30 maggio 1984. Al collo sciarpe giallorosse. Un pugno alzato, due dita aperte a formare la V di vittoria. Qualche ora più tardi avrebbero scoperto che l'amarezza parlava inglese e vestiva il rosso dei Red Devils di Liverpool. Per Massimo undici metri erano diventati l'esatta distanza che separava il possibile dalla realtà, il sogno dal rimpianto. Roma 3, Liverpool 5.

Ora si concentra sulle istantanee che fissano i ricordi. Tessere d'un puzzle da comporre. O schegge affilate con cui tagliarsi.

In quel preciso momento ha l'impressione di come niente di quello che ha o ha avuto gli appartiene davvero.

Raggiunge l'albero di Natale nell'angolo. Si piega lentamente sulle ginocchia, poggiandosi al muro. Urta alcuni rami e vede cadere aghi verdi sul pavimento. Cristalli e sfere emettono un lieve tintinnio.

Stacca la spina.

Il passato è un posto strano, pensa mentre l'ambiente precipita nel buio e lui sale le scale in punta di piedi.

L'oscurità del corridoio al primo piano è spezzata da un fascio di luce che filtra attraverso la porta socchiusa della camera. Massimo si avvicina allo spiraglio e sbircia all'interno.

Un faretto illumina la trapunta azzurra su cui sono disposti alcuni vestiti. Pantaloni neri attillati con rifiniture in camoscio, una giacca nera di taglio maschile. Una grande borsa in pelle amaranto è adagiata vicino all'estremità di una manica.

Michela gli dà le spalle, in piedi davanti al letto enorme. I suoi lunghi capelli biondi, le caviglie sottili, le gambe scolpite in un paio di pantaloni aderenti, i fianchi proporzionati, i gomiti sporgenti, paralleli alle spalle. Il capo è inclinato in avanti e quella posizione evidenzia la linea della schiena.

Massimo apre la porta con una leggera pressione della mano.

Lei sobbalza e si volta di scatto. Per un istante la Leika digitale che stringe tra le mani le rimane davanti al volto. Poi i grandi occhi verde acqua incrociano quelli blu del marito.

«Mi hai spaventata» mormora.

«Scusami, ti guardavo» risponde avvicinandosi. Quando si piega per baciarla sulle labbra sottili, lei si scosta, distratta dall'urgenza di un pensiero improvviso. La bocca di Massimo le sfiora una guancia.

«La nuova cliente non mi dà pace. Vuole tutto per domani.» Con un gesto del capo indica i vestiti. «Come ti sembra?»

Massimo si siede su un angolo del letto e studia distrattamente la composizione. «Lei chi è?»

«Katerina. Anzi, Katia, una russa. Il marito ha portato la nuova amante in vacanza e lei ha bisogno di tirarsi su con un look aggressivo. Mi ha scritto stamattina.» Le parole sono accompagnate da una risata forzata, intrisa d'imbarazzo. «Com'è andata? Hai fatto conquiste?» gli chiede poi, con una luce maliziosa negli occhi, come se si fosse ricordata solo in quel momento del party.

«Solo un irresistibile texano di novanta chili.»

Lei corruga la fronte. Poi scoppia a ridere. «Larry Lubbock?» sillaba.

Massimo annuisce.

«Non hai avuto fortuna.» Dopo un attimo di silenzio, Michela riprende a parlare in tono vago. «Oggi ho sentito Hilary, Derek torna a New York. Non mi hai detto niente.»

Massimo si alza dal letto, raggiunge la finestra e scosta la tenda di raso. In strada, la nebbia è una massa compatta.
«Te l'avrei detto, non c'è stato il tempo. Sono due giorni che ti trovo già addormentata quando torno. E poi devo digerire la notizia...» si schermisce lui.
«E chi lo sostituisce? Hilary non me ne ha parlato.» La domanda di Michela vibra di un'aspettativa segreta. Sotto le parole s'intuisce il fremito dell'attesa.
«Uno migliore di lui» risponde Massimo senza cambiare espressione del volto.
«Lo conosco?»
«Molto bene.»
Lei lo fissa, sorride.

Hilary Morgan. Il segreto del successo di Derek aveva l'aspetto di quella donna magra, dei suoi cinquant'anni nascosti dietro ore di cyclette, creme rassodanti e lievi interventi di chirurgia estetica, del viso lungo, spruzzato di lentiggini e sormontato da una frangia castana.
Gli aveva dato tre figli, e la devozione d'una vita. Conservava sempre le parole giuste a fior di labbra, e taceva i dubbi su fedeltà e amore sul fondo del cuore: quella donna era stata una promessa mantenuta, una realtà che niente e nessuno avrebbe potuto incrinare.
Così doveva essere, Hilary Allison Campbell in Morgan. E così era.
Michela, invece, era cambiata.
Quando si erano conosciuti, l'universo della ragazza che sarebbe diventata sua moglie era fatto di libri.
Quello di Massimo, invece, era solcato di calcoli, statistiche, probabilità.
Entrambi amavano il possibile. Massimo lo esplorava coi numeri. Michela lo evocava con le parole.

L'aveva vista per la prima volta una mattina di primavera a Parigi, in un caffè del Marais. Lui aveva osservato a lungo gli equilibri razionalisti di Place des Vosges, le sue geometrie e i suoi numeri: l'esatta alternanza dei colori, la successione regolare delle fasce in mattoni, delle cornici in pietra, i nove edifici per lato e le quattro finestre su ciascuno dei tre piani.

Poi si era seduto a un bar ed era rimasto incantato dai lunghi capelli biondi e dalla pelle bianchissima di quella ragazza assorta nelle pagine di un libro. Sembrava l'incarnazione del mare cristallino in una giornata di sole. E lui aveva smesso di contare.

«Cosa leggi?» le aveva domandato in inglese, come se la conoscesse da sempre.

Lei aveva sollevato gli occhi dal libro.

Lui si era perso nella liquida tonalità dello sguardo.

La ragazza l'aveva fissato, sorpresa dalla sfacciataggine dell'approccio. Si era concessa qualche secondo per studiarlo. Poi, in silenzio, aveva mostrato la copertina.

«Boris Vian, *L'écume des jours*» aveva scandito lui.

«Boris Vian, *L'écume des jours*» aveva ripetuto lei. E le parole erano suonate del tutto diverse, con la "n" increspata da ignote vibrazioni, la rotazione sinuosa della "r", il sibilo della "u" sul filo di quelle labbra sottili. Poi aveva aggiunto: «Mi chiamo Michelle».

I giorni seguenti erano stati indimenticabili come possono essere solo i giorni felici dei vent'anni, quando tutto può ancora accadere e le possibilità non si misurano in percentuali.

Massimo non poteva immaginare che quella vacanza avrebbe riscritto il suo futuro. Avevano cominciato a vedersi sempre più spesso e Parigi era diventata loro. Prima avevano passeggiato sulla Rive Gauche, dove lei gli indicava le case dei grandi poeti e gli scorci più lirici della Senna, avevano bevuto vini e pastis nei minuscoli bistrot di

Saint-Germain-des-Prés, e osservato in silenzio la facciata del Sacré-Cœur. Massimo aveva pensato che insieme a lei anche i cliché diventavano un'avventura.
Parlavano sempre in inglese. Ma lei lo chiamava Maxime.
«Massimo» la correggeva. «In italiano si dice Massimo.»
«*Mais oui, tu t'appelles... Maxime*» rispondeva ridendo.
Era una delle tre o quattro frasi che Massimo capiva in francese.
Poi lei aveva voluto mostrargli altro: un locale di luci soffuse e jazz salendo una via ripida di fianco al Canal Saint-Martin, le stradine della Butte-aux-Cailles, case basse e atmosfera popolare, la sua panchina preferita tra i viali del Jardin des Plantes. Conosceva alla perfezione la città, e Massimo aveva pensato che insieme a lei avrebbe voluto conoscere qualsiasi cosa. E voleva anche aprirle il proprio mondo, condividere le proprie passioni. A cominciare da quella per lo sport.
Il pomeriggio del 6 giugno 1989 erano riusciti a procurarsi dei biglietti per il campo centrale del Roland Garros.
Ottavi di finale dell'Open di Francia. Per quattro ore e trentotto minuti avevano assistito a uno spettacolo memorabile.
A loro era bastato un game per scegliere da che parte stare. Non avevano avuto esitazioni a schierarsi dalla parte di quel diciassettenne magro, dal viso pulito, gli occhi allungati, le gambe corte e un passaporto americano con scritto Michael Te-Pei Chang. Sembrava scivolato sulla sfortuna, vittima designata del peggiore degli incontri che potesse riservargli il tabellone: oltre la rete, a ventiquattro metri di distanza, c'era il numero uno del ranking mondiale. Il cecoslovacco Ivan Lendl.
Alla fine del terzo set, sotto due a uno, quando i crampi avevano cominciato a mordere i muscoli dell'americano, lei aveva stretto i pugni e serrato la mascella. Era incredi-

bile quanto fosse presa dal gioco; Massimo, che non se lo sarebbe mai aspettato, a un certo punto aveva persino temuto che scoppiasse in lacrime.

Poi era accaduto l'impensabile.

Il piccolo Chang aveva cominciato a innervosire il gigante. Battute lente e palle corte sul rovescio, alternate a parabole altissime. Il set era scivolato sul quattro a tre per lo sfidante.

Il viso di lei si era illuminato. Il respiro trattenuto per la tensione evidenziava il contorno del seno. Massimo non sapeva cosa guardare, incerto tra i rimbalzi della pallina e il morbido profilo della ragazza.

All'ottavo gioco del set, indietro quindici trenta, Chang aveva compiuto il miracolo.

Una battuta "sottospalla". La prima di servizio tirata corta e dal basso, come se stesse giocando a ping pong. Un paradosso tennistico che gli regalava il punto. E poi il gioco e il set.

Lei aveva stretto la mano di Massimo durante l'intero scambio. Quindi era saltata in piedi applaudendo nel delirio del centrale.

Con i nervi a pezzi, Lendl aveva concesso a Chang break e matchpoint.

Michela si era protesa in avanti. Il cecoslovacco palleggiava a testa bassa, pronto al servizio. Poi aveva alzato lo sguardo e si era ritrovato l'avversario a mezzo metro dalla riga di battuta. Quasi a metà del campo.

Per il numero uno del tennis mondiale era troppo. Nessuno aveva mai osato tanto al suo regale cospetto. Aveva protestato con l'arbitro, ma non c'era stato niente da fare. Monsieur Ings aveva ricordato il regolamento. E la capitolazione del mito era coincisa con la perfida beffa d'un doppio fallo.

Mentre l'americano crollava a terra, i pugni levati al cielo, Michela aveva abbracciato Massimo. Lui aveva capito di essersi innamorato. Lei gli aveva sussurrato in un orecchio: «*Maxime, je suis italienne*».

Era stato un gioco di seduzione, il suo. Aveva riso di fronte alla faccia umiliata di Massimo, che l'aveva creduta francese per tutti quei giorni, poi aveva aggiunto che sarebbe tornata in Italia, prima o poi. Prevedeva però ancora "almeno" un paio d'anni a Parigi. Gli aveva chiesto di riaccompagnarla nel Quartiere Latino, dove viveva. Strada facendo, Michela si era incantata davanti alla vetrina di una piccola libreria in Rue Mouffetard.

«Sotto i sogni lo so cosa c'è, ma sopra?» aveva domandato all'improvviso, finalmente nella sua lingua, con un'aria imbronciata, fissando i loro riflessi che si confondevano con le copertine dei libri.

Lui non aveva trovato una risposta degna e l'aveva abbracciata.

Lei lo aveva baciato.

La mattina dopo si erano baciati ancora sul binario della Gare de Lyon. Massimo pensava che non sarebbe riuscito a prendere il treno. Un peso sul petto lo opprimeva e non voleva portarsi quel fardello in Italia.

«Torno presto» si era sforzato di dire con voce ferma, un piede già sul predellino del vagone.

«Massimo.» C'era qualcosa che non andava nella sua voce. Aveva un tono aspro.

Si era voltato con il timore negli occhi.

«Sono di Carmagnola. Mio padre ha una fabbrica. Studio lingue a Milano, e torno in Italia a settembre» aveva detto Michela, aprendosi in un sorriso.

Lui l'aveva fissata con gli occhi sgranati, la bocca aperta. Ora sapeva la verità, si sarebbero rivisti a breve. Poi, aveva fatto appena in tempo a prendere il libro che gli porgeva, prima che il treno si muovesse con uno strappo.

Boris Vian, *L'écume des jours*.
Sul frontespizio, un numero di telefono.
Quella era la ragazza che aveva conosciuto. Di cui si era innamorato. La ragazza che sapeva sognare. La ragazza che con un solo sguardo riusciva a far sognare anche lui.
Poi il matrimonio, i figli, la carriera. E qualcosa aveva iniziato a scricchiolare. La realtà si era fatta più compatta, mentre loro due scivolavano in una viscosa routine di scadenze lavorative, appuntamenti mondani, obblighi sociali. Massimo aveva covato una nostalgia sottile per le vite che non avevano vissuto. Infine la nostalgia si era tramutata in una cupa insofferenza trafitta da domande senza risposta.
Michela, al contrario, si era adeguata a quel nuovo mondo con una cocciuta determinazione da prima della classe. Se discutevano della banca, o del senso della finanza, era sempre lei a manifestare una fiducia incrollabile in qualche orizzonte di progresso indeterminato e benessere diffuso. Sempre più spesso si sorprendevano a usare l'inglese anche tra loro.
Poi lei aveva iniziato a parlare soltanto di brand, marchi, loghi, tendenze. Fino a quando, un giorno, gli aveva comunicato quale sarebbe stata la sua nuova vita: quella della personal shopper.
«Se è quello che vuoi...» aveva bofonchiato Massimo, fissando il vuoto dietro una tazza di caffè.
«È quello che voglio» aveva confermato lei guardandolo in faccia e cercando un'intesa che lui le aveva negato.
Allora si era immersa nelle sfumature del gusto. Michela vendeva *uno* stile, come le piaceva ripetere. In guerra con la pigrizia del total look, inseguiva l'esclusiva ricercatezza degli abbinamenti e l'attenzione per il dettaglio. «Vedi, basta mischiare una giacca Givenchy col pantalone Balmain» aveva cercato di spiegargli una volta, mentre la mano indicava quelle figure senza vita sul letto.

E Massimo doveva ammettere che spesso somigliava a una pittrice davanti alla tela, concentrata sulla scelta dei colori. «I vestiti in sé non c'entrano, c'entra la visione d'insieme. Bisogna avere immaginazione, è un lavoro creativo.» Aveva avviato un'attività di successo con un rigore caparbio, e con un duplice obiettivo. Coltivare la mania di un *original* stilisticamente impeccabile e devolvere i guadagni a una charity, un orfanotrofio in Kenya.

Un pomeriggio di qualche anno prima, tutta orgogliosa di una delle sue prime creazioni, l'aveva mostrata al figlio Roberto. Lui era rimasto impietrito, lo sguardo fisso sulla giacca color senape. Aveva cominciato a respirare con affanno, poi era scoppiato in lacrime senza ragione. Si era calmato a fatica.

Michela e Massimo non erano riusciti a capire che cosa fosse accaduto, e poi, sempre più spesso, Roberto indicava un vestito e cominciava a piangere. Alla fine avevano organizzato la visita da uno specialista. Il migliore della City. E la diagnosi era stata immediata.

«Il termine scientifico è Koumpounophobia» aveva spiegato il dottore.

Marito e moglie si erano guardati senza capire.

«È la paura dei bottoni» aveva spiegato. «In alcuni casi chi ne soffre non può sopportarne la presenza nemmeno sugli altri. Se poi sono un po' scuciti, possono causare proprio un malessere fisico.»

Si era soffermato per un attimo sugli sguardi stupiti dei genitori, poi aveva ripreso a parlare. «Avete presente il senso di ribrezzo che si prova davanti a un animale spiaccicato sulla strada? Ecco, la reazione è più o meno la stessa. Questa è una forma lieve, però non forzate vostro figlio. Sostituite i vestiti, usate laccetti o cerniere. Può trattarsi d'un disturbo temporaneo, ma non sottovalutatelo.»

Michela, in seguito, aveva fatto di necessità virtù. Aveva dovuto accettare il fatto che, lavorando in casa, sarebbe stato impossibile nascondere sempre gli abiti con bottoni al figlio. Quindi aveva trasformato quella limitazione in un ulteriore vezzo della sua presunta vena artistica: niente bottoni, d'ora in poi chi è glamour vestirà solo zip e spille. E, quando proprio non se ne poteva fare a meno, avrebbe lavorato a quei singoli modelli la notte, quando Roberto dormiva.

Ora Massimo, dopo oltre vent'anni insieme – studiando nell'armadio i suoi venticinque completi blu tutti uguali, la trentina di camicie bianche, la collezione di cravatte cobalto e le dieci paia di Nike Air metà bianche e metà nere – si rende conto che il divario tra lui e Michela è cresciuto in maniera inesorabile. Lei punta a sorprendere gli altri con un tocco magico. Lui evita in tutti i modi di distinguersi, di emergere dalla massa. Apparire gli sembrava sempre più volgare.
La ferita nel tempo si stava allargando, scompensando ogni equilibrio.
Nessun calcolo avrebbe potuto rimarginarla.
Massimo si volta, mentre Michela sostituisce la giacca con un cappotto verde di Krizia in panno e lana, prima di sollevare di nuovo la macchina digitale e riprendere a scattare.
«Perché non andiamo qualche giorno a Parigi, dopo Natale?» le chiede all'improvviso.
«Abbiamo la cena dell'HELP, il 28.» Michela parla con voce neutra, senza smettere d'inquadrare gli abiti da diverse angolazioni.
Massimo ha capito sin troppo bene: l'ennesima charity fondata da ricche signore con l'hobby della filantropia. Un'overdose di mondanità sotto la patina politicamente corretta della beneficenza.
«Michela, no, stavolta non contare su di me. Non met-

terò mai più piede a una cena di beneficenza. Sto sempre male, capisci?»

«Ma se si mangia benissimo.»

«Sì, infatti... Si mangia benissimo.»

Con esasperante lentezza, lei abbassa la macchina fotografica. «Massimo, Katia si aspetta qualcosa di perfetto. Ci devo lavorare» mormora scandendo ogni singola sillaba.

Lui inspira piano. Due, tre, quattro volte. Vorrebbe tornare a parlarle dopo un tempo simile all'eternità. «Ascolta...» mormora.

Vorrebbe dirle che così non va bene, che i soldi non servono a niente se è tutto fuori sincrono, se quel matrimonio somiglia sempre più a un appuntamento mancato. Vorrebbe dirle che possono ricominciare altrove. Che desidera farla finita con le notti agitate che lo tormentano da anni. E vorrebbe dirle che non ha mai smesso di amarla.

«Mamma...»

La voce della figlia lo distoglie dai pensieri, consegnando all'oblio le sue intenzioni.

Dal rettangolo della porta, si affaccia una coppia di occhi azzurri identici ai suoi. La fisionomia del corpo è un'esile via di mezzo tra il non-ancora d'una donna e il non-più di una bambina. La sua mano destra stringe un iPhone come se brandisse uno scettro, capace di dispensare – con il solo *mi piace* di una pagina facebook – gioie inattese a coetanei in adorazione.

«Ciao» dice la ragazzina a Massimo.

«Ciao, India...»

«Mamma, posso prendere la borsa Hermès? Quella piccola da sera...»

«È tardi. Perché non sei a letto?»

Massimo lo sa che quella domanda è il massimo rimprovero di cui Michela è capace. Vorrebbe aggiungere qualcosa, far sentire la sua, la *loro* autorità, ma rimane in silenzio.

Non c'è mai e ora non sa più come affrontare le discussioni con lei, che è cresciuta così in fretta.

«Non ho sonno.»

«A cosa ti serve la borsa?» chiede Michela.

«C'è una festa domani da Kaitlyn.»

Michela posa la Leika sul comodino e scruta la figlia con aria dubbiosa, prima di scomparire nel corridoio che conduce alla cabina-armadio.

Una vibrazione dell'iPhone cattura l'attenzione della ragazza.

«Da Kaitlyn?» chiede Massimo.

«Sì, vado in Cornovaglia da Kaitlyn per il weekend.»

Michela ritorna con una pochette nera, sulla quale una serie di punti traforati compone una scritta circolare sormontata da due piccoli rombi: "Hermès Paris".

Un sorriso illumina il viso di India. «Grazie» si sbriga a sussurrare e bacia la madre.

«India...» dice Massimo mentre sua figlia gli volta le spalle.

Ma lei non lo ascolta. Non ascolta mai nessuno. Esce rapida dalla stanza, negli occhi il messaggio appena ricevuto dal suo ragazzo: "Sei fantastica".

«Perché non mi hai detto che passava il weekend da Kaitlyn?»

Michela inclina la testa, serra le labbra. «Perché non ci sei mai» ribatte con una voce dura, che non ammette repliche.

Poi, mentre Massimo sta varcando la soglia, lascia cadere nella stanza alcune parole: «Mario ti cercava. Ha chiamato due volte».

Lui fa finta di non sentire e si avvia nel corridoio dopo essersi chiuso la porta alle spalle.

Pochi passi e si rifugia nella stanza di Roby. Come sempre.

Il suo porto franco.

Il suo riparo dal mondo.

Il letto a castello è composto da un livello inferiore a due piazze e uno superiore a un'unica piazza, al cui bordo è fissato uno scivolo in legno che termina sul parquet.
È tutto rischiarato dalle luci calde di un piccolo acquario. Il ripiano di un mobile è occupato da sassi e conchiglie. Sopra a un tavolino basso, un grande delfino di peluche, bianco e azzurro, è adagiato su un fianco.
Si avvicina al mobile. Con una mano segue i contorni irregolari delle conchiglie. Indugia sulle scanalature delle superfici. Ne prende una più grande e la porta a un orecchio.
È muta.
Poi sceglie una pietra sottile e bianchissima. La rigira tra le dita. La posa su un palmo e stringe il pugno. Ha riconosciuto la provenienza.
L'Argentario.
«Le onde non si possono contare» ripeteva Siro.
Si lascia andare sul letto con la giacca ancora addosso, le scarpe allacciate e il ciottolo stretto nel pugno.
Forse è ora di dormire.
Forse è ora di provare a dimenticare tutto. Almeno per un po'.
Si sforza di non pensare al sapore amaro che ha in bocca e al gin che gli brucia lo stomaco. A Michela, che al piano di sotto inventa un sogno griffato per una donna che non ha mai visto ma che chiama per nome. Si sforza di non pensare a Derek e Cheryl insieme. A Hilary, da sola, nel silenzio di un appartamento di Manhattan. Si sforza di non pensare più a nulla.
Ma appena si abbandona sul materasso avverte una voce simile a un soffio. «Papà?»
Massimo sorride. Quegli occhi verdi e leggeri che fanno capolino dal letto di sopra riescono sempre a restituirgli un pizzico di allegria. Poi il solito sobbalzo, la mano libera che cerca di nascondere i bottoni della giacca. Sa bene che il

sarto che gli confeziona gli abiti fa in modo di nasconderli sempre sotto la stoffa, ma il riflesso è istintivo e ci casca ogni volta. È il suo modo di proteggerlo. Di tenerlo al riparo dalla paura. Dalla violenza. In qualche modo, dalla vita vera.

«Eccoti... Ma non dormi tu?»

«Non ho sonno, papà.»

Non dorme nessuno, stanotte.

«Va bene... Dov'eravamo rimasti l'altra sera, Roby?» dice dopo aver tirato un lungo sospiro.

«I tonni sono come siluri...» Ora la voce del figlio è più decisa, increspata dalla curiosità. Si è già calato al piano di sotto e si è sdraiato sul fianco con un gomito piegato a sostenere la testa.

«Sì, viaggiano a cinquanta miglia orarie!» Massimo si massaggia il viso. Stringe la radice del naso tra il pollice e l'indice. Chiude le palpebre per un attimo, poi riprende a parlare: «Immagina un siluro d'argento in mezzo a tutto quel blu. Ogni anno, in primavera, percorrono ottomila chilometri lungo le stesse rotte».

«Ottomila chilometri?»

«Ottomila.»

«Quanti sono ottomila chilometri, papà?»

«Da qui al Brasile, più o meno.»

«E come fanno a non perdersi?»

Vorrebbe rispondergli che gli animali non si perdono. Non *scelgono* di perdersi. Che quella scelta è destinata agli uomini, solo agli uomini. E scegliere, a volte, significa essere liberi di farsi male.

«Grazie alla magnetite.»

«Cos'è?»

«È un minerale. Funziona come una specie di calamita, ecco perché non si perdono.»

Per Roberto le storie non dovevano mai cominciare con "C'era una volta", non esisteva nessun "Vissero felici e contenti" e non c'era spazio per un finale qualsiasi. Massimo aveva scoperto che suo figlio detestava la compiutezza delle favole e così aveva trasformato i racconti in dialogo, in un alternarsi di domande e risposte che poteva durare giorni.

Quello dei tonni era un gioco che proseguiva da settimane. Avevano guardato un documentario della BBC sui tonni rossi e Roby era rimasto incantato dalla loro eleganza, dalla velocità dei movimenti e dalla tenacia con cui solcavano gli oceani, per ritrovare ogni dodici mesi la via del Mediterraneo. Poi si era incupito davanti alle scene d'una tonnara, alle urla dei pescatori, al dibattersi frenetico dei corpi degli animali, alle fiocine affilate, al mare tinto di rosso. Non sapeva che la pesca potesse significare tanta violenza. E quei tonni erano allora diventati per lui il simbolo di una sopraffazione inconcepibile. Una battaglia da combattere.

«E come fa a stare nei tonni, la magnetite?»

Massimo insegue una risposta plausibile senza trovarla. «Vediamo.» E con la mano libera estrae dalla tasca della giacca lo smartphone. Nota l'icona di un messaggio e cerca di resistere.

Il lavoro è lavoro. La famiglia è un'altra cosa.

Ma dura solo un istante. Il tempo di aprirlo e leggerlo.

È Paul che lo informa sull'apertura delle piazze asiatiche e i cambi.

Massimo non fatica a immaginarselo in maniche di camicia, davanti al computer, con una birra accanto, la solitudine e l'insonnia uniche compagne.

Lascia andare lo smartphone. Si chiede cosa ci sia nella vita di Paul oltre i numeri e la Borsa.

«Papà? Allora?»

La voce di Roby lo riporta al mare. Prova ad abbozzare.

«Ehm, non è la magnetite. I tonni seguono le stelle, come i vecchi marinai.»

Come Siro.
«E come fanno di giorno?» Le parole sono un mormorio.
«Col sole. Nuotano a pelo d'acqua e si orientano con la luce. E quando ci sono le nuvole, si fermano e cacciano.»
Silenzio.
Massimo percepisce il respiro regolare di Roberto. Continua a pensare ai corpi argentei dei tonni allungati nel blu dell'oceano.
Intravede abissi marini sfumare nel liquido di un acquario. Una medusa. Le mani tozze di Siro intorno a un amo. Il sole a picco sulla testa. Il movimento scomposto di un'aguglia. Il sorriso di Mario.
Ancora i tonni protesi a velocità folli nelle profondità.
Non c'è nessuno a seguirli. Il mare è tranquillo.
Il blu tutt'intorno si tinge di nero e i respiri si fanno leggeri.
Padre e figlio, finalmente, dormono. E un ciottolo bianco scivola lento sul parquet.

4
The trading floor

Poi il mare d'un tratto si ritira. La terra ricomincia a girare e torna il mattino. Come sempre.
E insieme alla luce dell'alba torna anche Massimo. Quello vero.
È il capo, ma ha preferito non spostarsi, rimane seduto vicino a Paul, a un passo anche da Kalim. Il suo primo segnale, appena assunto il nuovo incarico, è stato quello di abbandonare il Panopticon tanto caro a Derek e Larry, che da due postazioni diametralmente opposte riuscivano a controllare l'intera sala senza che nessuno, lì sotto, sapesse di essere visto.
Massimo è al centro e attorno a lui c'è il *floor*, il suo campo di battaglia e il suo plotone. È uno stanzone bianco e anonimo, con neon bianchi che illuminano tavoli bianchi. Moquette, poltroncine di pelle nera e un telefono a creare contrasto con le pareti vetrate, senza però alterare l'alone asettico, impersonale dell'ambiente. A testimoniare la presenza umana solo i pennarelli e le tracce che lasciano sui muri: numeri, parole, grafici, semplici illustrazioni riconducono a ragionamenti, semplici ipotesi, talvolta discussioni animate.
Non c'è nulla di superfluo, all'apparenza, nel floor. Eppure nel floor c'è tutto.
Ci sono la tecnologia più avanzata e l'istinto che vibra. Ci sono calcolo e intuito, astuzia e brutalità. C'è la tattica, e

il fiuto animale. C'è lo stato maggiore, che pianifica la strategia intorno a un grande tavolo circondato dalle altre postazioni. Ci sono reduci di molte guerre e reclute alle prime battaglie. C'è l'essenzialità funzionale d'una sala operativa e la sofisticata sottigliezza dei ragionamenti. C'è il progresso, e c'è il profitto. Ci sono quelli che credono in qualcosa. C'è chi ci credeva e chi invece non ha mai creduto in niente. C'è il bianco delle superfici e il blu degli abiti di sartoria. Ci sono i migliori tra i migliori. I peggiori dei migliori non ci sono più: vanno via ogni sei mesi e non li ricorda nessuno. Ci sono uomini che si parlano rapidi, fissando sequenze alfanumeriche su schermi ultrapiatti. C'è il figlio d'un venditore di tappeti del Kashmir che recita il Corano a memoria e prega inginocchiato verso la Mecca. Conosce i segreti delle probabilità, ama i vestiti di marca ed esagera col profumo. C'è un Dubliner cresciuto all'ombra del grigio cemento di Ballymun. È un duro, ne ha viste tante e ha i capelli bianchi. Ogni volta che muove sulla *street* è come se ciondolasse ancora, con le mani nelle tasche dei jeans sdruciti, sui marciapiedi d'un sobborgo che rassomiglia a un incubo. Non va troppo per il sottile, ma annusa l'aria che tira in strada. Sente quand'è il tempo di nascondersi e quando – invece – è il momento di andare giù duro. Ci sono i figli dei ricchi e quelli dei poveri. C'è un aristocratico francese che non sa cosa siano i dubbi. C'è un giovane fisico italiano che non sa più cosa pensare. C'è una donna irlandese dalla capigliatura rossa, all'ingresso del floor. Non conosce i numeri, ma comprende gli uomini che parlano poco. C'è una legge di proporzionalità inversa: quanto più stai in alto nella piramide del desk, tanto meno hai bisogno di dire o mostrarti. E allora puoi fare a meno di esibire le stimmate del successo o i galloni della ricchezza. Ci sono vetri che corrono paralleli alle pareti, in questo stanzone rettangolare. Ci sono la realtà e la tendenza. C'è il paradiso, e l'inferno. Ci sono la pura astrazione e i simulacri del virtuale. C'è una lavagna che spunta da una delle salette ritagliate lungo il perimetro dell'ambiente. L'ha fatta mettere lì, pochi giorni prima, il nuovo capo del fixed income. Dice che i numeri non esistono finché non li vedi. Lui, i numeri, li vede anche quando sono invisibili. Ci sono tenui riverberi catturati dalle trasparenze. C'è l'adrenalina che scorre a fiumi. Ci sono sogni, desideri e ambizioni, arroganza, miraggi e illusioni. Ci sono giovani trader che hanno fame e affilano zanne da latte. Ci sono Paul e Massimo che si capiscono con uno sguardo. Ci sono Massimo e Cheryl che non si guardano.

Nel floor c'è il riflesso del mondo.

Fuori dal floor c'è il mondo, ignaro del proprio riflesso.

Baudelaire scriveva: "*La plus belle des ruses du diable est de vous persuader qu'il n'existe pas*". Il più bel trucco del diavolo sta nel convincervi che non esiste.

Questa mattina d'inizio anno, il Diavolo si chiama René La Mothe Dumont. Ha quarantanove anni. Veste con un completo su misura, una camicia a righe e il suo solito paio di bretelle che gli fanno credere di stare a Wall Street.

Ha studiato nei posti migliori della République, monsieur La Mothe Dumont. Una laurea all'École polytechnique, un MBA al blasonato Institut Européen d'Administration des affaires di Fontainebleau. Ha cultura, parla le lingue e ha fatto pure buone letture.

Alle ore 7:37, il Diavolo, responsabile del book "Francia" al fixed income area "Europa", ha varcato l'ingresso della grande banca. Ha preso un ascensore ed è salito al tredicesimo piano. Ha salutato distrattamente qualche collega prima di dirigersi *aux toilettes*.

Alle 7:53 ha estratto dalla tasca una bustina di carta da zucchero insieme a un piccolo specchio. Quindi ha steso un riga di polvere bianca e compatta. Poi ha sminuzzato i cristalli col taglio d'una carta di credito Centurion Black.

Alle 7:55 con il medio, l'anulare e il pollice ha arrotolato una banconota da cinquanta sterline. Ha sorriso pensando che quel pezzo di carta non vale niente e che il suo valore più prezioso è quello d'uso. Per questo ne ha infilato un'estremità in una narice.

Senza produrre il minimo rumore, ha inalato la striscia di boliviana tagliata al trenta per cento.

René detesta i rumori. Li trova volgari.

Per qualche secondo la superficie dello specchio ha rimandato il riflesso di un massiccio anello d'oro su cui è incastonato un rubino. All'interno della fascia sono incise tre lettere: LMD, la cifra dei conti La Mothe Dumont, antico casato nobiliare della Lorena.

Ora, sette minuti e trentasei secondi dopo l'inizio delle contrattazioni, il Diavolo ha le pupille dilatate e si sente un dio. L'onnipotenza è un senso di pace. E lui *si sente* in pace. Ringrazia quei granelli di polvere che viaggiano come bolidi nel sangue e inibiscono il recupero di dopamina, facendogli sembrare più chiari e distinti i numeri allineati sui tre schermi che ha davanti.

Andrebbe tutto bene, se non fosse per quel ragazzo assunto tre mesi prima. Quel *quant*, quel "2.0", come vengono chiamati in banca gli analisti di ultima generazione, che sta facendo scena con un discorso sulla fisica applicata ai mercati. René non lo sopporta, perché Giacomo, Giorgio, o come si chiama, sostiene che i prezzi dei titoli si formano casualmente, che il loro andamento è ingovernabile, imprevedibile, come il movimento delle particelle in natura, che il mercato provvede a se stesso secondo regole a cui non si può derogare.

Secondo Giorgio il fiuto del trader non esiste: i soldi in finanza si fanno solo con modelli matematici e l'elemento umano serve unicamente a costruirli. I modelli, che vengono chiamati reti neurali, simulano il ragionamento di tutti i cervelli che operano sui mercati, anticipandone le reazioni.

«I prezzi, Kalim, si muovono in maniera imprevedibile come le molecole calde quando incontrano quelle fredde! È il secondo principio della termodinamica, che ti dice che cambiando alcune condizioni di partenza è istantaneo passare dall'ordine al caos...»

René li interrompe stizzito, a voce alta. «Complimenti, c'è una concentrazione di intelligenze qui che rischiate di far saltare la luce in tutta la sala...» Conosce il secondo principio della termodinamica ma vuole sentire quel presunto genietto come glielo spiega.

«Vedi, René, te la faccio semplice semplice: metti che abbiamo due bicchieri, uno con acqua calda e l'altro con acqua fredda; se li svuotiamo in una brocca avremo acqua tiepida, non avremo mezza brocca con acqua fredda e l'altra metà con la calda...»

Kalim si schiera dalla parte di Giorgio citando a memoria le parole del fisico scozzese James Clerk Maxwell: «Già, perché, se così fosse, dovremmo ammettere l'esistenza di un diavoletto così veloce da riuscire a mettere in ordine e far legare molecole fredde con molecole fredde e molecole calde con molecole calde... Cosa ovviamente impossibile, perché quel diavolo non può esistere in natura!».

«Ma che bravi che siete... e la tua rete neurale, Giorgio, ti dà suggerimenti particolari su qualche obbligazione francese?»

«Su parecchie, come no... per esempio, vediamo...» Giorgio apre il file del book e lo fissa con una sicurezza che il francese sopporta davvero a fatica. «Ecco, vedi questa?» chiede indicando sul monitor un'obbligazione della Société

Générale. «Tratta sotto 90, ma i miei modelli dicono che il suo valore è di almeno un paio di punti in più... Potresti comprarla e aspettare. Prima o poi in molti si accorgeranno del suo reale valore: a quel punto cominceranno a comprarla facendo salire il prezzo e colmando le inefficienze, e tu ci guadagneresti!»

Modelli, valore, aspettare...
Parole che René non riesce ad ascoltare. Non ci sta: lui non è l'ipotesi di un fisico scozzese morto da centocinquant'anni. Lui non è quel *petit diable*. René La Mothe Dumont respira, si muove, mangia, fotte e sniffa. Lui sa unire le molecole calde con quelle calde, le fredde con le fredde, se non le vuole mischiare non le mischia: sa mettere mano all'entropia e farla sua. È uno che conosce i mercati e, come il diavolo, ci sa infilare la coda.

René non si tira indietro, non rincorre il tempo e sa che i prezzi non sono molecole gassose. I prezzi sono governabili, eccome.

Il diavolo è capace di tutto e può tutto. Vende o compra, ma poi incassa. Qui e ora. Sempre e comunque. Non scompone il rischio, se azzarda su un trade non si copre le spalle con un'altra operazione. Quella è roba da ragionieri delle probabilità. Perché René non è un fisico perso dietro ai numeri o agli schemi statistici. Non rimane seduto ad aspettare che il mercato vada dove dovrebbe andare, colmando le proprie inefficienze e restituendo i prezzi corretti.

René si trattiene a fatica. Vorrebbe zittire Giorgio, fargli capire che così non andrà da nessuna parte. Ma non sa come potrebbe prenderla il suo nuovo capo. Con Derek era un'altra storia: era un duro di classe che ci sapeva fare, l'americano. Ma adesso al suo posto c'è Massimo, che parla poco, ha un'aria indecifrabile, si muove sicuro senza sbagliare mai niente. Un killer silenzioso con cui è meglio non tirare la corda.

Il diavolo prova a concentrarsi su altro. Controlla il tasso dei titoli francesi a cinque anni, verifica il cambio del dollaro, legge un report sul debito italiano. Poi torna a distinguere la voce di Giorgio e coglie la parola "babbuino". Ancora la teoria del *random walk* e questa volta citata col suo corollario più noto: l'immagine del primate che, se premesse bottoni a caso su una maledetta tastiera, sul medio termine otterrebbe le stesse performance di un trader pagato milioni di dollari.

Ma René La Mothe Dumont è un trader pagato milioni di dollari. Non è un babbuino.

Lui è il vero diavolo in carne e ossa, e ora sta respirando a fondo. Deve mostrarsi, perché a volte è necessario fare paura.

Adesso, dodici minuti e quindici secondi dopo l'apertura della London Stock Exchange, il francese gira intorno al tavolo centrale dell'ampia sala e raggiunge Kalim e Giorgio.

Posa una mano sulla spalla dell'italiano che si volta di scatto.

René ha le idee chiare. «Il mercato sono io» dice semplicemente. *Io sono il diavolo*. Poi aggiunge: «Vieni. Ti mostro una cosa che non hai mai visto» e, senza aspettare risposta, trascina Giorgio verso la sua postazione.

In piedi, le mani nelle tasche del completo blu, Massimo segue la scena in silenzio. *Chissà cosa farebbe Derek*, pensa. Mentre guardava lo schermo del computer, ha ascoltato il ragionamento di Giorgio. Un paio di volte, alzando lo sguardo, ha incrociato quello spazientito di Kalim. Gli ha fatto un segno col capo che solo l'indiano poteva cogliere, raccomandandogli condiscendenza. Non gli è sfuggita neppure la tensione di René, i gesti nervosi e quei due sbuffi.

«Guarda» dice ora il diavolo al ragazzo, prima di evidenziare una riga della schermata. Di fianco alla sigla del bond francese a cinque anni sta una cifra che corrisponde al valore di 90.

Massimo ha già capito cosa sta per succedere. La dimostrazione che René intende offrire è la più brutale delle prove di forza.

Una sequela di *input price* percorre le fibre ottiche. Sono impulsi elettronici che si traducono in ordini d'acquisto, è un'inarrestabile scarica di ottimismo per gli investitori.

Il fixed income "Europa" della grande banca si sta muovendo rumorosamente.

Che tutti vedano. Che tutti sappiano.

Giorgio assomiglia a una statua di sale. Se ne sta con le braccia incrociate, osservando le mosse del trader.

Una manciata di secondi dopo, in tre continenti, migliaia di occhi registrano l'operazione. Allora René afferra la cornetta del telefono e compone un numero, pronuncia poche parole: «Compra fino a 93». E riattacca.

Mentre sul monitor il 90 trasmuta come per incanto in 91 e poi in 91.50, il francese ripete l'operazione. Due, tre, quattro, cinque telefonate. Da Parigi a Berlino, da Londra a Roma, operatori e trader sono imbeccati. Ordini d'acquisto si aggiungono a ordini d'acquisto. La domanda cresce, il valore dell'offerta sale.

Sono passati meno di cinque minuti e il prezzo segna 92.80.

«Mai sentita la parola "liftare", ragazzino? Quando uno sa quel che fa», "quando uno è il diavolo", vorrebbe dire René, «gli bastano pochi minuti per spingere un titolo ben oltre il valore di previsione. Su, impara.»

Giorgio è pallido e si gratta una guancia con vigore.

A 93, il francese si allontana dalla postazione scivolando all'indietro sulle rotelle della poltrona. Accavalla le gambe, quindi si volta e squadra il pivellino italiano. «93, in soli sei minuti» scandisce. «E se adesso vendessimo, almeno lo sapresti calcolare il controvalore?» chiede sarcastico. Si concede una pausa attendendo una risposta che non arriva. «Secondo te, piccolo genio, quanto dovevo aspettare perché il titolo raggiungesse il prezzo di parità e il mercato correggesse le inefficienze? Quanti mesi? Sentiamo, cosa dicono i tuoi modelli statistici?» Le domande sono una mitragliata e il viso di Giorgio avvampa, mentre fissa la punta delle Sneakers senza sapere cosa dire.

Massimo si avvicina alla postazione del francese. «Ora basta.» La sua voce suona bassa e decisa. «Questa roba si chiama *market manipulation*.»

Qualche metro più in là, dall'altra parte del tavolo, Paul si è allungato sullo schienale della sedia e ora studia la situazione con un sopracciglio inarcato.

René si guarda intorno cercando un sostegno che non trova. Paul tiene la testa poggiata sul palmo d'una mano, un'espressione annoiata sul viso. Kalim si sistema il polsino della camicia azzurra, ostentando indifferenza.

«Questo si chiama mercato, Massimo. Il resto è solo fortuna, come la pallina che gira sulla roulette, oppure è una gran perdita di tempo. E noi non abbiamo tempo da perdere» ribatte René in tono arrogante.

«La fortuna non esiste.»

«Non esiste perché siamo noi a fare i prezzi.»

Massimo scuote la testa. Non sono le maniere sfrontate e i modi boriosi a disturbarlo. È abituato alla tracotanza dei trader della vecchia scuola, alla cruda esibizione del potere, alla ricchezza sfoggiata senza stile, ai pollici cacciati nelle bretelle mentre il petto si gonfia di presunzione. Quello che non accetta è il fraintendimento sull'essenza della finanza.

Massimo è diverso da René, non è cresciuto negli anni

di Wall Street: per lui ogni singolo lancio di dadi è parte di una successione infinita, utile a stabilire il risultato più probabile. E ha sempre considerato quel tipo di aritmetica il fondamento della modernità, la scoperta che per prima collocò l'uomo al centro dell'universo, facendone il padrone del mondo e il dominatore del caso. Alla fine del Quattrocento, Leonardo ne aveva fornito la rappresentazione più fedele con le perfette proporzioni dell'Uomo vitruviano, inscritto al centro d'una circonferenza.

«Da quanti anni fai questo mestiere, René? Venticinque? E non hai ancora capito cos'è il rischio.»

«O intervieni sulle regole oppure si tratta soltanto di scommesse. Lo sai. Scommetteva anche LTCM e guarda che fine hanno fatto con tutta quella matematica.»

LTCM. *Un massacro, un bagno di sangue.*

Long Term Capital Management, l'euforia degli anni Novanta. Il colosso gestito da premi Nobel, teste d'uovo e tecnici di altissimo profilo. Un hedge che accedeva a linee di credito da decine e decine di miliardi di dollari, impostato su rigorosi schemi statistici e sulla convinzione che il mercato avrebbe pareggiato – prima o poi – le inefficienze, restituendo i prezzi corretti.

Avevano puntato un sacco di soldi su un piccolo guadagno altamente probabile a fronte di un'ingente perdita altamente improbabile.

Quella possibilità di guadagno si era rivelata invece remota, dislocata in un futuro lontano. *Prima o poi* era in breve diventato nient'altro che un irraggiungibile "poi". E si era aperto un buco che aveva assunto le proporzioni d'una voragine. Quattro miliardi di capitale volatilizzati.

«LTCM non sbagliò il modello e nemmeno la lettura della tendenza. Perse perché erano così sicuri di loro che presero posizioni dieci volte più grandi di quello che avrebbero potuto...» Massimo si avvicina al computer di René, poggia una mano sul piano della postazione e con l'altra indica il display dell'orologio nell'angolo in basso a destra. Ore 8.46. In quel momento il 6 si trasforma in 7. «Il tempo esiste, anche se pensi che scorra solo per gli altri e non per te. Ed è contro questa variabile che ci mettiamo in gioco. Adesso, René, rimetti a posto il casino che hai combinato.» Poi si rivolge a Giorgio: «Tu continua il lavoro sulle reti neurali, e magari parla di meno».

Il giovane annuisce in silenzio, tenendo lo sguardo basso.

«Ben fatto, René. È stato molto istruttivo» commenta sarcastico Paul, con la bocca atteggiata in una smorfia, prima di tornare a concentrarsi sul monitor.

Dall'altra parte del tavolo, il diavolo mastica amarissimo. Infila una mano nella tasca della giacca, dove avverte la rassicurante presenza dell'involucro di carta da zucchero. Muove il mouse finché il cursore non raggiunge il box dell'orario sul desktop. Clicca il tasto destro e seleziona un'opzione. Ore e minuti scompaiono.

Dio è morto.

Quindi si alza e si avvia verso il bagno. È tempo di sentirsi onnipotente.

Massimo lo guarda uscire prima di sedersi. Sembra tornata la calma. Quando Cheryl attraversa il floor con dei documenti in mano, i ricci nerissimi raccolti in un morbido chignon, Massimo si sorprende a immaginare il corpo oltre il velo della camicia bianca, della gonna attillata, degli stivali a tacco alto. Ma scaccia subito il pensiero e si ributta nei numeri, il suo porto sicuro, rispondendo con un'espressione vuota al sorriso imbarazzato della ragazza. Sfoglia qualche pagina del "Financial Times". Scorre il book. Ricapitola le operazioni del desk, valutando la delicata situazione d'inizio anno.

Di colpo si blocca su una sequenza di numeri e lettere. La rilegge una volta. Un'altra, e un'altra ancora. E non ci può credere.

"... *ascolta, Max... dovresti prestarci il book... buttiamo dentro un po' di milioni... li tieni una notte in pancia e la mattina dopo non ci sono più... puf... lo zio Sam fa sempre il tutto esaurito... lo zio Sam...*"

Il ricordo affiora con l'intensità d'uno schiaffo. Quella dell'americano non era un'ipotesi. La schermata del computer attesta un movimento impossibile. US Treasury – duecentocinquanta milioni – ordine d'acquisto sull'ultima asta da parte del fixed income "Europa".

Massimo, quell'ordine, non l'ha mai dato.

Si trattiene per non scattare in piedi. Respira a fondo. Un fremito gli scuote la gamba destra.

Si morde un labbro. Conficca l'unghia dell'indice alla base del pollice.

Il dolore è un balsamo. Il dolore è morfina a costo zero che lo aiuta a recuperare il controllo.

Inspira ancora. Poi si alza. Le gambe sono salde come al solito.

«Kalim!» La voce è ferma. L'ansia compressa dal self control.

Alcune teste si sollevano dagli schermi, mentre l'indiano raggiunge la postazione in fondo alla sala.

«Cos'è questa roba?» mormora Massimo indicando la transazione sui titoli americani.

Kalim si concede qualche istante prima di rispondere. «È l'ordine arrivato da New York.» Poi si interrompe. Un'intuizione. Sgrana gli occhi. «Ma... Pensavo che ne avessi parlato con Derek...»

Paul si è avvicinato, attratto da un muto richiamo. Se ne sta in piedi con le mani in tasca, il viso è una maschera inespressiva.

Massimo abbassa la testa. Avrebbe dovuto capire.
Il Christmas Party.
Di' la verità. Gli altri penseranno che stai bluffando.
Un dannato giocatore di poker, Larry Lubbock. Non era ubriaco. E quelle parole impastate di whisky nascondevano un avviso.
"Buttiamo dentro un po' di milioni... li tieni una notte in pancia e la mattina dopo non ci sono più... puf..."
«Mai più, Kalim. Che non succeda mai più.» Mentre parla, poggia una mano sulla spalla dell'indiano che biascica qualcosa d'incomprensibile. Quindi Massimo si rivolge a Paul: «Vieni con me».

Paul stampa al volo un foglio e lo porta con sé. Attraversano il trading floor a passo deciso e imboccano un corridoio, illuminato da due file ininterrotte di neon. Si fermano davanti a una porta dal vetro smerigliato con la targhetta PHILIP WADE.

Massimo la apre.

È un cubicolo di tre metri per tre, letteralmente invaso dai libri. Su una scrivania in metallo grigio, una muraglia di volumi impedisce di vedere quel che c'è al di là. Sono ovunque: impilati in colonne altissime lungo le pareti o accatastati sui ripiani d'uno scaffale.

Quando entra in quell'ufficio, Massimo avverte sempre un senso di oppressione. Si sente soffocare. Ha provato più volte a fare una stima approssimativa della quantità di libri stipati in quel posto, arrendendosi davanti al mistero d'un numero che sfugge a ogni stima.

«Ci siamo, Phil» dice. È come se parlasse a quell'impenetrabile muro di carta che si erge sulla scrivania.

«In Italia non usate bussare?» risponde una voce dal nulla. In perfetto accento inglese.

«Non ho tempo per il tuo humor, Phil. Ci siamo.»

L'uomo che si materializza oltre la parete di volumi ha

superato da un pezzo la cinquantina. Il viso rotondo è sormontato da una massa di capelli bianchi spettinati. Dietro le lenti spesse, incorniciate da una montatura rossa, un paio di occhi grigi che sprizzano ironia e intelligenza. Indossa una giacca di tweed sopra un maglione grigio scuro a collo alto: un innegabile affronto al dress code della City. Un insulto alla prescrizione di completi blu e camicie bianche senza soprabito, neppure durante il più rigido degli inverni. Ma poteva permetterselo, Philip Wade. Uno dei migliori *strategist* in circolazione. Uno che, al primo incontro con Derek e Massimo, aveva avuto la faccia tosta di dichiarare: "Io dirò sempre come la penso. Se cercate uno yesman, avete sbagliato persona".

Era arrivato nel palazzo dietro Bank Station dopo una marcia trionfale. Laurea in Letteratura a Oxford. Studi sul teatro elisabettiano, una tesi dedicata al simbolismo rosacrociano in Shakespeare e un prestigioso MBA in Economics. Poi dieci anni in World Bank, altrettanti in Bank of England. Senza mai cambiare una virgola del suo modo di fare, del suo modo di essere.

Philip si leva gli occhiali e li poggia sulla scrivania. «Di cosa state parlando?» domanda serio.

«Dell'ultima asta sui Treasury. Da New York ci hanno messo sul book 250 milioni.» È Paul a rispondere sventolando il foglio.

L'altro si concede un fugace sorriso. «Lo sapevamo che le cose stavano cambiando.»

«Sai che non condivido le tue idee sui bond americani, Phil.» Paul non lesina in ruvidità. «Ma se le cose cambiano, io cambio idea. Quindi prova a farmi cambiare idea. Rapidamente, però. Il tempo scorre troppo veloce.»

Massimo assiste allo scambio in silenzio, le braccia conserte, una spalla poggiata allo stipite della porta.

«Che brutte maniere, Farradock.» Philip si guarda intorno con calma olimpica. Poi fissa un punto indefinito della stanza, tra Paul e Massimo, e ricomincia a parlare sotto lo sguardo torvo dell'irlandese. «Gli equilibri di Chinamerica stanno saltando.»

Chinamerica. Due giganti, due Paesi, due continenti. Un solo patto strategico di mutua assistenza.

Esportazioni di manufatti asiatici sul mercato americano. Cambio fisso yuan-dollaro per non compromettere l'export dall'Oriente. E i cinesi a finanziare il vorace consumatore d'oltreoceano, comprando tonnellate di debito targato Usa.

Avevano inondato gli States di prodotti a basso costo.

Avevano consegnato al ceto medio americano un'illusione di ricchezza.

Fabbriche statunitensi delocalizzate in Asia, ogni anno dieci milioni di contadini cinesi convertiti in operai. Uno dei più feroci inurbamenti della Storia, e nella Storia di questo non rimarrà scritta neanche una parola.

La Federal Reserve Bank era stata la musa. Tassi bassissimi avevano ispirato la deindustrializzazione negli Stati Uniti facendo correre veloce il denaro. Accesso facile al credito. Frenetica sottoscrizione di mutui. Il sogno di una casa per tutti millantato dai democratici a Washington.

Una bolla che aveva presto cominciato a gonfiarsi. Era levitata con grazia sul mercato immobiliare, aveva attraversato il cielo di Manhattan, piena di derivati e *subprime*, e alla fine era inevitabilmente esplosa, scuotendo le fondamenta stesse del sistema bancario.

Un giorno di settembre, una fiumana di uomini e donne aveva abbandonato un grattacielo di Wall Street, quello occupato dalla Lehman Brothers, uno dei principali operatori del mercato di titoli statunitensi. La testa china, il passo incerto, uno scatolone tra le mani.

Sembrava già la fine.

E invece tutto stava per cominciare.

La terapia era stata immediata. Una spaventosa iniezione di biglietti verdi. Una flebo di liquidità. La banca centrale che stampava dollari a raffica per comprare più titoli tossici possibile e nel minor tempo possibile.

Furono i giorni del primo *Quantitative Easing*, il QE: un trilione di dollari pompato nel cuore agonizzante del credito.

Il paziente si alzò dal letto e tutto parve tornare come prima. Ma nessuno aveva fatto i conti con una possibile ricaduta, o almeno così sembrava.

Philip ci aveva pensato parecchio, invece. E ora di fronte a Massimo e Paul non pare per niente stupito. «Siamo alla fine del gioco. Con lo sviluppo del mercato interno, i cinesi venderanno sempre più manufatti in Cina ed esporteranno sempre meno. Capite? Così non avranno più bisogno di finanziare i consumatori americani comprando debito targato Usa...»

«Stai dicendo che, siccome la Cina non gli compra più il debito, gli Stati Uniti rischiano il default?» La voce di Paul oscilla tra l'ironico e l'incredulo.

«Non l'ho mai detto e non lo penso nemmeno. Il debito verrà puntualmente rifinanziato.»

«Da chi?»

«No, Paul, la domanda che dobbiamo fare non è: "Da chi?", bensì "Come?"» Philip inizia a rovistare sulla scrivania cercando qualcosa in quel caos di carte, cartoline e volumi. Alla fine tira fuori un foglio verdastro appallottolato. Lo apre lentamente.

Lo sguardo di Paul Farradock incrocia quello ieratico di George Washington e la scritta "The United States of America".

Una banconota da un dollaro.

«Con questo! Riprenderanno a stampare ed è una follia» continua Philip. «Siamo vicini al secondo QE, e le conseguenze saranno terribili. Pensate a...»

«Delle conseguenze sociali parliamo in un'altra vita» lo interrompe Massimo. «Se riprendono a stampare, piuttosto, il dollaro non reggerà all'inflazione e crollerà... Per non parlare dei bond!»

«Che vuoi che ti dica? Gli americani si stampano denaro e con quello ci comprano il debito, così decidono il prezzo. Mentre se ragionassimo in termini di libero mercato, vedremmo i tassi schizzare in alto di un punto, due, tre... E con il loro deficit sai cosa significa?»

Una scintilla illumina lo sguardo di Massimo. Ma Paul lo anticipa: «Avanti, stiamo parlando degli Stati Uniti d'America! Vi rendete conto?!» sbotta. «Phil, pensi davvero che il debito federale non sarà più considerato il paradiso sicuro?»

«Oggi è sicuro...»

Paul tira un respiro profondo. Massimo fissa il dollaro assecondando il vorticare dei pensieri. Poi fa un cenno e i due si muovono all'unisono per uscire dalla stanza.

Ma Philip non ha finito. «Oggi è sicuro. Anche Pearl Harbor lo era fino alla mattina del 7 dicembre 1941.»

I due si bloccano sulla soglia, si scambiano un'occhiata prima di voltarsi.

Massimo annuisce. «L'evoluzione di Chinamerica è un tema che con Philip seguiamo da mesi» dice a beneficio di Paul. «Quello che ci interessa è la parte tassi Usa-dollaro. O mollano sui Treasury o sulla moneta. Se riprendono a stampare, non riescono a tenerli su entrambi. Uno dei due si spacca.»

«Messa così, sembra una *win win situation*. Comunque vada, il profitto è assicurato.» La voce di Paul non riesce a celare il rovello del dubbio.

Massimo lo osserva scuotendo la testa. «Non è questo il punto, Paul. La cosa più importante è *quando* giocarsela.»

Quando.

Aveva passato buona parte della vita a indagare i significati di quella parola. A ricercare l'occasione opportuna, il preciso istante in cui agire. Con gli anni, aveva scoperto come le ragioni di un movimento contassero meno della capacità di cogliere l'attimo. Gli era perfino capitato di sbagliare la previsione ma di essere entrato bene nel trade. E aveva vinto lui.

Ad altri invece succedeva d'indovinare la lettura sul medio-lungo termine senza trovare la corretta tempistica. Alla fine si innervosivano o – peggio – iniziavano a sperare che l'accadimento previsto si verificasse. E perdevano.

"Quando inizi a sperare, sei morto" diceva Derek.

C'era qualcosa di eroico, perfino di divino, in quella tempestività. Per Massimo l'azione aderente al momento giusto era il tributo alla divinità greca del Kairos, il Signore dell'occasione propizia e del tempo debito.

Non Kronos, il titano divoratore dei propri figli, bestemmiato da René.

Kairos, il Nume intento in una corsa perenne sulle ali del vento, armato d'un rasoio simbolo d'arguzia, con un lungo ciuffo sul viso e la nuca rasata. Perché nessuno poteva acciuffarlo quando ormai era passato. Perché coloro che riuscivano a coglierlo lo guardavano in faccia.

La finanza ha cambiato nome all'antico dio e il Kairos si è fatto *catalyst*, l'evento che svela ai più ciò che è appena accaduto, il casus belli d'un conflitto già nell'ordine delle cose. È il *trigger*, il grilletto, da premere per agire con efficacia.

Quando?

In un tempo sospeso, incomputabile, subito prima del minimo ritardo, subito dopo la lusinga dell'avventatezza.

Quando?

Appena prima che sulla street se ne accorgano tutti, perché rischi di bruciarti. Non un secondo dopo, perché rischi di arrivare per ultimo, a spartire gli avanzi.

Quando.
Massimo serra il pugno. «Abbiamo il catalyst, Paul. Ed è lì tra le tue mani.»
L'irlandese abbassa lo sguardo sul foglio che aveva stampato prima di allontanarsi dalla scrivania. L'aveva quasi dimenticato.
US Treasury – duecentocinquanta milioni – ordine d'acquisto sull'ultima asta da parte del fixed income "Europa".
Scuote la testa. E in quel momento Massimo lascia la stanza.
«Ora il tempo è venuto» scandisce Philip con un mezzo sorriso sulle labbra. «Conosci Shakespeare, Farradock?»
Paul accartoccia il foglio, dà le spalle allo strategist e in perfetto silenzio ritorna al floor.

5
"I rigori si battono forte"

Il ricordo è nitido.
È come se fosse lì, proprio davanti a lui, mentre cammina a passo lento verso la macchia di gesso a undici metri dalla porta. Sul volto una maschera inespressiva. Gli sembra di rivederlo nel momento in cui si era piegato per sistemare la sfera sul dischetto. Aveva scoccato un'occhiata all'arbitro ignorando il portiere dei Reds, Bruce Grobbelaar.
Era la sera del 30 maggio 1984.
Una rincorsa di nemmeno un metro. Una bomba centrale sotto la traversa e la Roma era in vantaggio. Un passo più vicina al sogno.
Di Bartolomei, i rigori, li batteva forte. Senza esitare. Imponendo il silenzio alle sirene della paura.
Non c'era niente di casuale in quella decisione. Servivano il cuore e la testa. I muscoli e i nervi. E la consapevolezza che la sfida non era contro l'avversario, ma contro se stessi.
Negli ultimi giorni Massimo aveva ripensato spesso a quel penalty, da quando aveva comunicato a Paul e a Kalim la sua scelta: avrebbero preso una "posizione corta" sul decennale d'oltreoceano. Il fixed income "Europa" stava per puntare contro il debito americano.
Vendere titoli prestati da altri, puntare su quello che non si possiede per poi ricomprare i titoli scommettendo sulla differenza di prezzo. "Shortare", "piazzare un corto": ecco la sua idea.

Secondo alcuni era la quintessenza della speculazione. Secondo altri, la frontiera più avanzata della finanza. Secondo Massimo erano soltanto le regole del gioco. Kalim non era della stessa scuola. «È tutta colpa di quei duecentocinquanta milioni. Ma chi ci dice che è la prima volta che lo fanno? Magari vanno avanti così da un pezzo e nessuno si è mai sognato di vendere il bond. Vogliono solo creare un po' di coda fuori dalla discoteca.»

Il solito meccanismo, all'apparenza. Ma Massimo la vedeva diversamente. «Questa volta il locale rimarrà vuoto.»

«Chi può dirlo, Max? In qualche modo quelli come loro se la cavano sempre. La testa mi dice che forse hai ragione, ma i modelli indicano un'altra cosa: potrebbero farcela, potrebbero tenere. Sia sul dollaro, sia sui tassi bassi del titolo. E in quel caso ci faremmo malissimo. Poi l'hai vista la volatilità? Troppo cara per comprare, troppo *cheap* per vendere... Non so, io direi una cosa: facciamolo pure, ma almeno andiamoci piano. Evitiamo di giocarci tutto subito e cerchiamo un angolo migliore per remare contro il Treasury.»

«Chissà quanti stanno tenendo sotto controllo il bond e aspettano solo che il tasso sia fisso per shortarlo. Noi, però, adesso ce l'abbiamo qui, sul nostro desk. È sotto il nostro controllo. E secondo me c'è un solo modo per montare questo trade: puntare forte e andare fino in fondo convinti.»

Paul aveva assistito in silenzio allo scambio, riservandosi un'ultima occhiata colma di scetticismo. Poi lo sguardo si era indurito ed era tornato alla sua postazione.

Da quel momento l'irlandese avrebbe impostato il trade come se condividesse al cento per cento quell'idea, come fosse stata sua. Non era da lui risparmiare le critiche né celare il proprio disaccordo, ma quando la decisione era presa si buttava anima e corpo nella mischia. Sempre in prima linea, sempre attento a non farsi sopraffare da dubbi o tentennamenti.

Da tre giorni c'era una strana frenesia. Una determinazione che Massimo non sentiva da molto tempo. Il motivo era semplice: quello non era un trade come gli altri. Era una sfida unica, un faccia a faccia con le variabili che scardinava ogni consuetudine.

Nel trading contemporaneo, il rischio viene frammentato e ogni movimento bilanciato da un'altra operazione. Il guadagno è quindi il risultato di una complessa trama di equilibri, frutto di strutture matematiche basate su valori correlati. Non si scommette più sulla tendenza o sulla direzione che il mercato potrebbe prendere, ma si gioca contemporaneamente su tanti fronti. E, di conseguenza, il relativo prevale sull'assoluto.

Il "corto" sui Treasury, in questo modo, assumeva un fascino particolare. Era una scommessa contro il tasso lungo americano che assomigliava alla violazione di un dogma: quello dell'incrollabile fiducia nel biglietto verde e nella promessa di pagamento del Tesoro degli Stati Uniti.

Una bestemmia. Quel "corto" era una bestemmia.

Era come volere modificare il metro conservato al museo di Sèvres: la barra di platino e iridio che serviva da metro campione. L'unità di misura da cui dipendeva l'intero sistema metrico decimale del pianeta. Nessuno l'avrebbe mai rimesso in discussione.

Ma ora Massimo stava facendo qualcosa di simile con il Treasury americano. Perché, in fin dei conti, qualcuno avrebbe potuto trovare il coraggio, o meglio ancora la spregiudicatezza, di controllare che la discoteca fosse effettivamente piena. Qualcuno avrebbe potuto spingersi in fondo e decidere di "vedere" quel punto, smascherando l'eventuale bluff americano. Anche a costo di farsi male.

Massimo sa cosa c'è in gioco. Sa che non si può scherzare con questo trade. *Non si deve.*

La tensione da qualche giorno si è impossessata del suo

corpo. Le gambe gli tremano, sente contrarsi i muscoli alla base della schiena, lungo i polpacci, sul volto.
 Prova a respirare a fondo.
 Ancora tremiti. Fiato corto.
 Nella sala regna un silenzio strano, quasi irreale. L'attesa sospende il tempo e si propaga come un oscuro contagio.
 Lui sa che ci sono momenti in cui bisogna mettere tutto da parte. Ecco perché, stavolta, sa che il "corto" sul Treasury va affrontato in modo diverso. Ben consci di non poter contare su un guadagno certo, ma stando sempre sul filo di lana, attenti a non peccare d'ingordigia.
 Ecco perché, per una volta, ha deciso di non seguire due regole che l'avevano ispirato in tutti quegli anni. Due principi appresi nelle pagine de *L'arte della guerra* di Sun Tzu, che l'avevano accompagnato sui mercati.
 "Non umiliare l'avversario" recitava la prima. Che tradotta voleva dire non peccare d'ingordigia. Lascia correre gli utili senza incrementare posizioni in attivo.
 La seconda raccomandava di combattere la battaglia facile ed evitare quella difficile. Ovvero: fare soldi dove si è sicuri di farli.

Prova a concentrarsi sul monitor. Per un istante non vede più i numeri e smarrisce la geometria di linee e colonne.
 L'unghia dell'indice sinistro cerca un punto alla base del pollice. Percorre la superficie compatta dell'epidermide fino a trovare la scanalatura di un taglio. Tra due bordi ruvidi e gonfi, la carne è viva. Ci affonda dentro l'unghia, e il dolore lo fa stare meglio, almeno per un attimo. Rallenta il flusso dei pensieri. Rimette le cifre in sequenza. Placa le contrazioni.
 Quindi si alza in piedi. Sul viso ora ha un'espressione decisa.

Mentre percorre il floor sente tutti gli sguardi rivolti verso di lui. Sente l'aspettativa crescere.
Si avvicina a Paul, ingobbito davanti al computer. Gli mette una mano sulla spalla e dice in un soffio: «Shortiamo un *billion*. "Mezzo corto" dollaro, "mezzo corto" Treasury. Direi in un paio di *tranche*, ma vedi tu».
L'irlandese annuisce e torna a fissare lo schermo.
I rigori si battono forte, pensa Massimo mentre le dita di Paul, prolungamento fisico della sua scommessa col mercato, iniziano a montare il trade della vita.
Forte. E possibilmente precisi.

Paul Farradock era nato nel Northside, la parte sbagliata di Dublino. Il rovescio dannato della città, dove a chi chiedeva quale fosse il programma della serata veniva sempre risposto: "Quello che vuoi, ma niente di legale".
Le Ballymun Flats erano casermoni di quindici piani simili ad artigli conficcati nell'asfalto. E lui c'era scivolato in mezzo prima che si chiudessero stritolandolo.
Aveva fatto sue le leggi della strada e imparato dai marciapiedi i prezzi dell'eroina, vivendo sulla propria pelle le oscillazioni di un mercato più che mai flessibile. Aveva registrato tutto, testato il potere della menzogna e i pericoli della debolezza, ma non aveva mai perso la speranza di trovare una via di fuga. Lui, lo sapeva, un modo per liberarsi da quel mondo l'avrebbe trovato, prima o poi.
Ci vuole prudenza. Ci vogliono azioni ragionate e mosse precise per shortare un *billion* senza che nessuno se ne accorga. Ma sul selciato di Ballymun, Paul ha capito come si fa. Non bisogna porsi troppe domande, si va dritti al punto. Così alza il telefono e digita un numero.
Appena sente «Hallo» inizia a inventare una storiella. Dall'altra parte della linea c'è il trader di un hedge con se-

de alle Cayman. Paul gli racconta di un idiota, a Parigi, che ha sbagliato un ordine sul decennale americano in acquisto. «Ha sforato i limiti senza accorgersene e ora è nel panico. Deve chiudere la posizione e noi non abbiamo un book sui Treasury. Tu compri tutto a meno, ci guadagni qualcosa e io faccio un favore al cliente a Parigi.»

Qualche secondo di silenzio.

«Compro a 102.25.»

«Tue.»

«Affare fatto.»

Clic.

E poco importa che non esista nessun idiota a Parigi. Poco importa che il book sia proprio sul monitor di fronte a lui. La grande banca non chiede favori. Tantomeno lo fa Paul Farradock. E ora i primi Treasury sono stati piazzati.

Si gira verso Massimo e annuisce con un movimento del capo appena percettibile. Il trade dei trade è partito.

I due si scambiano un'occhiata consapevole, che riassume in un istante anni di investimenti, azzardi, calcoli, probabilità.

Sanno che si stanno giocando tanto. Forse tutto.

C'è un tempo per perdere, si ripete Paul. Ma quel tempo non è oggi, non è quello del "corto" sul Treasury.

Questa è una sfida contro i dogmi. È una sfida contro se stessi.

L'irlandese alza il telefono e torna in punta di piedi sulla street.

«Massimo...»

Carina è in piedi vicino alla postazione con una bottiglietta d'acqua in mano. Indossa il solito tailleur nero, giacca e pantalone. Il viso è serio, concentrato. «Ti devo parlare» sussurra posando la bottiglietta vicino alla tastiera del computer.

Massimo riempie un bicchiere di plastica e lo beve in un sorso. «Non ora, Carina.»

«È importante.»

Lui sospira e si allunga sullo schienale della poltrona. «Dimmi.»

«Non qui. Preferirei che parlassimo da soli.» Lo sguardo della segretaria incrocia quello di Kalim che pochi metri più in là sta discutendo con Giorgio.

L'indiano le manda un bacio.

La donna strabuzza gli occhi e si copre la bocca con una mano, simulando imbarazzo.

Kalim sorride, mentre Giorgio smette di parlare.

Dopo la prova di forza di René, Massimo ha notato subito un cambiamento nel ragazzo. Forse le umiliazioni peggiori sono davvero quelle che aiutano a crescere: da qualche giorno Giorgio si sforza di misurare le parole, ascoltare di più. Meno teoria, meno arie da primo della classe.

«Va bene, vieni» dice Massimo alzandosi e precedendo Carina in una delle stanze ai margini del floor.

È una sala riunioni con un grande tavolo rettangolare al centro, una lavagna in un angolo e una parete di vetro che dà sullo stanzone.

Massimo si siede sul bordo del tavolo. Una gamba sospesa, l'altra poggiata a terra. «Allora, cos'è successo?»

Carina inspira. «Devi parlare con Cheryl» dice tutto d'un fiato. «Non puoi continuare a ignorarla.»

«E mi hai interrotto per questo?» La domanda di Massimo suona brusca, impastata di risentimento. «Non abbiamo neanche un minuto per cose così.» Si rimette in piedi e si avvia verso la porta scuotendo la testa, gli occhi colmi di irritazione.

«Aspetta.» Carina fa un passo verso di lui e gli posa una mano sul braccio. «Non te l'ho ancora detto, ma c'è qualcosa che devi sapere». La sua presa si fa più stretta. «Per me questo è l'ultimo anno. Ho deciso.»

«Ogni gennaio facciamo lo stesso discorso, Carina. Lo sai che alla fine riesco sempre a convincerti.»

«Questa volta no. Me l'hai promesso.»

Massimo scruta il viso della donna alla ricerca d'un segno di cedimento. Ma negli occhi verdi c'è una convinzione nuova, che non ha mai visto. L'irritazione si fa stupore, riempiendogli la bocca d'un sapore amaro. «Ma che dici? Guarda dove siamo arrivati.» Indica le postazioni del desk. «Non ce l'avrei mai fatta senza il tuo aiuto. È folle, non puoi andartene. Non adesso.»

«Invece sì. Ci saresti riuscito comunque. L'ho capito subito, da quando ti ho visto la prima volta. Forse un giorno potrai perfino sbagliare, ma rimarrai sempre il migliore. Perché sei diverso da tutti gli altri. Non dimenticarlo mai.»

«Ma c'è ancora tanto da fare. Vedrai che...»

Lo interrompe con un gesto della mano. «Sono vecchia, Max, sono vecchia... E bisogna capire qual è il momento giusto di lasciar perdere.»

«Avanti, sei una ragazzina» dice cingendole la vita, un sorriso forzato sulle labbra.

«E tu sei un italiano galante e bugiardo» gli sussurra in un orecchio prima di sciogliersi dall'abbraccio. Quindi si avvicina alla lavagna. Prende una spugna e cancella alcune cifre. I numeri diventano una macchia bianca e indistinta. «C'è un posto...» con un gessetto disegna un punto, sopra il quale scrive "Barcelona", e poi un altro, spostato sulla destra. «Qui, un centinaio di chilometri a est, vicino al confine con la Francia.» Le dita tratteggiano la linea della frontiera e il profilo della costa Brava. «È un porticciolo con le case basse, rosa pastello e blu, proprio di fronte al mare.» Poggia il gesso e passa le dita sui pantaloni per eliminare la polvere. «Ho comprato una casetta, proprio qui.» Parla con voce piatta, lo sguardo è perso nel vuoto e tradisce una vena malinconica. «Ho freddo, sono stanca e Londra mi sta stretta.»

Carina non è mai stata più lontana da lui, eppure la sente vicinissima. Anche Massimo è esausto. Anche Massimo sogna qualcos'altro. Ma non può fermarsi e non può lasciarla andare, non adesso. «Non sono capace di vivere senza di te, Carina. Non so nemmeno da dove cominciare.»

«Non vivrai senza di me. Sarai senza di me in ufficio, questo sì, ma ogni volta che riuscirai a liberarti mi verrai a trovare con Roby. Gli piacerà tantissimo. Mi hanno detto che è una zona perfetta per pescare, anche se non credo che esche e lenze facciano al caso mio. È meglio che io continui col tango.»

«Magari sarai tu a venirmi a trovare, e anche molto presto... Così mi insegnerai qualche passo.»

Carina gli sorride materna. «Un giorno ci andrai davvero a vivere in Toscana, Massimo. Io lo so. Ma adesso hai ancora da fare in questa banca.» S'interrompe per un momento. Poi riprende con un tono diverso: «E lei ti serve. Ci ho parlato, ho visto come lavora. Si merita una possibilità, fa al caso tuo. Fidati».

Massimo si passa una mano tra i capelli mentre scruta il floor attraverso il vetro. Paul è al telefono, gli occhi fissi sul desktop. Il sorriso furbo a fior di labbra lo fa somigliare a un predatore pronto a balzare sulla preda.

«Non ho tempo per Cheryl. Non credo nemmeno che sia la persona giusta. Non per me, almeno.»

«Invece, sì. E il tempo si trova. Tu prova a darle una possibilità.»

Massimo sbuffa e allarga le braccia in segno di resa. «Va bene. Allora dille di aspettarmi questo pomeriggio dopo l'ufficio» mormora. «Devo fare il regalo di compleanno a India. Almeno in questo potrà essermi utile.»

«Stai sbagliando. I pregiudizi non ti fanno essere obiettivo.»
«Mi sono guadagnato il diritto di avere dei pregiudizi. Dài, devo tornare al desk» taglia corto quando intuisce che la conversazione sta scivolando su un terreno insidioso.
La donna annuisce.
«Lo faccio solo per te, Carina.»
«No, Massimo, ti sbagli... Lo fai per te stesso.»

Quando emergono dal Tube, un tuono copre i rumori della strada. Dal cielo grigio inizia a cadere una pioggia sottile. L'inverno non concede tregua alla città.
Massimo alza il colletto della giacca e affonda le mani nelle tasche. Un brivido gli percorre la schiena. Scuote la testa infastidito, mentre le prime gocce gli bagnano i capelli.
Cheryl solleva il cappuccio dell'impermeabile grigio. Alcuni ricci le scivolano sulle spalle e sulla fronte.
Abbassando lo sguardo, Massimo nota la linea sottile della caviglia, nuda. Il dorso del piede teso sopra il tacco alto.
Non ha mai capito come facciano gli inglesi a sottoporsi alla tortura del freddo in nome del look, ma è una cosa che ha dovuto accettare ben presto. Prima ha rinunciato all'ombrello, poi ha abbandonato anche il cappotto in ossequio al dress code.
«Vieni» le dice, indicando con un dito la direzione di Marble Arch.
«Aspetta.» La ragazza inizia a frugare nella borsa di pelle. Estrae dei fogli e glieli porge. «Puoi usarli per coprirti» dice con un sorriso. «Magari non rovinarli troppo. Mi serviranno presto per qualche *head hunter*.» Le parole sono leggere. Superano l'imbarazzo e l'esitazione.
Massimo scorre le prime righe in alto a destra: "CV Cheryl

Bennett. Secretaryship". Sorride. «Non ho mai dato troppa importanza a un curriculum. Le persone non sono un elenco di cose fatte.»

«E cosa sono?»

Massimo la osserva con attenzione, soffermandosi sull'ovale del viso, gli zigomi alti, la pelle leggermente ambrata. Nota un piccolo neo su un lato del collo. Negli occhi allungati e scurissimi c'è qualcosa di sfuggente, che non si riesce a cogliere.

«Le persone sono quello che sapranno fare per te» risponde brusco, sforzandosi di ignorare quel fascino che non riesce a capire. «A vent'anni Kalim non sapeva niente di finanza, ma era un genio della matematica e il migliore scacchista di tutta l'India. E guardalo adesso... Non mi ha mai interessato il passato, preferisco il futuro. E qui non lo trovi di certo» conclude mentre agita i fogli.

«Anch'io preferisco il futuro» ribatte lei fissandolo negli occhi. Poi abbassa la testa, mentre il viso si incupisce. «Spero che questo principio valga anche per me» aggiunge a voce bassa, come parlando tra sé.

Massimo avverte un leggero risentimento; quella ragazza riesce a tenergli testa e lui non se l'aspettava. L'ha sottovalutata. Prova allora a cambiare approccio. «Voglio solo dire che a volte leggere un curriculum è un po' come guidare con lo sguardo fisso sullo specchietto retrovisore. C'è il rischio di confondersi.»

«Non volevo confonderti.» Apre una mano e aspetta che alcune gocce le bagnino il palmo. «Volevo solo che ti riparassi dalla pioggia.»

Rimangono per qualche secondo senza parlare. Poi Massimo rompe il silenzio. «Adesso andiamo» e attraversa la strada, seguito dal rumore dei tacchi sull'asfalto lucido.

Comincia a piovere più forte. Camminano fino alle vetrine di una boutique di Bond Street, dove le bandiere coi loghi delle grandi marche sventolano sempre più forte. Sembra di essere a una parata militare dello shopping.

Massimo entra nel negozio per primo e tiene la porta aperta per Cheryl. Si avvicinano allo strano bancone circolare, dietro il quale una bionda sulla trentina sta sfogliando un dépliant.

«Sono passato per il set Goyard.»

«Trolley, appendiabito e cappelliera personalizzati?»

Massimo annuisce.

«Vado a prenderlo subito» dice la commessa con tono squillante prima di raggiungere il corridoio in fondo alla sala.

«Un regalo per tua figlia, giusto?» Cheryl ha slacciato l'impermeabile e la camicetta bianca lascia intravedere la curva dei seni.

«Tra due settimane è il suo compleanno» annuisce lui.

«Quanti ne compie?»

«Quattordici.»

Cheryl è perplessa. «È un regalo impegnativo.»

«Adora i vestiti, e adora sua madre. Ci è cresciuta in mezzo, agli abiti... Sai quando da piccola ti costruisci delle casette per sentirti più sicuro?»

Lei fa di sì e lo lascia continuare.

«Ecco, India usava le valigie per costruire delle capanne e poi ci si nascondeva dentro, ci restava delle ore. Il trolley le può servire per le gite della scuola o gli *sleep over* con le amiche...»

«Quattordici» ripete la ragazza pensierosa, mentre con la mano inizia a giocare con un riccio.

Massimo fissa per un attimo l'indice sottile smaltato di rouge noir. Ma distoglie subito lo sguardo.

«Posso essere sincera?»

«Forse la sincerità non è la migliore delle virtù in un incontro di lavoro.»

«Non credo di avere molto da perdere» ribatte. «Max,

io non capisco i mercati ma credo di conoscere piuttosto bene le persone che ci lavorano. E credo che...»

«Pensavo che conoscessi solo Derek» la interrompe lui simulando un tono leggero, disinteressato. E dopo quelle parole, scappate di bocca con la fretta feroce di chi le ha covate troppo a lungo, si pente di ciò che ha detto. Una morsa gli serra lo stomaco, mentre avverte il sussulto d'una palpebra.

Il viso della ragazza si spegne. Un velo di tristezza le appanna lo sguardo. Per un attimo gli occhi sembrano assumere una tonalità ancora più scura.

«Ecco.» La voce della commessa spezza l'imbarazzo. «Trolley, appendiabiti e cappelliera. Qui, qui e qui, le iniziali.»

«Grazie» risponde Massimo. «Ci dia ancora un attimo, per favore.»

«Certo, tutto il tempo che vi serve.» La bionda si allontana, raggiungendo una coppia che è appena entrata nel negozio.

Massimo studia il trolley di pelle rossa, le iniziali di India in azzurro, la grande "G" al cui interno la "a", la "r" e la "d" sono divise dai tre segmenti della "Y" e inscritte nella circonferenza della "O".

«Derek conosce gli uomini, per questo ha avuto successo. Perché è stato capace di trovare gente come te. Ha trattato tutti alla pari senza però confondere mai i ruoli.» La voce di Cheryl è dura, ma priva di risentimento.

Massimo la guarda stupito. Non si aspettava una reazione simile.

«La leadership si conquista sul campo ed è sul campo che si conserva. I ruoli non significano nulla» ribatte.

«Sei il numero uno, e al floor lo sanno tutti. Per alcuni sei un mito, c'è chi è perfino in soggezione quando si rivolge a te. E non perché sei il capo, ma perché hanno stima di te e del tuo lavoro.»

Massimo la osserva senza dire una parola. Quelle parole si fanno strada nell'apatia degli ultimi mesi, illuminando un sentiero troppo buio.

«Altri, invece, vorrebbero solo vederti sbagliare, e cadere. Sarebbero felici.»

Lui inclina leggermente la testa e socchiude gli occhi.

«Sai perché ho scelto questo lavoro?»

«No, dimmelo.»

«Perché i numeri sono la misura di tutto: anche degli uomini. I numeri sono oggettivi, non mentono mai e danno a ciascuno il valore che si merita. Io non ho paura e forse non ne ho mai avuta, mi è sempre piaciuto dare le spalle. Sono come la fenice: se qualcuno mi pugnala, prima o poi mi rialzo.»

«No, non è così.» Cheryl scrolla la testa con fare sconsolato. «Per quello che sei diventato, per quello che sei adesso, i numeri secondo me non bastano. Ora hanno tutti bisogno delle tue parole, di motivazioni, hanno bisogno di sentirsi davvero una squadra. Da quando sei al posto di Derek, invece, non c'è stata neppure una riunione con i responsabili dei book. Stai con loro al desk tutto il giorno, ma non li coinvolgi mai veramente. E anche se i numeri dicono che sei un vincente, dovresti stare più attento. Non sentirti mai troppo sicuro.» Smette di parlare. Si morde un labbro come se temesse di avere esagerato. Quindi annoda la cintura dell'impermeabile. «Comunque non volevo insegnarti niente, ci tenevo solo a dirti quello che penso. E poi ho già deciso di levarti dall'imbarazzo, mi sto guardando intorno, tempo tre mesi sono da un'altra parte...»

«Aspetta... senza questi dove vai?» Massimo guarda il CV. È bagnato ma si legge ancora bene. «Dunque... Va migliorato, e di molto. Magari ci sediamo da qualche parte e lo sistemiamo un po', che dici...?»

La ragazza socchiude gli occhi senza capire, studiandolo con aria perplessa.

Massimo è molto sereno, tranquillo. «Be', insomma... Sto solo cercando di dirti che per un po' è meglio che smetti di guardarti in giro. Era da parecchio tempo che nessuno mi parlava così a cuore aperto. Avevi solo da perdere e l'hai fatto lo stesso.»

Cheryl solleva il viso scuotendo i ricci e il lampo di un sorriso le illumina gli occhi.

Si guardano ancora, poi lei indica il banco. «Sei convinto che le piacerà?»

«Cosa?»

«Il regalo. Sei convinto che piacerà a tua figlia?»

«Non so, lo spero. Hai un'idea migliore?»

«Vieni» dice prendendolo sottobraccio. Appena arrivano in strada, sotto il tamburellare delle gocce, fa un cenno in direzione di un manifesto. «Quello.»

Massimo aggrotta la fronte. «Non credo sia il suo genere. Ascolta altre cose.»

«Ma non è solo musica. È molto di più per una teenager» dice con foga. «Ci potrebbe andare con qualche amica. Le regaleresti un momento unico, un ricordo indimenticabile, qualcosa che non ha prezzo.»

«Dicono che tutto ha un prezzo, perfino gli uomini.»

«Tu ci credi?»

Lui si stringe nelle spalle. «È difficile rispondere.»

«O forse è fin troppo semplice. La vita non ha prezzo, la felicità neppure, e l'amore ancora meno.»

Massimo si impone di non voltarsi. Continua a fissare il manifesto lasciandosi bagnare dalla pioggia. E si accorge che la ragazza ha ancora una mano intorno al suo braccio. Le lunghe dita gli trasmettono una sensazione di benessere. Chiude gli occhi. Vorrebbe rimanere così, prolungare quella sensazione all'infinito.

«Era solo un'idea» dice lei strappandolo a quel tempo sospeso. «Sono certa che il tuo regalo le piacerà tantissimo.»

«Chissà.»
«Hai ancora bisogno di me?» gli chiede ritraendo la mano.
Lui scuote la testa.
«Allora... A domani?»
«A domani.»
«Non me lo sarei mai aspettato.» Un attimo di esitazione, un sorriso. «Grazie ancora.»
«Non ringraziarmi più.»
Lei gli sorride di nuovo, poi si volta e si allontana verso Bond Street Station.
Massimo la segue con lo sguardo fino a quando scompare nel Tube. Quindi solleva la testa sul quadrato di cielo buio sopra di lui. Ha smesso di piovere, ma non ci aveva fatto caso.

6
Il falò delle vanità

È in ritardo.

Massimo tamburella con le dita su un ginocchio e sente la gamba vibrare mentre il taxi procede nel traffico con esasperante lentezza.

Accanto a lui, Carina guarda fuori dal finestrino. In una mano stringe una grande busta di Harrods. «Dovevamo muoverci prima.»

«Lo so.»

«Michela sarà furiosa.»

«Le passerà. Non posso farci niente, Carina. Hai visto che aria tirava al floor.»

Da una settimana il "corto" sul Treasury è in negativo. Perdite costanti. Meno trenta milioni. Meno trentacinque. Meno quaranta, e forse qualcosa in più.

Quel giorno l'agitazione aveva cominciato a serpeggiare tra le postazioni del desk, mentre le occhiate di Paul erano diventate sempre più oblique e Kalim si era chiuso in un silenzio ostinato.

Il barometro indicava tempesta.

Di lì a un paio d'ore il Federal Open Market Committee avrebbe comunicato gli orientamenti della Banca Centrale Americana in merito alle politiche monetarie sul breve termine. Allora lo scenario avrebbe assunto contorni precisi e l'andamento del trade sarebbe risultato più chiaro. Forse si era alla resa dei conti.

«Massimo...»

La voce di Carina lo fa trasalire. «Sì?»

Gli mette una mano sulla spalla. «Guardami» dice piegandosi di lato e prendendogli il viso tra le mani. «Fammi un favore» scandisce decisa, «per oggi basta pensare alla banca. È il compleanno di tua figlia.»

Lui annuisce. Ma non è credibile.

Carina lo fissa con aria scettica. «Cosa devo fare con te?»

«Temo di essere una causa persa.»

Lei scoppia a ridere, ma non ha finito. «Hai richiamato Mario?»

Massimo rimane in silenzio, mentre con l'unghia affonda nella ferita alla base dell'indice.

«È il padrino di India» dice fissandolo con una vena di rimprovero, «ed è il tuo migliore amico. Non puoi continuare a comportarti così. Che ti succede?»

«È solo il lavoro.»

La donna sospira prima di tornare a perdersi nella città che scorre fuori dal finestrino.

«Se non faccio almeno tre mesi di Thai, non posso più vivere.»

In quel pomeriggio di inizio primavera insolitamente mite per Londra, nello spazio dietro la town house ci sono una sessantina di adulti e ragazzi divisi in capannelli. Stanno in piedi vicino ai lunghi tavoli del buffet, decorati di peonie bianche e rosse, oppure nel prato curatissimo.

Al centro di un gruppetto d'invitati Simone parla lentamente, quasi cantilenando. Gesticola piano con la mano sinistra. Al polso ha un Patek Philippe Aquanaut. Nella destra un bicchiere di Pimm's. Cerca gli occhi di sua moglie Sandra.

La donna gli restituisce uno sguardo complice, che stride

col viso, lungo e sottile, e l'espressione arcigna. «Abbiamo chiuso anche la villa a Cala di Volpe» afferma con rammarico, scuotendo la testa sormontata da un caschetto di capelli biondi. «L'Italia è diventata invivibile.»

«Con quello che pagheremmo a Roma per un domestico, a Bangkok riusciamo ad averne cinque.»

Si passano un testimone invisibile, seguendo un copione provato centinaia, migliaia di volte.

«E poi a Singapore facciamo un check-up l'anno. Riescono perfino a vedere quanto invecchiano le mie ovaie.» Sandra schiude leggermente le labbra in un ghigno che dovrebbe essere un sorriso.

«Qualità della vita al top.»

«Ormai non ci facciamo toccare se non lì. Hanno macchine diagnostiche che qua se le sognano.»

«E con due ore di camera iperbarica ti rimettono a nuovo. L'ossigenazione è fondamentale.»

Alcuni fra gli spettatori scrollano il capo in segno di assenso. Sui visi aleggia un'aria grave, come se Simone e Sandra avessero sancito il definitivo tramonto della società occidentale. Il ghiaccio tintinna nei bicchieri e la conversazione scivola su un altro argomento.

Mentre annuisce distrattamente a Jennifer, impegnata nell'ennesimo resoconto della gravidanza inattesa, Michela coglie brandelli di discorso. Intanto osserva il conte Simone Fabrizio Orsini Della Torre e sua moglie Alessandra. Nota la piega bugiarda dei capelli neri di lui, segno di un malcelato riporto, e il minilifting che ha inchiodato la bocca di lei.

«Michela, mi stai ascoltando?»

La domanda la riporta a Jennifer e alle cronache della gestazione. Tiene una mano sul ventre, come se al terzo mese le doglie potessero arrivare improvvise, e la sta scrutando con gli occhi neri troppo piccoli e sporgenti.

«Scusami, Jenny.»

«Chiedevo a Francesco» dice indicando l'uomo sui quaranta dai capelli ricci che le sta accanto, «se ha già pensato all'università di Edoardo.»

«Purtroppo no» risponde. «Sai, Tanja è troppo leggera. Continua a comportarsi come se sfilasse ancora, perfino adesso che abbiamo un figlio... Per oggi si scusava tanto. È a Saint Moritz con Edo per qualche giorno.»

«Figurati.» Michela gli poggia una mano sul braccio e sorride. «Quanti anni ha Edoardo?» domanda poi, visualizzando mentalmente la fisionomia longilinea e i gelidi occhi azzurri dell'ex modella siberiana convolata a nozze con Francesco Briganti.

«Ne ha compiuti quattro due mesi fa» risponde Francesco.

«E tu e Massimo cosa avete deciso per India e Roberto?» chiede Jennifer.

Michela corruga leggermente la fronte, spiazzata da quell'invadenza. «Veramente non ne abbiamo ancora parlato.»

Jennifer sgrana gli occhi e trattiene a fatica il disappunto. «Ma come no? Dovreste farlo al più presto! Io e Michael abbiamo già deciso.» S'interrompe per un attimo. «Tom» scandisce con voce ammiccante, accarezzandosi il ventre, «farà l'avvocato come suo padre. Invece Elizabeth sarà un medico, come il nonno» conclude indicando un punto oltre le spalle di Francesco.

Michela segue lo sguardo della donna e incrocia quello di India che le sorride da lontano. È tra Kaytlin e Brooke, intorno a loro altri ragazzi della loro età. Assomigliano a una coppia di damigelle al seguito d'una regina. Michela intravede appena oltre il profilo spigoloso di Elizabeth.

«Ci penseremo» mormora poi, continuando a osservare India.

«Jennifer ha ragione» ribatte Francesco. «È sempre meglio non lasciare niente al caso.»

Il caso... Chiama "caso" le libere scelte che un giorno il figlio potrebbe compiere.

Michela prova a sorridere ancora, ma sente i muscoli del viso contrarsi per la tensione. Spera che il sorriso non assomigli troppo a una smorfia. «Allora ne parleremo.» Si sforza di usare un tono diplomatico. «Scusatemi, raggiungo India.» Quindi si dirige verso il centro del giardino, salutando i nuovi arrivati e scambiando qualche parola di cortesia con gli altri ospiti.

India è incantevole. Indossa il vestito viola dalla fantasia floreale che la settimana prima hanno acquistato in Bond Street. È annodato dietro al collo e lascia le spalle nude. Sul seno, un grande fiocco a forma di bocciolo. I capelli biondi sono raccolti in una treccia che segue l'ovale del viso.

India aveva preteso che Michela la portasse dal suo parrucchiere. E lei l'aveva accontentata. *Era una bambina, e tra poco sarà una donna.*

Avevano passato giorni a studiare i dettagli della *mise*, scegliere l'acconciatura e cercare il vestito abbinato alla pochette e ai sandali col tacco, stretti da un nastro intorno alle caviglie. Per quel compleanno, il quattordicesimo, Michela le aveva concesso perfino un trucco leggero: un po' di matita intorno agli occhi azzurri, uguali a quelli di Massimo.

Già, Massimo.

Massimo, ancora in banca. Vincitore in borsa, ma inappellabilmente in ritardo quando si trattava di un impegno in famiglia.

Massimo, che quarantott'ore prima aveva stupito Michela e lasciato India esterrefatta facendo una cosa che non era da lui.

Michela scaccia il pensiero e in quel momento nota lo chignon di Carla Maria su cui spicca un fermaglio d'avorio a forma di orchidea. Osserva la grazia della donna e l'eleganza un po' snob del modo di fare.

Finalmente un volto amico. L'unico punto di contatto tra la sua vita precedente e quella nella City. Sì, perché lo sapeva bene: se fosse rimasta in Italia o avesse continuato a studiare in Francia, non avrebbe incontrato nessuna di quelle persone che adesso la facevano sentire così sola. Soltanto Carla Maria, che conosceva dagli anni del liceo a Torino, avrebbe fatto parte della sua vita. È l'unica che lei aveva avuto la possibilità di scegliere. Tutti gli altri erano inclusi nel "pacchetto London". Non li aveva scelti. Massimo non l'aveva mai capito, ma lei non lo faceva per sé. Lo faceva per lui. Per dargli stabilità, per farlo sentire a posto con il mondo che il lavoro nella grande banca gli aveva donato come un benefit non richiesto.

Con Carla Maria, invece, il discorso era diverso. Michela aveva sempre invidiato la grazia di quell'aristocratica piemontese dalle maniere impeccabili e dalla raffinatezza innata. E così, quando aveva lanciato il progetto della charity, le era venuto naturale coinvolgerla.

La sua amica sta parlando con Winston Baker, il padre di Kaytlin, un banker sulla quarantina dagli occhi grigi, atletico e fresco di divorzio. La raggiunge e le cinge il fianco con un braccio. «Sei bellissima.»

L'altra si volta. «Anche tu» risponde sorridendo. Tra le labbra piene s'intravedono i piccoli denti bianchissimi.

«È proprio quello che stavo dicendo.» La voce di Winston Baker è profonda, vagamente roca. Sorseggia single malt da un tumbler nonostante l'ora, l'altra mano nella tasca di un completo sportivo sotto il quale indossa una camicia grigia senza cravatta.

Michela lo osserva con attenzione. Sotto la ruvidità di Baker ha sempre avvertito un particolare fascino.

Non è un uomo di classe, ma ci sa fare.

«E tu cos'hai risposto?»

«Niente, mi sono schermita come si conviene davanti a un complimento galante.»

«Hai fatto bene» ribatte Michela ridendo. «Andrea e Giacomo?» chiede subito dopo guardandosi in giro.

«Credo che siano con India.»

«I tuoi figli?» domanda Winston.

Le due donne scoppiano a ridere.

«Ho detto qualcosa di sbagliato?»

Sì, hai detto qualcosa di sbagliato.

«No, è solo una...» Michela s'interrompe per cercare le parole. «Una vecchia storia.» E guarda l'amica cercandone l'approvazione.

«Diciamo così» ribatte Carla mentre continua a ridere. «Una vecchia storia» ripete, sotto lo sguardo stupito dell'uomo che si sposta dall'una all'altra.

«Sono i miei fratelli» spiega. «I figli che mio padre ha avuto in seconde nozze. Ci sono venticinque anni di differenza tra me e loro.»

«Scusami» risponde Baker. Butta giù un sorso prima di rivolgersi a Michela cambiando totalmente argomento: «E tuo marito?».

«Sta per arrivare. Ha avuto un contrattempo in banca.»

«Capisco. Per chi fa il nostro lavoro è sempre così» dice con la spavalderia dell'uomo convinto di conoscere il mondo. «Avrei bisogno di parlargli, Michela. Sto seguendo alcuni temi d'investimento e sono convinto che gli potrebbero interessare.»

«Certo, appena arriva glielo dico. Ora lasciatemi andare da mia figlia.»

«Vengo con te» dice Carla prendendola sottobraccio.

Quando raggiungono il gruppo di teenager, Michela sorride a India, Kaytlin e Brooke, che le sono andate incontro. Al polso destro hanno tutte e tre lo stesso braccialetto

VIP, uno di quei cinturini per la partecipazione all'esclusivo backstage di un evento trendy. Al collo, un cartellino con il primo piano di un uomo e la scritta *"All Access"*. Sembrano uscite da un set fotografico.

«Come va, ragazze?» chiede Michela. Poco più in là suo figlio Roberto ride da solo, mentre con un iPhone riprende il gruppo. Indossa una maglietta a maniche corte e un paio di pantaloni annodati con un laccetto.

«È stato incredibile» risponde Brooke con aria trasognata. «Le coriste hanno cambiato vestito almeno cinque volte. Erano bellissime. E prima del concerto bevevano tutti.»

«Incredibile!» le fa eco Kaytlin. «Poi i coreografi erano nervosissimi. Ripetevano in continuazione le entrate in scena. Noi abbiamo visto lo spettacolo praticamente dal palco. E quando ha fatto *Baby*, Brooke si è quasi messa a piangere.»

L'altra scoppia a ridere. «Ma prima» dice scandendo le parole, «Justin ha fatto gli auguri a India.»

Un mormorio attraversa il gruppo mentre gli sguardi si concentrano sulla festeggiata. Sul volto di Elizabeth, Michela distingue una smorfia d'invidia, mentre la ragazzina si tortura le mani e sussurra qualcosa all'orecchio di Alex, che a quanto pare è il ragazzo di India.

Lo osserva per un attimo e le sembra insignificante, non all'altezza di sua figlia. Castano, vuoto, anonimo.

Cerca di fugare quell'impressione, chiedendosi se sarà una madre invadente. Non vuole entrare nelle scelte di sua figlia, non vuole diventare come Jennifer. Ne vorrebbe parlare con Massimo, ma le prime ombre della sera hanno cominciato ad allungarsi sul giardino e non c'è traccia di lui.

Brooke prende il telefono dalla borsa e seleziona una foto. Il tipo che nello scatto abbraccia India è lo stesso del badge al collo delle ragazze. Ha i capelli biondi a caschetto, una camicia a quadri, un paio di pantaloni larghi e un cappello con visiera posato su un lato della testa.

Il mormorio si trasforma in un coro di commenti stupiti.

«Il batterista invece ha fatto l'occhiolino a Kaytlin e le ha voluto offrire da bere» dice India. E adesso è l'amica ad abbassare gli occhi per nascondere l'imbarazzo.

«Di cosa stanno parlando?» chiede Carla a bassa voce.

Michela si volta con aria pensierosa. «Del regalo di Massimo» mormora.

L'altra corruga la fronte. Sembra stupita.

«Sei mai stata sorpresa da qualcuno al punto da avere l'impressione di non conoscerlo?» le chiede Michela.

«Sì, quando mio padre ci ha comunicato che si stava risposando.»

Michela sorride. «Lo conosci Massimo, no?»

Carla annuisce.

«Due giorni fa è tornato con una busta per India. Aveva deciso di prenderle un set Goyard. Invece le ha regalato tre pass per il backstage del concerto di Justin Bieber.»

«Ma chi, Massimo?» domanda Carla piegando le labbra e sollevando le sopracciglia sottili. «Credevo che neppure sapesse chi è Justin Bieber.»

«Anch'io» mormora Michela, prima di accorgersi che Roberto con l'iPhone sta inquadrando anche Brooke, oltre le spalle di Elizabeth.

«Scusami» dice Michela sospirando prima di raggiungere il figlio. «Perché non lasci in pace le ragazze, Roby?»

«Non sto facendo niente» risponde continuando a guardare lo schermo del telefono.

«Non è cortese fotografare le persone in questo modo.»

«Ma sono buffe.» Si volta e la fissa negli occhi.

«No, non sono buffe. Sono solo più grandi di te e fanno cose che non capisci.»

Roberto abbassa il capo con aria risentita.

A Michela sembra che quel muro d'incomunicabilità tra lei e Massimo la separi anche dal figlio. Forse non l'ha mai davvero capito.

Gli passa la mano tra i capelli, si sforza di sorridere e gli dà un bacio prima di tornare da Carla. Roberto la osserva mentre si allontana. «Siete tutti buffi» dice tra sé scuotendo la testa mentre riprende a filmare gli invitati.

Che meraviglia, qui sono tutti amici di tutti.
Un giardino affollato. Tanta gente, tante donne che s'incontrano, si sorridono e scambiano parole grondanti entusiasmo. All'apparenza, un sogno utopico di fratellanza umana.

Ma Massimo lo sa che neppure si conoscono. E, se si conoscono, si odiano.

Fermo accanto a Carina, osserva la scena sentendosi intruso in casa propria.

Scorge India che sta parlando con un ragazzo magro dai capelli castani. Lei ride, è felice. Lui, le gambe leggermente divaricate, ha stampata sul volto un'espressione ridicola, che vorrebbe sembrare da duro.

Massimo rimane a guardarla come se esistesse solo lei. Non nel loro giardino, non nella City, ma nel mondo intero. Non riesce a toglierle gli occhi di dosso e si fa mille domande su quel tipo. Perché fissa sua figlia in quella maniera? Perché vuole dimostrare più anni di quelli che ha?

Avverte una fitta di gelosia irrazionale.

«Ti rendi conto?» La domanda è un bisbiglio pronunciato con voce sorda.

Si volta.

Michela gli sorride in modo amorevole. Se non fosse per quel lampo freddo che proviene dagli occhi verdi e per la ruga ai bordi della bocca, la rabbia sarebbe perfettamente occultata dal savoir faire della socialità.

«Ti rendi conto?» ripete quasi senza muovere le labbra.

Carina si guarda intorno per nascondere l'imbarazzo. Poi vede Roby e agita la busta di Harrods.

Il ragazzino resta fermo a qualche metro di distanza, e un'espressione trionfale gli compare sul volto.

«Scusami» mormora Massimo. «Oggi in banca è stato davvero complicato.»

«Non m'importa della banca.» Gli mette una mano su un braccio. Sente le unghie premere attraverso la giacca e la camicia. «Adesso saluti gli invitati e ti scusi per il ritardo.» Poi si rivolge a Carina: «Sei pagata per farlo arrivare puntuale».

La donna si sistema gli occhiali sul naso e si passa una mano tra i capelli. «Ancora per poco.»

«Ok, basta, Michela.» Massimo serra la mascella. «Ora stai esagerando.»

Rimangono a fissarsi per qualche istante.

«Ciao!» La voce di Roby scioglie di colpo la tensione facendo convergere gli sguardi dei tre verso il basso.

«Eccoti!» Carina lo accarezza prima di porgergli la busta con dentro la scatola.

«È per me?»

La donna fa segno di sì con la testa.

«Ma oggi è il compleanno di India.»

«Lo so, ma a volte si festeggiano anche i non-compleanni. E poi tu sei il mio figlioccio, non dimenticarlo.»

Roberto prende la scatola e la studia con scetticismo. Quindi comincia a scartarla lentamente.

Massimo intuisce la ragione di quella diffidenza: suo figlio ricollega automaticamente la scritta "Harrods" ai bottoni, è più forte di lui. Ma la curiosità lo è ancora di più.

«Wow!» Roby sgrana gli occhi.

Non è una camicia. Non ci sono bottoni. È un motore subacqueo giallo elettrico, a forma di piccolo siluro. L'elica alla fine dell'ovale è di un blu accesissimo ed è protetta da una griglia in metallo. Su ciascuno dei lati una manopola nera.

«Sembra un tonnetto. Hai visto?» chiede entusiasta al padre.

Massimo fa segno di sì.

«Ma con questo andiamo più veloci dei tonni. Grazie!» e butta le braccia al collo di Carina.

«Più veloci non credo, ma veloci di sicuro» scherza Massimo. Quindi si rivolge alla sua segretaria: «Con tutti i soldi che stiamo perdendo, ci avrei pensato due volte prima di comprare una cosa così».

Una mano gli sfiora la spalla.

Gli occhi azzurri di India sono il mare in cui vorrebbe scomparire. I capelli biondi risaltano sulla carnagione chiara, su quel sorriso pulito, ingenuo, inafferrabile.

È bellissima.

«Tantissimi auguri, tesoro» le sussurra all'orecchio prima di darle un bacio. «Perdonami se ho fatto tardi.»

Lei si scioglie dall'abbraccio e lo guarda con tenerezza. «Non ti preoccupare, lo so che hai tanto da fare.» Torna a stringerlo. «È stato stupendo! Non riesco neanche a dirti quanto siamo state bene» e indica Brooke e Kaytlin. Massimo fa un cenno di saluto che le ragazze ricambiano. Poi Brooke sussurra qualcosa all'orecchio dell'amica e le due scoppiano a ridere fissando Massimo con un misto di ammirazione e malizia.

In quel momento le luci si abbassano, mentre una coppia di camerieri sistema su un tavolo un gigantesco plumcake illuminato da quattordici candeline.

«Mi sa che è per te» sussurra Massimo. Quindi si muovono verso il tavolo tenendosi per mano, seguiti da Carina e Roberto.

Raggiunto il buffet, India rimane in mezzo tra i suoi genitori.

Di fronte a loro i volti sorridenti di tutti gli invitati formano un semicerchio.

Sandra mormora qualcosa all'orecchio di Simone.

Jennifer manda un bacio a Michela.

Carina stringe le spalle di Roberto.

E la vibrazione arriva inattesa. Un rumore basso che lo fa sussultare.

Massimo si guarda intorno.

Il comunicato della Federal Reserve. Il "corto".

Prova a resistere.

Dopo, Massimo. Leggi dopo.

Da quel rapporto dipende l'andamento del trade.

Respira. Guarda la torta. Guarda il profilo di India che sorride. Guarda Michela che lo sta fissando. E non può fare a meno di estrarre il BlackBerry dalla tasca spostandosi qualche metro più in là.

Scorre il testo di un'agenzia sul display mentre inizia a calcolare.

Poi un numero cancella tutti i pensieri.

Quattordici candeline.

Quattordici anni.

Quattordici milioni persi in un soffio.

Mentre India soffia sulle candeline del plumcake superfashion, nella grande stanza ormai vuota della banca Paul Farradock tiene la testa poggiata sul palmo d'una mano e guarda lo schermo sintonizzato sulla CNBC. La tensione gli indurisce i lineamenti.

«Prega che ci dica bene, perché altrimenti siamo in un casino totale» biascica rivolto a Kalim, che in piedi sta armeggiando con un gemello.

L'altro inarca un sopracciglio. «Non prego il mio dio per un comunicato del FOMC.»

L'irlandese ignora la risposta, poi sobbalza e si protende in avanti. «Ecco» dice alzando il volume del televisore.

L'annunciatrice inizia a leggere: «Malgrado timidi segnali di ripresa, il comitato direttivo della Federal Reserve ha intenzione di attuare politiche monetarie a sostegno di una stabilizzazione strutturale, e non solo temporanea, dell'economia americana. La Fed attende ulteriori segnali positivi prima di ridurre gli acquisti degli asset. Lo afferma il portavoce del Federal Open Market Committee, sottolineando come una stretta delle condizioni finanziarie potrebbe comportare un rallentamento della crescita...»

«'Fanculo!» sbotta Paul picchiando una mano sulla scrivania.

Kalim sospira e alza la testa. «Credono di essere nel Ventinove» dice sconsolato.

L'altro annuisce. «Hanno paura di sbagliare i tempi e ridurre gli interventi troppo in fretta» dice alzandosi.

«E ora?» chiede l'indiano.

«E ora prepariamoci ad affrontare il rialzo sui Treasury. Quanto ci abbiamo perso secondo te con una roba così?»

«Non farmi dare cifre che...»

«Kalim» lo interrompe, «un numero, per cortesia.»

«Soltanto oggi tra i dieci e quindici milioni, a occhio e croce.»

Paul si passa una mano sul viso. «Chiamiamolo.»

L'indiano estrae il BlackBerry dalla tasca interna della giacca. Quindi compone un numero rimanendo in attesa. «Hai già visto?» domanda dopo qualche secondo. «Sì, te lo passo.» Allunga il telefono a Paul che se lo porta all'orecchio.

«Dobbiamo fare qualcosa, Max. Altrimenti questa volta rischiamo di saltare.»

Per circa un minuto la sala sprofonda nel silenzio.

«Tra un'ora, d'accordo.» Poi, rivolto verso Kalim: «Andiamo» dice Paul infilandosi la giacca.

«Al compleanno?»
«E dove se no?»

«Massimo.»
Michela ha chiacchierato, fatto domande e sorriso a diversi ospiti e, ora che si è avvicinata di nuovo al marito, ostenta modi affabili, fingendo che la sua concentrazione sul BlackBerry non le abbia dato alcun fastidio. «Ti ricordi di Winston? È il padre di Kaytlin.»
Winston Baker.
Massimo sa fin troppo bene chi è e si limita a un segno di assenso con la testa.
«Ci siamo visti l'ultima volta a una cena dell'HELP» dice l'uomo con gli occhi grigi allungando la mano.
Massimo la stringe meccanicamente, avvertendo la sua presa salda.
Si studiano in silenzio per un attimo.
«Winston mi ha detto che vorrebbe parlarti di alcune questioni di lavoro» apre le danze Michela.
Winston mette una mano in tasca, facendo un segno affermativo con la testa. «Credo di avere un paio di temi d'investimento che potrebbero farti gola.»
«Io penso di no.»
Michela non ci può credere, non ci vuole credere, ma a parlare è stato Massimo.
Gli occhi grigi dell'altro si fanno due fessure sottili.
«Massimo, lavorate tutti e due alla City. Anche Winston è un banker.»
«Forse lavoriamo tutti e due alla City, ma non ci occupiamo delle stesse cose» ribatte deciso, mentre in quel momento Kalim e Paul li raggiungono passando tra gli ospiti.
L'indiano si piega e bacia la mano di Michela. «Sei stu-

penda.» Ignora deliberatamente Baker, ma solo dopo avergli riservato un'occhiata di sufficienza.

Paul è rimasto un paio di passi più in là: sembra a disagio e si guarda intorno come un animale in gabbia.

Winston sembra aver perso la sua sicurezza e squadra i nuovi arrivati, diviso tra imbarazzo e risentimento.

«Bene, ora scusateci» lo gela Massimo prima di raggiungere un angolo del giardino, lontano dai tavoli del buffet.

Kalim e Paul lo seguono senza degnare l'uomo di alcuna considerazione.

Adesso formano un cerchio impermeabile alle chiacchiere e all'allegria che li circonda. La tensione è palpabile, anche se tutti e tre ostentano un autocontrollo che hanno perso da parecchi minuti.

Kalim ha le braccia dietro la schiena, si dondola sulle gambe e guarda Massimo. Paul fissa l'erba e sembra lontano da tutto.

È l'indiano a rompere il silenzio. «Preferirei non dirlo, ma ci stiamo giocando il culo.»

Massimo rimane impassibile. Il volto sembra più magro e allungato del solito. «Tu che ne pensi?» chiede a Paul.

«Lo sai, te l'ho già detto una volta. Questo trade m'innervosiva. Però l'abbiamo montato e ora dobbiamo giocare.»

«Quindi?» domanda Kalim.

«Io penso che sia un bluff» mormora Paul, provando a sbrogliare il filo dei pensieri. «Parlano, parlano e parlano perché hanno le armi spuntate. Alla Fed sanno che il rialzo dei tassi Usa è inevitabile, ma sanno anche che il tempo è prezioso, quindi cercano di rubarne un po' mettendo pressione e blaterando del Black Thursday. Non avrei giocato ma mi hai fatto sedere al tavolo, Massimo. Adesso ho in mano un full di assi e kappa, quindi non posso aver paura. Andiamo a vedere il punto, tanto stanno bluffando.»

Massimo sorride. «C'è una cosa che non dobbiamo dimenticare» dice guardandolo negli occhi. «Tu parli sempre di poker quando cominciamo a prendere le onde in faccia, ma qui non abbiamo a che fare con un furbo che bluffa. La partita stavolta è contro il banco, e se sbagliamo la puntata siamo morti.»

«Lasciamo che si riempiano le tasche di Treasury.» L'irlandese parla con aria assorta. «Prendiamo tempo. Giovedì escono i dati sulla produzione manifatturiera, venerdì quelli sull'occupazione. Tempo due settimane e tutti si accorgeranno che i tassi così bassi sul bond sono insostenibili.»

Massimo scuote la testa guardando un punto oltre le spalle di Paul. Per un attimo scorge Michela che lo fissa. Ha gli occhi stanchi, colmi di un'amarezza che non ha mai visto. Si passa una mano sul viso e torna a rivolgersi al trader: «Non basta. Facciamoli sfogare due giorni e prepariamoci a raddoppiare».

Le sopracciglia di Paul scattano verso l'alto. «Raddoppiare?»

«Non c'è altra strada.»

Kalim sospira. «Ci toccherà ricalcolare il VaR.»

Massimo si aspettava quella considerazione. Incrementare la posizione voleva dire mettere mano al *Value at Risk*, il valore che fissa il margine più estremo di rischio a disposizione di ciascun trader. Il limite che indica la massima perdita potenziale di una o più posizioni in un determinato lasso temporale, e che non può e non deve essere sforato. È il muro del suono degli operatori finanziari, anche se non tutti la pensano in quel modo. E Massimo era tra questi.

«Ricalcoliamolo, e giovedì alle quindici, prima dei dati sul manifatturiero, raddoppiamolo. Kalim, preparami un rapporto e dimmi quanto possiamo spendere.»

«Domani mattina faccio i conti in dettaglio, ma ti posso già dire che per un raddoppio siamo fuori.»

«Devi chiudere le posizioni degli altri» ribatte Paul. «Questa volta il VaR dovrà essere concentrato sul nostro trade.»

Massimo si concede qualche istante di silenzio. Al centro del giardino, India ride e abbraccia Brooke, mentre Kaytlin scatta foto col cellulare.

Sono felici. Si sentono inseparabili, legate dalla condivisione di un'esperienza che le ha esaltate.

"Le regaleresti un momento unico, un ricordo indimenticabile, qualcosa che non ha prezzo."

Le parole di Cheryl.

Alza la testa. Il cielo della sera è terso.

Ripensa alla pioggia. A quella pioggia che li aveva accompagnati in Bond Street. Alla sua mano che l'aveva fatto sentire bene come non capitava da anni. E la verità salta ai suoi occhi con una potenza inarrestabile: tutta la matematica del mondo, tutti i calcoli che hanno guidato ogni sua mossa fino a quel momento, ora non servono davvero a niente.

"Per quello che sei diventato, per quello che sei adesso, i numeri secondo me non bastano. Ora hanno tutti bisogno delle tue parole, di motivazioni, hanno bisogno di sentirsi davvero una squadra."

Ora è lui ad aver bisogno di motivazioni. E del cuore.

I numeri gli avevano donato una vista capace di scavalcare il tempo e allungarsi oltre il presente. In cambio gli avevano tolto il contatto con gli altri. *Il calore degli altri.*

«Massimo.» La voce di Paul lo strappa ai pensieri.

Scuote la testa deciso. «No, io non taglio le posizioni di nessuno. Manda una mail, Kalim. Riunione urgente domani mattina alle sette, prima dell'apertura. Voglio tutti i responsabili dei book, e anche Philip e Giorgio.»

«Vuoi chiedergli se ti prestano il VaR?» domanda l'irlandese. «Non hai bisogno di farlo. Sei tu ad averglielo dato e puoi riprendertelo quando ti pare. Sei quello che rischia, non hai bisogno di parlare.»

«E invece sì, devo capire se riesco a convincerli. Se non ci riesco, significa che ho sbagliato e allora è meglio chiudere tutto.»

«Io posso anche mandare la mail» dice Kalim cominciando a digitare sul BlackBerry. «Ma sono d'accordo con Paul. Tu sei il nuovo capo del desk, stringi sui book e prenditi il VaR che ti serve.»

«Che avrebbe fatto Derek secondo voi?»

Quando sentono il nome dell'americano, Paul e Kalim tacciono di colpo.

«Un capo, alcune scelte, deve avere la forza e il coraggio di condividerle. Non voglio mercenari che mi assecondino, voglio soldati che combattano con me e per me. Voglio uomini che ci credano e si fidino. Questo non è un trade come gli altri. L'avete capito o no?»

Non servono risposte.

«Questo è il trade su cui ci giochiamo tutto.»

«Allora è deciso?» domanda Kalim.

«Per me va bene» conferma Paul.

«È deciso» scandisce Massimo prima di allontanarsi.

Sono in casa ora, e Michela non ce la fa più: solleva l'indice e glielo punta contro. «Primo...» la voce è tesa e vibra di rabbia, «sei stato capace di arrivare in ritardo al compleanno di India, perché tu sei *sempre* in ritardo.» S'interrompe per prendere fiato.

«Secondo... Hai passato tutto il tempo a guardare quel maledetto telefono. Se ne sono accorti tutti.»

«Terzo...»

Massimo distoglie lo sguardo e si concentra sulla serigrafia di Mondrian, ma neppure la geometria delle linee gli dà conforto. I calcoli, la sensazione del controllo non bastano più. Sente l'insofferenza mischiarsi al senso di colpa. Sa di essere in difetto, ma l'istinto di urlare è più forte.

Stanno in piedi, uno di fronte all'altra, al centro del salotto al piano terra. Tra quelle quattro pareti la realtà dolorosa e inappellabile dell'incomprensione.

«Terzo...» ripete, «hai fatto una riunione di lavoro al compleanno di tua figlia, praticamente senza rivolgere la parola a nessuno. E poi: hai trattato in modo indegno il padre della sua migliore amica, che voleva solo parlare di affari. L'unica cosa che ti interessa.»

Michela si blocca, vorrebbe aggiungere qualcosa ma rimane in silenzio mordendosi un labbro. I contorni delle iridi verdi sembrano sbiadire dietro un velo lucido e acquoso.

«Winston Baker *non* voleva parlare d'affari.» Massimo modula la voce costringendosi a usare un tono neutro. «E non era qui per India o per la festa. Stava lavorando. Tu non lo conosci.» Non fa nulla per nascondere il disprezzo.

«Io lo conosco, invece.» Michela stringe i pugni. «Io lo conosco perché lo incontro davanti alla scuola di India e ogni volta che c'è un party. Tutte le volte in cui tu non ci sei...»

«È un procacciatore» la interrompe. «È soltanto un volgare procacciatore a caccia di clienti. Fa parte di quella categoria di banker che incontri solo al golf club, alle regate, a una mostra o a un party, come dici tu, perché ha un'unica ossessione: trovare soldi da gestire. Io ho fatto di tutto per scomparire, io mi impegno ogni giorno per essere invisibile agli occhi di questa gente. E tu fai l'impossibile per farmi notare.»

«*Io, io, io...*» La voce di Michela diventa stridula. «Parli sempre e soltanto di te. Invisibile, dici? Ma lo capisci che hai dei figli? Non puoi essere invisibile!»

«Ho dei figli, sì, ma questo non significa essere costretto a diventare un ipocrita. Uno come Baker lo trovi sempre dalla parte *giusta*. E adesso basta, domani ho una riunione importante.»

«E tu? Tu non stai dalla parte *giusta*? Pensi davvero di essere migliore degli altri?»

«No, non sono migliore degli altri, ma almeno sto in direzione ostinata e contraria. Sono diverso, e mi va bene così.»

«*In direzione ostinata e contraria*» ripete Michela a voce bassa. Il timbro tradisce l'incredulità, una smorfia le tira le labbra rendendole ancora più sottili. «Ma perché parli così? Non sembri... vero. Sembri... sembri... *un libro*.»

Un sorriso affiora sul volto di Massimo. «Una volta i libri ti piacevano.»

La tristezza è una corrente impetuosa che spazza via la diga dell'ira di Michela, annientandola in un solo istante.

Ora Massimo sa di averla ferita. Sa di averla messa faccia a faccia con il tradimento di se stessa. L'unica cosa che non sa è come fermarsi, come tornare indietro. «Non è un problema di parole. Io sto davvero in direzione ostinata e contraria.» Parla con lo sguardo perso e la mente altrove, rivolta al "corto" sul Treasury, alla riunione dell'indomani, e a quel trade che gli sta costando molto più di un passivo economico.

«Perché ho sempre la sensazione che tu sia da un'altra parte, che ti stia rivolgendo a qualcun altro?» gli urla Michela lasciando cadere le braccia in segno di resa.

Lui infila le mani in tasca, si avvicina al camino e studia le foto sulla mensola. Rivede Michela vestita di bianco il giorno del loro matrimonio. Pensa alla canzone che avevano scelto per le nozze, a quanto ci fosse voluto per vincere le resistenze di don Francesco, che non la riteneva adatta a una funzione sacra.

Era passato troppo tempo.

Il tempo sta vincendo.

«Non possiamo andare avanti così, Massimo.»

Trova una frase. Trova delle parole per rispondere.
Ti amo. Dille: "Ti amo".
Non dirle "Ti amo ancora".
Dille "Noi siamo sempre noi" o "Non sarà sempre così".
Troppi sempre... Dille...
Ha perso l'attimo, sente la porta che sbatte.

Ora Massimo è solo. Si sente svuotato. Per questo sale le scale e si infila, senza neanche pensare, nella camera di Roby.

Con la mano sfiora il motore subacqueo poggiato sul tavolinetto basso. Segue la linea slanciata del propulsore prima di chiudere le dita intorno a una manopola. Una fitta di dolore alla base del pollice lo fa quasi urlare. Si morde il labbro inferiore per trattenere un lamento.

Continua a stringere, e pensa al mare. Vorrebbe essere sott'acqua, quando è impossibile parlare. Quando è impossibile ferire gli altri, e per capirsi servono i gesti. Vorrebbe andare sempre più giù, metro dopo metro, e lasciarsi schiacciare dalla pressione.

Una volta ha letto della narcosi d'azoto che colpisce i sub più esperti. Estasi di profondità che inganna la mente e altera i sensi. Si scende sempre più giù nella convinzione illusoria di risalire. Desidera provare quell'ebbrezza, smarrirsi nell'immersione fino all'incoscienza, alla perdita di sé.

Il delfino di peluche è posato sul pavimento, ai piedi del tavolino. Oltre alla luce dell'acquario, la stanza è rischiarata soltanto dal chiarore soffuso di un iPad. La proiezione è bianca, ma non basta a raffreddare il tepore del suo rifugio dal mondo.

Guarda il figlio steso sulla piazza inferiore del letto a castello. È concentrato sullo schermo, ma forse lo stava aspettando.

«Dove sono i tonni adesso?» domanda sedendosi sul bordo del materasso.

«Qui.» Roberto poggia un dito sull'iPad. Sul monitor un atlante, sul quale lampeggia un segnale. «Ma come fanno a seguirli nell'oceano?»

«Hanno impiantato dei dispositivi elettronici su parecchi di loro.» Massimo parla piano, tentando di sedare l'ansia per il morning meeting. Non ha idea di cosa dirà. Non ha idea di come farà a convincere quegli uomini. Non si è mai sentito a proprio agio con le parole: le trova sfuggenti, viscide, insidiose. Lo fanno soffrire.

«Si chiamano *tags* o *pop up*. Registrano la profondità di navigazione e tutti gli altri dati» riprende dopo qualche istante. «Poi trasmettono un segnale ai satelliti che li smistano.» S'interrompe. Ha la bocca secca. «Sai come si chiamano queste isole?» si sforza di chiedere per rovesciare il gioco di domande e risposte.

Con il pollice e l'indice Roberto allarga sull'arcipelago. Alcune linee scarlatte e longitudinali appaiono in contrasto col blu dell'Atlantico.

I meridiani.

«*Azores*» risponde Roberto leggendo una scritta.

«Azzorre» ripete Massimo in italiano. «E dov'è che stanno andando, i tonni?»

Roberto inclina la testa e lascia che il dito scivoli sul touchscreen blu fino alla costa africana. Quindi risale di qualche centimetro fermandosi dove si sfiorano due continenti. «Gibilterra!» esclama.

Massimo annuisce. «Esatto, vanno nel Mediterraneo.»

«Ma perché fanno un viaggio così lungo?»

«Per riprodursi.»

Roberto si volta e lo guarda senza capire. «E non possono farlo nell'oceano?»

Il padre scuote la testa. «No, perché hanno bisogno

di condizioni particolari. Servono acque calde e salate, e l'Atlantico è tutto il contrario, e quindi migrano. Viaggiano per continuare a esistere.»

Pensa alla natura e alle sue inviolabili leggi. Al richiamo misterioso, all'irresistibile attrazione che guida quelle creature per migliaia di chilometri negli abissi marini. La semplice, ineluttabile ragione di quel magnetismo ha un effetto calmante su di lui. È come se lo strappasse alla gabbia di simboli e numeri che lo imprigiona.

Guarda l'iPad. Muove il dito da destra a sinistra sullo schermo. Ora il rettangolo inquadra la penisola italiana e la costa tirrenica. Ingrandisce ancora finché non emerge il profilo grigio di un promontorio circondato da alcune isole. Lo fissa, mentre la nostalgia gli invade il cuore.

«E come fanno a riprodursi?»

«Ah, è bellissimo.» Alza lo sguardo. «È come una danza senza musica. I tonni nuotano in cerchio. Veloci, sempre più veloci. Immagina un vortice grigio-argento nel blu. Si strofinano gli uni con gli altri, fecondando le uova delle femmine.»

Guarda la linea scarlatta che taglia l'immagine e pensa a quanti danni ha fatto a quella specie marina un minuscolo tratto immaginario. È la parte della storia che ha preferito non raccontare al figlio, il racconto di una caccia spietata e degli effetti distruttivi delle convenzioni umane.

Continua a fissare la linea. Pensa alla scritta *"Prime Meridian of the World"*, a Greenwich. Il trucco di quel segno che una mano ha tracciato sul selciato londinese e poi sul muro dell'Osservatorio. Solo per rendere vero qualcosa che non esiste in natura.

L'intuizione arriva come uno schiaffo, mentre le parole iniziano a disporsi nella mente. Vengono fuori dal nulla e, per una volta, hanno la stessa velocità dei numeri.

Si alza di scatto dal letto. Eccola, l'idea che cercava per il morning meeting.

Avverte l'eccitazione pervadergli il corpo, soppesa l'efficacia delle parole che ha in mente. Immagina le possibili reazioni di chi lo ascolterà. Disegna nella testa la sorpresa iniziale.

È un rischio. Ma lui ha rischiato per tutta la vita.

«Papà, che succede?»

«Niente, Roby.» Sorride per rassicurarlo. «Non è *ancora* successo niente.»

7
Double up

Apre gli occhi.
Non sa chi è. Non sa dove si trova.
Ma sa che gli è successo altre volte. Molte volte.
Quella mattina, però, è diverso.
La testa pulsa. Un dolore intenso s'irradia dalla mascella sinistra alla tempia. Il corpo non risponde più, ostaggio di violenti fremiti. Le lenzuola umide di sudore sono incollate alla pelle.
Strizza gli occhi, cerca di mettere a fuoco qualcosa nel buio. Apre la bocca. Avverte una presenza che non dovrebbe esserci.
Prova a prendere aria. Muove la lingua impastata, e gonfia. Si mette seduto sul letto. Sputa qualcosa nel palmo d'una mano. La rigira tra i polpastrelli. Una parte è liscia. L'altra ha un volume irregolare: cava al centro, appuntita su un bordo.
Adesso ricorda.
Lui è Massimo. Ha sposato Michela una domenica di maggio a Carmagnola. Erano felici. Non lo sono più. Hanno due figli, Roberto e India, che ha appena compiuto quattordici anni. Un tempo infinito che lui ha passato a calcolare le probabilità e scommettendoci sopra. Quasi due mesi prima ha venduto allo scoperto titoli di Stato americani per mille milioni di dollari. E ora sta male. La gola è bloccata. La mente confusa. Si sforza di contare, ma non ci riesce.

Per stare meglio, da qualche tempo ha cominciato a martoriarsi con l'unghia dell'indice sinistro l'interno del pollice. Ha scavato con precisione chirurgica fino ad aprire un solco di carne pulsante, e continua ad affondarci dentro. Ha deciso di arrivare all'osso, perché è meraviglioso il dolore quando se ne conosce la causa.

Sospetta di avere una malattia neurodegenerativa, ma è solo un altro ostacolo da superare per continuare a essere perfetto.

Lui è Massimo, dal dicembre scorso uno dei cinque più importanti operatori finanziari d'Europa. Ventiquattr'ore prima ha perso quattordici milioni in un soffio, mentre sua figlia spegneva le candeline della torta.

E questa mattina si è rotto due denti, digrignandoli nel sonno.

Metà di uno ce l'ha in mano.

L'altro, con ogni probabilità l'ha ridotto in poltiglia prima d'ingoiarlo.

Si mette in piedi e raggiunge il bagno barcollando.

Sotto il getto d'acqua bollente fa fatica a non urlare. Il liquido quasi gli ustiona la pelle. Infila un dito in bocca. La fila dei molari è spezzata. Ispeziona il buco con delicatezza, cercando di dominare il tremore della mano. I suoi modelli statistici parlano e gli dicono che il morning meeting al floor sarà un disastro. Ha avuto un'idea, ha preparato un discorso, e la sera prima gli sembravano una grande idea e un ottimo discorso. Ora invece si sente ridicolo, e tenta in tutte le maniere di non pensarci.

Poi il dolore ha la meglio e i sussulti cominciano a perdere d'intensità. I muscoli si sciolgono, il respiro si normalizza. L'ansia scorre via insieme all'acqua, gira un paio di volte e poi scompare per lasciare spazio all'autocontrollo.

Nudo, le ciocche dei capelli appicciate sulla fronte, fissa il volto riflesso allo specchio. Per una volta lo sguardo non si smarrisce nel vuoto, non si appanna, ma rimane ancorato al profilo magro, schiva l'incendio che colora di rosso le iridi infiammate e galleggia sull'orlo delle occhiaie scure.

Eccola, proprio di fronte a lui, l'ombra sbiadita di quel ragazzo di Roma venuto anni prima a prendersi uno splendente avvenire.

Vorrebbe lasciar perdere, salire su un aereo e scappare via. Mancare la riunione, decapitare il vertice europeo della grande banca, non pensarci più.

Guarda meglio e si rivede a vent'anni.

Cosa direbbe, oggi, il Massimo di allora?

Lo implorerebbe di continuare, perché lui – i numeri – li ama e li odia, e non c'è via d'uscita da quella doppia passione. Una benedizione e una condanna. Come il successo e il *failure*, l'uno il rovescio dell'altro.

Vorrebbe smettere, ma non saprebbe cos'altro fare.

E quindi rilancia.

Quando inizia a radersi è più tranquillo. Sembra tornato quello di sempre. Ripassa mentalmente il discorso che terrà al desk. Sa che deve affrontare quindici professionisti che pensano ai fatti, traducendoli in soldi, e per i quali le parole valgono poco. E i fatti dicono che il fixed income è sotto complessivamente di circa quaranta milioni su un trade voluto da lui e da lui solo. Escludendo Kalim e Paul, deve convincerne tredici. Parte in svantaggio, e chiederà sacrifici sulle posizioni di rischio dei book. Quindi ha deciso di puntare sull'effetto sorpresa, rischiando tutto.

Inizia a vestirsi. Abbottona la camicia bianca. Annoda le Nike Air. Stringe forte le stringhe come se potessero aiutarlo a controllare i movimenti involontari delle gambe. Lentamente compone il nodo della cravatta. Indossa la giacca.

Un'ultima occhiata allo specchio. Un sorriso, per verificare.

Il buco nella dentatura non si vede.

Va tutto bene.

È soddisfatto, ma manca ancora qualcosa.

Esce dalla stanza e si ferma davanti alla loro camera. Alla camera di Michela, che a quell'ora è già di sotto a fare colazione.

Apre piano la porta. Il grande letto è sfatto. La luce della cabina armadio spenta.

Si dirige verso l'altro bagno. Accende la luce della specchiera e comincia a esaminare i flaconi e i tubetti allineati sul ripiano.

«Che stai facendo?»

Michela è scalza, indossa una sottana leggera. Negli occhi un'espressione che non lascia dubbi: è ancora arrabbiata.

Massimo lo nota subito ma non può fare a meno di seguire la curva dei fianchi. La desidera. E pensa che sarebbe bello baciarla, fare l'amore con lei tutta la mattina e dimenticare.

«Cercavo un po' di rimmel e del rossetto. Sai, per la riunione.»

Lei lo guarda come se fosse pazzo. Poi scoppia a ridere.

«Sul serio, ti serviva qualcosa?»

Una crema rilassante per il viso.

«Come mi trovi?»

Lo squadra. Ha l'aria risentita, ma cerca di essere obiettiva. Si avvicina, gli sistema il nodo della cravatta. «Sei perfetto.»

«E allora non cercavo niente» risponde tornando verso la camera di Michela.

Lo accarezza. «È così importante, oggi?»

«Al solito.»

Scuote i capelli biondi. «Non è vero. Lo capisco ancora quando menti.»

«È inutile parlarne.»

«Eppure per tanto tempo ne abbiamo parlato. Per te era importante che io capissi quello che stavi facendo.»

«Ora non lo so nemmeno io, Michela. Non lo so cosa sto facendo. Pensavo di saperlo, ma non è vero.»

«Massimo, se hai paura a me lo puoi dire.» Incrocia le braccia. «Parlami per una volta, io non ti giudico. Qui non siamo in banca.»

Lui si irrigidisce. Vorrebbe dirle tutto. Le vorrebbe dire anche di andare a prendere i ragazzi a scuola e scappare da quella città, da quella vita.

Ma non può farlo. Non prima di quella riunione. Non può permettersi esitazioni.

«È solo che le cose cambiano.»

La frase sbagliata.

Michela si siede sul letto. Accavalla le gambe, abbassa la testa come a schivare un pensiero inaccettabile. «E altre finiscono» mormora.

Ma lui non ha tempo. Non può aspettare.

«Massimo.»

Si blocca vicino la porta.

«Mi sono mancate le cose normali. Perfino i problemi mi sono mancati. Non ti ho mai potuto dire quello che dicono le altre mogli. È sempre stato tutto così...» lo fissa appena sotto il mento, «così *perfetto*. E silenzioso.»

«Allora dimmi "buona fortuna".»

Lei sgrana gli occhi. Un sorriso triste, straziante. Prova a parlare, ma non ci riesce.

Lui la guarda ancora una volta prima di uscire dalla stanza.

Quando è in corridoio, la sente sussurrare: «*Bonne chance, Maxime*».

Chiude gli occhi. Si poggia al muro. «Si dice Massimo.»

Accovacciata sul bordo del letto, Michela si passa le mani sul viso. Poi preme i pugni sulla bocca.

Un singhiozzo, un altro. Un altro ancora.
E comincia a piangere.

Sono in piedi uno di fronte all'altro, a trenta centimetri di distanza.

René sistema il nodo della cravatta con le labbra arricciate in un'espressione di disgusto.

Massimo lo studia, immobile, le mani in tasca, il mento proteso in avanti.

René socchiude gli occhi, un fremito gli scuote una guancia. Tensione e fastidio traspaiono da ogni gesto. *Non vali la metà di Derek, italiano. Sei stato il suo unico errore. Dovevo esserci io al posto tuo.*

Massimo scuote lentamente la testa. *Lo so cosa stai pensando, ma non devo convincere te.*

«Le sette e trenta» ringhia il francese. «Mezz'ora di ritardo. È inaccettabile.»

L'altro rimane indifferente.

René si volta, dando le spalle al grande specchio che copre per intero una parete della stanza.

Dall'altra parte del vetro-spia, in una saletta in penombra, Massimo osserva la scena, attento a cogliere ogni minima reazione dei presenti.

La sala riunioni è un ambiente di forma rettangolare. In un angolo una lavagna magnetica. Su uno dei lati lunghi un grande orologio. La stanza è occupata da una ventina di persone. Alcune siedono intorno a un tavolo ovale, altre stanno in piedi, divise in gruppi.

«Hai ragione, René» sbotta un uomo alzandosi di scatto. Le rotelle della poltrona scivolano morbide sulla moquette. È sui quaranta, sovrappeso, capelli biondo cenere, sguardo bovino. «La prima riunione che fissa in sei mesi e riesce pure a bucarla.» Allarga le braccia e sbuffa vistosamente.

Matthias Streicher, responsabile del book "Germania". Un esecutore senza fantasia.

Massimo si concentra sulla figura massiccia del trader di Amburgo e lo include nella fazione di quelli *dall'altra parte*: quelli che sperano di vederlo cadere.

«Forse ha avuto un problema» mormora un tipo sulla trentina, alto e magro.

«Ma quale problema.» René va su e giù per la stanza. I pollici alle bretelle, il petto in fuori, il viso rosso per l'agitazione. «Lui è il boss, qui dentro. E se non l'hai ancora capito, Guy, siamo sotto di un bel po'. L'avevo detto che questo trade era una cazzata.» Si ferma e comincia a squadrare Paul Farradock che se ne sta in disparte, poggiato al muro. Sembra distante da tutto come se quello che lo circonda non lo riguardasse.

L'irlandese sbadiglia prima di rivolgergli la parola: «Immagino che tu abbia tanto da fare oggi. Che programmi hai, a parte qualche giochetto di prestigio?».

René rimane in silenzio, fissandolo con un risentimento tale da rasentare l'odio.

L'altro sostiene lo sguardo fino a quando l'uomo magro non interviene a riportare la calma: «Avanti, René, non c'è bisogno di prendersela così. Max è sempre ineccepibile. Se sta tardando, dev'essere successo qualcosa».

Guy Anderson, responsabile per l'Italia e la Grecia. Una promessa arrivata al desk da Manhattan pochi mesi prima.

«Ineccepibile un corno! Quanto stiamo perdendo sul "corto"? Siamo già a sessanta milioni?» domanda Matthias.

Il francese rimane in silenzio approfittando di quelle parole per uscire dall'angolo in cui l'ha chiuso la frecciata di Paul.

Massimo poggia una mano sul vetro. I microfoni piazzati nella sala riunioni gli consentono di cogliere la conversazione. Distingue la cadenza newyorkese di Guy e pensa che il trader è brillante, ma deve ancora crescere. Tra qualche tempo imparerà a controllare l'accento della East coast, come aveva fatto Derek.

Anderson era stato l'ultimo acquisto del suo predecessore. Dopo la promozione di Massimo il book "Spagna-Portogallo-Grecia-Italia" era stato diviso. Al nuovo arrivato erano toccate Roma e Atene. Anderson conosceva il desk dai racconti di Derek e nutriva una stima sincera nei riguardi di Massimo. Lo trattava quasi con reverenza.

Uno in più, pensa mentre torna a concentrarsi su quello che accade oltre il cristallo.

Vicino alla porta d'ingresso Kalim, Philip e Giorgio confabulano a voce bassa. Il quant si accarezza la barba, concentrato sulle parole dello strategist.

In piedi al centro dell'ambiente, un trentacinquenne dai capelli neri e ondulati, la carnagione olivastra, sta scrivendo qualcosa sul BlackBerry. Massimo sorride. È pronto a scommettere che Raul Bénitez, responsabile del book "Spagna-Portogallo", è impegnato ad arginare la gelosia della fidanzata di Barcellona. I litigi telefonici tra i due sono noti da tempo al floor e spesso fanno da sottofondo all'attività del desk.

Derek era stato indulgente e non l'aveva mai richiamato. E la stesso aveva fatto Massimo dopo essergli subentrato. Lo spagnolo non sta da nessuna parte. O meglio: sta sempre a favore di vento, dalla parte di chi lo fa guadagnare.

È soprattutto lui che Massimo deve convincere. Lui e Niklas Olsen, l'uomo sulla quarantina che siede rigido e impettito vicino alla parete opposta. Gli occhi blu sono gelidi, il viso inespressivo. Il titolare del "North Europe" è un muro invalicabile. Da dieci anni Kalim prova a scambiare qualche opinione con lui ma riceve in risposta solo alzate di spalle. L'imitazione che l'indiano fa del collega matematico è un numero che mette di buonumore anche Paul.

Tutti gli altri sono assistenti dei titolari dei book. E loro non c'entrano. Con René e Matthias contro, e Guy prevedibilmente a favore, la partita si gioca su Raul e Niklas. Se riuscisse a portare dalla sua parte anche loro, a quel punto sarebbero quattro contro due: una maggioranza che confermerebbe la correttezza del trade, e darebbe fiducia al capo del fixed income.

Massimo estrae il BlackBerry e controlla l'orario. Le sette e cinquanta.

Ancora dieci minuti.

La saletta da cui sta spiando è un cubicolo di quattro metri per quattro. Le pareti sono foderate di gomma piuma insonorizzante.

Era stato Derek a fargli conoscere la Sala B. Un pomeriggio di due anni prima si era avvicinato alla sua postazione e gli aveva detto a bassa voce: «Max, vieni con me. Ti faccio vedere una cosa».

Lui si era alzato e aveva seguito Derek attraverso il floor. Avevano imboccato il corridoio illuminato dai neon e superato l'ufficio di Philip prima di fermarsi davanti alla porta a vetri della Sala B.

«Cosa dovrei vedere?» aveva chiesto Massimo. «Ci facciamo una riunione alla settimana qui dentro. Sei tu che le fissi, peraltro.»

Derek aveva scosso la testa. «Vieni.»

L'aveva allora seguito lungo il corridoio. Avevano svoltato un angolo e si erano fermati davanti a un'anonima porta in legno.

Derek aveva estratto una chiave e l'aveva inserita nella serratura facendo un cenno all'altro perché entrasse prima di lui.

L'italiano aveva osservato la sala riunioni attraverso il vetro unidirezionale. E aveva capito.

«Perché mi fai vedere tutto questo?» aveva chiesto con

voce dura, convinto che quel tipo di controllo violasse ogni regola.

«Perché un giorno ti servirà.» La risposta di Derek era stata una profezia.

Pochi giorni dopo la partenza dell'americano, Massimo aveva trovato la chiave della stanza in una busta da lettera su cui erano scritte a mano le parole "For you".

Torna a guardare il display.

Le sette e cinquantacinque.

Con la lingua ispeziona il buco nella dentatura. Avverte il sapore metallico del sangue. Tira un profondo respiro e lancia un'ultima occhiata attraverso il vetro.

Gli uomini dall'altra parte gli sembrano pesci in un acquario.

«Morning» scandisce con naturalezza quando entra nella sala riunioni. Cammina lentamente, una mano in tasca, come se fosse in anticipo. Si sforza di sorridere. Raggiunge un'estremità del tavolo ovale e lancia un'occhiata al grande orologio circolare alla parete. «Aspettiamo ancora qualche minuto.»

Osserva le teste dei presenti muoversi di scatto. Lo sconcerto serpeggia intorno al tavolo. Occhi si cercano, volti ammiccano, bocche si schiudono in espressioni di stupore.

Appena le lancette dell'orologio segnano le otto, riprende a parlare: «Ok, ora possiamo cominciare».

Si ferma, confidando in una reazione. Ha calcolato tutto. Ha previsto sia il silenzio, sia una risposta che gli farebbe gioco.

E in effetti quella risposta non tarda ad arrivare.

«Ma stai scherzando? Dimmi che è uno scherzo» sbotta René. «Sei in ritardo di un'ora.»

Massimo aggrotta la fronte, simulando sorpresa. «Non

mi pare, avevamo detto alle sette e cominciamo in perfetto orario.»

«Cos'è questa buffonata?» sibila Matthias mentre si protende in avanti per dare man forte al francese.

«Nessuna buffonata» obietta Massimo calmo. «In questo momento a Ponta Delgada sono le sette antimeridiane. Dunque, ripeto che siamo in perfetto orario.»

Kalim ha gli occhi rivolti verso l'alto, la carnagione olivastra sembra sbiadita.

Giorgio fa rimbalzare lo sguardo tra Massimo e l'indiano alla ricerca di una possibile spiegazione.

René strabuzza gli occhi. Non crede a quello che sente e vede. La reazione di Massimo l'ha spiazzato e non sa cosa fare.

Paul è l'unico a mantenere la calma. Se ne sta allungato sulla poltrona e segue la scena con aria placida.

«Non vorrei dire una banalità» interviene Raul, «ma non siamo alle Azzorre. Siamo a Londra, Regno Unito.»

Massimo annuisce. «Siamo a Londra, certo. Ma io ho deciso di calcolare l'orario sul meridiano delle Azzorre. È un arbitrio, lo so bene. Ma è un arbitrio anche tenere basso il tasso dei Treasury, farlo in modo artificiale, eludere le dinamiche di mercato e ignorare che i cinesi non comprano più il bond. Non si può scegliere un fuso orario a proprio piacimento, e non si può prezzare la merce a propria discrezione.»

Philip sorride, muovendosi sulla poltrona e accavallando le gambe. È come se volesse mettersi comodo per gustarsi al meglio lo spettacolo.

Massimo raggiunge la lavagna. Prende un pennarello nuovo, lo scarta e lascia che la plastica cada sul pavimento. Quindi scrive qualcosa sulla superficie bianca. Poi si volta e si sposta di un metro più a destra perché tutti possano leggere: "Uscite dalla scatola".

In quel momento Massimo nota il distacco di Niklas trasformarsi in concentrazione, mentre Raul socchiude gli occhi nel tentativo di anticipare le conclusioni del ragionamento. Delle reazioni di René e Matthias ha deciso di non curarsi.

«Le consuetudini...» scandisce tornando al tavolo e poggiandoci le mani. «Ogni giorno siamo tutti vittime, più o meno consapevoli, delle consuetudini. Orientano le nostre scelte, condizionano i nostri comportamenti, ci spingono ad agire in una determinata maniera. Lo fanno in modo subdolo, addomesticandoci poco a poco. Sono gli uomini a stabilire queste convenzioni, eppure accade che se ne dimentichino finendo per considerarle eventi naturali. In questo momento i tonni rossi, che stanno emigrando dal golfo del Messico verso il Mediterraneo, si trovano nei pressi delle isole Azzorre. Per anni una convenzione ha diviso questa specie marina in due distinte popolazioni. Sapete come avveniva la ripartizione?»

Silenzio.

Tutti gli sguardi sono concentrati su di lui.

«Sulla base di un meridiano.» Si ferma per amplificare l'effetto delle ultime parole. «Ed è sulla base di questa convenzione che sono state assegnate ai vari Paesi le quote di pesca. Be', le popolazioni non erano due, bensì una sola. Non si può tagliare longitudinalmente l'oceano e neppure separare una specie. Il risultato è stato di provocare la progressiva estinzione dei tonni. Era come basare le spese su due conti correnti, senza accorgersi che i soldi che si spendevano erano sempre gli stessi ma conteggiati due volte.»

S'interrompe. Vede Niklas annuire e Raul sorridere.

Philip gioca con la montatura degli occhiali e lo guarda con ammirazione.

«Alcune di queste consuetudini hanno un valore di verità talmente universale che gli uomini le accettano *in sé*, rinunciando a esercitare il dubbio. Queste consuetudini si chiamano dogmi. Ogni uomo ha diritto a una fede, e ogni fede presuppone dei dogmi.» Guarda Kalim. «Ma quello che vale davanti a dio, non deve valere sui mercati. Non esiste nessun dio della street. Non il dollaro e nemmeno il bond decennale degli Stati Uniti.» Si ferma ancora. Abbraccia la stanza con lo sguardo.

Kalim ha ripreso colore e ora segue la scena con i gomiti poggiati sul tavolo.

Giorgio è concentrato.

Perfino Matthias ha smesso di agitarsi e ascolta con la testa abbassata.

Massimo riprende a parlare: «Ieri il comunicato del FOMC è stato chiaro. La Fed continuerà a comprare Treasury. Io allora vi chiedo di mettere in discussione questo dogma e di andare a vedere quello che ritengo un bluff. Fingere è legittimo. Le regole del gioco lo prevedono. Esibire un prezzo conveniente è nel diritto di chi vende, ma se ci manteniamo lucidi, senza perdere il filo delle nostre intuizioni, il tempo ci premierà. Qualcun altro si accorgerà dell'aberrazione e il trade comincerà a pagare. L'artificio della consuetudine e l'inganno finiranno per scontrarsi con la realtà e non passeranno al vaglio di ciò che è vero, al di là d'ogni trucco. La latitudine è un valore assoluto, geografico, misurabile in maniera esatta. Fin dalla notte dei tempi chi va per mare si orienta guardando le stelle. Prima non esisteva in natura, ma è stata istituita da John Harris nel 1760. Prima non esisteva.»

Si concede un'altra pausa per creare suspense.

«Il dollaro come valuta rifugio non è un'inviolabile legge di natura. È un dogma. Sfidiamolo. Il tasso del Treasury non è un evento immutabile. È un dogma. Sfidiamolo. La realtà è una sola e ci dice che non possono difendere allo stesso tempo la valuta e il bond. E allora sfidiamoli. Andiamo a vedere questo punto.»

Intercetta sguardi di approvazione. Percepisce il consenso montare. Negli occhi azzurri di Niklas distingue un convincimento nuovo. Raul annuisce apertamente.

«Ora mediamo al ribasso, raddoppiamo la posizione e concentriamo il book su questo trade.»

La stanza viene attraversata da un mormorio. È il momento più delicato. È andato tutto per il verso giusto e ora Massimo non può permettersi di sbagliare.

È Matthias a prendere la parola: «Anche considerando valido il tuo ragionamento, bisognerebbe toccare il VaR».

«E non è possibile farlo. A New York se ne accorgerebbero subito» aggiunge René con titubanza.

Massimo sorride. La replica su regole e limiti fatta proprio da René è debole. È l'ultima obiezione e lui l'ha prevista, perché anche l'intoccabilità del Value at Risk è un dogma come gli altri.

«Tutto è possibile, René. Tu lo sai bene» ribatte. «Il VaR...» scandisce in inglese prima di passare all'italiano, «*è come la pelle dei cojoni. La poi tira' quanto te pare*».

Giorgio sghignazza rompendo il silenzio, mentre Philip sorride con lo sguardo basso. Ha passato poco tempo in Italia, ma evidentemente gli è bastato.

«Che ha detto?» domanda René allo strategist.

«Preferisco non assumermi la responsabilità di questa traduzione.»

Massimo guarda Giorgio. «Traducila tu, allora.»

Il quant torna serio. «Io?»

«Philip ha rinunciato, e non c'è nessun altro che capisce l'italiano.»

«Ma devo tradurla come l'hai detta?»

«Decidi tu. Le traduzioni non sono sempre letterali.»

Il ragazzo si stringe un labbro tra il pollice e l'indice, prendendo tempo. Poi alza la testa, un lampo negli occhi neri.

«Il VaR è come Mister Fantastic» dice convinto.

Intorno al tavolo scoppia una risata. E la battuta strappa un sorriso anche a Matthias.

«E chi è Mister Fantastic?»

«Quello dei Fantastic Four che si allunga, René. Ma non li leggevi i fumetti?» sbotta Guy.

Massimo annuisce sorridendo. «Bella traduzione, Giorgio. Hai perso qualche sfumatura, ma complimenti.» Quindi si rivolge ai presenti: «Allora siamo d'accordo?».

Ancora silenzio, che però stavolta è carico di significato: il desk è con lui.

«Bene, siamo d'accordo. Kalim, raddoppiamo e ricalcoliamo il VaR. Abbiamo finito, signori. E adesso al lavoro.»

Quando lascia la stanza, Massimo si sente bene. La consapevolezza di aver vinto lo galvanizza. Partiva perdente e ha rovesciato il pronostico. Ha battuto ancora quei numeri che sulla carta lo davano per sconfitto.

Attraversa il floor e si dirige verso la sua segretaria senza voltarsi mai.

«Carina.»

«Ti ascolto» risponde con gli occhi fissi su un registro.

«Trovami un dentista.»

«Controllo l'agenda e vedo quando sei libero.»

«No, adesso.»

La donna solleva lo sguardo fissandolo da sopra le lenti. «Come dici?»

«Trovalo adesso.» Si massaggia una guancia. «E che sia pure bravo.»

PARTE SECONDA

Il cielo

8
Don't play with Washington's guys

Il secondo diavolo guarda le luci dell'alba che filtrano dalle grandi vetrate e rischiarano la piscina riscaldata al decimo piano del Berkeley Hotel. Si compiace del silenzio mentre sfida la temperatura ancora pungente di quella mattina di primavera.
Un brivido gli increspa la pelle.
Il secondo diavolo disprezza le meccaniche del mondo. Non è lui ad averle create.
Odia l'insensata dispersione di energia. Invecchiare e deteriorarsi sono limiti che non può tollerare. Come ghiaccio che si scioglie nell'acqua. Come legna che brucia.
Per il secondo diavolo l'entropia è qualcosa di terribilmente volgare. La considerano la misura del disordine, in realtà altro non è che un trasferimento irreversibile di calore: sempre e soltanto da un corpo più caldo a uno più freddo. *Mai viceversa.* Un movimento ingovernabile di particelle, di energia che in parte si disperde. Una triste corsa verso la morte termica, e la fine di tutto.
Il diavolo sorride, ma è un sorriso amaro. Trova una simile dispersione un prezzo stupido da pagare, ed è proprio la stupidità a umiliarlo. La ricerca di un'alternativa è l'unico modo per sfuggire a quella follia; che sia miracolo o frode, prodigio o illusione, non fa differenza. Conta solo la possibilità di portare ordine, governare il moto delle particelle. Perché il cubetto nell'acqua rimanga ghiaccio, la legna non

diventi cenere e il fuoco continui ad ardere. Perché niente possa alterare gli equilibri o minacciare i dogmi. *Perché tutto rimanga esattamente com'è.*

Derek vuole che il suo Paese continui a crescere senza più vivere pesanti recessioni, vuole il primato sulla tecnologia, e risorse energetiche interne per non dover più affrontare guerre dolorose e dispendiose. Vuole questo senza che i ricchi come lui debbano pagarne il conto. Vuole questo senza che nessuno dubiti della valuta per eccellenza, il dollaro, o diffidi della stabilità di bilancio della prima potenza planetaria.

Un giorno Al Gore disse che le vecchie abitudini unite alle nuove tecnologie spesso portano a conseguenze impreviste.

Derek Morgan il rischio lo vuole correre, lui è il diavolo di Maxwell, mette ordine, piega le variabili, manipola i prezzi, per evitare l'entropia è pronto a tutto, anche a stampare denaro all'infinito e a usarlo per finanziare il bilancio dello Stato.

Per preservare la leadership americana è disposto perfino a bloccare la rotazione terrestre, chiudere il pianeta in una bolla d'immobilità. Cancellare ogni trasferimento di calore, ogni possibilità di movimento, ogni gradino sociale. Immagina una minoranza sempre più ristretta a controllare gli asset strategici, tutti gli altri a impoverirsi. Il paradosso della diseguaglianza eletta a principio di conservazione di un sogno, perché l'*american dream* non possa mai diventare un incubo.

In piedi sul bordo della piscina, il secondo diavolo tiene la testa bassa e fissa la superficie azzurro cloro. L'acqua restituisce la silhouette di un corpo atletico. Spalle squadrate, viso massiccio.

Ha viaggiato tutta la notte sull'Atlantico, il diavolo. È atterrato a Heathrow poco prima di mezzanotte e poi ha raggiunto il Berkeley in Wilton Place e atteso l'alba smaltendo il jet lag.

Si piega sulle ginocchia, si sporge in avanti, conta mentalmente fino a tre e si lancia con decisione. Non è tempo di incertezze.

Il contatto con l'acqua gli trasmette un senso di benessere. Comincia a nuotare con lentezza, concentrandosi sulla sequenza coordinata di azioni.

Derek vede vicino e guarda lontano. Un occhio sugli schermi ultrapiatti, a Manhattan, l'altro fisso su London City. È così che ha notato movimenti troppo pericolosi, un passivo che non dovrebbe esserci sul book del fixed income "Europa". E, poco dopo, quella mossa che l'ha convinto a mettere da parte tutto e volare in Inghilterra: quel raddoppio, quel *double up* che ha tagliato le posizioni di rischio dell'intero desk.

Tra cinque ore ha un appuntamento che non vorrebbe mai avere. Deve vedere qualcuno che ha a lungo considerato un discepolo brillante e di talento, ma che per la prima volta ha suscitato in lui l'imbarazzo del dubbio. Si chiede se ha sempre sbagliato a portarlo in palmo di mano, si chiede soprattutto *dove* ha sbagliato.

Forse quell'italiano dal fiuto eccezionale non era pronto a preservare gli equilibri, a gestire il Piano, a garantire l'ordine. Troppo impegnato a cogliere il tempo giusto, il *quando*, ad afferrare l'occasione propizia, per prodigarsi affinché il presente abbia ancora un futuro.

A pochi metri dal bordo piscina si immerge ed esegue una torsione. I piedi aderiscono alla superficie e trovano a fatica la spinta per attaccare la decima vasca.

Comincia a sentirsi stanco. Non dorme da più di un giorno e il volo è stato faticoso, carico di pensieri.

Entropia.
Se non esistesse, potrebbe nuotare all'infinito. Bracciata dopo bracciata, respiro dopo respiro, per l'eternità, nella costante sicura del moto perpetuo. Non esisterebbe neppure il tempo senza entropia, e il diavolo sarebbe vivo per sempre.

Invece sa che, nel mulinare delle braccia, nel battere ritmico delle gambe, nella torsione del capo per prendere aria, l'energia cala e poi svanisce. Arriverà il momento di fermarsi, ma lui non vuole fermarsi. Vuole continuare a nuotare. Vuole ingannare il tempo, rubando minuti, settimane, anni.

L'idea dell'appuntamento lo turba. Per eliminare la foschia della confusione elabora da ore una strategia, insegue le parole, cerca immagini convincenti e paragoni calzanti.

Gli viene in mente il buio di un teatro. È un'atmosfera che gli appartiene, che conosce bene. Ambiente d'inganni, raggiri, apparenze. Userà quella metafora.

D'altronde l'italiano ha già capito quello che doveva capire, ma ha scelto di insistere. Errare è umano, perseverare diabolico. È buffo quel modo di dire.

Emerge dalla piscina con il fiato corto. Rivoli d'acqua scorrono sulla pelle.

Raggiunge lo spogliatoio. Non vorrebbe essere nella City.

E invece oggi Derek Morgan, il diavolo, deve avvertire un amico.

"Al Berkeley martedì per colazione. DM."

L'oggetto della mail recitava "riservatissima". Massimo l'aveva ricevuta il venerdì pomeriggio, cinque minuti prima della chiusura delle contrattazioni.

Laconico e confidenziale, aveva pensato. *Lo stile di Derek.*

Dopo il *double up* si aspettava una reazione da New York, ma non pensava che si sarebbe mosso proprio lui.

Probabilmente aveva deciso in autonomia, anticipando le decisioni del board.

Massimo aveva passato il fine settimana a combattere col proprio corpo, ad affrontare quella specie di malattia, quel *qualcosa* che gli inibiva la concentrazione e lo privava del controllo dei muscoli. Michela gli diceva che stava dimagrendo, lui non lo sapeva. Però, certo, si sentiva meno lucido del solito, come se ogni volta avesse bisogno di una punta di dolore per tornare in sé.

Ora l'angoscia per la propria condizione fisica si era mischiata all'inquietudine per l'incontro con Derek. Non poteva trattarsi di una semplice conversazione di lavoro, era ovvio. La posta in gioco era molto più alta, così aveva provato a cercare degli argomenti per spiegare le scelte degli ultimi mesi. Non c'era riuscito. Gli sembrava tutto troppo vago. Le motivazioni puramente economiche erano solide, a dispetto dell'andamento del trade, ma erano le stesse che Derek poteva intuire da sé. A quel livello, il confronto era una partita a carte scoperte.

L'americano non lasciava mai spazi, non concedeva nulla. E se lo faceva, instillava nell'altro il dubbio che si trattasse solo di una sua concessione, non il risultato di un rapporto di forza che lo vedeva in svantaggio.

Derek Morgan non era mai in svantaggio. Non sbagliava mai.

Prima di raggiungere la blue room studia la propria immagine riflessa in una vetrina. Si compiace di come riesca a ingannare l'occhio altrui, di come ogni particolare sia curato alla perfezione, anche se dentro si sente divorato da un male sconosciuto. Si è sentito male, non appena varcato l'ingresso del Berkeley. È come se qualcosa gli stringesse la gola, impedendogli di respirare.

A quell'ora del mattino la sala è vuota. Osserva l'ambiente rettangolare oltre la grande porta a vetri, dominato da mille sfumature di blu. Le diverse tonalità spiccano sulle pareti e sul lungo bancone.

Quindi lascia vagare lo sguardo, fermo sulla soglia. E lo vede.

È al tavolo d'angolo, immerso nella lettura di un giornale. Completo, camicia bianca e cravatta, i capelli neri separati dalla solita, impeccabile riga.

Massimo si avvicina a passo lento.

«Derek.»

L'americano solleva la testa e lo squadra dall'alto verso il basso. «Sei dimagrito.»

«Diciamo che mi tengo in forma» risponde sedendosi di fronte a lui.

In quel momento un cameriere sembra materializzarsi dal nulla. Rimane fermo, in silenzio, a un metro di distanza.

«Cosa prendi?» domanda Derek.

«Un bicchiere d'acqua calda con del limone.»

«Per me il solito.»

Il cameriere annuisce prima di allontanarsi.

«Stai male?»

Massimo scuote la testa.

«Magari c'è qualcosa che non hai digerito.»

L'italiano inarca un sopracciglio. «In effetti settanta milioni sono difficili da mandare giù.» Parla con tono lieve, come se la cosa non lo interessasse.

Derek sorride. Poi tira un respiro profondo e congiunge le mani.

Per la prima volta da quando lo conosce, a Massimo sembra di cogliere un'esitazione. Decide di approfittarne e giocare d'anticipo. «Da quanto tempo sta andando avanti?» domanda a bruciapelo, prima che l'altro abbia il tempo di aprire bocca.

Un attimo di silenzio.

Occhi neri fissano occhi blu.

«Da un po'» risponde Derek sostenendo lo sguardo.

«*Da un po'*?» Massimo calca sulle parole con ironia senza alzare la voce. «Spiegami... Tenere dei Treasury sul nostro book è una forma di patriottismo? O è soltanto la tua guerra privata coi cinesi?»

Derek socchiude gli occhi. È come se cercasse le parole giuste. «Io guardo lontano, Max. Molto più lontano di oggi, di domani e perfino del bilancio annuale di un desk.»

In quel momento il cameriere ritorna con un vassoio. Posa sul tavolo un bicchiere lungo e stretto e un piatto con un budino biancastro. I due lo osservano senza fiatare.

Appena l'uomo si allontana, Massimo ricomincia a parlare. «A New York non hai cambiato abitudini.»

«Lo sai.» Derek indica la gelatina. «Bianco d'uovo... leggero e altamente proteico.» Ne assaggia un pezzetto, poi indica la fettina di limone che galleggia nel bicchiere. «*Romans are like lemons*» dice. «Da soli sono aspri, ma quando li accompagni con qualcosa si trasformano. Diventano buoni e ricchi di proprietà. Un po' quello che è successo con te.»

Massimo ignora la considerazione, in bilico tra il complimento e il rimprovero. Ha deciso la strategia e non è di certo uno che torna sui propri passi. Così continua a giocare in attacco. «Tu guardi lontano, Derek. Invece io guardo il mercato...»

«Il mercato...» lo interrompe l'americano, tenendo la forchetta a mezz'aria. «Immagino che Philip ti abbia delineato lo scenario più probabile. La Federal Reserve ricomincerà a stampare e il debito sarà rifinanziato. Fine della storia. Perciò hai preso in considerazione il tema sbagliato. Può capitare. Anzi, capita anche ai migliori.» Ingoia un boccone accompagnandolo con un pezzetto di pane tostato.

Posa la forchetta. «Ma quel double up, no. Avresti dovuto sfilarti e prendere semplicemente atto della situazione. Che intenzioni hai?»

Massimo sorseggia l'acqua. Deglutire gli costa fatica. Si sforza di dominare i muscoli. «È proprio perché ricominceranno a stampare. Il dollaro non terrà, e non solo quello. Se nei prossimi quattro anni gli interessi sul debito saliranno, ci troveremo a parlare di circa trecento miliardi in più. Il debito federale potrebbe perfino essere declassato.»

«Tratti il dollaro come se fosse una valuta qualsiasi, e gli Stati Uniti come un Paese tra tanti.»

«Non mi piacciono i dogmi.»

Derek sospira. «I dogmi sono come i proverbi, Max, aiutano a vivere. E il mercato di cui parli, il mercato in cui credi, è la scena buia d'un teatro.» Muove un dito alludendo allo spazio circostante. È il momento. «Sul palco ci sono oggetti e attori, ma si vede solo ciò che viene illuminato dal fascio di luce.»

«Qui non siamo in teatro, non vedo nessuna scena, Derek.»

«Il fatto che tu non la veda non vuol dire che non esista. E quando quella luce si sposterà da qualche altra parte, il dollaro sarà destinato a diventare un bene rifugio.» Si protende in avanti. «*Intoccabile*» scandisce. «Sarà ancora più intoccabile di adesso.»

«Cosa stai cercando di dirmi?»

«Ma tu pensi di essere stato il solo a guardare al Treasury e al dollaro? L'hanno fatto in tanti, addirittura in troppi. Forse tu sei l'unico ad averci scommesso contro. Chiediti perché.»

«Perché era giusto farlo, e perché mi muovo prima di tutti gli altri. Me lo dicevi sempre, ricordi?»

Il secondo diavolo socchiude gli occhi. «Adesso non si tratta di essere veloci. Quando tutti si concentrano sulla stessa opportunità, da qualche altra parte se ne può cogliere una più grande. Rifletti su queste parole.»

«Devo considerarle un avvertimento oppure una minaccia elegante?»

Smettono di parlare.

Derek incrocia le mani.

Massimo corruga la fronte. Si domanda dove ha sbagliato, se quel trade non sia stato un peccato di presunzione, una sfida per dimostrare di essere capace di tutto. «E quale sarebbe l'opportunità?»

L'americano ha una strana espressione sul viso. «C'è un vecchio mondo da questa parte dell'oceano...»

L'Europa.

Massimo capisce subito cosa intende. Gli si materializza davanti agli occhi lo scenario della catastrofe. Ora lo distingue, quel teatro, il palco su cui si recita la commedia feroce della vita umana. E vede un nuovo diluvio di cartamoneta inondare gli States, fiumi e fiumi di liquidità. Immagina il beneficio iniziale ma sa che sarà seguito da una nuova caduta: perdita del potere d'acquisto, impoverimento progressivo, occulta, inesorabile erosione di ricchezza. E ancora più lontano, scorge il cono di luce accendersi sull'Europa. Sarà l'Europa a pagare, è la vittima designata.

La gamba inizia a tremare sotto il tavolo. «Gli Stati non sono banche. Non puoi trattare il debito dei Paesi europei come la Lehman.»

«Sono disposti a mettere in conto pesanti conseguenze.»

«*Sono*? Oppure dovresti dire *siamo*?»

«Non è importante. Esistono mani che muovono quel riflettore, mani che hanno scritto il copione. Andrà in scena, contro tutto e tutti. Contro le variabili, le previsioni più lucide e le migliori analisi del tuo strategist.»

«Stai descrivendo dei condizionamenti impropri. Anzi, stai parlando di una forza manipolatrice che agisce per proprio conto, al di sopra di tutto.»

Derek scrolla le spalle. «Ti sto aiutando.»

«Ma tu non hai nessun limite?»

«I limiti non sono per noi.»

Massimo si alza. «Direi che abbiamo finito.»

«Credo anch'io.»

«Saluta Hilary.»

«E tu Michela.»

L'italiano annuisce in silenzio, poi con un gesto indica il piatto vuoto. «Sono dieci anni che ti vedo mangiare quella roba e mi chiedo dove mettano i tuorli, la parte migliore. Immagino che li buttino via.» Si ferma, e ravvia i capelli con una mano. «Un po' come la classe media... Cosa ne facciamo a furia di stampare denaro, Derek?»

L'americano ingoia l'ultimo boccone, quindi torna a fissare Massimo. «Sarà anche la parte migliore, ma è senza dubbio la più pesante. Quella più difficile da digerire» e lo sguardo del diavolo diventa duro, tagliente.

Massimo avverte un brivido percorrergli la schiena. Infila le mani in tasca, si volta e abbandona la blue room scuotendo la testa.

L'altro si allunga sullo schienale della poltrona. Se qualcuno avesse ascoltato la discussione, l'avrebbe potuto considerare il vincitore del match.

Quello, però, era un match senza vincitori.

C'era qualcosa del suo pupillo che non aveva mai compreso. Qualcosa che gli aveva sempre nascosto con grande attenzione. Un'ostinazione. Forse uno scrupolo.

Era italiano. Aveva parlato di limiti: quelli che Derek non aveva mai voluto vedere.

Il secondo diavolo allenta il nodo della cravatta, sbottona il colletto della camicia.

Quindi chiama il cameriere. «Portamene un altro» dice,

indicando il piatto sui cui bordi sono appiccicati piccoli resti di bianco d'uovo.

In strada Massimo si appoggia a un muro.
Prova a respirare. Sente il battito accelerato del cuore martellargli nelle orecchie. Percepisce di nuovo le contrazioni dei muscoli. Fremiti lungo le spalle, le gambe e l'addome.
Ha l'impressione che dalla gola non possa passare più niente. Neppure l'aria. Ha paura di morire.
Il sudore gli imperla la fronte. Sotto la giacca, la camicia completamente inzuppata aderisce alla pelle. Ha i brividi, si massaggia il collo. Tenta in tutti i modi di respirare.
Sa di avere sbagliato valutazione. Non c'entra più il "corto" sul Treasury, i settanta milioni, la banca o quella che poteva essere considerata una mossa azzardata.
La posta di quella partita era la vita di milioni di esseri umani.
Esistono mani che muovono quel riflettore, mani che hanno scritto il copione.
La condanna di Derek.
Massimo vuole, deve capire. Combatte il panico, lo respinge: ora ha bisogno di informazioni. Estrae il BlackBerry e digita un numero.
«Pronto.» La voce dall'altra parte della linea parla italiano.
«Devo vederti.»
Qualche secondo di silenzio.
«Sto partendo per New York, ma ho ancora un po' di tempo. Al solito posto tra sessanta minuti?»
«Non decollare fino a quando non abbiamo parlato.»
Riattacca. Respira a fondo e raggiunge faticosamente la fermata dei taxi.

9
No time no space

Sessanta minuti più tardi

«Dove vivi?» gli aveva chiesto una volta un tipo a un party.

«Dove serve» aveva risposto lui, mentre l'altro lo guardava senza capire.

Massimo è al London City Airport, una pista protesa sul Tamigi, piantata su un margine della metropoli a oriente dei Docklands.

Il City Airport. Confine del non-luogo in cui abitano gli uomini della finanza. Bordo d'una geografia, parallela e invisibile, intessuta di rotte acree: da Londra a Francoforte, da Parigi a Milano, dall'Europa all'Asia, agli Stati Uniti. Laddove comincia uno spazio senza tempo.

Massimo conosce bene quel mondo liquido, dominato dalla velocità, privo di consuetudini e routine. C'erano state mattine, al risveglio, in cui non avrebbe saputo dire in quale continente si trovava. E gli ci erano voluti alcuni secondi per recuperare la consapevolezza. C'erano stati giorni in cui si svegliava in una camera d'albergo a New York e si addormentava a Londra. Oppure riusciva a vedere qualcuno a Roma, rincasando come un normale impiegato, la sera, a Chelsea. In mezzo, aveva percorso tremilaseicento chilometri. Andata e ritorno. Tutto in tre ore e mezzo.

Il pianeta era diventato una cosa piccola. La nostalgia dei luoghi è un sentimento impossibile.

Alcuni riuscivano perfino a crearsi delle abitudini in quei frenetici rimbalzi. Prendevano sempre la stessa suite, sceglievano i medesimi posti per gli incontri, mangiavano negli stessi ristoranti e avevano anche dei piatti preferiti. Vivevano tante vite.

Con un'espressione rassegnata dicevano che si trattava di lavoro. *That's my job.* Ma Massimo aveva smesso di crederci. Non era solo lavoro. C'era molto di più. La possibilità di ingannare lo spazio-tempo era un invito a spingersi oltre i limiti. Un potere unico, qualcosa di prossimo all'ubiquità. In fondo l'essenza del denaro era quella: godere di una libertà esclusiva, rendere tutto prossimo a sé, liberarsi dai vincoli. Quelli delle distanze e, soprattutto, quelli dell'orologio. Era una rivincita sul tempo.

Ora percorre i lunghi corridoi a passo svelto, dirigendosi verso un'area privata dello scalo.

«Il solito posto» ha detto la voce al telefono.

L'uomo seduto sul divanetto in pelle della saletta riservata è alto e magro. Tiene le gambe accavallate, le braccia sui cuscini. Trentacinque anni, carnagione chiara e capelli ricci, esibisce un'innata eleganza racchiusa nella raffinatezza dei tratti.

Quando vede Massimo comparire sulla soglia, si alza e gli va incontro. Un sorriso aperto gli illumina il viso mentre si stringono la mano.

«Come stai, Bruno?»

«Come sempre. Tra un volo e l'altro.»

«Hai fatto il solito giro?»

«Questa volta è stato diverso.» Il sorriso si trasforma nell'espressione di un bambino dispettoso. «Mi hanno chiesto patente e libretto.»

Massimo scuote la testa e sfodera una smorfia di rimprovero, pronto ad assecondare una vecchia divisione dei ruoli. «Quante volte ti ho detto di cercare un hobby più tranquillo? Il tuo problema è che mi hai sempre ascoltato poco.»

Bruno sgrana gli occhi. «Non è vero, io ti ascolto sempre, anche se a modo mio.»

«Ti avevo anche fatto un'offerta, mi pare» ribatte Massimo glissando sull'ironia. «E l'hai rifiutata.»

«Poi te ne ho fatta una io e sei stato tu a rifiutare. Quindi siamo pari. E comunque prima di passare alla concorrenza ho aspettato che cambiassi casacca. A proposito, congratulazioni per il fixed income. Te la meriti tutta, quella roba.»

Massimo distoglie lo sguardo.

Dopo qualche secondo di silenzio Bruno riprende a parlare, questa volta in tono serio: «Vuoi sederti?».

«Preferisco stare in piedi» risponde appoggiando le spalle alla grande vetrata che dà sulla pista a pochi passi da loro. Una mano in tasca, l'altra chiusa con il pollice a infierire sulla carne viva.

L'altro lo segue. «Allora, perché volevi vedermi?»

«Cosa pensi dell'ultimo comunicato della Fed?»

Bruno piega le labbra in un'espressione scettica. «La stai prendendo da troppo lontano. Ho un aereo tra quindici minuti. Arriva al punto.»

«Perché pensi che non sia questo il punto?»

«Da quello che dici, e da come ti muovi. Neanche ti siedi... Al telefono avevi fretta, e adesso dovresti smetterla di torturarti quella mano. Siamo amici. Dimmi qual è il problema e vediamo se ti posso essere utile.»

Bruno Livraghi: il talento purissimo, la stoffa giusta.

Quando Massimo l'aveva visto la prima volta, era un ventitreenne che voleva tutto. Milanese, una laurea alla Bocconi col massimo dei voti, si era pagato l'università con una borsa di studio. Poi aveva scelto Londra e senza alcuna referenza era andato a bussare alla porta del più aggressivo hedge della City, chiedendo sei mesi di stage. Non c'erano alternative per Bruno Livraghi. Il meglio, o niente.

Massimo ci aveva messo un attimo a capire di avere davanti il futuro, e aveva accettato. In quel breve periodo il ragazzo aveva dimostrato di essere semplicemente geniale. Era la quintessenza di un "2.0", la frontiera più estrema della finanza. Esperto di tecnologia, politica, macroeconomia, aveva doti da programmatore informatico di primo livello. Quando aveva affermato di conoscere il body language, a suo modo di vedere indispensabile per scoprire quello che i banchieri centrali non dicevano con le parole, Kalim ne aveva fatto il bersaglio di una feroce ironia quotidiana: rideva, faceva smorfie assurde mentre parlava. Poi si rivolgeva a Bruno chiedendogli: «Cos'è che non sto dicendo?».

Lui era stato al gioco con garbo, ma gli era bastata una settimana per mettere a tacere l'indiano. Dopo aver visto la conferenza stampa dell'amministratore delegato di una grande corporation, il ragazzo aveva sconsigliato un trade sulla base del movimento di un sopracciglio e della postura delle spalle. Massimo era un po' perplesso, ma lo aveva ascoltato. E, come si sarebbe scoperto un paio di giorni dopo, aveva fatto bene: l'Ad stava bluffando e loro si erano risparmiati una perdita colossale.

Così Bruno aveva ottenuto il rispetto di Kalim e una pacca sulla spalla da Paul, il massimo attestato di stima che l'irlandese potesse concedere. Qualche mese dopo, però, non era bastata l'offerta di Massimo per farlo rimanere con loro. L'ambizione di Bruno era troppo grande e sentiva ancora il bisogno di guardarsi intorno. Aveva rifiutato, sorprendendo tutti.

Alcuni anni dopo, quando era già passato alla sede londinese di uno dei più importanti hedge americani, Bruno gli aveva chiesto di vederlo. Si era presentato all'appuntamento con un'aria divertita. Mentre estraeva dalla giacca un piccolo bloc notes e una stilografica aveva detto: «Vorremmo che lavorassi con noi. Fai tu la cifra».

Massimo aveva preso la penna e scritto qualcosa sul blocco. Quindi l'aveva restituito a Bruno.

L'altro non si era scomposto vedendo la cifra. «Purtroppo, questa, non è nelle nostre disponibilità» aveva detto scrollando le spalle. Sembrava dispiaciuto.

«Capiterà, Bruno. Prima o poi lavoreremo insieme» aveva risposto Massimo gettando un'ultima occhiata allo zero sbarrato sul foglio.

Era finita lì, non ci sarebbe mai stata l'occasione di lavorare insieme. Ma da quel momento erano diventati amici.

Negli ultimi anni Massimo aveva colto un'inquietudine dietro la perfezione di Bruno, come un fantasma con cui il ragazzo era costretto a fare i conti. Era il rovescio di un intelletto straordinario, una di quelle forme compulsive che spesso bilanciano delle qualità d'eccezione. Bruno amava spingersi sempre più avanti, amava la velocità. E dietro quella passione si nascondeva un altro Io.

Il passato sfuma. «Ho shortato qualcosa: Treasury-dollaro. Così, per sondare. E voglio saperne di più.» Ora che ha pronunciato quelle parole fuori dal floor, si sente meglio. Ha come l'impressione di essersi liberato di un peso.

«Qualcosa» ripete Bruno con aria assorta. «Adesso hai detto solo parte della verità. Dunque è un "corto" importante.» S'interrompe. «Si è mosso Paul?»

«Sì.»

«Ecco perché sulla street non ci siamo accorti di niente.» Parla con voce piatta e monotona come se volesse controllare inflessioni involontarie o impercettibili cambiamenti di tono. «Vediamo se ho capito... Quattro giorni fa la Federal Reserve conferma gli interventi a supporto della stabilizzazione, e intanto tu avevi già montato il "corto". Se hai voluto vedermi con urgenza, vuol dire che non sei ancora

uscito dal trade e che la posizione è significativa. Almeno mezzo billion. Metà Treasury, metà dollaro, perché ti conosco e penso d'intuire il ragionamento, anche se mi mancano delle informazioni. Fino a qui è corretto?»
Massimo annuisce lentamente.
«Adesso vuoi sapere se io avrei fatto lo stesso?»
Ancora un segno d'assenso.
«Ti voglio bene, Massimo. E ho un debito di riconoscenza nei tuoi confronti.» Bruno si passa una mano sulla fronte. In quel momento qualcosa sembra sciogliersi nella rigidità del suo autocontrollo. «Voglio essere chiaro: non solo non l'avrei fatto, ma sto per fare esattamente il contrario. Ci stiamo muovendo...» un'esitazione, un attimo di silenzio. «Nella direzione opposta.»
«Intendi a Est?»
«Come al solito dipende da dove guardi.» Bruno abbassa la voce. «Quello che sto per dirti è davvero riservato, Massimo. Potrei farmi molto male se si sapesse in giro che ne stiamo parlando...» Si guarda intorno per un attimo, poi riprende. «C'è un grattacielo a Midtown Manhattan, e il tredicesimo piano di quel grattacielo è completamente vuoto. Il terzo mercoledì di ogni mese, là si incontrano i vertici delle più importanti banche d'affari e alcuni uomini della Fed. Non si prendono delle vere e proprie decisioni. Non pensare a una cupola. Comunque è come guardare in una sfera di cristallo. Si vede il futuro. E la sfera dice che tu hai capito tutto, ma hai fatto la scelta sbagliata.»
«Non credevo che fossimo arrivati a questo punto.»
«E non abbiamo ancora visto niente.»
Un silenzio pesante cala tra i due.
Massimo avverte una morsa allo stomaco.
«Cosa sai dello sbarco in Normandia?» La voce di Bruno è tornata normale.
«Che c'entra adesso?»

«Quando qui in Inghilterra gli Alleati cominciarono a organizzare lo sbarco in Normandia, elaborarono una complessa strategia di disinformazione. La chiamarono Operazione Bodyguard. Era un inganno assoluto, un gioco di specchi che doveva duplicare perfettamente la realtà. Misero in piedi un finto esercito, il First United States Army Group, e ci misero a capo un vero generale: George Smith Patton. La sezione radio generava un traffico di comunicazioni tra unità inesistenti, perché i tedeschi si scornassero abboccando all'amo. Ecco, adesso siamo andati molto oltre. Non è più un falso. Ora si inganna il nemico combattendo una guerra per non combatterne un'altra. Si modifica la realtà per spostare l'attenzione su altro. Per depistare.»

In quel momento il rombo di un business jet fa vibrare le vetrate.

«Perché sorridi?» domanda Bruno.

«Perché è la seconda volta da quando è cominciata questa storia che sento parlare della guerra.» Massimo abbassa la testa e fissa la punta delle Nike. «Pochi mesi fa Philip tirò fuori Pearl Harbour.»

«Philip Wade è in gamba. Lui ti ha parlato dell'inizio, io ti sto raccontando la fine.»

Massimo sospira.

Bruno poggia una mano sulla vetrata. «Lì fuori si sta preparando una guerra. Ancora una volta la si combatterà in Europa. Oggi come allora. Questa volta non ci saranno divise, aeroplani, bombe, ma distruzione, polvere, tragedie saranno le stesse.»

«Allora è così?»

«C'è una sola strada: l'Europa deve diventare più povera, l'euro più debole, tutto per nascondere la fragilità del dollaro. Non stiamo più parlando della borsa, qui è in gioco il primato tecnologico, energetico, militare degli Stati Uniti. È in gioco la civiltà, almeno per come la intendiamo in

Occidente da più di due secoli.» Smette di parlare e rimane assorto nei pensieri, lo sguardo fisso sulla pista.

Per qualche secondo il tempo sembra sospeso. Poi, con esasperata lentezza, Bruno estrae un BlackBerry dalla tasca e guarda l'orario sul display. «Spero che questa chiacchierata ti sia servita. Devo proprio andare.»

«Grazie, non lo dimenticherò.»

«Non ringraziarmi.»

Si stringono la mano.

«Un'ultima cosa... A una di quelle cene, a Manhattan, c'era un tipo di New York. Credo che tu lo conosca bene. Noi più giovani lo chiamiamo "Generale". Come Patton.»

Massimo annuisce. «Lo immaginavo. Avevo solo bisogno di una conferma.»

«Ok, ora ce l'hai.»

Livraghi si volta e si avvia verso la porta.

«Bruno, com'è finita con la polizia stanotte?»

I ricci ondeggiano, mentre l'uomo scoppia a ridere.

«Mi hanno fermato chiedendomi patente e libretto, ma poi è saltato fuori che gli piaceva la Lamborghini. Mi hanno fatto provare per tre volte la partenza, prima di lasciarmi andare.»

«Stai attento.»

«Anche tu.»

Bruno sorride. *Avanti, amico. Ce la puoi fare.*

Massimo sorride. *Non lo so. Non lo so più.*

Quando rimane solo poggia la fronte sulla vetrata e chiude gli occhi. Le emozioni di quella giornata lo hanno sfiancato, ma sa che non è ancora finita.

Gli viene voglia di piangere, ma crede di aver dimenticato come si fa.

Un sussulto.

Sì, l'ha dimenticato.

E allora comincia a ridere. In silenzio, proteso in avanti, i palmi premuti sul vetro, la testa bassa.

Patente e libretto. Patente e libretto.

Bruno aveva cominciato a fare il "solito giro", come lo chiamava lui, poco tempo dopo essere passato all'hedge americano. Si era comprato una Lamborghini, che per comodità teneva in Italia. La sera, dopo la chiusura dei mercati, prendeva un aereo dal City Airport. Un'ora e mezzo più tardi atterrava a Linate, dove c'era qualcuno pagato per aspettarlo con la macchina già avviata e il motore ben caldo. Bruno montava su e partiva. Direzione: Genova, lungo le tre corsie della A7, la "Serravalle". Cento chilometri per andare da Assago a Busalla, e cento per tornare indietro. Con la Lamborghini lanciata a duecentocinquanta all'ora, quando un rettilineo diventa un angolo acuto e una curva devi sentirla, prima di vederla.

Dopo quella corsa, ricompariva in aeroporto, mollava la macchina senza neppure sfilare le chiavi dal quadro e s'imbarcava sul volo privato per Londra. Quando le ruote del carrello toccavano la pista, Bruno regolava il timer del BlackBerry sessanta minuti indietro, posizionandolo sul fuso di Greenwich e benedicendo la sfericità del globo. Quindi passava da casa per radersi e cambiarsi.

Alle 7:50 compariva al floor come se si fosse appena svegliato da un sonno riposante. Poteva non dormire per due giorni di fila.

Erano in pochissimi a conoscere quel passatempo. Anche Bruno, come Massimo, era un adepto dell'invisibilità e dell'understatement. Anche lui odiava l'apparenza, lo sfoggio degli status symbol.

La notte prima era stato fermato dalla stradale. Patente e libretto, ma nessuna multa per eccesso di velocità. Il motore di quella Lamborghini era una sirena a cui non si poteva resistere. Cantava la velocità. Smerciava velocità, come un pusher sempre affidabile.

La velocità delle accelerazioni "g negative" che infrangevano il muro del suono.

La velocità che dava l'illusione di essere immuni allo scorrere del tempo.

Nel giro di vent'anni la finanza era cambiata, insieme agli uomini che la facevano. Il vecchio yuppie era un ricordo remoto, una specie ormai estinta che sopravviveva soltanto nei modi di vecchi trader alla René.

Il mito di Gordon Gekko, delle mille luci di New York e della Wall Street reaganiana, si era infranto il 19 ottobre 1987, il lunedì nero in cui la vampata aveva consumato le piazze del pianeta. Quel giorno Manhattan aveva bruciato circa il ventitré per cento dell'azionario e qualcuno aveva gridato alla fine del mondo.

Il crash era stato fulmineo. Era durato meno di settantadue ore. Poi il mercato aveva ripreso a risalire. Ma la retorica dei giovani professionisti urbani che si facevano di coca era andata in frantumi. Tutto il resto era consegnato al passato.

Nell'alta finanza, la coca adesso assomigliava alla polvere d'uno scavo archeologico.

Ora, c'era la velocità.

Seguendo il segreto d'un moto perpetuo, privo di attrito e consunzione d'energia, avevano svelato l'arcano dell'onnipresenza. Il potere di essere ovunque, al di là dello spazio e del tempo.

Massimo si sistema il nodo della cravatta. Sono passate meno di tre ore da quando ha visto Derek al Berkeley e gli sembra che siano trascorse settimane.

Ma c'è ancora un aereo da prendere. Un'ultima persona da incontrare, prima di compiere una scelta.

La scelta.

Con lo smartphone contatta il centralino della compagnia che gestisce il *private* per conto della grande banca.
Comunica la meta, sottolineando l'urgenza.
Attende in silenzio.
«Il volo sarà pronto tra cinquanta minuti. Buon viaggio, signore» scandisce la voce femminile dall'altra parte della linea.

Due ore e mezzo più tardi

«Se egli... *farebe*...»
«Se egli facesse.» Flavio scandisce la terza persona del congiuntivo imperfetto del verbo "fare".
«Se egli facesse» si sforza di ripetere Hasan, aggrottando la fronte, mentre uno sguardo risentito accende gli occhi nerissimi.
Per il giovane egiziano quella coniugazione è l'ennesima barriera da superare dopo le acque del Mediterraneo, il lavoro in nero, un permesso di soggiorno che non arriva e l'angoscia per il filo spinato del Centro di Identificazione ed Espulsione di via Corelli. Perché finiscono lì quelli come Hasan, quando vengono trovati sans papier.
Il congiuntivo.
Flavio pensa che in fondo è stato anche quel modo verbale a fargli cambiare vita. A convincerlo a mollare la finanza e a mettere la parola fine agli ultimi tre anni, che aveva passato a vendere e comprare titoli in una manciata di minuti, scommettendo su minime variazioni di prezzo. Centinaia di operazioni ogni giorno. La frenesia che sequestrava il tempo senza chiedere alcun riscatto.
Quello che faceva adesso assomigliava a un contrappasso. Un lento, estenuante gioco di pazienza che poteva richiedere mesi. Perché non si insegna una lingua a qual-

cuno se hai fretta. Perché non si impara una lingua se non hai tempo da dedicare. Flavio alza lo sguardo e osserva il graffito sul muro di fronte, la scritta in spray multicolore che recita: "Sfido il tuo cemento. Cavalco gru e tralicci. Tengo la posizione".

La posizione che occupava da qualche anno nel centro sociale in via Watteau era molto diversa da quelle che un altro se stesso era solito tenere sui mercati.

Flavio aveva fatto una scelta. E l'aveva fatta perché credeva ancora nel possibile.

Aveva un debito nei confronti del congiuntivo, il modo verbale che fonda il discorso ipotetico e lascia scivolare l'eventualità nell'ordine del reale.

«Se noi facessimo.» Il viso magro e scavato di Hasan assomiglia a un punto interrogativo adesso.

Flavio annuisce soddisfatto.

Il ragazzo sorride. Un altro passo avanti, un'altra barriera infranta.

Massimo ha noleggiato uno scooter e adesso sfreccia per le strade di Milano. A vederlo così, penserebbero tutti a una vita ordinaria. Un lavoro in qualche ufficio del centro, una casa nella periferia infinita che si protende oltre i viali. E un mutuo, una moglie, magari dei figli da accompagnare a scuola la mattina.

Forse, a un semaforo, occhi più acuti noterebbero la qualità del vestito di sartoria e il taglio perfetto della camicia. Ma forse no, perché sono vestiti scelti apposta per non tradire chi li indossa, non attirare gli sguardi, non permettere classificazioni.

Invece, sul ciclomotore che sta superando la stazione Garibaldi viaggia un uomo che guadagna venti milioni di dollari l'anno, quanto cinque amministratori delegati delle più grandi banche italiane. Uno che negli ultimi dodici mesi ha prodotto da solo utili per duecento milioni, equivalenti al bilancio di un'impresa medio-grande del Belpaese.

Accelera e imbocca lo stradone: un pezzo di nulla in mezzo al niente. Tutti gli stereotipi della città del Nord sembrano scivolati in quella colata d'asfalto e cemento che è via Melchiorre Gioia. Grigia, fredda, triste, perfino in un pomeriggio di primavera.

Massimo conosce bene Milano. Ci veniva spesso a trovare Mario negli anni dell'università e ci aveva vissuto alcuni mesi, dopo la laurea, prima di lasciare l'Italia. Durante i giorni del primo impiego presso una piccola banca, il cui settore finanziario si muoveva come un antesignano degli hegde, aveva conosciuto Flavio.

Svolta a sinistra e punta il passaggio stretto e scuro sotto il ponte della ferrovia. Somiglia al varco tra due mondi. Da questa parte, la città che si è arresa: stanze illuminate da neon, bagliori intermittenti di televisori, balconi arrugginiti, tapparelle abbassate. Dall'altra, oltre i binari, i colori sgargianti dei murales che contrastano con i grattacieli sullo sfondo, diciassette piani che raccontano solitudine e indifferenza.

Parlano sempre i muri delle città.

Parlano anche quei muri di via Watteau, a Milano che tutti chiamano il centro sociale, anche se da qualche tempo è stato ribattezzato "spazio pubblico autogestito".

Quando si avvia verso l'ingresso dell'enorme capannone, Massimo dà un'occhiata all'orologio sulla parete e sorride. Cinque ore prima era al Berkeley con Derek. Nel frattempo aveva incontrato anche Bruno.

"Dove vivi?"

"Dove serve."

Conosce il posto. C'è stato altre volte da quando Flavio aveva stabilito, dopo mille ripensamenti, che con la finanza era finita. Attraversa il grande cortile, lasciandosi la foresteria sulla sinistra. In fondo, oltre gli alberi, il bar. Entra nello stabile di quella che molto tempo prima era stata una cartiera. Percorre i corridoi fino alla libreria.

E poi lo vede, in piedi tra vecchi computer e scartoffie di ogni tipo. È vicino a un tavolo verde, di quelli da scuola elementare d'una volta. La testa bassa, legge il foglio su cui un ragazzo di una ventina d'anni sta scrivendo.

Quando percepisce la presenza sulla soglia della stanza, Flavio solleva il capo. Il volto rimane impassibile. Si passa una mano tra la barba brizzolata.

«Hasan» dice rivolto al ragazzo, «ti presento un mio grande amico.»

Siedono in un angolo della cucina popolare. Le pareti di un arancione opaco, tavolacci in legno, sedie spaiate. Alcune in plastica, altre in stile tinello anni Cinquanta.

Ora Massimo si sente meglio. Respira in modo più regolare e avverte un'insolita sensazione di rilassatezza. I muscoli sembrano meno contratti, la testa è più sgombra.

Flavio sorseggia una birra e lo guarda con un'espressione perplessa. «Stai bene?» gli chiede, senza aggiungere altro. Ma è evidente che avrebbe altro da dire.

«Bene, sì» sussurra Massimo mentre indietreggia con il corpo per appoggiarsi allo schienale della sedia sgangherata.

«Non sembrerebbe.» Ecco, ora l'ha detto, e dalla smorfia sul viso dell'amico capisce subito che forse non avrebbe dovuto infierire. Perché quando stai male speri soltanto che nessuno se ne accorga. «Sei dimagrito» conclude rapido come per togliersi un peso dalla coscienza, poi indica un manifesto rosso e nero appeso a un muro, su cui campeggia una scritta a caratteri maiuscoli: "12 DICEMBRE 1969 – LA STRAGE È DI STATO".

«Quest'anno non c'eri.»
«Per la prima volta in ventidue anni.»
«Dopo che hai telefonato, Mario non ci voleva credere. Ha continuato a ripetere che alla fine saresti venuto.»
«L'hai visto?»
Flavio fa segno di no. «Non di recente. È sempre in giro per porti e cantieri, appresso ai progetti dello studio. Sta lavorando molto, ma non credo che sia contento. E voi?»
«Noi, cosa?»
«Vi siete visti?»
Massimo scuote la testa. «Le cose cambiano.» Parla con un tono piatto, lo sguardo fisso sul manifesto. STRAGE, STATO. Quelle parole lo ipnotizzano. E poi la data...
La data del suo compleanno.
De Ruggero Massimo nato a Roma il 12 dicembre 1969, alle ore 17:07, trenta minuti esatti dopo l'esplosione nella "rotonda" della Banca Nazionale dell'Agricoltura, in piazza Fontana, quattrocento chilometri più a Nord. La detonazione che aveva fatto tremare l'Italia.
Ogni anno, da quando era diventato maggiorenne, il 12 dicembre Massimo era a Milano. Ai tempi dell'università, prendeva il treno da Roma la mattina. Più tardi, un aereo da Londra. A Michela non aveva mai detto niente. E lei non aveva fatto domande.
Tra la commemorazione ufficiale e il corteo, lui e Mario avevano sempre scelto il secondo senza neppure discutere. E l'appuntamento era diventato immancabile. Si trattava ogni volta d'un viaggio nel tempo, alla ricerca del momento in cui l'Italia si era svegliata, a colpi di tritolo, dai sogni del Boom economico. E quel momento coincideva con la sua nascita.
Poi si era aggiunto Flavio.
Lui e Massimo lavoravano nello stesso ufficio da tre mesi ma non si erano mai rivolti la parola. I loro sguardi si

erano incrociati nella calca alle colonne di San Lorenzo e si erano scambiati un sorriso: erano entrambi lì, entrambi in permesso dal lavoro. Si erano poi trovati a pochi passi l'uno dall'altro davanti a porta Ticinese: avevano cominciato a chiacchierare e Flavio aveva conosciuto anche Mario.

Massimo aveva apprezzato da subito la lucidità e la perspicacia di quell'uomo alto, dieci anni più grande di lui, che sembrava destinato a tutto fuorché ai numeri. Eppure era bravo, Flavio. Dannatamente bravo. Conosceva i mercati, sapeva come muoversi. Ma era capace anche di guardare attraverso gli schermi, cogliendo connessioni segrete, traducendo le cifre in parole. Era uno dei pochi in grado di raccontare un mondo senza ricordi, perché la finanza non ha memoria.

Gli aveva anche fatto leggere Sun Tzu, von Clausewitz e i teorici della strategia bellica. «Per stare sul mercato devi saper fare la guerra. E devi conoscere il *nemico*» gli aveva detto un giorno, passandogli un fascio di fogli, legati da un elastico, tirandoli fuori da una busta marrone. Massimo li aveva esaminati indugiando su autore e titolo: Karl Marx, *Lineamenti fondamentali della critica dell'economia politica*. «Sono meglio di *Blade Runner*» era stato l'ultimo commento di Flavio.

Qualche giorno dopo, durante la pausa pranzo, aveva ripreso il discorso. «Poi le hai lette, quelle pagine?»

«Mi volevi spiegare che lì dentro si parla dei replicanti?»

«Dove esattamente?»

«*Frammento sulle macchine*, i passaggi sullo sviluppo del capitale fisso.»

L'altro aveva stretto gli occhi scrutandolo con attenzione. Poi aveva pronunciato una sola parola: «Bravo».

Da allora avevano cominciato a vedersi fuori dall'ufficio. E ogni volta si perdevano in discussioni infinite, destinate a concludersi solo quando, a notte fonda, Flavio bofonchiava: «È tardissimo. Voi romani parlate troppo». Ma in realtà era lui a parlare, e di tutto. Di finanza e mercati, storia e politica, guerre e rivoluzioni, di giustizia e ingiustizie.

Adesso Massimo distoglie lo sguardo dal manifesto. «Le cose cambiano» ripete. «E tu ne sai qualcosa.»

«Bisogna capire se cambiano in meglio o in peggio.»

Massimo si protende in avanti, poggia i gomiti sul tavolino e incrocia le dita davanti al viso. «La Fed riprenderà a stampare» mormora. «Ci stiamo preparando.»

«È un modo per dire che altre cose non cambieranno mai?» Flavio butta giù un sorso di birra. Si asciuga la bocca col dorso della mano e scruta l'amico. «Sei venuto qui dalla City per discutere gli effetti dell'inflazione e delle politiche monetarie?»

«Hai mai avuto la sensazione di vivere in un déjà vu?»

«Sempre, ogni singolo giorno della mia vita. È per questo che ho lasciato perdere.»

«E secondo te dovrei farlo anch'io?»

Uno stupore sincero affiora sul viso di Flavio. «È impossibile rispondere. Tu sei unico, Massimo, e pensi ancora che esista un modo per far bene quello che hai scelto di fare. Credi in un progresso equo e in una maniera sana di far girare i soldi.» S'interrompe un attimo e sorride. «Be', io ho smesso. Non ci credo più che da quei desk si possano migliorare le cose.»

Massimo sorride, ma c'è solo amarezza. «Forse hai ragione. Ti ho detto della Fed perché non sarà come immaginiamo. Ci saranno conseguenze: in parte prevedibili e in parte sconcertanti.»

«Monetizzare il debito non è una novità» lo interrompe Flavio. «E le conseguenze le abbiamo già viste. Chi ha in mano le attività strategiche farà soldi a palate, e i tanti che hanno creduto al miracolo del dollaro facile si troveranno con le pezze al culo. Parlavi di déjà vu. Ecco, questa è una storia già scritta.»

«No, non è scritta.»

«Ma l'hai visto Hasan? È un clandestino, non ha neppure il permesso di soggiorno. Credi che per uno come lui la compressione dei redditi o l'aumento dei prezzi siano un problema? Non ce l'ha nemmeno un reddito. Quattro soldi a nero in cantiere. E adesso, per favore, non attaccare con la storia della middle class. La middle class è morta, pronta a bersi qualunque cazzata.»

«Ti sto parlando di una tempesta che spazzerà via tutto, di un uragano da cui non potrà ripararsi nessuno. Sarà uno dei più grossi trasferimenti di ricchezza della Storia, dal basso vero l'alto. Uno spaventoso impoverimento di massa, capisci?» Massimo batte un palmo sul tavolo, poi torna a protendersi in avanti. «Flavio, c'è gente pericolosa che guarda all'Europa. Sono dei prestigiatori e per evitare che si dubiti del dollaro o del debito americano sono disposti a tutto. Anche a usare la paura.»

L'altro ascolta in silenzio sorpreso dalla reazione, troppo veemente per il Massimo che conosce. Quelle parole sono andate a segno, mentre un dubbio ha cominciato a farsi strada. «Se ci pensi, però, qualcosa di simile l'abbiamo già visto» dice dopo qualche secondo con voce conciliante, tornando a indicare il manifesto alla parete. «Destabilizzare per stabilizzare, diffondere il panico per creare l'ordine.»

Massimo annuisce. «Te lo concedo, è vero. Qualcosa di simile l'abbiamo già visto. Una volta mi hai detto che non c'è stato nessun dopoguerra, che in Europa si combatte in modi diversi da più di mezzo secolo. Adesso stanno cambiando armi per aumentare l'intensità dello scontro.»

Flavio sorride amaro. «Solo i morti conoscono la fine della guerra. E c'è sempre bisogno di un nemico, di un conflitto da combattere. L'hanno fatto dopo l'11 settembre con l'Islam, mentre i media raccontavano la storia dei musulmani pigri, sporchi e terroristi. Non era soltanto un problema di petrolio o commesse belliche: il punto era terrorizzare per tenerli buoni o farli combattere per la causa sbagliata. Si dice che la guerra è il terrorismo dei ricchi.» Vuota il bicchiere in un sorso. «Non dirmi cosa sai, né come l'hai saputo. Non m'interessa. Però questo è un continente fragile. Non ha una vera unità politica, ci vuole poco a dividerlo. I tedeschi da una parte, le periferie economiche dall'altra, e gli inglesi alla finestra, come al solito. Ti ricordi quando parlavamo di strategia militare?»

«*Divide et impera*» scandisce Massimo seguendo il filo del ragionamento.

«Esatto, quello che facevano Roma e l'Impero britannico. Se davvero si sta preparando qualcosa di grosso, come dici, punteranno a isolare i Paesi più deboli per farli a pezzi.»

«È per questo che sono qui.»

«Pensi all'Italia?»

«Forse comincerà altrove, ma prima o poi...»

«Perché sei venuto, Massimo? Per un consiglio? Vuoi che ti dica che non devi essere complice? Oppure che ti assolva, raccontandoti che giustizia e mercati non vanno d'accordo e che esiste una doppia morale?»

«Non lo so.»

Flavio si alza e caccia le mani nelle tasche dei pantaloni. «E invece io credo che tu lo sappia. Anzi, probabilmente hai già scelto.»

L'altro sorride. Poi lentamente si mette in piedi.

Si osservano per qualche istante senza parlare, poi Flavio rompe il silenzio: «Tornerai?».

«Magari per aiutarti con l'italiano» scherza abbracciandolo. «O forse non tornerò più» gli sussurra all'orecchio. Poi si scosta.

«Saluto Mario da parte tua?»
«No, non dirgli che sono venuto, Flavio.»
Mentre raggiunge l'uscita, sente le ultime parole dell'amico. «Massimo, ogni scelta ha un prezzo.»

Otto ore più tardi

È sul divano, in maniche di camicia, e fissa il quadro di Mondrian. Per l'ennesima volta conta i riquadri della serigrafia, seguendo i contorni delle superfici.
Massimo si alza e raggiunge il camino. Le gambe hanno ripreso a tremare.
Il display del BlackBerry segna venti minuti dopo le undici.
È ancora "oggi". Una giornata lunga una vita.
Ripensa alle parole di Flavio, al modo in cui una volta ancora è stato capace di capirlo.
"Credo che tu lo sappia. Anzi, probabilmente hai già scelto."
È vero, perché Massimo aveva già scelto nella blue room del Berkeley. Anzi, aveva scelto il giorno in cui aveva montato il primo trade.
Non si può tradire se stessi.
Prende una foto dal ripiano. Si rivede ragazzo tra Mario e Siro. Sullo sfondo la superficie piatta del mare.
Le cose cambiano.
Altre, purtroppo, non cambieranno mai.
Posa la foto sulla mensola, girata verso la parete, e lascia la stanza a passo deciso.
Avrebbe voglia di vedere Cheryl.
Le vorrebbe raccontare tutto di sé, andare oltre quella perfezione che si è imposto come regola di vita. Dirle della cupola, parlarle di quella scelta che lo fa sentire a metà. Sempre a metà.

Da una parte c'è lui, il floor, la corsa infinita contro il tempo, il double up. E c'è ancora Michela.

Dall'altra c'è sempre lui, ma c'è anche Siro, il mare, il cielo terso e aperto, non quel rettangolo pallido scontornato dai grattacieli. Ci sono le scie cangianti dei tonni che lasciano l'oceano guidati da una forza misteriosa per cercare la pace.

Per trovare la vita.

10

Stop loss

Quando il primo ufficiale William Murdoch diede l'ordine di "indietro tutta, tutto il timone a sinistra", l'Inaffondabile incrociava a più di venti nodi sulla rotta Outward Southern Track. Il contatto visivo con la muraglia bianca in mezzo al mare era avvenuto a mezzo chilometro di distanza in una notte atlantica di calma piatta. Cielo stellato senza luna. Temperatura: un grado sotto lo zero.

Poi la vedetta Frederick Fleet aveva urlato come un dannato nell'immobile bellezza dello scenario oceanico, raccomandando l'anima a dio, prima di suonare per tre volte la campanella d'emergenza. Il terrore aveva la maschera insondabile di un enorme banco di ghiaccio galleggiante, dritto a prua.

Seduto alla postazione, Massimo tiene lo sguardo fisso sul monitor senza vedere i numeri. La testa occupata da altre cifre. Le cifre che avevano condannato il *Titanic*.

È solo una questione di tempo, si ripete per l'ennesima volta. *In borsa come in mare. E nella vita.*

Un fastidioso formicolio alle estremità ha cominciato ad accompagnare il tremore che gli atrofizza i muscoli. Vorrebbe smettere di sussultare, anche solo per un giorno. Invece trema ormai da mesi.

Gli ultimi ventitré minuti e quarantasette secondi li ha trascorsi pensando alla manovra fatale del transatlantico. Esattamente da quando aveva detto a Kalim e Paul di seguirlo nella saletta con la lavagna. Erano rimasti tutti e tre in piedi, intorno al tavolo, senza parlare. Le facce scure. I nervi tesi.

Poi Massimo si era rivolto a Kalim. «Di quant'è che siamo sotto?»

«Circa ottanta milioni.» L'indiano aveva indicato Paul con un cenno della testa. «Come al solito ha gestito le posizioni alla grande. Ne perdevamo poco più di novanta, ma ci siamo coperti.»

L'irlandese non si era scomposto. Era rimasto impassibile, indifferente al complimento, ostentando un'aria truce.

«Chiudiamo il "corto", stoppiamoci. Subito. Sta a te, Paul.» Aveva stretto la mano sulla spalla del trader. «Usciamo in retromarcia, mi raccomando. Veloci, e facendoci meno male possibile.»

Paul aveva alzato la testa. «Sei sicuro?»

«Sicurissimo.»

«E tutti i discorsi sull'andare giù duro, crederci fino in fondo, confutare i dogmi?»

«Un'altra volta.»

Kalim aveva arricciato le labbra. «Poteva andare peggio. I numeri sono negativi, ma non sconfortanti.» Un sorriso. «Forza, l'anno comincia adesso. Abbiamo più di sei mesi per chiudere bene il bilancio.» Poi aveva preso tra le dita un lembo della camicia a righe di Paul, guardandolo con disgusto. «E se ti lasciassi consigliare un sarto, ci potremmo davvero lasciare *tutto* alle spalle. Anche gli ultimi quindici anni.»

Paul aveva ricambiato la battuta con un'occhiata tagliente.

Fare quel passo indietro doveva essere intollerabile per lui. Era fatto così, e Massimo lo sapeva: ricordava le perplessità iniziali dell'irlandese, ma conosceva anche la sua cocciutaggine. Una volta dentro, non era di certo il tipo a cui piaceva sfilarsi. Quello era *il* trade: pensato e voluto da Massimo, ma montato da Paul e diventato suo nel momento in cui aveva piazzato i primi Treasury sulla street. La sconfitta bruciava.

«Hai lavorato bene. Sei stato perfetto» aveva detto in tono tranquillo, cercando di trasmettere serenità. «Adesso portaci fuori da lì.»

Paul si era limitato ad annuire.

Quindi si erano mossi insieme e, mentre tornavano al floor, aveva pensato al *Titanic*. Si era seduto alla postazione e i numeri del disastro avevano fatto capolino nella mente come un sinistro presagio. Aveva provato a distrarsi, si era detto che non avrebbe fatto concessioni al caso o alla malasorte. Non ne aveva fatte per tutta la vita, e non era certo quello il momento di cominciare.

Ma l'associazione rappresentava una corrispondenza tanto casuale quanto perfetta.

Di lì a poco gli uomini intorno alle scrivanie avrebbero dovuto compiere il contrario esatto di ciò che avevano fatto negli ultimi mesi.

Ventidue virgola cinque e cinquecento.

Conosceva quelle cifre: gli era capitato di studiare l'ultima manovra del *Titanic* in ogni dettaglio. L'inabissamento del mostro di acciaio era la rappresentazione più emblematica del potere vendicativo della natura. Quando viene sfidata.

Le ali di Icaro.

Incrociando a ventidue nodi e mezzo e con avvistamento a cinquecento metri, l'ordine di "indietro tutta" era un monumento alla disperazione.

Nessuno si sarebbe potuto salvare in una simile situazione. Era la condanna dei numeri. A quella velocità il transatlantico avrebbe inevitabilmente continuato a percorrere settecento metri ogni minuto, collidendo con l'iceberg sul fianco sinistro per effetto del tentativo di virata.

E così era stato.

Qualcuno aveva sostenuto perfino che l'impatto frontale sarebbe stato preferibile. Che con i due vani anteriori allagati, invece dei sei laterali, il *Titanic* sarebbe arrivato a New York. E che la reazione del primo ufficiale Murdoch era stata la vera causa dell'affondamento.

Massimo detestava le ragioni ovvie del senno di poi. Eppure si era posto il medesimo problema, prima di dare a Paul l'ordine di stop loss, come veniva chiamata sui desk l'operazione che ribaltava un trade, la strategia per salvaguardare il capitale investito da un imprevisto cambiamento di fronte.

Fuori di due billion, sotto di ottanta milioni, bisognava uscire nel minor tempo possibile, eseguendo ai prezzi migliori e senza rimetterci neppure un centesimo. Altrimenti si sarebbero schiantati sull'iceberg dei mercati, con l'inevitabile conseguenza di perdite ulteriori.

«Avanti, ragazzi.» La voce di Paul suona ferma e decisa, nonostante la fronte sia già imperlata di sudore. È in piedi al centro dell'open space con le maniche della camicia rimboccate fino ai gomiti, all'orecchio l'auricolare del telefono.

Un silenzio spesso come piombo avvolge l'ambiente. Venticinque paia di occhi si concentrano sull'irlandese.

«Chiudiamo questo "corto" senza farci beccare. Se sulla street si accorgono che un pesce grosso sta comprando, siamo fottuti.»

Tre secondi d'immobilità assoluta.

Le menti registrano.

Un istante dopo il floor si rianima. Frenetico. È tempo di rimediare.

Massimo sorride: doveva capire, e ha capito. Doveva decidere, e ha deciso.

Aveva avuto bisogno di Derek, Bruno e Flavio, ma alla fine aveva fatto quello che doveva. Anche se è sempre e solo il tempo a chiarire il senso ultimo di una scelta.

«Giornataccia, vedo.»

Si volta e rimane interdetto alla vista dei capelli bianchi scarmigliati, della montatura scarlatta e della giacca di tweed. Come se Philip Wade fosse legato da un'oscura, insolubile forza al cubicolo invaso di libri. Come se trovarselo così, in mezzo al floor, nel vivo dell'azione, fosse strano.

«Abbiamo visto giorni migliori.»

«Immagino che non hai del tempo per me.»

«E invece sì» risponde Massimo divertito. L'umorismo dello strategist è un modo come un altro per mantenere il sangue freddo. «Non tocca più a me, a questo punto.»

«Credo di doverti delle scuse.»

«E perché?»

«Farradock aveva ragione.»

«In questa storia hanno avuto ragione prudenza e buon senso. La pancia ha vinto sulla testa. Il trade può anche essere andato male, ma l'analisi rimane corretta.»

Philip annuisce con fare perplesso. «E ora?»

«E ora si cambia fronte. Si dice così, no? Abbiamo perso una battaglia, ma la guerra è ancora lunga.»

«Le guerre sono sempre lunghe, e feroci.»

Massimo abbassa lo sguardo. La frase lo ha turbato.

«Lo sai come viene chiamato il denaro nella Bibbia?» domanda Philip cambiando argomento.

«Lo sterco del diavolo, credo.»

«Esatto.» L'ombra di un sorriso increspa le labbra dell'inglese. Sembra aver ritrovato l'ironico distacco di sempre. «A suo modo incorruttibile, perché non si può corrompere qualcosa che è già inquinato. E invece...»

«Invece è una conseguenza inevitabile.»

«Stampano dollari per un'illusione prospettica. Oppure è una mossa disperata, provano a rubare tempo in attesa del prossimo crash.» Philip si interrompe solo un attimo. «Conosci la storia delle colonie inglesi?»

«Non come te.»

Lui scrolla le spalle. «Ti va di sentire un racconto?»

Massimo rimane un istante in silenzio, osservando Paul muoversi tra le postazioni. «Liftate tutto» sta urlando, un secondo prima di cambiare tono soffiando qualcosa nel microfono del cellulare. Contemporaneamente con la mano sinistra fa un cenno a Raul. Apre e chiude le dita come se volesse dirgli "Avvicinati", "Vieni qui", e invece significa "Compra, compra".

Cazzo, compra, cazzo.

Mentre continua a parlare al telefono, con un pennarello nero scrive qualcosa su un blocco. Quindi mostra il foglio a Matthias.

Tre punto ottantacinque.

Acquista fino a quel prezzo.

Sembra un direttore d'orchestra nel pieno di un tumultuoso "prestissimo", all'apice di una cavalcata disgraziata e maestosa.

Massimo torna a fissare Philip. «Ti ascolto» risponde accavallando le gambe e poggiando i gomiti sui braccioli della poltrona.

«Una volta un governatore britannico di Delhi decise di liberare la città dai cobra che la infestavano. Così pensò di mettere una specie di taglia sui serpenti, convinto di avere avuto un'idea geniale. Sai quale fu il risultato?»

«Immagino che i cobra diventarono una merce ambita.»

L'altro annuisce. «Talmente ambita che gli abitanti di Delhi cominciarono ad allevarli.»

Si gode lo sguardo sorpreso di Massimo, quindi riprende a parlare.

«L'amministrazione della città fu inondata di pelli di rettile e l'operazione diventò economicamente insostenibile. A quel punto i miei compatrioti capirono di avere adottato una pessima politica.» Si guarda attorno e per un attimo scuote la testa, come se lo spettacolo del floor fosse al di là di ogni umana comprensione. «Alla fine, il governatore decise di revocare l'ordinanza. E così gli allevatori di cobra si trovarono con un'eccedenza di... merce invenduta, per così dire. Non c'era più mercato. Cosa potevano fare? Li liberarono. Li liberarono in tutta la città. E Delhi si ritrovò infestata peggio di prima.»

Massimo distoglie lo sguardo. «In Italia diremmo che è un serpente che si morde la coda.»

Ridono entrambi.

«Posso ricambiare il racconto con un'altra storia?»

«Certo.»

«È meno affascinante della tua, Phil, o forse è solo più grossolana perché parla di soldi. La scorsa settimana a New York, un tonno di duecento chili è stato battuto all'asta. Sai a quanto?»

«Non conosco i prezzi di mercato.»

«È questo il punto. Non c'entrano più i prezzi di mercato. L'hanno battuto a un milione e trecentomila dollari.»

«Sembra il rovescio speculare dei cobra di Delhi.»

«Lo è. Ma come si spiega quel valore, Phil?»

«Sapevo che i tonni si stanno estinguendo. Merce rara, merce costosa. Oppure...»

«Oppure» lo interrompe Massimo, «è l'equivalente dello scambio a non valere più niente.»

«Il dollaro.»

«Esatto. La corruzione di una cosa incorruttibile.»

I due tacciono.

Dopo qualche istante Philip rompe il silenzio. «Keynes diceva che l'inflazione è una confisca subdola e arbitraria di ricchezza. Che corrompere la moneta significa espropriare occultamente i cittadini, guastare i fondamenti della società, impoverire troppi per arricchire pochi. Nella Storia quei pochi li hanno chiamati approfittatori.»

«Guardati intorno.»

«Dici che oggi siamo noi quegli "approfittatori"?»

«Noi, gli uomini delle banche centrali, i proprietari degli asset, quelli che distruggono per conservare. Sì, noi.» Massimo poggia i gomiti sulle ginocchia, tenendo il mento con il palmo di una mano. «Se ti chiedessi di montare un trade contro l'euro e i titoli europei, come lo faresti?»

Wade si piega in avanti. «Adesso mi stai spaventando.»

«*Io* sono spaventato.»

Philip sospira e si passa una mano tra i capelli. «Punterei a generare un'instabilità endemica e permanente» risponde con gli occhi rivolti all'insù, sbrigliando la matassa invisibile dei pensieri.

«Come?»

«Con una strisciante crisi di fiducia nell'euro. Qualcosa che non si spinga mai oltre, che non arrivi mai all'implosione definitiva della valuta.»

«E sai cosa farebbero gli investitori a quel punto?»

«Qui la risposta è facile» mormora Philip. «Comprerebbero dollari e titoli americani, accettando anche rendimenti bassi.»

«Il bene rifugio per eccellenza, il modo per tenere sia sul bond sia sul dollaro.»

«Devo ammettere che come speculazione teorica è suggestiva.»

«Oppure è un piano perfetto.»

«Un piano perfetto per distruggere milioni di persone.»

«Non è quello che accade in ogni guerra?»

Philip socchiude gli occhi. «Preferisco non sapere altro.» Quindi estrae gli occhiali e li inforca. «Quanto abbiamo perso sul trade?»

«Niente.»

Lo strategist aggrotta la fronte.

Massimo si alza in piedi.

«Niente, Phil. Lo considero il miglior "corto" della mia carriera. Non ci abbiamo perso niente, perché quello che abbiamo perso è servito a capire dove stavamo andando. Dove possiamo andare» e gli tende la mano.

L'inglese la stringe e rimangono così, a guardarsi negli occhi.

«Sai, quando il mio maestro Federico Caffè scomparve misteriosamente in un'alba di aprile, pensai che avevo sprecato la mia vita inutilmente, inseguendo un'idea di mercato sbagliata. Mi ero sempre rifatto a lui. Poi, con l'età, ho capito che la morte è la fine, mentre la scomparsa è un monito. Chi muore prima o poi viene dimenticato, mentre il ricordo di chi svanisce si ripresenta. Come un fantasma.»

Massimo aumenta la stretta intorno alla mano dello strategist.

«Grazie, Phil.»

«Bye, Max. E non avere paura dei fantasmi, ci ricordano quello che poteva essere e non è stato o quello che ancora potrebbe accadere» e si allontana verso il corridoio in fondo al floor. Cammina lento. Sembra più vecchio, come se un peso gli curvasse le spalle.

Massimo si rimette seduto. Si sente lontano da tutto: da tutta quella concitazione, da tutto ciò che c'è fuori. Dal cielo grigio di una giornata londinese di primavera, di quelle in cui piove e tira vento, e sembra ancora gennaio. Ha freddo, Massimo. Da troppo tempo ha freddo, prigioniero di un inverno che non vuole finire.

Il nodo che gli stringe la gola è sempre più stretto, fa perfino fatica a parlare. Da più di un mese ingerisce quasi solo liquidi. È molto magro.

Non ha voluto consultare medici: ha rimandato e sperato che passasse, e invece è peggiorato. Prima i muscoli, poi il respiro e la difficoltà a deglutire. Ora prova a leggere, ma non ci riesce. Vorrebbe leggere in fretta, quasi con ingordigia, e invece si perde nei segni, vittima d'una nausea che confonde la vista e contrae lo stomaco. Allora deve distogliere lo sguardo.

Sa di star male. E ha paura.

Dovrebbe farsi curare, ma è paralizzato dall'idea della diagnosi. Dall'incertezza.

L'unico gesto che gli viene ancora facile è spingere l'unghia nella ferita alla base del pollice sinistro. Ora un liquido caldo scorre sul palmo della mano e sul polso. Sanguina, e si sente subito un po' meglio.

Poi, lunghe dita sottili invadono il campo visivo. Sono smaltate di rouge noir e stringono il collo di una bottiglietta d'acqua. Massimo alza lo sguardo e il sorriso di Cheryl è un appiglio nella burrasca di quella mattina.

«Te l'ha detto Carina?» Nasconde la mano nella tasca della giacca e con la stoffa interna tampona la ferita.

Cheryl inclina un po' la testa. «Cosa?»

«Dell'acqua. Ti ha detto Carina di portarmela?»

«No, ho pensato che la volessi. Bevi tanto quando sei sul desk e ho visto che eri rimasto senza. Comunque mi chiamo Cheryl Bennett, piacere.»

«È solo che...» Si blocca appena capisce di essersi distratto, perdendo il tempo della battuta. Guarda il viso della ragazza, l'ovale perfetto, gli zigomi alti. Cerca quegli occhi sottili, allungati, magnetici.

Si rende conto che Cheryl ha ragione. Non sa nulla di lei.

Che vita ha avuto? Perché non ha studiato?

«Non ti sei ancora stancata di lavorare qui?»

La ragazza si stringe nelle spalle. Indossa un paio di jeans aderenti e una camicetta glicine. Massimo tiene lo sguardo alto, per non soffermarsi sul contorno del suo corpo. Dai lobi della ragazza pendono due cerchi d'argento, parzialmente nascosti dai ricci.

«No, sto imparando un sacco di cose.»

«Per esempio?»

«Che il futuro conta più del passato, e che le persone si valutano sempre per quello che possono fare e non per quello che hanno fatto.» Nella voce c'è un'ironia lieve che Massimo non si lascia sfuggire.

«Si rischia di sbagliare in questo modo» risponde lui stando al gioco.

Un'ombra attraversa il viso di Cheryl mentre i suoi occhi si allungano ancora di più. Sembrano due lame di luce in una notte buia. «Pensi di avere sbagliato?»

«No, per niente. Anzi, la pioggia del pomeriggio in Bond Street è servita.» Si ferma un attimo. «È proprio vero: Justin Bieber non è solo musica» dice pescando nei ricordi. «E gli uomini hanno bisogno delle parole giuste. Avevi ragione, mi hai risparmiato qualche pugnalata alle spalle. Almeno qui dentro.»

Lei sorride e Massimo si aggrappa ancora a quello sguardo e, per la prima volta da quando la conosce, ha l'impressione che lei sia davvero felice.

«E il set Goyard?»

«Troppo impegnativo.» Inarca un sopracciglio. «Il curriculum, invece?»

«Alla fine non l'ho ristampato. Ho capito che non bisogna guardare troppo nello specchietto retrovisore mentre si guida.»

«Ogni tanto sì. Quando sorpassi, per esempio. Uno sguardo indietro serve ad andare avanti.» E dopo quelle parole l'immagine di Michela gli attraversa la mente. Rivede abiti di marca che compongono forme senza vita. Avverte il gelo di un'esistenza compressa dall'etichetta. Quella era l'unica distanza che uno come lui, abituato a vivere oltre i limiti dello spazio-tempo, non poteva colmare.

«Hai notato che parliamo sempre quando piove?» mormora Cheryl con un tono lontano, mentre lancia uno sguardo all'estremità del floor, oltre la porta d'ingresso, alludendo all'esterno. Con un'espressione imbronciata sulle labbra conclude: «Quest'anno la primavera sembra scomparsa».

È come se lo conoscesse da sempre. Oppure ha un dono, un'enigmatica telepatia che le consente di leggergli dentro, di capire cosa può farlo star meglio.

Ed è in quel preciso istante che i colori diventano più intensi e Massimo sente una vampata incendiargli la fronte. È come febbre che sale improvvisa.

Fa appello all'autocontrollo e scopre di non poter resistere. Si alza in piedi. «Vai a prendere il soprabito» le dice quasi fosse un vero e proprio ordine. «Usciamo tra dieci minuti.»

«Dove andiamo?»

«Devo fare delle cose fuori di qui.»

«Un altro regalo?»

Sorride. «Sì, un altro regalo.» Indica l'ingresso del floor. «E magari scopriamo dov'è finita la primavera.»

Prima di allontanarsi, le poggia una mano sul braccio stringendole il polso. Il contatto gli trasmette una scossa elettrica che interrompe i tremori dei muscoli.

Quindi, senza aggiungere altro, si avvicina alla postazione di Paul.

«Le chiavi della moto» sussurra, piegandosi sulla spalla del trader.

L'irlandese si volta con le sopracciglia inarcate, gli occhi sgranati per l'incredulità. «Non ho capito.»

«Dammi le chiavi della moto, tanto a te non serve. Ne hai per tutto il giorno.»

Paul ruota la poltroncina e lo scruta come se volesse trafiggerlo con lo sguardo mentre si alza. Ha i capelli scarmigliati e la camicia zuppa di sudore. Compie ogni gesto in modo lento ed esasperante, a rimarcare i sottintesi. Si fruga nelle tasche dei pantaloni, fissandolo: una celebrazione consapevole della tranquillità che stride con la velocità con cui ha gestito l'inizio dello stop loss. Quindi estrae una coppia di chiavi. Le tiene sospese davanti a sé. «Tu sai che io non faccio domande, ma...»

«Te le riporto più tardi» risponde Massimo. Percorre lo stanzone a passo svelto, mentre tutto scivola via. È come se una bobina stesse scorrendo veloce, e lo trascinasse verso l'ultimo fotogramma.

Oltrepassa la porta a vetri, dirigendosi alla prima scrivania.

«Carina.»

«Sì?»

«Un aereo per Roma, e poi un elicottero. Vado a *casa*.» Calca sull'ultima parola, anche se non ce n'è bisogno. Carina conosce la meta di quel tipo di spostamenti, non è certo la prima volta. Sa bene che cosa intende Massimo con la parola "casa".

«Per quando?»

«Subito.»

La donna lo squadra da sopra le lenti. «Subito?»

L'altro annuisce convinto.

«Impossibile. Hai dimenticato che...» In quel momento Cheryl compare accanto a Massimo. Ha un impermeabile piegato sul braccio, intorno al collo una pashmina di seta.

Carina cambia espressione. Lascia vagare lo sguardo dall'uno all'altra, poi si scioglie in un sorriso prima di tornare a rivolgersi a Massimo: «Provvedo immediatamente».

«Grazie.» Si piega in avanti e le accarezza una guancia con il dorso della mano.

Quindi lui e Cheryl si avviano verso gli ascensori.

«Pazzo» mormora Carina, prima di prendere la cornetta del telefono. «Tu sei pazzo.»

11
All done

La Triumph Bonneville sfreccia per le strade di Londra. Massimo guida sicuro, senza strappi, accorciando sulle marce basse, tirando la terza, la quarta e ignorando la fitta alla mano sinistra. Gioca con gas e freno. Prende le curve senza forzare. Dietro di lui, Cheryl asseconda i movimenti con naturalezza, in un equilibrio perfetto.

Lui si gode la potenza compressa negli ottocento centimetri cubici di cilindrata, mentre la meccanica del motore gli trasmette un insolito senso di pace e gli sgombra finalmente la testa. Ha lasciato la visiera del casco aperta e l'aria fresca lo schiaffeggia. È tutto concentrato sui fianchi, dove le mani di Cheryl lo stringono.

Arrivati nel parcheggio del City Airport, Cheryl smonta e si guarda intorno. Rimane immobile, incurante della pioggia. Quindi inizia a osservare Massimo, ma è come se non lo vedesse, se non lo conoscesse. Nello sguardo è scomparsa qualsiasi espressione. Non c'è sorpresa, non c'è attesa. Gli occhi sono mura spesse e nere che custodiscono segreti.

Continuano a guardarsi in silenzio.

Ho sbagliato? si chiede lei. *Forse non è quello che vuole e se ne pentirà.* Per un attimo volta la testa verso la strada, poi torna a fissarlo. *Sei sicuro? Puoi ancora tornare indietro.*

Lui sorride. Non ha mai smesso di guardarla. *Sì, sono sicuro. È quello che voglio.*

La sospensione di un attimo.

Un riccio nero s'attorciglia intorno a un dito.
Lui le prende la mano.
Quando il jet Falcon decolla dalla pista, il tempo accelera.

Centoventi minuti più tardi, all'atterraggio, è Cheryl a stringerlo. La manovra è stata più brusca di quella degli aerei di linea, e lei non era abituata.
Massimo le ha sorriso per rassicurarla, e ancora una volta è rimasto stupito dall'intensità irresistibile dei suoi occhi.
«Che ore sono?» gli chiede adesso a voce alta per coprire il frastuono. L'elicottero è al centro del punto di decollo, un quadrato verde su una vasta superficie di cemento grigio. I portelloni sono aperti.
La ragazza tiene le palpebre socchiuse, colpita dall'intensità della luce. L'aria è calda.
«Ha importanza?» le sussurra Massimo nell'orecchio. Il volto sfiora i ricci. Avverte una fragranza di spezie. Muschio, cannella, menta. Un profumo mediterraneo, così diverso dalla sofisticata essenza del Bond Numero 9 che aveva percepito la sera del Christmas Party.
«Almeno dimmi se siamo a est o a ovest.»
«Non posso.»
Lo guarda perplessa.
«In realtà questo è una specie di rapimento» e le sfila la pashmina dal collo. «La meta del viaggio deve rimanere segreta.» Si mette alle sue spalle. «Scusami, ma è per la tua sicurezza» dice prima di coprirle gli occhi con la sciarpa. Poi lega i due lembi dietro la nuca con un nodo che gli ha insegnato Siro.
Cheryl ride. «Secondo me non hai fatto un buon affare.»
«Io penso di sì.»
«Per fortuna che lavori in banca.»
«Perché?»

«Come criminale non sei attendibile. Quanto pensi di chiedere come riscatto? Mia madre è una maestra di scuola.»
«I rapimenti non si organizzano solo per denaro.»
«E qui, in Italia, per quali altri motivi li organizzate?»
«Non posso rispondere a questa domanda, e tu non cercare di farmi parlare.»
Lei ride più forte.
Le mette una mano su una spalla, con l'altra le tiene il braccio, guidandola verso l'elicottero.
«Attenta» le dice in prossimità della scaletta, sostenendola. Quando è seduta all'interno, le allaccia la cintura con delicatezza, quindi monta dall'altro lato dell'elicottero e fa un segno al pilota.

Un lieve sussulto annuncia la fine del volo. Cheryl rimane ferma mentre le eliche si arrestano e il rumore sordo dei motori viene poco a poco sovrastato da un tenue brusio.
«Un attimo.» Sente la voce di Massimo accanto a sé. Lui la guida giù dall'elicottero, a terra. Allora Cheryl distingue un'altra voce. Parla italiano.
«Buongiorno, dottore.»
«Ciao, Aldo.»
«Non ci aspettavamo di vederla.»
«Non mi aspettavo di venire.»
«È tutto a posto?»
«Come sempre. E Ada?»
«Sta bene, grazie.»
Nel buio in cui la costringe il drappo, Cheryl sente gli altri sensi affinarsi. I colori sono mutati in suoni e odori. Blu è quel ritmico fruscio in sottofondo. Verde, un profumo energico di vegetazione, odore duro di resina. Giallo, il calore sulla pelle insieme al tepore dell'aria. Rosso, il contatto con le mani che le sfiorano i capelli, sciogliendo il nodo.

Il buio si è diradato, adesso apre gli occhi. E scopre il vero significato della parola "incanto".

Sono tra cielo e mare, su una scogliera sovrastata da una pineta. La tavola azzurra sembra scintillare sotto la luce nitida del sole. All'orizzonte, sulla destra, il profilo grigio di un'isola. Oltre il bordo dell'insenatura si allunga una spiaggia di ciottoli bianchi.

La casa accanto alla quale sono atterrati è dipinta di colori tenui: il blu smorzato delle persiane e il rosso pompeiano dell'intonaco. La sovrasta una torretta di forma quadrata. Un patio in maiolica si protende verso il mare, dove cominciano a digradare delle terrazze. Un viottolo scende verso il basso.

Massimo è senza giacca e cravatta, la camicia è sbottonata e le maniche rimboccate fino ai gomiti. Attraverso il colletto aperto la linea spigolosa della clavicola è molto evidente. Non l'ha mai visto così, ed è come se lo conoscesse in quel momento. Il viso è disteso. La maschera che di solito gli comprime i lineamenti sembra svanita. Non è più l'impenetrabile, perfetto capo del fixed income. È soltanto un uomo felice, adesso.

Di fronte a loro, sta un signore di sessant'anni, esile, un fascio di muscoli, capelli bianchi, volto abbronzato e segnato da un fitto reticolo di rughe, sorride fissandoli con gli occhi blu.

«Lui è Aldo» lo presenta Massimo.

E l'italiano mormora qualcosa che la ragazza non capisce.

«Dice che è un piacere conoscerti.»

Cheryl pensa a quello che Aldo deve sapere della vita di Massimo. E le è grata perché riesce a guardarla con semplicità, senza giudizi o qualunque forma di malizia. La fa sentire a suo agio.

«Vieni» le sussurra Massimo prima di congedare l'uomo con un sorriso. Si dirige verso alcuni arbusti che sovrastano il viottolo.

«Allora la primavera era qui...»

Massimo annuisce, mentre cerca qualcosa tra le foglie. Quindi si volta. In un palmo tiene delle more di un viola intenso.

«Assaggia» le dice. «Si chiamano gelsi.»

La ragazza ne prende uno. Lo osserva con attenzione prima di portarlo alla bocca e rimanere stregata dal sapore dolce, mielato.

«Puoi mangiarlo solo così» spiega Massimo, «raccogliendolo dalle piante e consumandolo subito. Non hanno ancora trovato un modo per conservarlo.»

«Non tutto si può vendere.»

«E non tutto si può comprare.»

Rimangono immobili, in silenzio. Poi, senza spezzare la magia di quella quiete con le parole, si muovono insieme imboccando il viottolo che scende verso il mare. Si tengono per mano, ora. Sui palmi di entrambi, le striature nere del gelso.

Quando raggiungono la calata, Massimo si china in prossimità dell'acqua e si bagna la faccia. Quindi chiude gli occhi e alza la testa in direzione del sole.

Cheryl si siede accanto a lui.

«Devi amarti di più» gli dice rapita dai giochi di luce sulla superficie del mare.

Massimo la fissa senza capire.

«Devi amarti di più» ripete allungandosi per prendergli anche la mano sinistra. Lui stringe le dita e prova a sottrarsi.

«Aspetta.» Gli accarezza piano il dorso. Poi gli volta il pugno, con delicatezza.

Lui apre lentamente le dita permettendole di vedere la ferita.

«Chi non ama se stesso non può amare gli altri» la sente mormorare prima di smarrirsi nel contatto delle labbra morbide sul palmo.

Un fremito, diverso dagli spasmi di quei mesi, lo scuote.

«Lo sai che qui c'è scritta la nostra vita?»
«In che senso?»
«La madre di mia nonna era gitana, di una tribù del Montenegro. Leggeva la mano.»

E ora Massimo sa da dove vengono quegli occhi scuri, quei ricci corvini e sfuggenti. E tutta quella leggerezza, semplice polvere di strada sospinta dal vento.

«È morta a Dachau. Mia nonna e le sue sorelle riuscirono a scappare attraverso la Turchia» continua Cheryl. «Leggiamo il futuro da generazioni. Potrei fare la chiromante se decidessi di licenziarmi.» Abbassa la testa ridendo, ma dura solo un istante. «Questa è la linea della fortuna» sussurra, e con l'unghia laccata di rosso segue il solco. «È pronunciata, vedi? Tu sì che sei fortunato.»

Massimo scuote la testa. Una smorfia di scetticismo sul viso.

«Non ci credi?»
«Diciamo che non ho mai concesso molto spazio alla fortuna.»
«Pensi che non sia stata lei a farci incontrare?»

Scontrandosi con il silenzio di lui, Cheryl continua: «La fortuna è importante», quindi torna a concentrarsi sul palmo.

«La linea della vita.» Col polpastrello percorre la curva che da sotto l'indice scorre fino al polso. «Lunga, continua. Vuol dire salute e longevità.»

Ripensa agli ultimi mesi e alla malattia che è certo di avere. Quelle parole lo fanno stare meglio, come se il dolce inganno del gioco avesse l'effetto di placare l'angoscia. Non ha più paura.

«Questo è l'amore» dice Cheryl indicando un tratto centrale. «Corto, profondo... e spezzato. Hai amato molto.»
«E adesso?»
«Adesso sei qui.» Preme leggermente il dito sull'interruzione della linea. «Perso, indeciso.»

«E cosa dovrei fare?»

«Non è scritto. La mano dice solo che amerai ancora.»

«E poi?»

«E poi c'è qualcosa che non dovrebbe esserci.» Sfiora i bordi profondi del taglio. «La linea del dolore, ma questa hai scelto di disegnarla tu.»

Rimangono a fissare il mare per qualche minuto. Quindi Cheryl salta in piedi e si sbottona la camicetta. La sfila insieme al reggiseno lasciando cadere tutto sugli scogli. «Adesso basta parlare del futuro» dice iniziando ad armeggiare rapidamente con i bottoni dei jeans.

Massimo resta immobile davanti all'incantesimo di quel corpo privato di tutti i veli che l'avevano sempre coperto. Un attimo dopo la vede tuffarsi in acqua, immergersi e riapparire tra gli schizzi.

«È fredda» urla ridendo. «Vieni.»

Smette di pensare e si lascia andare. Tre movimenti e si ritrova in boxer, ma sa che può tranquillamente farne a meno e non prova neanche a resistere alla tentazione.

Il contatto con l'acqua è tonificante, gli svuota la mente dagli ultimi residui d'angoscia.

La raggiunge con poche bracciate. Cominciano a nuotare uno di fianco all'altra e, quando emergono sulla spiaggia di ciottoli, hanno il fiato corto. Sorridono, mentre rivoli d'acqua scorrono sulla pelle.

Nonostante i corpi nudi, ogni gesto, ogni sguardo è naturale.

«Io non lo so quanto ti potrà costare una giornata così, con me» mormora Cheryl.

Per un attimo i pensieri di Massimo corrono al trade, alla concitazione di Paul e alla discussione con Philip.

«Oggi... Be', direi abbastanza» ribatte con un sorriso.

«Non parlavo del lavoro.»

«Lo so.»

«Nemmeno di denaro.»

«So anche questo.»

Lei torna seria all'improvviso. «Volevo solo dirti che anch'io avrei fatto lo stesso. Per te avrei rimesso in gioco tutta la mia vita senza nemmeno pensarci.»

Lui la fissa come ammaliato, soffermandosi sul collo del piede. Quello che aveva spiato di nascosto mille volte nel floor, tra i pantaloni e le scarpe con il tacco.

Lei ora ha lo sguardo velato. In fondo agli occhi neri, un pensiero lontano.

Lui colma il mezzo metro che li separa. Ogni gesto sembra lentissimo.

Si abbracciano.

I corpi incollati. Pelle sulla pelle.

Rimangono così, senza parlare, per un tempo che sembra infinito, intanto che l'acqua si asciuga e la salsedine si attacca alle gambe, al petto, alla fronte.

Le prende una mano e comincia a baciarla, partendo dalle dita sottili che mille volte ha immaginato sul proprio corpo nei suoi desideri di fuga.

Stringe le braccia con una forza da troppo repressa.

Poi si abbassa sul piede, la caviglia, il ginocchio. Non smetterebbe mai di baciare quella pelle che sa di profumi irriconoscibili, di dimenticanza, di zoologia.

Bacia le cosce, la curva dei glutei, l'arco perfetto della schiena. Quando arriva al collo la gira a sé. Si guardano per un attimo, poi Massimo sfiora il neo con le labbra e dal collo si spinge più su, fino al mento.

Le bocche si uniscono, i corpi si stringono, sullo sfondo solo il soffio intermittente del mare.

Quando riapre gli occhi, il sole si è abbassato sull'orizzonte.

Non deve mancare molto al tramonto, pensa mentre non può arrestare l'inquietudine che gli scivola addosso. Monta l'ansia per quello che sa di dover dire, perché ha l'impressione di compiere a ritroso il percorso che l'ha spinto oltre una frontiera, lontano da un territorio conosciuto dove vigono regole e codici. Il territorio di un uomo sposato, con una famiglia, in cui non aveva permesso a nessuna donna di avventurarsi.

Cerca le parole giuste, e non le trova.

Michela.

Ha tradito sua moglie. E l'essenziale brutalità di quel fatto gli toglie il respiro. Sente i muscoli tendersi e la gola annodarsi. Sta di nuovo male. La magia è spezzata, e lui vorrebbe essere a casa. Oppure fermarsi lì, davanti al mare insieme a Cheryl, e lasciar perdere.

Si volta. La ragazza è distesa accanto a lui. È accovacciata su un fianco e gli dà le spalle.

Lascia scorrere lo sguardo sulla pelle della schiena, segue la linea morbida delle natiche, il disegno perfetto delle gambe. Si sofferma a fissare la piega del ginocchio. E per un attimo torna a percepire il desiderio.

«A cosa pensi?»

La domanda di Cheryl lo strappa ai pensieri.

«A niente.»

«Non sei bravo a mentire.»

Anche Michela gli ha detto la stessa cosa.

Teme di sbagliare, rovinare tutto, quindi preferisce rimanere in silenzio. Ha paura delle scuse, dei pretesti.

«*The heart beats slow, the head walks on*» sussurra lei.

Massimo si lascia cullare dal suono delle parole. Poi, poco a poco, quei suoni ritrovano il loro significato.

Il cuore rallenta, la testa cammina.

E riconosce il verso tradotto in inglese. Riconosce quella canzone. La canzone di un giorno di maggio a Carmagnola, quella per cui avevano dovuto discutere con don Francesco nella sagrestia della chiesetta di campagna. La canzone del suo matrimonio, quella per cui Flavio aveva fatto carte false.

Si raddrizza di scatto. «Come fai a conoscerla?»

«Me l'hai fatta scoprire tu.» Lo osserva pacifica, inconsapevole. La testa reclinata su un braccio, il viso coperto dai ricci, la pelle striata dal bianco del sale.

«Impossibile» ribatte brusco, «non ne abbiamo mai parlato.»

«Non serve parlare se ami qualcuno.»

Ignora la risposta. «E quand'è che te l'avrai fatta scoprire?» La incalza con un tono aggressivo. Ora è lui a sentirsi tradito.

Cheryl sospira, quindi si mette seduta. Raccoglie le gambe davanti al busto e le stringe con le braccia. «Sempre e mai. Ogni volta che in questi cinque anni sono passata vicino al tuo desk e ho sentito cosa ascoltavi. È bellissima. Poi un'amica che conosce l'italiano l'ha tradotta per me.»

Un brivido gli percorre la pelle. Massimo si pente di quello che ha detto, mentre una morsa gli stringe con forza lo stomaco.

Non voleva sbagliare.

Ha sbagliato.

«L'ha scritta un poeta... uno che amava gli ultimi» mormora fissando il mare.

«Parla di nomadi e viaggi.»

Lui annuisce.

«Non ti chiederò mai niente, Massimo. Non voglio niente da te, se non quello che sceglierai di darmi.»

Lui si volta. La stringe.

«Quanta tristezza in quest'abbraccio» gli dice lei all'orecchio.

La stringe ancora di più, affondando il viso nell'incavo

della spalla, tra i capelli neri che ora sanno di muschio e di sale.

Devono andare.

Massimo sa già tutto.

Prima del volo di ritorno ha letto la mail che gli comunicava la nuova posizione Book Flat: "All done. K".

Così si era chiuso il sipario, alla fine dello spettacolo.

La comunicazione era delle 19.

Dieci ore di combattimento al termine delle quali Kalim lo informava che ce l'avevano fatta. Si erano cavati fuori dal "corto". La collisione era stata evitata e il fixed income galleggiava ancora. Ci avevano rimesso, erano malconci, ma incrociavano in acque più tranquille e la situazione non era compromessa.

Dopo aver parcheggiato la Bonneville, varca l'ingresso del palazzo e si sente meglio. La stanchezza che percepisce è sana.

Per trovare Paul non ha bisogno di usare il telefono. Massimo lo sa che alla fine di una giornata come quella l'irlandese è ancora sul campo di battaglia.

Le luci del floor sono per metà spente. Aleggia un silenzio irreale.

«Ti aspettavo» dice Paul da dietro il monitor della postazione. Con delle bacchette pesca qualcosa dal cartone di un take away cinese. Accanto alla tastiera del computer una bottiglia di birra. È piegato in avanti e tiene gli occhi sui monitor. Indossa una camicia a tinta unita.

«L'azzurro ti dona.»

«È di Kalim. Lo sapevi che va in giro con una camicia in più per il terrore di sporcarsi? Io no. Be', comunque me l'ha regalata. E anche oggi ho guadagnato qualcosa.»

Massimo sorride. «È andata bene.»

«È andata.» L'irlandese si volta ruotando la poltrona, poggia il cartone sulla postazione e beve un sorso di birra. «E adesso?»

«Ti ho riportato le chiavi della moto. Dovresti sistemare la frizione, strappa un po' sulle marce basse.»

«E adesso?» ripete Paul.

«E adesso è come sempre. Adesso dobbiamo fare soldi.»

L'irlandese annuisce. Rimangono in silenzio per qualche secondo.

Massimo ripensa a Cheryl, alle ore che hanno trascorso insieme. E al mare, che ora sembra lontanissimo.

Non vuole tornare a casa.

È Paul ad allontanarlo dal piacere soffuso del ricordo. «Una volta Derek mi ha detto che c'è un tempo per perdere.» Si alza in piedi. Ha gli occhi cerchiati e l'aria stanca. «Confesso che non credevo che sarebbe arrivato. Non per noi, almeno. Ho sempre pensato che fossimo meglio di Derek, Larry e gli americani.»

«Noi non abbiamo perso contro i numeri e nemmeno contro gli uomini. Abbiamo perso contro un progetto diabolico.»

«Che intendi?»

«Ci sono forze che stanno muovendo i mercati, Paul. Una tempesta sta per abbattersi sul continente. Sembriamo grossi, ma davanti a tutto questo siamo minuscoli. E non possiamo farci niente.»

«Qualcosa sì. Qualcosa possiamo fare.» Vuota la bottiglia in un sorso. «Guadagnarci, per esempio.» Parla col cinismo del trader che ha visto tutto. Massimo sa che è il metodo con cui ha scelto di non farsi coinvolgere, di tenere emotività e convinzioni lontane da quello stanzone.

«Hai visto Derek?» gli chiede dopo qualche secondo.

Massimo si passa una mano sul viso prima di rispondere. «Sì, al Berkeley, tre giorni fa.»

«Lo sapevo.»

«Perché non mi hai chiesto niente?»

L'altro sorride. E per la prima volta da quando lo conosce, a Massimo sembra che le parole abbiano trovato una via per oltrepassare il muro del silenzio.

«Mi fido di te. Anzi, ho scommesso tutto su di te.»

«Forse hai sbagliato, rischi di perderci.»

«Ho già vinto. Se non ti avessi conosciuto, questi anni sarebbero stati terribilmente noiosi.»

«Grazie, Paul. Grazie per tutto quello che hai fatto.»

«No, grazie a te.» Quindi l'irlandese chiude i polsi della camicia e s'infila la giacca. «Dimenticavo. Ti ha cercato un tipo.»

Massimo aggrotta la fronte. «Qui?»

Paul fa un gesto di assenso col capo avviandosi verso l'uscita del floor. «Credo che fosse italiano, ha aspettato tutto il pomeriggio con Carina. Ti ha lasciato qualcosa sul desk.»

Ed è solo allora che ricorda.

Impossibile. Hai dimenticato che...

Pochi giorni prima. Quella telefonata.

«Dici che questa volta riusciamo a vederci?»

«È un brutto periodo, Mario.»

«Stai male...»

Non aveva capito se era una domanda o una constatazione, un interrogativo indiscreto o l'intuizione di un amico capace di cogliere le sfumature segrete della voce.

«Sono stato meglio.»

«Ho una cosa per te. Te la vorrei dare.»

Era rimasto in silenzio.

«Mercoledì sono a Londra» aveva proseguito Mario.

«Va bene, passa in ufficio nel pomeriggio.»

«A presto, allora.»

Massimo aveva riattaccato senza aggiungere altro, quasi infastidito da quell'insistenza. Solo adesso si rende conto davvero che da tempo sta evitando il suo amico Mario: qualcosa lo mette a disagio, come se rivederlo accentuasse il rimpianto per come sono andate le cose.

Come se il ricordo del passato rendesse più intollerabile il presente.

Raggiunge la postazione.

Accanto alla tastiera del computer c'è un grosso involucro di forma sferica, avvolto in una spessa carta da pacco, su cui è poggiato un foglio.

Lo prende in mano ed esita qualche secondo tenendolo tra le dita. Poi si fa forza, comincia a leggerlo:

Sono passato e non c'eri. Ho saputo del contrattempo da Carina. A proposito, sta benissimo: mi ha detto che vuole trasferirsi in Spagna. Dovremmo farlo anche noi. Lasciar perdere tutto, e andare via.

Com'è che siamo diventati così, Massimo? Non era questo che volevamo. Tutto quel tempo a parlare dei sogni, del futuro, di una vita "diversa"... E adesso?

Lo scorso weekend sono stato al mare. L'Approdo non c'è più. Una libecciata l'ha spazzato via.

Non è possibile vivere senza sogni. Sogni che dobbiamo inseguire da svegli, dimenticando la paura, perché la paura è una malattia mortale da cui non si guarisce.

L'ho capito che stai male. Magari posso aiutarti a star meglio, o almeno provarci. Un tempo non l'avrei fatto. Pensavo che star male servisse a cambiare se stessi, ma forse quella che chiamano maturità è anche questo. Abituarsi al dolore. È questo che dicono, no?

Allora, ecco le "istruzioni per l'uso": scarta il regalo; non rimanere sorpreso e non pensare che io sia impazzito; ogni mattina fissalo per trenta minuti; non ti distrarre, segui i movimenti senza perderlo mai di vista. Pare che sia rilassante, un rimedio "omeopatico" contro lo stress.

Non posso portarti il mare, ma almeno ricordarti che esiste ancora. Come i sogni.

Un abbraccio,
M.

Quando smette di leggere rimane immobile, lo sguardo perso nello spazio bianco tra le parole di Mario.

I sogni. Il mare.

L'aveva visto poche ore prima, il mare. *Quel* mare, il loro. Il mare che Siro gli aveva insegnato a conoscere. Eppure era come se non esistesse più.

Accartoccia il foglio, mentre un'onda di rabbiosa impotenza lo assale. Si sente sconfitto.

Non era capitato al Berkeley con Derek, e nemmeno davanti agli ottanta milioni del trade. Succede ora, davanti ai ricordi e alle premure di un amico.

Lentamente inizia a scartare l'involucro.

Quando libera la sfera trasparente dalla carta, si piega in avanti e fissa un pesce rosso che boccheggia.

Il sorriso dei giorni bui riaffiora sulle labbra. Poggia le mani sul vetro e attraverso la trasparenza osserva le striature nere di gelso rimaste sui suoi palmi.

Vorrebbe che quel nero restasse lì per sempre. Che non se ne andasse mai più.

12
L'odore del sangue

«*Hail Mary, full of grace / The Lord in with thee...*»
Inginocchiata a uno dei banchi delle prime file, sotto la cupola a botte della navata centrale, Carina Walsh muove le labbra scandendo in silenzio i primi versi dell'*Ave Maria*. Ha le mani giunte, la testa piegata.

Prega, ha paura. Ha paura per Massimo.

L'ha chiamata due ore prima sul cellulare. Lei era appena arrivata al floor.

«Vediamoci al Brompton Oratory» le ha detto con una voce strana. Se non lo conoscesse da quindici anni, giurerebbe che fosse sul punto di piangere. Gli aveva detto che andava bene, rassicurandolo, ma lui era rimasto in silenzio. Un silenzio profondo, intervallato dal respiro pesante. Forse voleva aggiungere qualcosa, invece si era limitato a riattaccare.

Massimo non piange, si era ripetuta Carina. *Massimo sta bene.*

Ma non ci credeva davvero, non poteva. Doveva essere successo qualcosa di grave. E l'angoscia si era trasformata in un peso sul petto, nel fremito delle mani, nel battito accelerato del cuore. Quando aveva preso la borsa, il portamonete di pelle era scivolato fuori. Alcuni penny erano caduti sul pavimento.

Aveva sentito le lacrime offuscarle la vista. Si era trattenuta.

Cheryl, dalla sua scrivania dall'altra parte della stanza,

aveva notato il turbamento e si era alzata di scatto: «Carina, stai bene? È successo qualcosa?».

«Solo un imprevisto» aveva minimizzato mentre si muoveva veloce per raccogliere le monete.

In strada si era poi accorta di avere dimenticato gli occhiali.

Adesso preme le dita intrecciate sulle labbra. Facendo eccezione per alcuni turisti fermi davanti alle statue in marmo degli apostoli, la maestosa chiesa di South Kensington è quasi vuota. Si concentra sull'altare, sulla croce del Cristo e sulla fisionomia blu, in contrasto con lo sfondo dorato, che adorna la pala sul presbiterio.

Lady Chapel. La vergine Maria.

Cerca la consueta quiete rassicurante dei luoghi sacri, ma non riesce a trovarla. L'incertezza è una tortura.

«... *Blessed art thou among women, / And blessed is the fruit of thy womb, Jesus...*» Un movimento alla sua destra. Una figura scivola lungo il banco, s'inginocchia accanto a lei e si segna.

Con la coda dell'occhio, lo sguardo rivolto all'altare, Carina scorge il lembo di una felpa nera.

«... *pray for us sinners, now and at the hour of our death.*»

«Esco adesso dal Brompton» mormora Massimo dopo qualche istante.

La donna ruota la testa e ci mette una frazione di secondo a ordinare i frammenti del puzzle. Collega la voce al telefono, il comportamento degli ultimi mesi, l'ombra che più volte aveva colto sul viso di lui, quella cupezza che tutti avevano sempre ritenuto *normale* per Massimo, ma che lei aveva trovato insolita. E poi c'era il dimagrimento improvviso. L'aveva notato, ma aveva preferito non chiedere spiegazioni.

Lo stress, si era detta. *La preoccupazione per le nuove responsabilità.*

Si rimprovera perché avrebbe dovuto capire. Invece non l'ha fatto, e il Brompton Hospital significa altro. Significa qualcosa di grave.

«Cos'hai?» domanda col viso deformato dall'apprensione.

«Sto male.» Tiene le mani giunte. Sulla parte inferiore del dorso, le vene sono spessi rilievi blu che contrastano con la pelle diafana.

Carina vorrebbe alzarsi, scuoterlo, costringerlo a parlare. Vuole sapere cos'hanno detto i medici, e perché quell'uomo che considera un figlio, quell'uomo abituato al controllo di ogni singola parola o emozione, anche la più insignificante, ora è così sconvolto.

Eppure tace. Intuisce che l'altro ha bisogno di tempo e si limita a guardarlo con occhi imploranti, occhi da madre.

«Sono mesi che sto male» riprende lui, i gomiti sul banco, la testa posata sulle dita intrecciate, gli occhi socchiusi. La voce è un soffio. Sembra meditare, come quando ci si è appena comunicati.

«È cominciato a gennaio. All'inizio erano dei tremori, dei movimenti involontari. Poi sono diventati spasmi impossibili da controllare.» Scioglie le dita e rimane fermo a guardare i dorsi. «Non sono più io.»

Carina annuisce senza sapere il motivo, mentre i contorni delle cose intorno a lei sfumano. Adesso la Madonna dipinta sul fondo del presbiterio è una chiazza azzurra nel giallo.

«Due mesi fa ho smesso di mangiare. Non riesco a ingoiare niente e faccio fatica a respirare.» È distante, apatico. Parla di quel male con indifferenza, quasi come se non lo riguardasse. «Alla fine sono arrivati i disturbi della concentrazione. Non ricordo nemmeno più da quanto tempo non leggo qualcosa per intero.» Volta la mano sinistra. Sul palmo, alla base del pollice, una piaga, un buco rosa striato di rosso e sormontato da un contorno di pelle spessa. La carne sembra mangiata, o corrosa da qualche sostanza ustionante.

«Questa me la sono fatta io. È l'unica cosa che mi fa star bene.»

«Massimo», gli chiede supplicandolo, «cos'hai?»

La fissa, incapace di parlare.

Lei gli sfiora una spalla scuotendolo lievemente. Ed è come se quel contatto lo strappasse a uno stato di trance.

«Niente, Carina» risponde con lentezza. «Non ho niente.»

E invece di tranquillizzarla, quella risposta la agita ulteriormente. «Che significa? Eh? Che significa?» chiede mentre le lacrime iniziano a rigarle le guance. «Non capisco» balbetta, tra i singhiozzi sommessi.

Lui la accarezza. «Gli esami sono tutti negativi. Sto bene. Il problema è qui.» Chiude i pugni e se li porta alla fronte. Le nocche lasciano un segno rosso. «Qui» ripete toccandosi poi una tempia con due dita. «Fascicolazioni nervose, stato di ansia generalizzata, parestesie, panico.» Parla e si muove in maniera meccanica, con gli occhi sbarrati di fronte a ipotetiche presenze terrificanti. «Sono fantasmi.» Volge la testa verso l'altare cercando il conforto di un dio. «Fantasmi. È finita, non posso andare avanti. Il lavoro, la banca, questa città... Non sono più per me.» Sorride. Il sorriso che accompagna la sconfitta. «Te l'avevo detto che alla fine sarei andato via prima di te.»

Carina rivolge un muto ringraziamento alla Vergine. La malattia è un'altra, non meno dura da affrontare, ma è qualcosa contro cui si può vincere. Porta una mano alla radice del naso e si ricorda di non avere gli occhiali, allora si asciuga le lacrime con la punta dell'indice e quella del pollice. Avverte la consistenza pastosa del rimmel sui polpastrelli. Deve reagire, lo deve aiutare.

«Torna su quel desk, Massimo» scandisce con voce decisa, quasi brusca.

«Non m'importa più niente della banca.»

Lei fa segno di no con la testa, mentre sente montare una

rabbia indefinibile. «Non sto parlando della banca. Pensi che mi importi qualcosa della banca? Sto parlando di te.» Inspira e cambia tono, guardandolo negli occhi. «Io ti conosco. Se non torni al floor, se non torni a lavorare, starai male per tutta la vita.»

«Ho sbagliato, e ho perso.»

«Tutti perdiamo» sussurra, e rivede la propria vita condensata in una manciata di scene. La voglia di viaggiare, la passione per la Spagna e il tango, le ambizioni di una ragazza irlandese arrivata nella Londra dei Seventies per inseguire la vita. Tutto svanito poco a poco, un giorno dopo l'altro, dietro alle scrivanie che aveva occupato per quarant'anni. Aveva coltivato troppi rimpianti, e sapeva che ormai sarebbe stato difficile estirparli. Impossibile, probabilmente.

«Non è importante vincere o perdere» continua. «Solo una cosa conta: giocare la partita fino alla fine. E tu sei appena a metà.»

Lui non risponde. La mano sinistra è aperta a coprire il volto, a esibire le stigmate di una sofferenza senza nome.

«Vai a chiudere la partita. Poi farai la scelta che riterrai opportuna, ma senza rimpianti.»

Quando sente la parola "scelta", Massimo si volta a guardarla. Il viso pallido riprende colore. Negli occhi azzurri, luccica improvvisamente il lampo di una nuova presenza.

Le stringe la mano.

«Io ho già scelto, Carina.»

«Lo so.»

«Ma ho paura di non riuscire a compierla, questa scelta. Temo di non farcela, non sono più sicuro di reggere.»

«Adesso torna davanti a quei computer a fare quello che hai deciso. O almeno provaci.»

Restano in silenzio per qualche minuto.

«Ti accompagno a casa?»

Massimo scuote la testa. «Ho bisogno di restare da solo.»
«Ci vediamo in ufficio?»
Lui sorride. «Non lo so.»
«Non giudicarti, Massimo. Sei quello che sei. Puoi anche scappare da qui, dalla tua vita. Ma da te stesso non puoi fuggire, né oggi né mai.» Carina si alza lentamente, recitando qualcosa a mezza bocca prima di segnarsi. Cerca nella memoria l'ultima volta che l'ha visto felice, ma non riesce a trovarla. Un'ondata di rimpianto e impotenza la sommerge.

Poi ripensa alla mattina del volo in Italia, a quel viaggio folle che gli aveva organizzato.

Cheryl.

Era stata lei a farlo stare bene.

Lo osserva ancora prima di andarsene. Massimo intreccia le mani mentre sente il ticchettio degli stivaletti della donna risuonare nella navata.

Chiude gli occhi, stringe le palpebre.

Ti prego, Signore, fa' che tutto questo finisca. Ti supplico. È da tanto tempo che non prego, ma ora ti chiedo di aiutarmi.

Ripete quell'invocazione disperata una, due, tre volte. E subito dopo ha l'impressione di stare meglio, come se i sensi torturati per mesi dall'angoscia e dalla paura avessero trovato un poco di pace.

È il momento della scelta, non può rimandare ancora. Lo sa che non esiste una via d'uscita, che la partita si gioca sullo sfondo di un disegno malvagio: quello di Derek e di alcuni uomini che vogliono governare il proprio tempo.

Conosce anche il prezzo da pagare per la decisione che ha preso. È un prezzo altissimo, ma non può fare altro e non può più rimanere prigioniero di quella storia.

Stringe le mani sullo spigolo del banco, respira profondamente. Quindi si alza. Un segno della croce, un ultimo sguardo all'altare, poi esce.

Quando emerge nella luce del mattino, solleva il cappuccio della felpa, infila le mani nelle tasche dei jeans e a capo chino inizia a camminare verso casa.

Si rende conto che, in quel momento, è un uomo senza identità che cazzeggia su un qualunque marciapiede inglese. Potrebbe essere chiunque, e quella consapevolezza gli concede un'inattesa vertigine di libertà.

Seduto al tavolo della sala rettangolare che si affaccia sul desk, è immobile da parecchi minuti. Il timer sul display del BlackBerry, poggiato accanto alla sfera di vetro che ha portato dal floor, indica un countdown di mezz'ora. La lavagna nell'angolo è pulita: ha cancellato i numeri, passando e ripassando l'ardesia con uno straccio. Dieci, venti, trenta volte, fino a perdere il conto, incurante degli sguardi perplessi che lo giudicavano dall'altra parte della vetrata.

Fissa il pesce rosso. Si concentra sui movimenti impercettibili della pinna dorsale e della coda, appendici trasparenti del piccolo ovale scarlatto, virate di sfumature gialle e nere.

Cerca di sgomberare la mente da ogni pensiero, regolarizzando il respiro. Inspira profondamente col naso, espira piano con la bocca.

Il medico del Brompton gli ha prescritto un ansiolitico: «Venti gocce al mattino, al pomeriggio e alla sera. E altre venti ogni volta che sente la necessità. È un lenitivo, la può aiutare. Non dà dipendenza, ma non esageri ed eviti di berci sopra» aveva detto l'uomo in camice bianco.

Ma lui non ha intenzione di usare quel farmaco: se è la mente ad averlo ingannato, la mente lo guarirà, pensa.

Quando percepisce un rumore di passi alle proprie spalle non fa una piega: rimane proteso in avanti, concentrato sulle traiettorie morbide dell'animale.

Sessanta minuti prima, quand'era comparso al floor, Carina l'aveva guardato sospirando. Un sospiro che era una liberazione.

Cheryl, invece, gli aveva sorriso.

Lui aveva sollevato la mano sinistra in un cenno di saluto e le due donne si erano soffermate con lo sguardo sulla benda al polso che copriva la piaga. Averla fasciata aveva un valore enorme per lui: significava rinunciare a quella compulsione autolesionistica, liberarsi della terapia del dolore.

Entrambe avevano capito la sua intenzione. E l'avevano approvata con l'espressione del viso.

Dopo la giornata al mare, Massimo aveva sempre evitato Cheryl. E lei aveva ripreso a comportarsi come al solito, trincerandosi dietro alla lieve ironia che l'aveva sedotto. Eppure erano state le ore trascorse insieme a spingerlo a varcare l'entrata del Brompton, a convincerlo ad affrontare la paura.

Quando le aveva parlato sulla spiaggia di ciottoli bianchi, aveva sbagliato. L'aveva fraintesa. Anche Cheryl implicava una scelta. Lei non gli avrebbe chiesto nulla, ne era certo. Forse l'avrebbe perfino aspettato, coltivando in segreto una speranza e custodendo il dolore.

Ora le avrebbe dovuto parlare. Doveva farlo per se stesso, per lei e per quel "loro due" che era una possibilità remota, un'altra vita che non riusciva a vedere.

Quindi aveva allontanato quei pensieri e attraversato il floor, mentre venti teste si sollevavano dai monitor. Dopo lo stop loss, il desk attendeva il momento del riscatto. E tutti sapevano che era arrivato.

Massimo si era avvicinato alla postazione di Kalim, che teneva la giacca insolitamente poggiata allo schienale della poltrona ed era in maniche di camicia e gilet, e aveva scandito un monosillabo: «*Go*».

Gli aveva anticipato la mossa la notte precedente, per cui all'indiano non erano servite domande: si era limitato ad annuire. Era serio e concentrato, diverso dal solito.

Il pesce apre e chiude la piccola bocca ritmicamente. Gli ricorda i fotogrammi di una pellicola muta.

«Ma lo sai cosa stiamo facendo?»

Qualcuno alle sue spalle. Massimo riconosce l'accento di Roma. È una voce che gronda rabbia.

«A cosa ti riferisci?»

«All'ordine che hai dato. A quello che stanno combinando di là.» L'ombra di un braccio teso si allunga sulla superficie bianca del tavolo.

Massimo non si muove, lo sguardo rimane fisso sulle piccole squame scarlatte. Immagina che l'indice all'estremità di quel braccio stia indicando le postazioni del desk. Quel dito è lo stigma d'una condanna, il segno di una frustrazione repressa a malapena.

L'ho deluso. Ho deluso anche lui...

«C'è qualcosa di superbo nello spettacolo della fine di un mondo, Giorgio» ribatte con distacco, senza muovere la testa. «È come l'esplosione di una stella, e tu dovresti saperlo. Consìderati fortunato, non tutti hanno il privilegio di osservarla da un posto in prima fila.»

«Non è l'esplosione di una stella. È la condanna di gente che non c'entra nulla con tutto questo. È uno sterminio. Stai scommettendo sul fallimento dei Paesi europei, anche del tuo. Sei italiano, eh, porca puttana.»

«Italiano...» mormora Massimo esitando. Sembra ignorare il significato della parola, mentre nel liquido il pesce scarta di lato come se fosse inseguito da un predatore invisibile. «Sui mercati non esistono né confini né appartenenze.»

«Ma come puoi dire una cosa del genere?»

Sei ancora giovane. Hai visto troppo poco. Ma prima o poi capirai.

«Massimo» continua Giorgio, «tu lo sai perfettamente dove porta un attacco di queste proporzioni. Stai cancellando una classe sociale. Alla fine di tutto sarai responsabile di un'apocalisse. Vuoi vedere la gente senza lavoro davanti alle mense di beneficenza oppure tifi per la rivolta e il sovvertimento sociale? Pensavo che fossi... *diverso*.» L'ultima parola, è fin troppo evidente, suona come un'accusa di tradimento.

«Non ho cominciato io» risponde a voce bassa. «Lo sai cosa sono tutti quei dollari pompati dalla Fed, quell'intervento che ha mandato a puttane il "corto" sul Treasury?»

L'altro rimane in silenzio.

Massimo ha capito che il ragazzo è sul punto di esplodere. Tra meno di un minuto potrebbe dargli le spalle, uscire dalla stanza, percorrere il floor senza rivolgere la parola a nessuno, neppure a Kalim, e lasciare per sempre la banca.

Ma cosa troverebbe lì fuori?, si chiede. *Niente. Resistere è inutile. Non serve a niente.*

Allora è bene che gente come Giorgio, o come Philip, rimanga lì.

Fino a quella mattina si sarebbe incluso tra quei ranghi *diversi* arruolati e piazzati in prima fila nel tritacarne. Ma fino a quando, per fare cosa?

Il pesce ha smesso di muoversi. Sta fermo e si offre allo sguardo di Massimo solo da un lato. Sembra sospeso. Assomiglia a una figura schiacciata, priva di volume, illusione ottica di un mondo bidimensionale in cui perfino l'acqua potrebbe scorrere dal basso verso l'alto ingannando le leggi della fisica.

«Quei dollari» riprende con calma, «sono il veleno confuso con l'antidoto, la cura che ucciderà il malato. E credi davvero che possiamo fare qualcosa contro le forze che hanno pensato a tutto questo?» S'interrompe, tocca il vetro con un dito. Il pesce si agita. Fa un mezzo giro, muovendo i filamenti giallastri della coda e ritrovando spessore. Ma non dovrebbe interagire con l'animale, lo sa. «Mentre noi siamo la lava che incendia Pompei, gli eserciti turchi che assediano Bisanzio, i barbari ai confini dell'Impero. Ma sbagli a chiamarlo sterminio, è soltanto un suicidio. Le civiltà non tramontano mai per fattori esterni. Si consumano da sole, dall'interno. Scelgono la via del disastro molto prima che qualcuno o qualcosa le cancelli dal mondo. Nel frattempo qui siamo pagati per far soldi...»

«Questa è soltanto la storiella con cui ti assolvi. In realtà sei come gli altri, non hai scrupoli e ti sei venduto l'anima.»

Massimo sorride. Ripensa alle parole che ha detto a Derek durante la colazione al Berkeley.

Ma tu non hai nessun limite?

Considera come la vita sia davvero una commedia, uno scambio folle e beffardo di ruoli. «Siediti» gli dice continuando a osservare le evoluzioni del pesce.

Giorgio poggia le mani sul tavolo, protendendosi in avanti.

Concentrato sui movimenti del pesce, Massimo nota le dita sottili ai margini del campo visivo. Le unghie che premono sul tavolo gli ricordano degli artigli.

«Ti ho detto di metterti seduto» ripete con la voce che sale di un tono.

Un attimo dopo le dita scompaiono, mentre sulla superficie bianca rimangono impressi gli aloni dei palmi.

Sente il rumore di una sedia che scivola sul pavimento.

«La conosci Rapa Nui?» domanda Massimo.

L'altro non risponde.

«Lo sai per quale motivo scomparve la vita dall'isola?»

«Non stavamo parlando di questo.»

«Ti ho chiesto se lo sai» insiste Massimo brusco, senza alzare lo sguardo. «Lo sai o no?»

«No, non lo so» borbotta Giorgio, arginando a fatica la collera.

«Allora te lo dico io. Per colpa della cosa che oggi rende celebre quell'isola. Le statue. Quei volti giganteschi piantati sulla costa, davanti al mare. È stata una casta di sacerdoti a farli costruire. Volevano celebrare la propria magnificenza e quella delle divinità che adoravano.» S'interrompe e sorride, mentre le pupille catturano l'ennesimo movimento del pesce. «E invece pur di trasportarle lassù hanno consumato i tronchi di tutti gli alberi dissestando il territorio. Ci fu una ribellione, e poi una guerra civile terribile, che ha portato alla morte anche l'ultimo sacerdote. Ma la popolazione era ormai estinta e i pochi superstiti vivevano in uno stato semibrado. Ora dimmi cosa distrusse quella civiltà, secondo te: gli elementi naturali che si accanirono su terreni abbandonati e incolti oppure la follia suicida?»

Il quant sospira senza proferire parola. Adesso ascolta paziente.

Massimo doveva farlo pensare, evitare che reagisse d'istinto dandosi fuoco da solo in un rogo di assurdo, insensato purismo morale.

Dovevo prender tempo. Ci sono riuscito.

Giorgio avrebbe deciso più tardi. Dopo avere combattuto i propri fantasmi e assaporato il gusto amaro delle scelte. Non era quello il momento.

Riprende a parlare: «Capita da sempre. È accaduto perfino in Giappone: tre secoli fa le foreste dell'arcipelago erano state cancellate quasi del tutto. E quando finirono con gli alberi, passarono ai mari. Li stanno svuotando da allora, con una ferocia scientifica. I pescherecci giapponesi sono una delle principali cause dell'estinzione del tonno rosso, lo sapevi? Tra la follia predatoria e la pulsione di morte il confine è sottilissimo.»

«Be', grazie per la lezione di Storia» ribatte Giorgio sarcastico.

«Credi che stiamo parlando di cose senza senso? Che la Storia sia un insieme di fatti lontani?» Si concede una pausa. Immerge un dito nell'acqua violando ancora una volta le regole contenute nel biglietto di Mario. Il pesce risale verso la superficie increspata attirato dal riflesso che lo spinge alla ricerca di cibo. «La Storia è tutta la violenza dei giorni vissuti dal genere umano. Ed è adesso, qui e ora» mormora.

Per qualche secondo un silenzio tombale avvolge la stanza.

«E la civiltà?» domanda Giorgio più a se stesso che a Massimo. «Eh? La civiltà, cos'è?»

«Un modo elegante per dire "guerra".» Sul tavolo il BlackBerry inizia a vibrare. Massimo lo ignora. «Una volta dovresti assistere a una tonnara. È un raffinato meccanismo di annientamento in cui non è possibile sbagliare nulla. Dopo che hanno individuato un branco, i pescatori lo circondano con delle enormi reti e lo sospingono verso la riva. Ci vuole maestria perché gli animali non si accorgano di niente...»

«È quello che stanno facendo di là, non è vero?» lo interrompe Giorgio anticipandolo. «Stanno stendendo le reti. Comprano gli asset sicuri e vendono tutta la periferia d'Europa.»

«Sì, ma altri molto più grossi di noi lo stanno facendo da mesi.» Massimo si immagina Derek alle cene a Manhattan di cui gli aveva parlato Bruno. Lo vede salire al tredicesimo piano del grattacielo, pensa ai lunghi silenzi e alle parole giuste, scelte con cura, grazie alle quali riusciva a catturare l'attenzione, ottenere la reverenza dei più giovani, influenzare le decisioni dei più scafati, orientare le politiche monetarie. Del resto, quell'uomo era Derek Morgan. Aveva alzato milioni e milioni di dollari in più di vent'anni. Bolle erano scoppiate, palazzi erano stati rasi al suolo, guerre erano state combattute. Regimi crollavano, mentre statue di dittatori cadevano nella polvere. La Storia proseguiva la propria corsa sanguinaria, ma Derek era ancora lì, a tessere un progetto di governo del tempo e del mondo. «Andranno avanti per settimane, forse per mesi, senza fare rumore e senza spaccare i prezzi. Meno gente se ne accorge sulla street, più tempo c'è per far soldi. Sono fiumi di denaro in uscita dal Sud del continente e subito convertiti in titoli tedeschi o americani. Una manna per gli Stati Uniti che si finanzieranno a tassi bassissimi e una nuova cavalcata delle valchirie per i tedeschi.» Eccola, la trappola scientifica. Ecco il massacro da mettere in scena, il cono di luce che illumina l'Europa, l'inganno rovinoso con cui distogliere l'attenzione dalla sponda occidentale dell'Atlantico. Un brivido gli percorre la schiena, ma non è un fremito involontario. Quella è paura.

«E poi li uccidono?» domanda Giorgio dopo alcuni attimi di silenzio, riportandolo ai tonni.

Massimo apprezza il modo con cui il ragazzo asseconda il gioco della metafora. «Sì, ma non è così semplice. Li sospingono verso la riva. I tonni cercano di superare l'ostacolo e si smarriscono in una struttura di reti ancorate al fondale, divisa in comparti. L'ultimo, quello della mattanza, si chiama camera della morte. Ci vuole grande abilità per costruire quelle trame fatali di nodi.»

Il quant tace, mentre il pesce compie una rapida torsione arrestandosi davanti al vetro, a pochi centimetri dal volto di Massimo. «Gli equipaggi dei barconi sono agli ordini di una specie di comandante, un uomo saggio che conosce i nodi, le correnti e i fondali. Lo chiamano il rais. Oggi il nostro rais è un genio della matematica.»

«Kalim?» domanda Giorgio incredulo.

L'altro annuisce senza staccare gli occhi dal pesce.

«Perché non tu? Hai paura di sporcarti le mani?» lo incalza il ragazzo.

Io sono nauseato da questa mattanza, e vorrei solo scappare.

«Le mie mani sono già sporche.» Stringe i palmi intorno alla boccia di vetro. «Ora tocca a lui mettere insieme i rischi o scomporli. Questo trade è una correlazione di elementi, ed è molto diverso dall'altro. Stavolta faremo *all in*. Ricordati che i rigori si battono forte.»

«Tu ne parli con leggerezza, ma le reti che stanno tirando davanti a quei computer non imprigionano tonni, catturano uomini.»

Massimo fa un gesto di assenso col capo. «Sì, è una tonnara di carne umana. Non lo senti il fascino sinistro della carneficina?»

E non lo senti quell'odore a malapena coperto da dopobarba e lozioni? È un odore freddo che punge. Un odore di ruggine. È l'odore del sangue.

«Ora descrivimi quello che vedi oltre il vetro» aggiunge Massimo senza voltarsi.

«Non puoi guardare da solo?»

«No, non posso. Sto facendo altro.»

«Sono quindici minuti che fissi quel pesce.»

Massimo annuisce.

«Appunto, sto facendo altro.»

Ancora silenzio.

Poi il rumore della sedia e lo stridio di suole in gomma sul pavimento.

«Sono tutti tranquilli. Sembra che non stia succedendo niente. Kalim è in maniche di camicia.»

Massimo conosce bene quella quiete. È la calma metodica di un gruppo di scassinatori che scivolano nel buio, il silenzio che accompagna l'abbuffata più vorace.

Può rimanere lì, seduto, a guardare un pesce rosso in una boccia di vetro. Può farlo, perché sa già tutto. Non ha bisogno di aggirarsi per le postazioni o chiedere a Kalim un rapporto sul trade. In quel preciso momento è certo che Matthias sta comprando debito tedesco vendendogli contro titoli spagnoli, mentre Guy shorta banche italiane imbottite di BTP. Per un attimo si figura il godimento animale di

René. È probabile che il trader abbia avuto perfino qualche imbeccata, forse Larry gli ha fatto arrivare l'informazione giusta. O magari sono stati i suoi amici a Parigi. Oppure ha capito da solo e si è riempito il book di titoli francesi per poi mettersi "corto" di Portogallo e Spagna.

«Come parlano?» chiede scacciando quei pensieri.

«A bassa voce, più che altro si guardano.»

«Secondo te perché?»

«Perché sanno cosa fare.»

«Esatto.»

«E non hanno scrupoli» considera Giorgio a mezza bocca. Ma questa volta nella voce non c'è risentimento, ed è come se la rabbia avesse lasciato il posto all'amarezza.

Scrupoli.

Massimo ha imparato che se vuoi capire quando un uomo ha messo da parte ogni esitazione, è nel fondo degli occhi che lo devi osservare. Ha passato anni a sondare lo sguardo di quei trader. E in quelle iridi non c'è cattiveria, c'è solo fame.

«Gli scrupoli si devono avere fino a quando non ti siedi per la prima volta a uno di quei desk. Poi non servono più a niente. Non si va a caccia se provi pena per la preda.» Avverte un senso di benessere. Le gambe sono indolenzite, ma l'intensità dei tremori è diminuita. Lo sforzo di controllare il respiro allenta il nodo alla gola. La mente è sgombra. Quella mattina, mentre andava in banca, era riuscito anche a leggere per intero l'editoriale del "Times".

«Che fa Kalim?» domanda dopo qualche istante.

«Cammina per il floor. Ogni tanto dice qualcosa. Sembra serio, non fa battute.»

Massimo sorride. «Devi stargli accanto nei prossimi mesi. Vedrai cose che hanno visto in pochi. Book strapieni e asset che si muovono in modo anomalo. Tira fuori i tuoi modelli sui flussi, ne avremo bisogno. Poi, però, le correlazioni salteranno di botto. E tu dovrai capirlo...» Si blocca, sforzandosi di trovare un termine più adeguato. «No, non capirlo... dovrai *sentirlo* un attimo prima, altrimenti ti ritroverai con dei numeri totalmente sballati.»

Percepisce il suono dei passi, quindi di un corpo che torna sulla sedia.

«Come finisce la mattanza?» chiede Giorgio.

Quella domanda gli ricorda le serate con Roby e il dialogo con cui avevano seguito il viaggio dei tonni attraverso l'Atlantico. Ciò di cui sta parlando è una cosa che ha scelto di non dire a suo figlio. Ha preferito raccontargli una danza di vita, omettendo i rituali di morte.

Ora può farlo.

Ha imparato a raccontare, Massimo. C'è voluto tempo, sofferenza, per vincere il silenzio e scoprire la forza delle storie. Ma ora sa che le parole sono armi e balsamo. Feriscono o curano, saldano legami o separano irreparabilmente. Sono meno oggettive dei numeri, ma quando si trovano quelle giuste, disponendole una di seguito all'altra nella sequenza esatta, allora è come creare una forma di vita. Perché le storie persuadono, ispirano, dettano l'azione, causano dolore o regalano piacere. E le storie sono di tutti, perché non hanno padroni.

«Quando arriva il momento, il rais raggiunge le acque della mattanza, poco prima dell'alba, e spinge gli ultimi esemplari nella camera della morte lasciando cadere in mare un pugno di sabbia.» Chiude la mano destra a coppa e mima lentamente il gesto del capo-pescatore. «Basta una manciata di granelli per terrorizzare gli animali. Il resto devi vederlo con i tuoi occhi. Non sono capace di descriverti la frenesia degli uomini sui barconi, il luccicare delle fiocine e il rosso che colora le acque accompagnando l'agonia del branco.»

«Te lo riconosco: come storia funziona bene, e anche

l'ambientazione mediterranea ci sta...» considera Giorgio. «Perché anche la nostra tonnara si consuma lì, dico bene?»

«Per adesso.»

«In Grecia?»

Massimo si stringe nelle spalle.

«La Grecia è una roba piccola rispetto a quello che sta montando. È il pugno di sabbia tra le onde, la prima crepa in un muro destinato a crollare. Immagina tanti rais all'opera... La mattanza sarà gigantesca. Spaccheranno i prezzi, shorteranno come se non ci fosse un domani e il mercato andrà *no bid*: tutto in mano agli stessi, un vero e proprio monopolio. A quel punto inizierà la grande farsa del senno di poi. Arriveranno i media, gli economisti, gli uomini delle agenzie di rating. E si scoprirà che il problema non è la Grecia, ma l'Europa. Si dice che i mercati hanno un modo infallibile per prevedere il futuro: causarlo...»

«Ed è allora che si faranno i soldi veri» conclude Giorgio interrompendolo.

In quel momento un trillo risuona nella stanza. Massimo chiude gli occhi, ruota la testa per allentare i residui di tensione sul collo. Quindi apre le palpebre e controlla il timer del BlackBerry. Il countdown è a zero.

Alza lo sguardo.

Seduto di fronte a lui, Giorgio tiene i gomiti sul tavolo, la fronte poggiata su un palmo. L'incertezza è il pallore del viso magro, la ruga che gli attraversa la fronte, la cupezza che gli vela lo sguardo.

«Ma c'è qualcosa di ancora più perverso nel modo in cui tutto questo accade» aggiunge Massimo. «La Grecia è un simbolo, attacchi lì per infrangere il tabù dell'inviolabilità del debito sovrano d'un Paese occidentale. Così scoperchi il vaso di Pandora, e semini il panico. La puoi considerare una forma di terrorismo.»

Si alza e ripone il cellulare nella tasca interna della giacca. «Ci sarà un giorno in cui diranno che tutto questo era inevitabile. Diranno che la Grecia se l'è cercata, che ha truccato i bilanci e attuato politiche insostenibili. Diranno che gli speculatori si sono limitati ad attaccare l'anello debole. Del resto il sangue attira gli squali: è così che funziona. Be', quel giorno ricordati che niente era scritto, e che sarebbe bastato pochissimo per bloccare il massacro. Sarebbe stato sufficiente coprire una parte del debito e dimostrarsi compatti nel garantire la solvibilità di Atene. Ma qualcuno a Francoforte preferisce difendere posizioni di principio e combattere guerre di religione in nome dell'affidabilità tedesca.» Si ferma mentre sulle labbra affiora un sorriso amaro.

Giorgio si passa una mano nella barba lanciando un'occhiata distratta al pesce nella boccia di vetro. «Volevo dedicarmi alla ricerca, Massimo. Adesso sono qui e mi ci hai portato tu. Che faresti al posto mio?»

«Pochi minuti fa, quando sei entrato in questa stanza, eri una furia. Adesso è cambiato qualcosa. Sbaglio?»

L'altro annuisce.

«Sembri affascinato.»

«La violenza ha un fascino particolare.»

Massimo socchiude gli occhi. «Fatale. Ha un fascino fatale. Conoscere le cose, comprenderle per davvero a volte significa cedere a una seduzione.»

Il quant fissa il pesce. «È strano» considera con voce lontana. «È come quando t'innamori di una donna che ti fa paura, o di cui ti eri fatto un'idea pessima.»

Attraverso la vetrata lo sguardo di Massimo incrocia quello di Cheryl. Lei solleva una bottiglietta d'acqua con un'espressione interrogativa. Le lunghe ciglia le velano gli occhi. Alcuni ricci le carezzano la fronte.

È bellissima.

Lui sorride e scuote la testa.

Lei sillaba qualcosa col dito all'insù. *Non piove più.*
Lui allarga le braccia in un gesto ironico di afflizione.
«Non so se hai capito quello che voglio dire. Forse sono stato un po' confuso» mormora Giorgio.
Massimo rimane immobile per qualche istante, ma non riesce a staccare gli occhi da Cheryl.
«Sì, sei stato chiarissimo» risponde alla fine, mentre si volta rapido per lasciare la stanza.

13
Il lungo addio

Un bussare leggero alla porta lo fa trasalire.
«Tutto bene, Massimo?»
«Arrivo, ancora un attimo.»
Sono più di dieci minuti che si è chiuso in quel bagno e si guarda allo specchio. Non gli era mai capitato prima.

Nel riflesso non sta cercando una conferma alla sua ansia di guarigione. Non sta facendo gli ultimi ritocchi al proprio ritratto di uomo perfetto che vive in maniera perfetta il suo lavoro perfetto.

Si sta osservando senza battere le palpebre, senza mai distogliere l'attenzione, perché oggi, faccia a faccia con se stesso, non riesce a credere a cosa è diventato.

Il volto è una maschera tirata senza espressione. Gli occhi non si appannano più, ma sembra che una condensa d'indifferenza li abbia isolati per sempre dal mondo, come se non esistesse più nulla in grado di scalfirli con un'emozione, un sussulto.

Vorrebbe piangere, Massimo, ma non ci riesce. Forse non si ricorda neanche più come si fa, dopo tutti quegli anni passati a calpestare ogni sentimento, a inscrivere a forza in un ordine universale di numeri e probabilità ogni risposta, ogni decisione.

Eppure gli basterebbe una reazione, una qualunque, per sentirsi ancora vivo. Se spuntasse una maledetta lacrima, una sola...

Non è riuscito a versarne una nemmeno il giorno prima, quando da un momento all'altro anche quei pochi centimetri di terreno che sentiva ancora saldi sotto i piedi avevano cominciato a tremare.

Stava parlando con Kalim alla sua postazione del desk. Ragionavano sull'andamento del trade, quando il telefono interno aveva cominciato a squillare.

«Dimmi, Carina» aveva soffiato nella cornetta.

«Massimo, puoi venire qui?», balbettando a voce bassa.

«Finisco con Kalim e arrivo.»

«Vieni subito, per favore.»

Aveva riattaccato sbuffando. «Torno subito» aveva detto all'indiano prima di attraversare lo stanzone.

Carina non lo stava aspettando da sola. Al suo fianco c'era Michela, e l'attenzione di Massimo era scivolata quasi istantaneamente sui capelli biondi. Erano legati, e li portava così solo a casa. Doveva essere uscita di fretta.

Forse era accaduto qualcosa.

Poi aveva incrociato lo sguardo verde mare. Aveva notato il rosso degli occhi umidi, il viso senza trucco.

Michela aveva pianto.

Cheryl osservava la scena dalla parte opposta della stanza. Aveva un'espressione seria, ma non c'era fastidio né rancore sul volto. Solo tristezza.

Lo sguardo di Massimo l'aveva accarezzata per un solo istante, quanto bastava però a registrare il suo sorriso di circostanza, poi era tornato a fissare la moglie. «Cosa è successo?»

Lei aveva serrato le labbra, sforzandosi di trattenere il pianto.

«È successo qualcosa ai ragazzi?» aveva chiesto ancora.

Lei aveva scosso la testa.

Massimo si era voltato verso Carina: con un fazzoletto premuto sulle labbra tratteneva a stento i singhiozzi.

«Michela!» aveva scandito in tono duro.
Lei si era avvicinata e lo aveva abbracciato mentre ricominciava a piangere.
L'aveva stretta con un gesto automatico.
«Cosa?» aveva domandato dopo che Michela gli aveva sussurrato un nome all'orecchio.
Lei lo aveva ripetuto. Lui aveva continuato a non capire.
«Cosa?»
Poi aveva realizzato quello che la sua mente non voleva accettare.
«Mario...»

Ad aspettarlo a Linate c'erano Claudio, Daniele e Andrea. Ora sono tutti nel salotto della casa di Mario, ma Massimo non riesce a uscire da quel bagno. Non vuole. Non vuole ascoltare ricordi, frasi fatte, parole sospese a mezz'aria su una bolla trasparente di senno di poi. Non vuole vedere la bara, quel coperchio chiuso per sempre su un'amicizia così diversa dalle altre, che era sempre sfuggita alle convenzioni.
Claudio, Daniele, Andrea. Non c'entrano niente ora. Non dovrebbero essere lì. Quando li ha incontrati in aeroporto li ha trovati molto invecchiati, nonostante i quarant'anni portati bene, l'abbigliamento casual e lo stile da borghesi progressisti. Invecchiati come possono farlo i volti di chi si conosce da sempre, perché lo sai che quella ruga sulla fronte di Andrea è il solco profondo di un matrimonio finito, che la smorfia dura della bocca di Claudio disegna l'ennesima delusione professionale, che il ciuffo bianco tra i capelli di Daniele è una prova incontrovertibile dell'inizio della fine.
Hanno fatto il liceo insieme, tutti loro e Mario. Si erano osservati a vicenda diventare uomini, aggiungendo cinismo ad amarezza, sostituendo i sogni con la vile realtà. Poi i legami si erano allentati: si rivedevano soltanto in occasioni

particolari, una festa, un matrimonio, un compleanno. Le solite battute, le risate forzate, l'ennesimo racconto stantio di un vecchio aneddoto.

Con gli anni era scomparso anche quello: le incomprensioni avevano serpeggiato fra loro, aizzate dalle rispettive famiglie, dagli impegni, dall'insofferenza degli stili di vita sempre più distanti. E poi, per ultimo, era stato il turno dell'astio e delle gelosie, quando le vite degli altri cominciano a diventare termine di paragone, misure di successi o fallimenti. Specchio che deforma una verità indeformabile.

Al gate degli arrivi si erano abbracciati in silenzio, poi erano saliti su una vecchia Citroën AX senza fiatare. Massimo si era seduto davanti, accanto ad Andrea, e il viaggio da Linate a Cusano era stato penoso. Imbarazzo e tristezza avevano creato il gelo nell'abitacolo, le domande di rito pronunciate a mezza bocca si erano esauriti in pochi minuti.

«Non posso crederci» aveva mormorato Andrea.

Nessuno aveva risposto, e si percepiva la diffidenza ostile che aleggiava nell'abitacolo.

E per Massimo, in quel momento, i suoi amici, la famiglia, il lavoro, il mondo, erano ombre. Anche Mario era soltanto un'ombra calata da una mano malvagia in un buco nero, miliardi di anni luce lontano da lì, insieme alla capacità di Massimo di accettare la realtà. *Quella realtà.*

A malapena aveva distinto la voce di Claudio, registrando solo le ultime battute di una domanda.

«... da quanto tempo?» gli aveva chiesto dal sedile posteriore.

«Da un po'» aveva risposto Andrea senza girarsi, con gli occhi fissi sulla strada.

Rimproveri nemmeno troppo velati, parole piene di sottintesi che facevano male.

«Da un anno» aveva aggiunto Daniele con brutalità. «Me l'ha detto lui al telefono.»

Massimo si era irrigidito senza voltarsi né replicare.

Quattordici mesi. Tanto era passato dalla volta in cui, in quel locale di Porta Romana, Mario gli aveva chiesto perché stava a Londra, proprio lui che amava il mare. Perché aveva preferito il freddo della sopravvivenza al calore della vita. Era stato in quell'istante che la rabbia si era impadronita di Massimo. Si era chiesto perché continuasse a rimproverarlo. Perché non facesse uno sforzo per capirlo, invece di giudicarlo. E se proprio doveva giudicarlo, allora che lo facesse esplicitamente, senza giri di parole, allusioni o mezze critiche.

All'uscita dal locale non si erano abbracciati. Solo una stretta di mano sotto la pioggia accompagnata da un «A presto» che lo sferragliare del tram si era portato via. Non si erano più visti.

Al «Ma sei davvero sempre così impegnato?» di Claudio, tornato alla carica nonostante l'occhiata di rimprovero attraverso lo specchietto retrovisore di Andrea, avevano parcheggiato.

Erano di fronte alla casa in cui Mario aveva vissuto prima di abbassare la testa allo stress della grande città, e Massimo aveva accolto con sollievo la visione di quella facciata, che un tempo gli era stata così famigliare. Era una villetta a due piani, con un piccolo spazio verde antistante e una rampa che portava al garage interrato.

C'era stato poche volte da quando – dovevano essere passati due o tre anni ormai – l'amico si era trasferito in un vecchio appartamento a Milano, in zona Ticinese. Però ricordava tutto: la grande cucina, il salotto allungato a L, il corridoio zeppo di foto incorniciate che conduceva alle stanze e ai due bagni.

La porta di casa era aperta, il mormorio di alcune voci arrivava dal salotto.

Una volta all'interno, Massimo aveva puntato il corridoio

senza far cadere l'occhio sulla gente e sulla bara, senza salutare nessuno né mostrarsi contrito. Si era limitato a raggiungere la zona franca e si era chiuso la porta alle spalle. Aveva bisogno di restare solo, di pensare.

È la terza sulla sinistra, proprio al centro del corridoio.

Non può sbagliare. Nella mente di Massimo è indelebile la successione delle fotografie.

Sulla destra tutti i momenti più importanti della vita famigliare di Mario: compleanni, matrimoni, Capodanni in compagnia, vacanze.

Sulla sinistra le immagini di Mario bambino. Il triciclo sotto l'albero di Natale nella prima, un'immagine coi nonni in montagna nella seconda, e poi la terza.

È la stessa foto che da anni Massimo tiene in bella vista sul caminetto della sua casa di Chelsea, che sua mamma aveva fatto sviluppare in duplice copia alla fine di un settembre di mille anni prima.

Mario, lui e Siro in bianco e nero nel porticciolo dell'Argentario.

Il mare. La loro ossessione, il loro mondo senza il mondo.

Prova a sorridere di quella promessa coltivata fin da ragazzi con irragionevole caparbietà, ma non ci riesce. Era un patto non scritto, capace di mettergli i brividi e scaldargli il cuore. Avevano giurato di rimanere liberi, di conservare sempre il mare negli occhi e, un giorno, di poter tornare lì insieme e vivere senza vincoli, ancorati a una realtà autentica, come Siro.

Per parecchi anni Massimo non si era fatto troppe domande, né aveva smentito del tutto quella prospettiva comune. Mario era il suo migliore amico, Siro voleva bene a entrambi. E ad aspettarli c'era sempre l'Argentario, il tempo della luce, il faro della loro libertà.

Poi Massimo aveva cominciato a chiedersi se il loro patto non fosse diventato una trappola. Un modo sottile con il quale l'amico gli rinfacciava l'infedeltà rispetto a quello che erano stati o sarebbero voluti essere. Tutti i rimproveri scherzosi e le battute, a un certo punto aveva iniziato a prenderli nel verso sbagliato.

Cosa era successo, poi?

Davanti a quella ferita aperta, che fa male più del taglio che ha sulla mano e del vuoto che sente ogni giorno nella propria vita, Massimo si è trascinato verso il bagno e ha deciso di chiudersi dentro.

Di fronte allo specchio ha trovato il giudice più spietato. Da una parte lui e quello che sente, o che vorrebbe sentire. Dall'altra lui e quello che vede, o che vorrebbe vedere.

Vuole stare un po' solo, piangere se necessario. Ma è ormai un quarto d'ora che è chiuso in quel fottuto bagno e non riesce. Sente una rabbia strana montare, mista a un senso di perdita e a uno sconforto che forse non ha mai provato. Vorrebbe urlare, vorrebbe tanto parlare con qualcuno. Ma insieme a Mario, lo sa, ha perso anche Michela.

Forse è accaduto quando ha deciso di partire con Cheryl, o forse prima. Nello specchio Massimo vede e rivede senza sosta, come un film, le ultime ventiquattr'ore della sua vita.

Le telefonate al desk. Michela e Carina.

Quella di pochi minuti dopo, di Flavio. «Un colpo di sonno» aveva detto. «Stava tornando da La Spezia. È uscito di strada. È morto sul colpo.»

«Non è possibile» aveva replicato Massimo. «Era prudente, guidava bene. Non...»

«Non dormiva da tre giorni» l'aveva interrotto l'altro. «Aveva una riunione importante la mattina dopo. È stato in cantiere fino a mezzanotte, poi si è messo in macchina.»

Massimo non aveva detto nulla. Stava rigido con il telefono attaccato all'orecchio senza sapere cosa fare, cosa dire.

«Non sentirti in colpa» erano state le ultime parole di Flavio.

Massimo aveva subito chiesto a Carina di prenotargli un volo. «Uno solo» aveva specificato di fronte allo sguardo impietrito di Michela, e poi le aveva fatto segno di andare. Un'ora dopo era tornato a casa anche lui. E lì era stato capace di perderla in pochi minuti.

Sua moglie era seduta in giardino con India e Roberto. Lui aveva osservato la sua famiglia dall'interno della casa, senza essere visto.

Michela e sua figlia avevano gli occhi rossi.

A qualche metro di distanza, sul prato, Roberto stava giocando con un pallone. Provava a farlo rimbalzare sul dorso del piede, mentre ad alta voce contava il numero dei palleggi.

India alternava tristezza a dolore, lacrime e risentimento.

«Perché?» domandava di continuo a sua madre.

Michela preferiva non risponderle. Le avrebbe dovuto spiegare che quando per Massimo le cose diventano un fatto privato, una questione da affrontare con se stesso, allora non c'è niente da fare. Se aveva detto che al funerale ci sarebbe andato da solo, non avrebbe cambiato idea.

Ma sapeva anche che Mario aveva fatto parte delle loro vite, della vita della loro famiglia. Era giusto che ci fossero anche loro a quel funerale.

Da troppo tempo Massimo aveva scelto di vivere in solitudine. Aveva trascorso gli ultimi anni lì, insieme a lei, insieme ai loro figli, ma era come se non ci fosse mai stato davvero.

«Dobbiamo andare, mamma» diceva la ragazzina stringendole al mano. «Mario era il mio padrino.»

Michela continuava a tacere, limitandosi ad accarezzarle una spalla. Forse sperava che il contatto fisico valesse più di qualche parola.

Poi una botta improvvisa alla gamba l'aveva fatta sobbalzare. Accanto a lei, India aveva liberato la mano e si era alzata di scatto per raccogliere qualcosa.

Solo a quel punto Michela aveva sollevato lo sguardo.

Roby respirava pesantemente, la maglietta sudata, un abbraccio proteso in avanti con la mano aperta.

«Ridammelo» diceva a India.

«La vuoi smettere?» ringhiava la sorella tenendo il pallone tra le mani. «Sei uno scemo.»

«E tu sei cattiva» rispondeva il ragazzo. «Non ti ho fatto niente. Mamma, diglielo...»

«Ora basta» aveva detto Michela sollevandosi. «Non lo vedi che tua sorella sta male?»

«Ma io che c'entro? La difendi sempre.»

«Smettila, Roby.» Il tono di Michela cresceva d'intensità. «Adesso fai quello che ti dico. Basta col pallone.»

«No, non è giusto.»

«Ho detto basta!» aveva urlato.

Roberto l'aveva fissata col viso impaurito. Poi si era concentrato su India, che stava tirando il pallone lontano prima di rimettersi seduta.

A quel punto Massimo era intervenuto, spuntando dalla portafinestra del salotto. «Che succede?» aveva detto con voce roca.

Michela si era voltata. Lui era in maniche di camicia, senza cravatta. Aveva gli occhi socchiusi, ma non era il sole a ferirgli la vista. Il viso era ancora più inespressivo del solito.

Michela l'aveva osservato stranita, resistendo all'impulso di abbracciarlo.

«Papà» aveva poi gridato Roberto correndogli incontro. «India ha detto che sono uno scemo.»

Massimo aveva fissato la moglie con faccia interrogativa.

«Non è successo niente» aveva ribattuto lei.

«Lo sei» aveva aggiunto un attimo dopo India. «Sei uno scemo.»

«Mi tratta sempre male» si era lamentato Roberto.

«Adesso smettetela.» La voce di Massimo non ammetteva repliche. «Michela, allora?»

«E lo chiedi anche» aveva mormorato lentamente, con sconcerto. «Lo chiedi anche» aveva poi ripetuto scuotendo la testa e allargando le braccia.

«Vogliamo venire anche noi domani al funerale» aveva urlato India, dopo un attimo di silenzio. «Perché dobbiamo rimanere qui?»

«Prima o poi capirai.»

Per India era stato uno schiaffo in pieno viso. Per Michela un affronto, che l'aveva fatta trasfigurare. Aveva avvertito un misto di amarezza e rabbia: quel volto insondabile, quella laconicità la sconvolgevano ogni volta.

«No» aveva risposto India, mentre le lacrime iniziavano a rigarle il viso. «Non voglio capire.»

Massimo non aveva aggiunto una parola, intanto che Michela prendeva ad accarezzare i capelli della figlia.

Erano rimasti così, come in un fermo immagine, per qualche istante. Poi era stato Roberto a spezzare il silenzio: «Negli ultimi anni Mario l'abbiamo visto solo tre volte. Dài, India, smettila».

La ragazza aveva fissato il fratello prima con sorpresa, poi con un'espressione di disgusto. «Sei... sei...» aveva balbettato con uno sguardo vitreo che Massimo non le aveva mai visto. «Sei come *lui*» aveva risposto indicando il padre col braccio teso.

«Se è per questo, Roberto, anche tuo padre l'ha visto tre volte. Ed era il suo migliore amico.»

E lì, con due frasi sfuggite in un attimo di rabbia, si era incrinato tutto.

Tutto.

Michela aveva parlato senza pensare. Erano parole uscite di getto, figlie di un dolore diventato senso d'impotenza. Non voleva farlo sentire in colpa.

Dopo un attimo di esitazione aveva trovato il coraggio di alzare gli occhi su di lui e aveva capito che quell'uomo non poteva essere lo stesso che aveva conosciuto a Parigi, in un bar di Place des Vosges. Non poteva essere il Massimo che, tanti anni prima, l'aveva portata all'Argentario, come mettendola a parte di un segreto prezioso, e le aveva chiesto di sposarlo.

Ora suo marito stava sorridendo. Sul viso il sorriso triste di chi se ne sta andando per sempre.

«Massimo» aveva sussurrato come per scusarsi.

«Vai di sopra, Roby» aveva mormorato Massimo rivolto al figlio. «Passo tra poco a salutarti.»

Il ragazzino aveva sbuffato, stava per dire qualcosa ma poi aveva rinunciato, avviandosi a testa bassa verso l'ingresso di casa.

«Massimo» aveva ripetuto Michela.

Lui si era voltato lentamente.

«Massimo, parliamo» lo aveva supplicato.

Lui aveva cominciato a camminare verso casa, dandole le spalle.

«Dove stai andando, adesso?» aveva urlato Michela.

«In banca» aveva risposto lui mentre superava la portafinestra scomparendo nel rettangolo scuro.

Michela era caduta in ginocchio.

«Mamma. Cos'hai, mamma?»

La voce angosciata di India è l'ultimo ricordo che Massimo conserva del pomeriggio precedente. Chiuso da tempo nel bagno, occhi negli occhi con se stesso, ora sente le ginocchia afflosciarsi. Si passa il dorso di una mano sul viso. Respira a fondo. Sta sudando freddo.

Mario è di là. In una bara.

Massimo poggia la testa contro lo specchio. Un istante dopo, si lascia scivolare in terra. Gli sembra di sprofondare. Si accovaccia, le braccia strette intorno alle gambe. La fronte poggiata sulle ginocchia.

Sente qualcosa di caldo sul viso. Qualcosa che aveva dimenticato.

Lacrime.

Gli colano lungo le guance, fino alle labbra. Hanno un buon sapore. Sono salate, somigliano al mare.

Ma è solo un attimo. Poi Massimo si solleva di nuovo e si ravvia i capelli con la mano. Atteggia il viso all'espressione insondabile del self control, quella prigione in cui ha scelto di rinchiudersi per anni, prima che il corpo evadesse, prima che la mente lo facesse a pezzi per ricordargli una verità della natura.

Lui è un uomo. Soltanto un uomo.

Bussano di nuovo alla porta.

«Tutto bene, Massimo?»

Ancora la voce di Andrea.

Avanti, adesso.

Respira a fondo. Esce dal bagno.

Ora è pronto a seppellire il suo migliore amico.

14

Show down

Gli ha scritto un sms dopo aver riacceso il telefono. "Mezzanotte. Il posto lo conosci. Massimo."
Il BlackBerry aveva poi trillato per cinque minuti di seguito: avvisi di chiamate da Parigi, Milano, Francoforte, New York. Un'infinità di mail e di messaggi: sei di Carina, cinque di Kalim, tre di Paul. Due dall'uomo che avrebbe incontrato di lì a poco. "Chiamami subito" diceva la prima comunicazione, e poi aggiungeva in una seconda: "Sono a Londra. Dobbiamo parlare".

Michela, invece, non l'aveva cercato. Dal giorno del funerale di Mario avevano ridotto i contatti al minimo, limitandosi a parlare dei ragazzi.

Le settimane erano scivolate via, la primavera era diventata estate. E non si erano ancora chiariti. Anzi, come per un tacito accordo, avevano passato le vacanze separati. Michela e India in costa Azzurra, lui e Roberto in Italia. Massimo aveva trascorso quel periodo facendo su e giù tra Londra e l'Argentario mentre Aldo e la moglie si occupavano di Roby in sua assenza.

Per il resto, le cose erano andate come aveva predetto a Giorgio. Dopo aver fatto tremare la Grecia, il terremoto si era esteso a Portogallo, Spagna, Irlanda e Italia. Era come la peste, un contagio invisibile che rompeva i prezzi e comprometteva l'accesso ai capitali. E loro erano i silenziosi propagatori dell'epidemia.

La rete stava cominciando a chiudersi. L'ora della mattanza era prossima.

A settembre erano rientrati a Londra, e con settembre era tornata la pioggia. Ma lui non aveva più avuto freddo.

Poi dicembre aveva portato una vaga apprensione. Il momento si avvicinava. Massimo si era sforzato di controllare l'ansia. Era stato attento a non lasciare niente al caso, cercando in tutti i modi di far coincidere i tempi. E ancora una volta i calcoli si erano rivelati esatti. Proprio quel giorno cadeva l'anniversario della partita a tennis con Derek alla Royal Albert Hall.

L'anno più lungo della vita di Massimo. Aveva perso il suo migliore amico, e conosciuto – per la prima volta – il sapore acido della sconfitta.

Ma non era tutto.

Qualche giorno prima, una domenica mattina, Michela gli aveva dato una busta gialla e rettangolare, di quelle per i documenti. Aveva gli occhi rossi e le tremava la mano. Indossava un vecchio maglione di lana grezza sopra a un paio di jeans strappati su un ginocchio. Erano anni che Massimo non la vedeva vestita così semplicemente, incurante del proprio stile.

"Sono sempre rimasta questa, io. Sei tu che sei cambiato" pareva dirgli.

Lui le aveva sorriso. Un sorriso tranquillo. Aveva cercato di comunicarle serenità, forza. Stavano soffrendo entrambi, la colpa non era di nessuno. Michela aveva trovato il coraggio di non scappare più e si era imposta una scelta. O forse era stato lui a costringerla.

Non aveva importanza, ormai.

La busta era rimasta chiusa. Massimo sapeva che dentro c'erano le carte del divorzio. Una firma sarebbe stata sufficiente. Un po' d'inchiostro e qualche minuto per chiudere vent'anni di matrimonio. Non aveva intenzione di contrattare le condizioni: aveva già deciso di lasciarle la casa di Chelsea. Credeva ci sarebbero state delle obiezioni solo quando le avrebbe proposto di tenere Roby con sé, ma – ne era certo – alla fine si sarebbe convinta che era la soluzione migliore. Per tutti.

Prima, però, doveva terminare la partita.

Amava i finali circolari, le storie che si chiudono ripiegandosi su se stesse, tornando al punto di partenza. La fine uguale all'inizio, eppure diversa, visto che in mezzo ci sono scontri e conflitti, lacrime, sangue, sofferenza. Lente, impercettibili trasformazioni o bruschi mutamenti.

Perché gli uomini cambiano. Ed era questa banale verità che Derek Morgan non avrebbe mai capito.

La mente dell'uomo è sfuggente, può perdersi in percorsi tortuosi, rinnegare certezze, inseguire illusioni, cacciarsi in dedali privi di uscite. Non esiste un piano perfetto che possa prevederne le infinite evoluzioni. C'era qualcosa che il grande disegno di Derek non poteva considerare: la diserzione dell'uomo migliore, dell'allievo più brillante. Lui, Massimo, era diventato la variabile impazzita. Alcuni, come Giorgio e Philip, sarebbero rimasti all'interno del congegno, parti integranti della grande macchina. Altri avrebbero continuato invece a disertare, come aveva fatto Flavio.

Guarda il display del BlackBerry e sorride.

Da quando viveva a Londra, non era mai successo che fosse irreperibile per ventiquattr'ore. La posizione che occupava non gli consentiva di scomparire. Era obbligato a una reperibilità permanente, per non spezzare mai la catena invisibile che connetteva gli uomini potenti come lui ai quattro angoli del pianeta.

Nell'invisibilità di quelle ore aveva ripensato a Philip, alle ultime parole che gli aveva detto la mattina dello stop loss.

"Non avere paura dei fantasmi."

È così che si sente. Un fantasma.

Sta sdraiato al buio su un letto a una piazza, in una piccola stanza quadrata. Sui muri, la carta da parati con uno sbiadito motivo floreale è consunta. A tratti strappata, vicino agli stipiti della porta e sopra il battiscopa. Di fronte all'unica finestra, un armadio con una sola anta aperta. Nient'altro.

Massimo ha scelto una pensione anonima a Soho. L'ultimo posto in cui lo avrebbero cercato.

Poteva andare ovunque. Poteva cambiare città, Paese, emisfero, e ripresentarsi comunque puntuale per l'appuntamento. Invece aveva preferito quel quartiere vicino a Regent Street, a pochi passi dall'Aqua Restaurant, il locale dell'ultimo Christmas Party.

Ricorda la prima volta in cui Michela gli aveva raccontato di come in quelle strade, perdute tra sogni d'oppio e piacere mercenario, Verlaine avesse sparato a Rimbaud. E Massimo sarebbe rimasto delle ore a sentirla accendersi per le storie maledette della stanza in Howland Street.

Ma ora era tutto svanito.

Un'altra cosa che Derek non avrebbe mai compreso.

Le cose cambiano. A volte finiscono.

Si passa una mano sul viso. La sinistra. Esamina il palmo.

La piaga si era rimarginata poco alla volta. Il contatto con l'acqua salata nei primi giorni di mare gli aveva procurato un bruciore intenso. Poi, piano, quel dolore aveva assecondato il lento richiudersi della pelle. Era rimasto solo un segno circolare, biancastro, ma sapeva che col tempo sarebbe andato via. Come un'impronta nella sabbia, come i cerchi concentrici che si propagano sulla superficie dell'acqua.

Si mette seduto sul bordo del letto, pensa soltanto all'incontro che lo aspetta. Ha cominciato a immaginare quel momento dalla mattina di primavera in cui ha lasciato la blue room del Berkeley, dopo aver iniziato a comprendere il Piano. È stato allora che ha scelto, anche se quella decisione era l'unica possibile conseguenza, per uno come lui.

C'erano voluti sei mesi per preparare l'ultima mossa. E nel frattempo Massimo aveva riempito i pensieri figurandosi le parole che avrebbe detto, i gesti che avrebbe compiuto, i vestiti che avrebbe indossato.

Ma c'era una cosa che non era riuscito a disegnarsi nella mente: il volto dell'uomo che stava per affrontare. Quel viso conosceva le sfumature di una sola espressione, la maschera imperscrutabile di un giocatore che non ha mai perso. Che non ha mai neppure messo in conto la possibilità della sconfitta.

Così si era reso conto di non conoscere Derek. Non si conosce qualcuno se si ignora come la rabbia riesca a deformargli i tratti, oppure come la tristezza, quando monta improvvisa, gli possa coprire con un velo lo sguardo.

Poi la scelta si era tradotta in azione. Un passo alla volta, un anello dopo l'altro, un bluff lunghissimo. Aveva partecipato all'inizio dell'orgia sull'Europa. Aveva dato l'ordine ai suoi, collocandosi tra le fila degli anonimi mandanti.

Il desk aveva gioito.

Dopo i primi giorni, Kalim sembrava aver ritrovato la consueta ironia. Matthias aveva elargito frasi di stima per il capo del fixed income. E da René era arrivato perfino l'invito per una festa al Dorcester che lui aveva declinato, giocandosi la più classica delle scuse: un impegno in famiglia.

Solo Giorgio era davvero cambiato. Sembrava più vecchio, e un giorno di luglio si era presentato al floor col volto rasato e una giacca nuova.

Kalim l'aveva esaminato con occhio critico. «Puoi fare molto meglio, ma per adesso va bene» aveva detto annuendo con un certo compiacimento. Paul aveva sorriso senza farsi vedere per non dare soddisfazione all'indiano. E per un attimo Massimo aveva pensato che al fianco di quei due uomini aveva trascorso quindici anni. Era cresciuto insieme a loro. Erano suoi amici. La fitta era arrivata puntuale, violenta come un pugno allo stomaco, e l'aveva lasciato senza fiato.

Si alza dal letto e raggiunge la finestra che dà su una laterale di Greek Street.

Sono da poco trascorse le dieci di sera e il selciato umido riflette lo sfavillio variopinto delle luminarie di Natale.

Un ragazzo e una ragazza stanno fermi all'ingresso di un ristorante libanese.

Ridono. Si baciano prima di varcare la soglia del locale. Pensa a Cheryl.

Lei era una questione ancora sospesa. Una domanda senza risposta. Una frase rimasta a metà. Il loro rapporto era rientrato nei confini di una professionalità disinvolta e amichevole: come se il ricordo del giorno trascorso insieme fosse scivolato nell'oblio. Non erano state le parole a mancargli. Semplicemente non riusciva a vedere oltre la scelta che aveva compiuto.

La desiderava, ed era sicuro che lei sarebbe stata disposta ad attenderlo, ma la storia con Michela gli aveva insegnato qualcosa. Non avrebbe mai più imposto la propria vita a nessuno.

Così aveva preferito il silenzio, concedendosi il privilegio di non smettere di vagheggiare un futuro con quella donna dai capelli ricci. Era stato ingiusto, egoista. Ma non era pronto a privarsi di una simile possibilità, e forse non lo sarebbe mai stato.

Adesso allaccia le Sneakers poggiando le suole su una sedia, quindi infila la felpa nera con cappuccio e raggiunge l'anta dell'armadio per studiarsi nello specchio. Si sente un guerriero.

Un guerriero che non ha più bisogno di armi per combattere. Che sa di trovarsi faccia a faccia con un nemico spietato, e di essere rimasto completamente solo.

Ma non ha paura.

Non è incoscienza, la sua. Non è neppure coraggio, forse, ma soltanto consapevolezza. Una consapevolezza che lo accompagna da tempo, che non lo abbandona mai: quella battaglia, la più importante, sarà l'ultima.

Andrà incontro al suo avversario più temibile a testa alta. Si giocherà il tutto per tutto, senza temporeggiare, senza attendere l'arrivo della cavalleria. Senza rimorsi.

E poi sparirà per sempre. Addio alla City. Addio a Michela. Addio a quel freddo che da troppi anni gli strazia l'anima come un artiglio invisibile. Addio alla lotta infinita a segmentare il tempo, a quella vita spesa a riempirsi le tasche di qualcosa che non serve, che non dà la felicità ma è solo capace di negarla.

Un'ultima occhiata alla stanza, prima di chiudersi la porta alle spalle.

In quel momento, sul letto, il BlackBerry trilla a vuoto.

Mancano pochi minuti a mezzanotte. Il floor è deserto. Le luci accese della sala riunioni illuminano debolmente un lato dello stanzone.

Oltre i vetri divisori, due donne asiatiche sulla quarantina. Hanno i capelli neri legati e indossano le divise di una ditta di pulizie. La prima passa un panno sul grande tavolo al centro dell'ambiente. La seconda ha la testa china ed è protesa in avanti. In sottofondo il ronzio di un aspirapolvere. Si muovono in modo meccanico, sembrano automi persi in una vacua routine.

Lui rimane a guardarle per qualche istante prima di attraversare il floor a passo lento diretto alla sua postazione. La moquette attutisce il rumore dei passi.

Il monitor del computer è acceso e proietta un chiarore biancastro su una figura seduta. Il viso è in ombra.

«Lo sai cos'hai fatto?» sibila una voce.

Massimo si ferma a un paio di metri dal desk, con le mani in tasca.

«L'unica cosa che era giusto fare.» Sorride. Un sorriso sfumato, nascosto dal cappuccio della felpa.

Derek tiene le gambe accavallate. Il piede sospeso in aria si muove ritmicamente. È in maniche di camicia, senza cravatta, il colletto sbottonato. La giacca è buttata accanto alla tastiera e alla sfera di vetro in cui si agita il pesce rosso di Mario.

«Stai dicendo che era giusto distruggersi la vita e mandare tutto a farsi fottere? Cos'è successo, Massimo? Eh? Prova a convincermi che c'è una cazzo di ragione per tutto questo.» La voce freme di rabbia, e quella vibrazione è la sottile linea che separa l'imperturbabile distacco di un uomo troppo potente, abituato a determinare il corso degli eventi, e la delusione che accompagna l'unica variabile che non aveva messo in conto. Che non aveva neppure pensato di considerare.

«Succede che è *finita*. Succede che stanotte riprendi il tuo aereo e torni a New York. E quando vedrai i tuoi figli, chiederai scusa. Dirai loro che tu e quelli come te hanno sbagliato tutto e che per colpa nostra il mondo è diventato un incubo in cui non distingueranno più tra bene e male, in cui avranno paura di camminare in mezzo alla gente.» S'interrompe. Abbassa il cappuccio senza cambiare espressione del volto. «Avranno perfino paura di ridere.»

«Non sai quello che dici.» Derek si alza di scatto. Ha il viso arrossato, la piega dei capelli è scomposta. Una luce minacciosa negli occhi. Parla con voce nasale, accorciando le parole in una cadenza newyorkese fuori controllo. «Stai vaneggiando. Ero a Manhattan, mi hanno svegliato nel cuore della notte per dirmi che un uomo che ho assunto *io*, che ho cresciuto *io* e che *io* ho nominato responsabile dell'Europa ha azzerato tutti i book ed è scomparso. Francesi e danesi vogliono la tua testa. Al board stanno pensando di rovinarti. Hai una vaga idea di quanti utili abbiamo perso? Sai quanto ci potevamo guadagnare?»

Massimo annuisce con un movimento impercettibile del mento. «Conosco la cifra fino all'ultimo centesimo. È l'ultimo numero che calcolerò in vita mia.»

«Allora sai che erano soldi facili, facilissimi. Hai lavorato sei mesi alla grande, potevi chiudere anche quest'anno con un trionfo. Italia, Spagna, Irlanda in ginocchio. Bastava dare il colpo di grazia. E invece siamo stati gli unici stronzi a comprare da un giorno all'altro. Tu sei impazzito.» Si ferma per rifiatare.

Massimo non l'ha mai visto così. È stravolto.

Ora lo conosce davvero. La sua collera. Il senso di rivalsa.

Ora conosce Derek Morgan.

«Sei impazzito, non c'è altra spiegazione» ripete l'americano.

«Quand'è che ci siamo visti l'ultima volta, Derek?» domanda scandendo ogni sillaba.

«Lo sai perfettamente quando ci siamo visti.»

Massimo scuote la testa. «No, non quando mangiavi bianco d'uovo, *generale*. Dico dell'ultima volta in cui eravamo tutti insieme: io, te, Hilary, Michela e i ragazzi.»

«Di cosa parli?»

«Non te lo ricordi. Io sì. È stata l'estate di tre anni fa, l'ultima che hai passato nel Mediterraneo. Eravamo sulla tua barca. L'ho sempre amata, quella barca. Non te l'ho mai detto, ma lo scafo l'aveva fatto un mio amico. Era un ingegnere navale. Suo padre aveva lavorato per anni nei bacini di carenaggio. Una maestranza di qualità. Stringeva a mano ogni singola vite, lucidava i legni, li piallava, li rendeva vivi.

Non c'è niente di più affidabile se vuoi andare per mare. E tu non lo sapevi nemmeno.» Lancia un'occhiata al desk. Il liquido nella boccia è inondato dalla luce opalescente del monitor. Il pesce è il testimone muto e imperturbabile di quel duello. «Aveva fatto carriera, il mio amico, perché era bravo. Era diventato ingegnere capo di un cantiere in Liguria. Aveva aggregato il meglio della nautica italiana, cent'anni di storia. Poi succede che la proprietà passa di mano. Una, due, tre volte. I nuovi padroni cominciano a chiedere tempi di produzione più stretti perché bisogna fare in fretta. E lui accelera. Dicono che serve risparmiare sui materiali. E lui li accontenta. Soffre, ma li accontenta. Si sbatte, va avanti e indietro di continuo da Milano a La Spezia. Non esistono più sabati e domeniche. Un giorno smettono di pagarlo. L'ultimo padrone è fallito. E sai perché?»

«Perché facevano delle barche di merda!» urla Derek. Ha il collo gonfio, mentre sulla tempia inizia a pulsare una vena. «Si chiama competizione. Si chiama libero mercato, cazzo!»

Massimo si volta. Intercetta lo sguardo delle due donne oltre il vetro. Forse si accorgono della loro presenza solo in quel momento. Solo per quelle grida.

«Il libero mercato...» ripete Massimo continuando a guardare le donne. «Qualche mese fa non davi molta importanza al libero mercato.» Torna a fissarlo, ora sono occhi negli occhi. «Ti sbagli. Quelle barche rimangono le migliori, le più sicure. Ma poi succede che i nuovi proprietari, gente che non sa la differenza tra una vela e un motore, hanno riempito la società di passivi. Sai quanti fondi di *private equity* hanno comprato il cantiere prima che fallisse? Ci sono passati in cinque o in sei. Proprio come una puttana, uno dietro l'altro. Alla fine, il mio amico...» Le parole si spengono in bocca, strozzate da un nodo alla gola. Respira profondamente e riprende a parlare, sforzandosi di controllare la voce: «Il mio amico c'è morto. Ecco gli effetti del *tuo* stracazzo di mercato, Derek, e delle banche centrali che stampano soldi a fottere. Tutti comprano tutto sulla base di utili futuri, e intanto ci scaricano dentro tonnellate di debiti. Quell'attività era sana, era perfetta, ma sono bastati due anni di rallentamento. Due anni, capisci? A quel punto l'ultimo fondo ha azzerato la partecipazione, il giocattolo si è rotto e il cantiere è fallito: sigilli alle fabbriche, undicimila operai a casa.» Fa un passo in avanti. «La finanza sta sfasciando tutto, divorando l'economia reale. Come fai a non vederlo?»

Derek sgrana gli occhi e si guarda intorno come se non credesse a quello che ha appena sentito. C'è qualcosa d'ipnotico nell'espressione del viso alterato da stupore autentico. Perché quell'uomo non finge. Perché quell'uomo ha la forza inflessibile di chi crede in qualcosa al di là di ogni dubbio. Non agisce per avidità o bramosia, ma solo in nome di un imperativo: *Novus Ordo Seclorum*, Nuovo ordine delle epoche. Un epitaffio, stampato sul biglietto da un dollaro.

Un conio, una fede.

«E cosa vorresti fare?» domanda l'americano. «Sono danni collaterali, Massimo, non ti riconosco più. Ci sono sempre stati, vanno messi in conto.»

«Parli della finanza come di una guerra. Ma non esistono danni collaterali. Esistono danni e basta, e i morti sono tutti uguali.»

«*È* una maledetta guerra, ma con meno morti di quelle che hanno combattuto mio padre e mio nonno, caro italiano.» L'ultima parola suona come un insulto. «Il prezzo da pagare, sì. Una guerra invisibile. Una guerra per il progresso. Abbiamo fatto girare soldi, creato benessere, colmato divari culturali in tutto il pianeta. Strade, sistemi di comunicazione, ferrovie, energia elettrica... Non ci sarebbe stato niente senza quelli come noi. Quando piazzavo la merda hightech, lo sapevo che più dell'ottanta per cento di quelle aziende sarebbe fallito. Eppure internet è ovunque. I subprime servivano per dare una casa a tutti. L'hanno avuta, e poi l'hanno persa. *Danni collaterali*. È con le bolle che abbiamo diffuso libertà e democrazia. E la chiamano speculazione.» Sorride mentre parla con un'euforia ingiustificabile. Non è più dialogo, ora è un credo recitato con foga. La rabbia sembra svanita nelle pieghe di una professione di fanatismo. «Abbiamo diffuso perfino le rivoluzioni, i mezzi per violare confini e rovesciare governi. Un ordine talmente grandioso da divulgare strumenti per ogni sovversione. Sono state dissipate fortune. Alcuni si sono venduti l'anima e molti sono caduti. Ma ne è valsa la pena. Siamo gli esattori di tasse occulte che tutti hanno scelto di pagare per progredire. Siamo la luce, e non è più il tempo per i profeti di apocalissi. Apri gli occhi.»

Massimo batte le mani in silenzio. Per alcuni secondi nel floor risuona il rumore ritmico. «Siamo esattori costosi: da sessanta milioni di dollari l'anno in due» dice sorridendo. «No, Derek, siamo soltanto dei dealer che drogano un sistema. Non creiamo democrazia. Apriamo una voragine tra ricchi e poveri che faremo crescere fino a quando non precipiteremo tutti nel baratro. E non parlarmi più di rivoluzioni. Stai distruggendo chi, le rivoluzioni, le ha fatte davvero, chi ha creato l'economia moderna. Stai cancellando la middle class, insieme a duecento anni di Storia. Sparisce qui, in Europa, ma avete cominciato voi, dall'altra parte dell'oceano.»

Si ferma quando percepisce un fruscio.

Si volta.

Le due donne sono a pochi metri. Una spinge un carrello con un contenitore per i rifiuti e alcune scope infilate su una rastrelliera laterale. L'altra ha degli auricolari che pendono ai lati del collo. Tengono gli occhi bassi. Devono aver ascoltato buona parte della conversazione. Massimo si chiede quanto possano aver capito.

«Scusate» mormora quella dietro al carrello.

Derek fa un cenno stizzito col capo.

Massimo le osserva mentre attraversano il floor. Hanno fretta, vogliono andare via perché sono in imbarazzo.

No, hanno paura. Perché gli uomini come noi fanno paura.

Per qualche istante rimangono in silenzio.

Quando torna a fissare l'americano, Massimo incrocia uno sguardo di sarcastico compatimento. Ma lo ignora e riprende a parlare: «Tu non vedrai rivoluzioni, vedrai solo rivolte, barbarie e il *social unrest*. L'Occidente si sta suicidando. Anzi, lo state uccidendo mentre passeggiate tranquilli sul ponte del *Titanic*. Quel denaro che continuate a stampare è falso anche se esce da una zecca, non vale un cazzo. Tra vent'anni un cinese o un indiano comprerà anche te».

«Quel denaro è solo un mezzo per prendere tempo.»

«Non c'è *più* tempo!» scandisce Massimo. L'intonazione si fa aspra. «Presto qualcuno vorrà vedere i volti dietro le mani che stampano. Vorrà guardarvi negli occhi. E allora sarà l'inferno, perché scopriranno che i debiti pubblici non sono ripagabili, che gli Stati sono tecnicamente falliti e la crescita di cui parlate è indotta. Scopriranno enclave di ricchi, piccole isole in un oceano di povertà. E sarà la faglia che rompe la terra, prima dello tsunami che vi travolgerà.»

Fa un passo in avanti.

Ora sono vicinissimi.

Derek ha ritrovato la sicurezza di sempre. Tiene le mani in tasca e guarda Massimo come se fosse trasparente.

«E tu dici che è un mezzo per prendere tempo?» domanda l'italiano in tono provocatorio. «Dovresti dire piuttosto che è la mossa della disperazione. Avete trasformato una manica di banchieri centrali in eroi, pronti a salvare il mondo. Ma nemmeno tu ci credi che quella liquidità creerà lavoro e benessere, che verrà investita in qualcosa di reale. I prezzi li avete stabiliti voi, e sono un inganno. Buoni per me, che premendo un tasto compro venti milioni di barili di petrolio. Una trappola per chi col petrolio fa girare un'azienda e sarà costretto a chiudere. Mentre vi riempite di asset, di oro e materie prime.»

Ora è Derek a protendersi in avanti. «È giusto così» soffia a pochi centimetri dal volto di Massimo. Tiene l'indice puntato verso l'altro. «Dove tu vedi il grande disordine, io vedo l'unico ordine che valga la pena difendere. Quella che per te è rovina, per me è la sola forma di conservazione possibile. Siamo noi che dobbiamo durare, per difendere tutto questo.»

«E invece non durerai. Sei già morto. Sei morto quando hai scelto di dimenticare quello che saremmo dovuti essere. Avremmo dovuto dare soldi a chi aveva idee e progetti, finanziare aziende, supportare una crescita di un qualunque tipo. E invece no, abbiamo preferito far soldi coi soldi. Oggi, un numero su questi monitor conta più di un bene prodotto.» Si ferma, sorride scuotendo la testa. «La General Motors perdeva producendo macchine e guadagnava prestando soldi a chi, quelle macchine, le comprava. Un hedge fund con l'hobby dell'attività industriale. Vedo aziende che tagliano costi, ottimizzano posizioni, lavorano sul debito. Questo vedo. La finanza doveva essere una cinghia di trasmissione, invece è diventata il centro di tutto. Ma c'è un mondo nuovo che preme. Un mondo senza debiti, dove ognuno compra quello che può comprare, in cui ci sono ancora dei sogni, si lotta per qualcosa, e chi è giovane non paga i debiti dei propri padri. Ora ti devi fermare, prima di distruggerlo. Tanto per noi è già finita. Siamo un treno che corre su un binario morto. Questa è la locomotiva della Storia, e hai anche la presunzione di governarla. Abbiamo venerato il denaro come un feticcio. Abbiamo comprato giudici, politici, agenzie di rating e sindacati. Abbiamo cambiato leggi e commissariato Paesi, ma non siamo riusciti a creare ricchezza vera per tutti. Abbiamo fallito, e presto verranno a cercarci.»

Derek si stringe nelle spalle. «Sei l'unica scommessa che ho perso. Ti ricorderò per questo» mormora con distacco, come se la conversazione non lo riguardasse più. «Sei un ologramma in cerca di un'anima. Ma non siamo stati programmati per averne una. Mi fai pena.»

Massimo si guarda intorno. Lascia scivolare lo sguardo sulla superficie del desk. Vede la boccia colma di liquido. Il pesce che boccheggia a pelo d'acqua. Il rettangolo della tastiera, e accanto un oggetto di forma cilindrica. Si protende in avanti e lo afferra.

«Che cazzo fai?» mormora Derek, incredulo.

L'altro non risponde.

«Che cazzo fai?» ripete con gli occhi sgranati mentre la mano di Massimo sta tirando una riga nera con un pennarello sulla camicia dell'americano. Una linea che sale. Una diagonale perfetta a 45° che, dalla base del fianco destro, monta – lenta e inesorabile – verso il cuore, terminando alla base dell'omero sinistro.

«È l'indice di Gini, te l'ho disegnato così non lo dimentichi. Più sale e più aumenta la differenza tra ricchi e poveri e ti dice che tutto quello che avete combinato non è servito proprio a un cazzo!»

L'americano lo guarda, sa che è lì, ma non ci può credere.

«Sugli ologrammi si può sovrascrivere, giusto, Derek?»

Derek tira fuori le mani dalle tasche, stringe i pugni, serra la mascella. Un fremito gli scuote una palpebra. Il respiro pesante assomiglia al suono di un mantice.

È incerto se reagire o no.

Quindi si volta di scatto dando le spalle a Massimo. Il

movimento brusco, scoordinato di un braccio. E il rumore del cristallo infranto rimbomba nel silenzio dello stanzone.

Rimangono fermi con lo sguardo rivolto verso il basso. Pezzi di vetro.

«Sì, Massimo, agli ologrammi puoi fare tutto, tranne levargli la luce. Se lo fai, muoiono. Senza poter neppure gridare al mondo il loro dolore.»

Ma Massimo non risponde. Non ha neppure sentito le ultime parole di Derek. Fissa il pesce dibattersi sul pavimento tra schegge e rivoli d'acqua. L'animale si contorce con spasmi ritmici.

È un battere sordo.

Una danza scomposta, una muta, istintiva, inutile richiesta d'aiuto.

Il rosso delle squame sembra più scuro, come il colore del sangue. L'occhio del pesce è vitreo, ha qualcosa di vagamente umano.

Assistono immobili all'agonia. Entrambi vorrebbero chinarsi, fare qualcosa. Ma nessuno dei due intende cedere per primo a un moto di pietà.

E così restano in silenzio. Sono stanchi. Perfino parlare costa fatica.

La boccia in frantumi è la cancellazione di un habitat, la grottesca parodia della fine di un mondo. L'uomo che indossa la felpa nera sente il respiro mancargli davanti a quel patetico assaggio di apocalisse.

L'acqua assorbita dalla moquette ha formato delle macchie scure su cui risalta la forma scarlatta del pesce. Si dibatte ancora alla ricerca di vita.

Poi i fremiti perdono regolarità e si fanno più rari.

L'americano si allontana. Ha la giacca su una spalla e una linea diagonale tracciata sulla camicia. Mentre raggiunge l'uscita del floor, sul pavimento il pesce si dimena un'ultima volta.

PARTE TERZA

Il mare

15
Another time, another place

Tre anni dopo

La massa sfocata dell'isola spezza la linea dell'orizzonte, separando cielo e mare. Ha una forma bassa e compatta di colore grigio, in contrasto con l'intensità dell'azzurro circostante.

Un grecale nervoso soffia sulla distesa d'acqua tra l'isola e il promontorio. In lontananza sospinge nuvole dall'entroterra.

Verrà pioggia, più tardi. Forse la notte, o il mattino seguente. Ma non in questo pomeriggio di inizio giugno, inondato da una luce tersa che fa brillare le onde.

La brezza da nordest gonfia le vele di una deriva 470, che ha appena doppiato l'estremità settentrionale del promontorio. Più in là, Montecristo è un'intuizione. L'Elba e la Corsica, due invisibili certezze. Lo Scoglio d'Africa, un ricordo dolce e remoto.

La stessa brezza scompiglia la capigliatura nera del ragazzo che, seduto a poppa, tiene il timone. Manovra sicuro, a dispetto dei suoi quattordici anni.

Indossa una maglietta dei New York Giants, che esalta gli spigoli del suo corpo magrissimo. Sorride compiaciuto, negli occhi verdi un lampo di furbizia.

Nell'insenatura il mare è una distesa immobile, il vento un soffio tenue. Ma quell'alito soave è traditore, e solo alcuni pescatori del Pozzarello sono in grado di smascherare l'inganno.

Roberto però comincia a essere esperto, e non si è fatto sorprendere. Oltre l'abbraccio di terra della cala se li aspettava, il grecale forte insieme al mare mosso.

È stato suo padre a spiegargli di come le rade e gli attracchi del promontorio mentano sulle correnti, sui venti e sulla forza del mare circostante.

Ora stringe la barra del timone e lancia una rapida occhiata alla sua destra. Sospesa in equilibrio, sul bordo dello scafo, c'è una ragazza. Ha qualche anno più di lui e si puntella sull'orlo con le lunghe gambe. Il corpo è sinuoso, la pelle chiarissima. Tiene le braccia tese sul trapezio e indossa un giubbotto di salvataggio giallo elettrico. Ha diciassette anni ormai, India. Guarda a prua mentre i capelli biondi si agitano nel vento.

A Roby ricorda tanto sua madre. L'ha vista poco da quando i genitori si sono separati, da quando lui e suo padre si sono trasferiti nella casa sul promontorio. E tutto è cambiato.

Lo scafo becheggia tra mille spruzzi d'acqua, piegandosi sulla prua e inclinandosi a poppa.

Le braccia della ragazza iniziano a tremare per lo sforzo. La presa delle mani intorno alla gomena si fa più intensa.

Si volta.

Il viso è un ovale perfetto. I tratti regolari e armoniosi stridono con l'espressione preoccupata. Una ruga le attraversa la fronte.

Lui incrocia quello sguardo sostenuto da un paio di occhi azzurri identici a quelli di suo padre. «T'avevo detto che c'era aria» dice con un sorriso. «Volevi le onde, sorellina?» domanda un attimo dopo. «E allora eccole» si risponde mentre grida per l'eccitazione. Un urlo liberatorio, una sfida alla natura.

«È pericoloso» ribatte India con la voce sommessa. «Torniamo indietro.»

L'altro continua a cercare il vento. Un'espressione seria sul viso. All'orizzonte l'isola è aumentata di volume. Una macchia nera che sporca la parte bassa del cielo. Tra poco dovrebbero essere a metà della traversata: non si è mai spinto così avanti.

La barca scivola su quell'altalena d'acqua con brusche impennate.

«Torniamo indietro» ripete la ragazza. «Per favore, Roby.» Lo sta supplicando. Le parole sono spezzate e gli occhi offuscati da un velo umido.

Roberto la studia con attenzione.

Era lei che l'aveva implorato di portarla fuori. E adesso basta un po' di mare a sconvolgerla.

Sua sorella è volubile, scostante. Da quando ha raggiunto lui e il padre in Italia, qualche giorno fa, è stato un litigio continuo. Un nervosismo che ha incrinato l'atmosfera rilassata della casa sulla scogliera. Neppure Aldo e la moglie Ada sono riusciti ad arginare i capricci di quel temperamento lunatico. Ma ci deve essere qualcos'altro, qualcosa di strano.

Roberto ha l'impressione che India si sforzi di nascondere un problema che la fa soffrire. L'ha vista un paio di volte piangere sul patio, ma ha preferito non chiederle niente.

Adesso Roberto scuote la testa, preoccupato.

«Ancora un po' e torniamo indietro» risponde cercando di trasmetterle tranquillità. Non è mai arrivato all'isola da solo. E quelle folate gli trasmettono un'energia sconosciuta che lo fa star bene. Lo fa sentire forte e capace di tutto.

«Per favore!» urla India mentre lo scafo sobbalza ancora. L'ennesima botta sul saliscendi d'acqua le ha fatto perdere l'equilibrio, così, un attimo dopo, si siede sul bordo della barca e si protende in avanti mentre il fratello percepisce l'ingrossarsi del mare.

Il dubbio lo coglie di sorpresa trasmettendogli una vaga sensazione di ansia. Si chiede se non si sia spinto troppo al largo.

Qualcosa non sta andando come dovrebbe.

Poi distingue un suono sommesso, basso, intermittente. Guarda la sorella.

India sta piangendo mentre con il braccio allungato cerca di estrarre il cellulare da un sacchetto stagno legato alla base dell'albero. Sul fondo della barca c'è una piccola sacca da cui sporge la camicetta bianca di lino grezzo che si è sfilata prima di indossare il giubbotto di salvataggio. Roberto nota i bottoni e viene assalito dal solito, inevitabile moto di nausea.

Ha lottato contro quella paura. Col tempo ha imparato a definirla *irrazionale*. Eppure non è mai riuscito a vincerla. È qualcosa d'irresistibile, come la forza del vento e del mare.

Si costringe a distogliere lo sguardo. Non è il momento per quei pensieri. Torna a studiare l'isola davanti a sé, quindi lancia un'occhiata al promontorio. La terraferma alle spalle è ancora più vicina della chiazza che si staglia all'orizzonte. Sono a metà di un guado immaginario, nel punto esatto in cui le probabilità si bilanciano.

Suo padre gli ha insegnato come calcolare quell'enigmatico rapporto tra costi e benefici, vantaggi e pericoli.

Adesso, però, Roberto esita. L'ondulata distesa d'acqua gli restituisce un senso d'oppressione, come se una forza oscura lo imprigionasse nello spazio aperto. Pensa a come possono cambiare in fretta le percezioni.

«Stai tranquilla» dice alla sorella, sforzandosi di mantenere il controllo. «Ora viriamo.» Fa una stima approssimativa della forza del vento, provando a calcolare i gradi dell'inversione. «Una bolina stretta, India. Comincia a lascare le vele.»

La ragazza scuote la testa, smette di armeggiare col sacchetto umido, si asciuga gli occhi con il dorso della mano e annuisce mentre afferra le gomene. Piegata in avanti, ruota la testa fissando prima il fratello, poi l'intrico di funi della velatura.

«Vai» urla Roberto.

La tensione dei cavi diminuisce, mentre la leva del timone imprime allo scafo il cambiamento di rotta. Il rumore sordo del boma è il segnale che la barca ha iniziato la virata.

Ora navigano paralleli all'isola. A destra il promontorio è una sagoma nera. Dovrebbe essere una presenza rassicurante, e invece è particolarmente minacciosa.

Le onde iniziano a prendere lo scafo d'infilata sul fianco destro. Fiotti di schiuma li investono, facendoli piegare pericolosamente, e il bordino sinistro lambisce il pelo dell'acqua.

Sono troppo inclinati. Rischiano di scuffiare.

Roberto corregge la manovra con un movimento deciso per ridurre la superficie delle vele esposta al grecale.

La deriva ritrova l'assetto.

Si passa una mano tra i capelli fradici, sa che per completare la virata deve ridurre di parecchio l'angolo morto e stringere la direzione del vento senza perdere velocità. Ma la navigazione così è difficile. Pensa che suo padre ci riuscirebbe di sicuro: invertirebbe la rotta e governerebbe controvento fino al promontorio.

Ma lui? È capace?

La paura gli sta togliendo convinzione, lucidità. Adesso non si sente più libero.

Quel tentativo di virata è stato un errore. Prova a riconsiderare le probabilità e si rende conto di essersi fermato a un solo elemento del quadro, senza badare alla molteplicità delle variabili. Si è fatto ingannare da una differenza minima di distanza, ignorando l'intensità del vento e la difficoltà della bolina.

Così non va. Deve decidere subito. Se continua a incrociare in quella direzione rischia solo di complicare le cose, allontanandosi verso nord, sfilando oltre il braccio di mare compreso tra il capo e l'isola.

La decisione è l'impulso di un istante, un istinto che anticipa ogni ragionamento.

«India!»

La ragazza singhiozza senza ascoltarlo. Ha estratto dal sacchetto il cellulare e lo tiene premuto contro l'orecchio. Il pallore rende la pelle quasi trasparente.

«Papà» grida, «abbiamo bisogno di te!» La voce è spezzata. «È staccato» urla un istante dopo. «Non c'è mai. *Mai, mai...*» ripete al telefono mentre le lacrime iniziano a rigarle le guance. «Non c'è mai stato.»

E Roberto non capisce se sta parlando con lui, a se stessa, oppure alla segreteria di un telefono spento.

«Andrà tutto bene» le dice con voce ferma. «Te lo prometto. Però lascia quel telefono, aiutami.»

La ragazza rimane ferma. Il terrore la paralizza. Quindi guarda il cellulare e in quel momento un'onda più grossa delle altre li investe.

«No, no...» geme stringendo il telefono bagnato. «No!»

«Dài» insiste Roberto sforzandosi per dominare l'angoscia. «Preferisci arrivare in Liguria?»

L'ironia la scuote per un attimo. Studia il fratello con espressione stupita, poi lascia il cellulare che va a sbattere sul fondo dello scafo.

«Meglio a favore, no?» domanda Roberto indicando l'isola con un gesto del capo.

India corruga la fronte valutando l'idea. Quindi lo sguardo si indurisce.

Gli ricorda certe espressioni del padre, smorfie di una determinazione incrollabile. Si aggrappa a quel senso di familiarità.

«Va bene» risponde India cercando di dominare il panico. «Va bene» ripete a voce più alta per darsi coraggio prima di rimettere mano alle gomene.

«Pronta?» domanda Roberto. «Uno, due, tre...» e in quel momento la deriva compie un angolo di quarantacinque gradi invertendo nuovamente la rotta.

Una volta a favore di vento le vele si gonfiano, mentre l'andatura aumenta. India si tiene stretta al bordo dello scafo. Il fratello stringe il timone con forza, la maglietta zuppa d'acqua gli aderisce alla pelle. Comincia a sentire freddo.

Hanno entrambi paura. L'isola è solo un miraggio.

Quello stesso braccio di mare, nove mesi prima

Nelle prime luci di un mattino di fine settembre, il sole ancora basso dora la sommità del promontorio a oriente, l'isola a occidente è un'ombra appena accennata sotto il disco sfumato dell'ultima luna. Piccole onde accarezzano lo scafo di un barcone ormeggiato a tre miglia dalla costa che, a meno di un chilometro, incrocia un rimorchiatore. Naviga a velocità minima, il movimento è quasi impercettibile.

Nello spazio compreso tra le due imbarcazioni affiora, a pelo d'acqua, una struttura composta da lunghi tubi neri.

All'improvviso, il suono acuto di una sirena rompe il silenzio dell'alba. E in quel momento le due imbarcazioni si animano.

Un uomo e un ragazzo sono in acqua, a una ventina di metri dalla struttura galleggiante. Indossano mute e maschere. Ogni tanto l'uomo fa dei cenni a una figura che sta in piedi sul barcone e guarda attraverso un binocolo. Ha una cerata gialla e il cappuccio calato sul viso. Nell'altra mano stringe una lunga fiocina. La agita alternatamente:

ora verso i due nell'acqua, ora in direzione della nave da traino. Accanto a lui si muovono altri tre o quattro uomini.

L'uomo e il ragazzo sono sospesi tra due mondi. Sopra, le voci confuse provenienti dall'imbarcazione si mischiano ai rumori di carrucole e ingranaggi che accompagnano le manovre del rimorchiatore. Sotto la superficie dell'acqua, l'immobilità di un labirinto di reti, un intrico di nodi e maglie che occupa lo spazio sommerso.

Sono percezioni opposte di universi separati. Aria e acqua. Il vociare di fuori si spegne ogni volta che l'uomo e il ragazzo abbassano le teste per scrutare le profondità marine. Come un iceberg, la cima della costruzione galleggiante si sviluppa sott'acqua: è un enorme poliedro del diametro di un centinaio di metri. I tubi neri incardinano le fitte maglie di una rete e, alla base della struttura, c'è un pesante rettangolo di colore chiaro che fa da zavorra, mentre qualche metro più in alto si snoda un corridoio di tramagli sostenuto da spesse serpentine. Il condotto si estende parallelo alla superficie dell'acqua e termina oltre l'estremità più lontana del rimorchiatore, in un punto escluso alla vista.

Sul barcone, la figura con la cerata agita l'uncino, mentre i profili di altri corpi si stagliano nella luce del sole che si è levato oltre il promontorio, sciogliendo la foschia.

L'aria freme di un'attesa nervosa. Accenti e lingue diversi si mischiano. Mani inguantate, pronte all'azione, stringono fiocine. Tutti attendono gli ordini dell'uomo con la cerata.

Il rais.

Quando l'imbarcazione inizia a muoversi, si leva un doppio urlo della sirena.

Sott'acqua, all'ombra del rimorchiatore, si materializza una grande rete. Appena oltre, sullo sfondo del blu si agitano sagome lucide e argentee. I contorni dei corpi ricordano quelli allungati dei siluri, le code si biforcano all'estremità e la pinna dorsale accentua la linea slanciata. Quelle laterali, invece, assomigliano ad ali.

Una ventina di tonni nuotano con moto circolare e morbido. Quando entrano in contatto con le reti, si dibattono cercando di aprirsi un varco. Come se percepissero la minaccia.

Roberto solleva la testa. «Sono enormi!» esclama con una voce nervosa che la maschera rende nasale.

«Sono esemplari adulti. Non potevamo fare diversamente» replica Massimo. «Cominciano» aggiunge dopo aver intercettato un segnale del rais, che nel frattempo continua a dare disposizioni ai suoi uomini.

Intorno alla chiglia del rimorchiatore compaiono tre sub, che armeggiano per qualche istante. Poi, controllata dagli argani, la rete inizia a restringersi perdendo volume. Gli animali si muovono frenetici. Sbattono gli uni contro gli altri come se fossero impazziti, prima che un esemplare, alla ricerca di una via di fuga, imbocchi il condotto fissato alla rete.

Attraversano migliaia di chilometri lungo rotte tracciate con innata, ineguagliabile esattezza. Per secoli, prima dell'avvento dei moderni strumenti di navigazione, non c'erano carte nautiche né nocchieri che potessero sfidare quell'ancestrale senso dell'orientamento donato dalla natura alla specie. E ora, in quell'angolo del Mediterraneo, l'umiliazione di un transito forzato.

È a questo che pensa Massimo, nascosto dalla maschera, mentre osserva la processione silenziosa lungo il condotto. Quegli animali gli ricordano dei condannati ai ceppi che marciano in fila verso il patibolo.

Quando anche l'ultimo tonno entra nel poliedro, un sub fa un cenno ai due che galleggiano più in alto. Un pollice alzato. *Tutto bene.*

Massimo, a pochi centimetri dal figlio, muove la mano aperta dall'alto verso il basso. *Chiudete.*

Il sub mostra di nuovo il pollice. *Procediamo.*

In superficie, gli uomini sul barcone agganciano il bordo della gabbia con alcune fiocine. Il metallo degli uncini luccica al sole un attimo prima che un applauso esploda sulle due imbarcazioni.

«È andata!» urla la figura con la cerata. La sua voce si confonde con altre grida di giubilo. «*Saúde saúde.*»

"Evviva evviva" traducono all'unisono l'uomo e il ragazzo agitando le braccia, il sorriso stampato sulle labbra.

Ce l'hanno fatta.

«Alla *Fenice*!»

Le parole sono accompagnate da un lieve tintinnio. Il tipo che ha parlato è sui trentacinque e stringe un bicchiere colmo di un liquido paglierino. I tratti del viso sono adunchi, i colori mediterranei: pelle scura, occhi neri, lunghi capelli corvini, raccolti dietro la nuca da un nastro di cuoio scuro. Ai piedi ha dei sandali, al polso sinistro due braccialetti della fortuna dai colori sgargianti e dalle fantasie tribali.

Accanto a lui c'è Massimo, che con la mano destra ruota un bicchiere. Indossa camicia e pantaloni di cotone bianco e un paio di scarpe di tela da barca. Tiene lo sguardo fisso davanti a sé, sondando la linea dell'orizzonte.

Stanno in piedi su un patio in maiolica arroccato sulla scogliera. Vicino a loro un tavolo in ferro battuto su cui sono posati un tagliere di formaggi e due ciotole in ceramica. Una è piena di olive nere, l'altra di piccoli pomodori verdi, perfettamente sferici.

Un terzo uomo sulla sessantina, di corporatura esile e nervosa, si muove in silenzio tra la casa e il patio. Ha i capelli bianchi, gli occhi azzurri e il volto abbronzato segnato da rughe profonde.

Il mare è una tavola grigia accesa, in prossimità dell'isola, dalla scia del tramonto.

«Quanto ci vorrà, Paulo?» domanda Massimo.

Il portoghese si stringe nelle spalle. «Il ciclo di fecondazione dovrebbe compiersi la prossima primavera. E con un po' di fortuna, a settembre, avremo i primi esemplari di tonni rossi riprodotti in cattività.» Parla con enfasi. La voce ha una cadenza melodiosa, cantilenante, che si apre sulle "o" e si chiude sulle "u". Il viso è atteggiato a un'espressione di compiaciuta soddisfazione.

«La fortuna non esiste» ribatte Massimo a mezza bocca, smorzando l'entusiasmo.

«A me questo non puoi dirlo» ribatte l'altro. «Tu sei la dimostrazione vivente che la fortuna esiste, eccome. È un grande progetto, è il mio sogno. E lo stai rendendo possibile quando ormai non ci credevo più.» Vuota il bicchiere in un sorso, poi si avvicina al tavolo e lo riempie di nuovo.

Massimo scuote la testa. Forse vorrebbe replicare ma decide di rimanere in silenzio, impermeabile all'allegria. «Dobbiamo fare prima, molto prima» mormora dopo qualche istante.

Paulo corruga la fronte. «Non è possibile. Quando abbiamo parlato a Lisbona, sono stato chiaro. Il mio progetto non prevede manipolazioni.»

«Be', esistono tanti modi per manipolare le cose» ribatte l'italiano.

«È vero, ne esistono molti. Ma serve *dinheiro*, e tu hai già investito una fortuna.»

«Non è un problema.»

«Devi essere davvero molto ricco.»

«Sono soltanto un benefattore» dice Massimo ridendo.

«Il benefattore che ha sbloccato la tua ricerca quando ti hanno tolto i fondi.»

Paulo morde un pomodoro. Un rivolo cola da un angolo delle labbra. Si tira indietro per evitare di sporcarsi prima di passare il dorso della mano sulla bocca. «Sono deliziosi» dice fissando la polpa sugosa.

«Così buoni li puoi mangiare solo qui.»

Il portoghese abbassa il capo in un vigoroso cenno d'assenso. «E comunque continuo a non capire questa fretta.»

«Il tempo è tutto.»

Rimangono zitti per qualche minuto, incantati dai colori del paesaggio, poi Paulo ricomincia a parlare: «Ormai sono due anni che lavoriamo insieme, e non so niente di te. Cosa facevi prima, dove vivevi, chi è la madre di tuo figlio. Ti confesso che ho perfino fatto qualche ricerca, ma è come se non esistessi». Ride piano, di se stesso e di quella curiosità. «In questo posto la gente non parla. E Aldo rimarrebbe muto anche se lo torturassero.» Indica con la testa la presenza silenziosa ai margini del patio.

Massimo sorride mentre il portoghese riprende a scrutare il suo viso indecifrabile. È come se quelle parole fossero cadute nel vuoto.

«All'inizio ho pensato che fossi pazzo» continua. «Poi mi sono detto che era il vezzo di un miliardario annoiato. Ora so che ci credi davvero.»

«Non sei tu a scegliere le cose in cui credere, sono loro che scelgono te.»

«E allora non potevano trovare uomo migliore.» Accompagna le ultime parole con un sorso. «Devi avere avuto molte vite, una storia che vale la pena raccontare.»

«Chi te lo dice? Magari non vale la pena ascoltarla.»

«Se non cominci a farlo, non lo sapremo mai.»

«Forse un giorno lo farò.» Caccia una mano nella tasca dei pantaloni.

«Almeno dimmi perché hai voluto chiamarla *Fenice*. Continuo a pensare che *Genesi* era più indicato.»

«Diciamo che mi sono concesso il lusso di una resurrezione personale.»

«Vedi che ho ragione? Molte vite...»

«Ricorda i patti» lo ammonisce l'italiano con voce infastidita.

«D'accordo, d'accordo» si schermisce l'altro allargando le braccia. «Niente domande, lo so. Me lo ripeti sempre.»

«Pensa piuttosto a come accorciare i tempi della fecondazione. Solo... manipolazioni naturali.»

Paulo fa un vigoroso cenno di assenso col capo. «Ho già qualche idea, ma sappi che non vedo la ragione di andare così veloci. È già un successo riuscire a far partire la riproduzione in queste condizioni. Non prenderla male e accetta un consiglio: non permettere che tutto questo diventi un'ossessione.» S'interrompe. Teme di essersi concesso il lusso di una parola di troppo. Poi conclude: «Nella scienza, la fretta non aiuta».

«Se la tiriamo avanti anni, di tonni rossi nel Mediterraneo non ce ne saranno più.»

Paulo aggrotta le sopracciglia. «Questo lo so.»

«Bene, allora non devo spiegarti che è una corsa contro il tempo.»

«Non puoi cambiare le cose da solo. Non sei dio.»

Massimo pianta gli occhi nei suoi. «Tenendo conto che come nome per il nostro esperimento proponevi *Genesi*, non sei credibile.»

Il portoghese scoppia a ridere. «Va bene, hai vinto tu. E adesso non offenderti, ma vado in paese a cenare coi ragazzi. Parli poco e bevi ancora meno» dice indicando il bicchiere pieno nelle mani dell'altro. «Sei una pessima compagnia per la festa.»

«Forse è vero, ma voi vedete di non esagerare.»

«Massimo!» Paulo è già sulla soglia della portafinestra. «A volte ho l'impressione che tu abbia visto l'inferno.»

L'altro sorride per la prima volta. «E ho conosciuto quelli che lo abitano.»

Quando rimane solo, lascia che lo sguardo si perda all'orizzonte.

La fortuna...

Se il dottor Paulo João Cardoso Miquez avesse saputo per quanto tempo lui l'aveva osservato da lontano, raccogliendo informazioni, comparando dati, valutando la sostenibilità del progetto, non avrebbe mai parlato di fortuna. E neppure di un incontro casuale.

Massimo ci aveva messo un anno a trovare l'uomo giusto. Era stato un vecchio contatto a Bruxelles a segnalargli quell'eccentrico biologo marino di Lisbona con una laurea conseguita a pieni voti, una specializzazione al prestigioso Istituto "Cabanilles" di Valencia e una passione sconfinata per il mare. Un amore che gli aveva ricordato Mario.

Paulo aveva ottenuto un finanziamento europeo per sviluppare un progetto di ricerca altamente sperimentale legato alla riproduzione in cattività dei tonni rossi. Sembrava avercela fatta. Il successo era a portata di mano.

Poi era arrivata l'onda della grande mattanza che stava facendo a pezzi l'Europa. E i sogni del dottor Miquez erano stati spazzati via, insieme a quelli di milioni di suoi connazionali. L'austerità si faceva intendere in tutto il continente: da Lisbona a Bucarest, da Copenaghen a Roma. E predicava idee semplici: tagliare, tagliare, tagliare. Paulo aveva perso il finanziamento ed era stato costretto ad accettare un posto da insegnante part-time in una scuola privata. Si era incupito, era cambiato.

Alla fine erano arrivati i problemi con la moglie. E Ana l'aveva lasciato senza degnarlo neppure di una parola di congedo. Si era svegliato una mattina, e lei non c'era più.

Il giorno in cui l'aveva incrociato *per caso* a una regata a Porto, sulla terrazza di un locale che dava sul porto turistico di Douro Marina, Massimo si era trovato davanti un uomo brillante senza più ragioni per vivere.

«*O tédio* è la cosa *peor*» gli aveva detto da dietro un bicchiere di cachaça esprimendosi con un assurdo miscuglio di portoghese, spagnolo e italiano. «Mi annoio, *amigo, y el tiempo* non passa più.»

Aveva capito subito che i loro destini erano in qualche modo legati. Paulo era una delle vittime del massacro che lui aveva contribuito a organizzare in un'altra vita, prima di decidere di sfilarsi. Ora le conseguenze della strage erano sotto gli occhi di tutti.

Ci aveva messo sei mesi per conquistare la sua fiducia, poi si era offerto di finanziare il progetto. Il biologo aveva fatto domande, intenzionato a capire chi fosse quell'uomo misterioso che gli regalava un sogno che sembrava perduto.

Massimo era stato perentorio: «Io metto i soldi, tu il sapere. Poche parole e niente domande».

Quindi Paulo si era dato da fare in università e aziende private e qualche tempo dopo aveva presentato a Massimo un team d'eccezione. Un gruppo affiatato di cinque esperti internazionali, tra tecnici e biologi, destinato ai mari italiani. Una squadra perfetta, registrata secondo automatismi che non potevano incepparsi.

Erano passati due anni da allora. Il portoghese aveva smesso di annoiarsi e finalmente, in quella splendida mattina di giugno, avevano portato a casa il primo successo.

«Papà.»

La voce lo fa sussultare. Il sole è scomparso oltre la linea dell'orizzonte, e le prime ombre della sera sono calate sulla scogliera. Il mare è una tavola di un grigio indefinibile.

Roberto è accanto a lui e lo guarda sorridendo.

«Stamattina è stato fantastico. Lo sognerò tutte le notti» dice il ragazzo.

«Bravo, Roby. Non bisogna mai smettere di sognare. Chi sogna può muovere le montagne, non dimenticarlo mai.»

Il ragazzo annuisce distrattamente prima di riprendere a parlare: «Ma secondo te stavano male mentre li trasferivamo? Saranno incazzatissimi di stare in quella gabbia».

«Non lo so.» Massimo si passa una mano sul viso. Comincia ad accusare la stanchezza della giornata, e poi suo figlio ha colto il dubbio che lo tormenta dall'inizio di quella scommessa. Non era passato un giorno senza che si ponesse quell'interrogativo.

"Non sei dio" aveva detto Paulo. Avrebbe voluto rispondergli che oltre ai miracoli c'erano anche prodigi compiuti da forze oscure.

No, non era dio, lui. Forse era il diavolo.

«Lo facciamo per loro» sussurra al figlio dopo qualche istante.

«Ma a te piacerebbe?»

«Che cosa?»

«Stare in gabbia, dico. Ti piacerebbe?»

Massimo arriccia le labbra e socchiude gli occhi. Roberto era cresciuto. E quelle domande non erano il *to be continued* di una storia da raccontare prima di dormire. Erano dilemmi che lui non era più in grado di risolvere.

«Non c'è una risposta, Roby. Credo che a volte il bene sia un male minore.» Si blocca inalando l'odore ruvido di resina che proviene dalla pineta dietro la casa. «Guarda che meraviglia» mormora con voce bassa per cambiare discorso. «Questo è il colore del mare che a me piace di più. È simile a quello delle perle, non ti sembra? Nessun pittore troverebbe la tinta giusta. Una delle cose più difficili da descrivere anche con le parole...»

«Secondo me, la cosa più difficile da descrivere con le parole è il sapore della menta. Come faresti, tu?»

«Sì, è vero» dice Massimo ridendo.

La menta.
Gli ricorda qualcosa del profumo di Cheryl. L'aveva sentito una mattina di alcuni anni prima, e il solo pensiero gli provoca una vertigine senza fine, seguita da una fitta di dolore.
Perché aveva rinunciato a lei? Per punirsi?
Mancava solo lei, in quel luogo magico.
Prova a immaginare cosa stia facendo in quel momento.
Non si sentono da molti mesi. L'ultima volta Massimo le ha mandato un sms. Era l'inverno precedente, una notte in cui la pioggia batteva forte, il vento ululava e la risacca esplodeva contro la scogliera.
"C'è chi aspetta la pioggia per non piangere da solo."
La sua risposta era arrivata subito. "Qualcuno dice che la pioggia è brutta, ma non sa quanto può essere utile. Soprattutto quando ti permette di andare in giro a testa alta, anche se hai il viso bagnato dalle lacrime."
Lacrime e pioggia.
Continuava a capirlo anche a migliaia di chilometri di distanza e nonostante il tempo passato.
«Papà?»
La voce del figlio lo distoglie di nuovo dai pensieri. Si gira verso Roby facendogli cenno di continuare.
«Ma se ti piaceva tanto questo posto, perché stavamo a Londra?»
Un'altra domanda. Un'altra risposta difficile.
E per un attimo gli sembra di sentire la voce di Mario.
«Non lo so, Roby. Forse perché dovevo lavorare, e quel lavoro si poteva fare solo lì. Ma poi mi sono stancato, ecco tutto. Ora stiamo meglio, che dici?»
«Sì!» esclama il ragazzo con entusiasmo. «Sembravi sempre stanco, prima.»
«Vedi, ci sono dei pesci che abitano la barriera corallina. Mordicchiano i coralli, e più diventano grandi più accu-

mulano una tossina velenosa che si chiama ciguatera. Piano piano, poco alla volta, riempie il loro corpo. Col tempo non riescono più a smaltirla e diventano velenosi. Il lavoro che facevo io era un po' la stessa cosa: quando non sono più riuscito a smaltire il veleno...» s'interrompe appena avverte un nodo stringergli la gola.

«Vabbe'... ora basta col veleno, papà» risponde Roberto mettendogli una mano sulla spalla.

Massimo sente la malinconia farsi spazio nel cuore.

«Basta veleno, sì» risponde a voce bassa, stringendo la mano del figlio.

La luna piena si è levata sull'orizzonte. E anche questo lo aiuta.

16

Fare e disfare

Il corteo sfila lento. È una marea umana che occupa l'intero fronte del boulevard. La Colonne de Juillet di Place de la Bastille sovrasta l'imponente manifestazione. In cima al monumento, l'angelo color oro contrasta con le basse nuvole autunnali. Le Génie de la Liberté su un piede solo regge la fiaccola della civiltà, sbeffeggiando uomini e donne che in basso sventolano bandiere e agitano cartelli.

Il sarcasmo della Storia, pensa Massimo mentre fissa le immagini che scorrono nel rettangolo del televisore.

I cori saturano l'aria insieme alle percussioni di tamburi. Scandite da migliaia di voci, rimbombano tre parole che compongono un mantra ossessivo.

«Cosa dicono, papà?» gli domanda Roberto.

On lâche rien.

«Non mollare.»

Il ragazzo si protende in avanti sul bordo del divano.

«E che vuol dire?»

«Che non vogliono smettere.»

Roberto annuisce, sforzandosi di comprendere quelle parole. «E perché?» chiede però un attimo dopo.

Massimo esita prima di rispondere. «Perché vivono male» mormora lentamente, attento a scegliere le parole *giuste*.

Il ragazzo vorrebbe chiedere altro, è evidente dall'espressione perplessa del suo viso, ma le immagini del telegiornale vincono la curiosità.

On lâche rien. Una delle tante parole d'ordine che da mesi volavano di bocca in bocca, propagando l'incendio.

¡*Que se vayan todos! Youths of Europe rise up! Noi la crisi non la paghiamo!*

Il continente stava bruciando. La babele, unita per la prima volta quando era ormai troppo tardi, sfogava la sua rabbia in una sola lingua: quella della rivolta.

Massimo si concentra sui volti. Espressioni di sfida. Occhi duri. Bocche distorte da urla che si levano alte. Sono uomini, donne, ragazzi.

Poi, all'improvviso, i Neri escono dal corteo.

«Guarda!» esclama Roby. Tiene il braccio dritto e lo stupore gli incrina la voce.

Sì, sta guardando, Massimo. Gli occhi incollati allo schermo, catturati dal prologo di una scena di cui conosce già l'epilogo. Al bordo dell'inquadratura ha notato le vetrine di una filiale della Société Marseillaise de Crédit.

Sono in cinque, tutti smilzi, tutti vestiti di scuro: felpe e giacche a vento col cappuccio alzato, passamontagna. Hanno i caschi allacciati alle cinture con dei grossi moschettoni. Al collo maschere antigas, ai piedi anfibi o scarpe da cantiere. Tra le dita mezzi manici di piccone, bastoni e sampietrini. Si muovono lenti, decisi. Assomigliano a spettri.

Massimo ricorda l'intervista che ha letto qualche tempo prima su un quotidiano. Era la testimonianza di un *casseur* che aveva partecipato a una manifestazione nelle strade di Roma, culminata – come ormai accadeva con regolarità – in devastazioni e scontri violentissimi.

«Parli come fossi in guerra» aveva osservato il cronista.

«Sono in guerra, ma non l'ho dichiarata io. L'hanno dichiarata loro» era stata la risposta.

Guerra. Loro.

Aveva chiuso il giornale e il passato gli aveva sommerso il cuore come l'alta marea.

Ora stava accadendo di nuovo.

Scuote la testa e torna a fissare la scena.

Tre Black Bloc hanno puntato le vetrine della banca. Iniziano a colpirla con ogni arma a loro disposizione. Gli altri due raggiungono un segnale stradale. Una manciata di secondi dopo cominciano a scuoterlo con violenza per divellerlo.

Nessuna traccia dei CRS: i reparti mobili della celere francese sembrano svaniti.

«*Allez!*»

L'urlo precede il fragore del cristallo in frantumi.

Il cartello rosso e bianco è posato sull'asfalto. Il palo conficcato in una vetrina accanto a quella appena disintegrata. Intorno al foro si irradia una tela di crepe. La scena è un coacervo di geometrie sghembe: la verticalità del segnale stradale è ribaltata. Il divieto di transito divenuto arma per infrangere, per aprire un varco.

Il capovolgimento dell'ordine.

C'era stato un tempo in cui quell'immagine gli avrebbe procurato un moto di repulsione, un disgusto quasi fisico derivante dal caos. Ora non prova nulla.

Sul muro accanto alla banca, uno dei Neri sta componendo l'ennesima scritta con uno spray rosso: "Fuck the bank. Take back time. No capitalism. Acab".

Poi un fumo denso si leva dall'interno del locale. Sull'asfalto piovono i trofei del saccheggio: monitor di computer, risme di fogli, dépliant pubblicitari, alcune poltroncine fissate a una barra di ferro. I Neri hanno i volti coperti, nel giro di qualche minuto scompariranno nel ventre della manifestazione. Qualcuno accenderà dei fumogeni per confondere le telecamere. Al riparo della fitta cortina colorata, si cambieranno rapidamente d'abito, infileranno felpe e cappucci negli zaini e torneranno a essere quello che erano prima di coprirsi i volti.

"Trent'anni, una laurea, un master e un lavoro precario per quattrocento euro al mese" aveva scritto il cronista presentando un anonimo interlocutore.

Eccoli, i figli della classe media fatta a pezzi. Ecco come, senza alcuna prospettiva di cambiamento, riescono a trasformarsi in guerriglieri, a vedere solo l'eterno presente della distruzione. E riappariranno ancora, davanti alla prossima banca, nel prossimo corteo.

Se Massimo avesse dovuto scegliere il periodo della rottura del patto tra generazioni, non avrebbe avuto dubbi. È questo. Vecchi contro giovani senza domani. Padri contro figli. Passato contro presente. E il futuro come un'ipoteca, ormai scoperta, sottoscritta da chi è venuto prima.

Il servizio s'interrompe.

Massimo si allunga sul divano mentre la linea torna in studio e lo speaker del telegiornale inizia a leggere la notizia. «L'Europa scende nuovamente in piazza contro le politiche di rigore dei governi e della Trojka in una giornata segnata da mobilitazioni in molte città e dallo sciopero generale in Francia, Spagna e Italia, fra i Paesi più colpiti dalla crisi. Picchetti di manifestanti hanno occupato i punti nevralgici di Parigi. Aeroporti, stazioni, depositi di mezzi per il trasporto urbano, mercati generali sono stati presidiati fin dalle prime ore della giornata. Nel corso del corteo che ha attraversato le strade della capitale si sono registrati scontri pesantissimi. Il bilancio è di duecento feriti tra manifestanti e forze dell'ordine, sessantacinque fermi e ventisette arrestati. La situazione è ora sotto controllo. In una nota ufficiale, il Ministero dell'Interno ha dichiarato che non tollererà ulteriori manifestazioni di violenza...»

Massimo spegne la tv e si alza sospirando.

Sta precipitando tutto.

«Perché succede questo?» Roberto lo fissa con un'espressione smarrita.

Perché chi semina miseria raccoglie rabbia.
Rimane in silenzio, non sa da dove cominciare. Ha la bocca secca.
"*Succede che è finita... Quando vedrai i tuoi figli, chiederai scusa...*"
Le parole gli esplodono in mente all'improvviso. Schegge di un'altra vita. Echi assordanti dell'ultima volta che ha visto Derek Morgan.
Le immagini di quegli ultimi minuti al floor erano sfumate col trascorrere degli anni. Massimo aveva dimenticato i lineamenti distorti dell'americano, le accuse che si erano scambiati. Tutto cancellato.
Poi le immagini del corteo e la curiosità del figlio avevano ricondotto i ricordi alla coscienza. E la ferita, ormai rimarginata, aveva ripreso a sanguinare.
"*Quando vedrai i tuoi figli, chiederai scusa...*"
Parole semplici, Massimo. Parole semplici.
Roberto lo fissa con aria triste. Chiede di nuovo perché quella gente protesta e non vuole mollare. Ed è come se percepisse il suo tormento.
«Perché quelli come me hanno sbagliato tutto, Roby. E non vogliono capirlo» risponde piano, ma con decisione, prima di aprirsi in un sorriso rassicurante.

Alcune gomene fissano il barcone a uno dei lati della *Fenice*. Con un uncino Massimo arpiona un tubo della struttura, quindi si sporge in avanti e guarda in basso. Attraverso l'acqua cristallina, osserva il movimento circolare dei tonni. Sono ombre che guizzano nella trasparenza azzurra seguendo il perimetro della grande gabbia.
L'essenza stessa della velocità, pensa senza riuscire a distogliere l'attenzione dai pesci.
Sperava che quell'impresa l'avrebbe liberato una volta

per tutte dal fantasma di ciò che era stato, ma le sue insicurezze erano tornate a tormentarlo dalla mattina in cui avevano trasferito i tonni nella *Fenice*. Ecco perché non aveva festeggiato insieme a Paulo e alla sua squadra.

Si volta per un attimo. Il portoghese è in piedi, vicino al timone, una bandana blu gli trattiene i lunghi capelli. Ha le braccia conserte e scruta rapito l'orizzonte: è nel suo elemento, si vede, e lo abita con sfrontata, gioiosa noncuranza.

Il sole ha da poco superato lo zenit cominciando la lenta discesa verso la superficie del mare.

«Hai idea di quanto cibo serva per aumentare di un chilo la massa di quei bestioni lì sotto?» domanda Paulo rompendo il silenzio.

«Mi pare che per produrre un chilo di carne bovina servano diciassette chili di grano e quattordicimila litri d'acqua» risponde Massimo.

Il portoghese annuisce col capo. «Il principio è quello, ma l'obiettivo è diverso. Noi non vogliamo che ingrassino per mangiarli, *estou certo*?» Si ferma per sogghignare, attendendo una battuta di Massimo. Quando si rende conto che l'altro non ha intenzione di fargli sponda, sbuffa infastidito. Quindi ricomincia a parlare con voce piatta: «In questo caso li alimentiamo per aumentare l'energia che producono. Ne sprecano tantissima, anche solo per nuotare...».

«Non direi *nuotare*» lo interrompe l'italiano sarcastico. «Abbiamo costretto a girare in tondo animali capaci di attraversare gli oceani. Abbiamo ridicolizzato un senso dell'orientamento straordinario. Sembra un circo. Vuoi sapere che cosa mi ha chiesto Roberto, ieri sera?»

«Posso immaginarlo. Tuo figlio è troppo sveglio per la sua età...»

«Già. Mi ha chiesto se stanno bene lì dentro o se sono incazzati.»

Paulo sorride, raggiunge il bordo dello scafo e si sporge a sua volta sull'acqua.

«Non è un circo, Massimo. E nemmeno una prigione. Anche se ci può somigliare» ribatte indicando gli animali. «Te lo ripeto: è scienza, questa.»

«Una gabbia è sempre una gabbia, Paulo.»

Il silenzio cala sul barcone. Il sole d'inizio autunno è ancora caldo. Massimo lo sente riscaldargli la schiena prima che un brivido gli increspi la pelle.

Una gabbia è sempre una gabbia. Ne esistono anche di invisibili.

Le scene di devastazione che ha visto con Roby alla tv gli tornano davanti agli occhi.

Potevano infrangere vetrine, bruciare ogni banca, eppure i muri impalpabili che negano la mobilità sociale sono troppo massicci da infrangere e troppo alti da scalare. Il grande inverno che Derek Morgan e quelli come lui avevano regalato all'Europa stava ricoprendo la società con una spessissima crosta di ghiaccio. Nessuno l'avrebbe scalfita. E non sarebbero bastati i fuochi della rivolta per riportare il calore di una nuova primavera: niente si sarebbe più mosso senza il volere di quegli uomini.

I tonni in gabbia, a guardarli ora, ricordano a Massimo la classe media, imprigionata nelle maglie di un ordine sfalsato, costruito sotto un diluvio di cartamoneta senza valore, su un abisso incolmabile tra ricchi e poveri.

In fondo era così diverso da Derek?

Aveva costruito un universo su misura di cui essere il Signore. Si era sostituito alla natura, sfidandola. Prigionia e manipolazione erano i principi che reggevano quel microcosmo battezzato *Fenice*. Gli stessi con cui l'americano pensava di governare il pianeta terra.

«C'è un modo per farli uscire?»

La domanda rimane senza risposta.

«Paulo?»

Uno sbuffo.

Massimo si volta.

«Allora?»

Il portoghese lo scruta con sospetto. «Non so se faccio bene a dirtelo» ribatte dopo qualche istante accarezzandosi la barba.

«Dài, avanti.»

Paulo allarga le braccia. «Dall'altra parte del perimetro rispetto a dove siamo adesso c'è un argano. Si aziona con un mulinello e serve ad aprire una porzione mobile della rete...» Alza la testa al cielo in un moto di fastidio, poi si rivolge di nuovo a Massimo: «Contento?».

L'altro annuisce in silenzio.

«E ora, *complacer*, posso finire di spiegarti il mio progetto?»

«Ti ascolto.»

«Parlavo dell'alimentazione, perché a noi interessa stimolare l'istinto riproduttivo, in modo che utilizzino l'energia in eccesso per la fecondazione.»

Tra le maglie della grande rete, due tonni si urtano quasi a pelo d'acqua. A Massimo sembra di percepire la sofferenza dei corpi costretti. Si passa una mano sul viso come se volesse scacciare quella girandola di percezioni angoscianti.

«E per far questo ci serve una dieta particolare. *Trattamento naturale*» conclude il portoghese.

«Proteine?»

L'altro mugola un verso d'assenso. «Olio di pesce in grandi quantità. Ed è costoso. Molto costoso.»

«Ti ho detto di non preoccuparti dei soldi.»

Paulo sospira. «Per quanto possiamo andare veloci e le cose possano andare bene, non ci sarà mai un rapporto vantaggioso tra investimenti e utili. Neppure a lungo termine. Mi sembra giusto dirtelo.»

«Non hai ancora capito» sussurra Massimo. «Non mi interessano gli utili.»

Il portoghese aggrotta la fronte mentre si accarezza la barba con una mano. «Non capisco perché fai tutto questo. Non ha...» e in quel momento un urto, accompagnato da un tonfo sordo, scuote il barcone. Paulo afferra d'istinto il bordo dello scafo, mentre Massimo aumenta la pressione intorno all'uncino puntellandosi all'indietro con un piede.

«*Maldição!*» esclama il portoghese prima di ritrovare l'equilibrio. «Questa botta era davvero forte.» Si ferma per scrutare il fondo della gabbia cercando di valutare gli eventuali danni riportati dalla struttura. «Domani mando giù i ragazzi a controllare la tenuta della maglia.» Si blocca e lancia un'occhiata esitante a Massimo. «Succede, è normale... Non si adattano facilmente alla cattività» aggiunge per fugare in anticipo i dubbi dell'altro.

«Sembra una tonnara.»

«Qui però cerchiamo la vita, non diamo la morte.»

Massimo corruga la fronte. «Da dove deriva il principio della vita?»

«Cosa vuoi che ti dica?» si limita a domandare l'altro. «Sono pesci, Massimo, non stiamo generando la *vida* dalla morte. Stiamo solo cercando di evitare l'estinzione di una specie.»

«No, Paulo, stiamo parlando della natura. E in un modo o nell'altro, chiunque decida di alterarne il corso è convinto di farlo a fin di bene. Anche quando viola leggi o finisce per causare tragedie.»

«È il progresso.»

«Questa l'ho già sentita tanto tempo fa.»

«Be', è così. E chi te l'ha detto ha ragione da vendere.»

Massimo molla l'uncino e si raddrizza. Sorride, ma il suo è un sorriso malinconico. «Il progresso di alcuni può essere l'apocalisse di molti altri» scandisce con voce dura.

«Non esiste un'idea neutra di progresso, credimi se te lo dico. So bene di cosa parlo...»

Il portoghese, dando le spalle a Massimo, raggiunge il timone, dove comincia ad armeggiare per accendere il motore.

Quando si avvicina al bordo dello scafo, Massimo gli assesta una pacca sulla spalla. «Scusa» gli dice un attimo dopo sorridendo. La tensione dei minuti precedenti sembra svanita. «Domani acquista oli e farine. Compra i quintali che servono, e non risparmiare. Alimentali in modo intensivo.»

«Vedrai che ce la faremo» gli dice Paulo con fare sicuro.

«Lo so. Lo so.»

Mentre il mare scorre veloce intorno a loro, Massimo lancia un'occhiata al promontorio. Quindi chiude gli occhi e lascia che il vento gli accarezzi la pelle, aggrappandosi al calore soffuso dell'ultimo sole. Prova a svuotare la mente, rilassarsi. Cerca tra le pieghe del suo passato qualcosa che riesca a distrarlo. Che, oltre alla pelle, riesca a scaldargli anche il cuore.

Sfiora per un attimo Cheryl. Ma è solo una fantasia. Qualcosa di distante, troppo distante, che gli lascia in bocca il gusto della vita che vorrebbe.

Invece è lì, di nuovo inerte di fronte alle proprie ossessioni. Nella testa una domanda martellante che continua a tormentarlo: *Ma cosa stiamo facendo?*

17
Padre e figlio

... cinque... sei... sette...
Massimo avverte una leggera pressione alle orecchie che compensa spingendo la lingua sul palato. Attraverso il vetro temperato della maschera, osserva il fondale sul quale si mischiano mille sfumature di verde, blu e marrone.
Assomiglia al soffitto di una gigantesca grotta rovesciata. Come se sopra di lui, oltre la massa d'acqua, non ci fosse il cielo terso di una giornata d'ottobre, bensì la volta di una caverna. Si sente come se avesse oltrepassato la superficie di un enorme specchio, ritrovandosi in un universo capovolto.
Conosce a memoria la disposizione dei banchi di sabbia, le cadute ripide della parete rocciosa e le risalite fulminee. Dopo il fondale del promontorio, dove ha imparato a pescare, quella è la profondità marina che ama di più.
Era stato Siro a insegnargli la geografia sommersa. In piedi sullo scafo del barcone, indicava con le mani tozze alcuni punti della distesa d'acqua. "Lì c'è la secca di Tramontana" diceva come se la vedesse. E invece tutt'intorno c'era soltanto mare. "Da quella parte lo strapiombo" continuava facendo un gesto verso Mezzogiorno. "Un attimo, e sei a meno cinquanta."
... undici... dodici... tredici...
Una volta, Mario gli aveva detto che immergersi era l'unica possibilità per un uomo di volare. Andare sempre più giù

era come librarsi in aria. Vincere la pressione per illudersi di sconfiggere la gravità.

"E poi c'è la stessa successione di colori: azzurro, blu, cobalto. Alla fine il buio, come in cielo" aveva aggiunto.

"E c'è sempre meno aria" gli rispondeva Massimo annuendo.

... quattordici... quindici... sedici...

In apnea a circa venticinque metri, nascosto da un'imponente guglia di roccia, sta immobile dietro il bordo di quella stalattite capovolta, e aspetta. Con le mani stringe il fucile a elastico e sonda il blu circostante. A una decina di metri oltre l'orlo roccioso ha notato la sagoma argentata di una ricciola.

Si muove lenta e Massimo aspetta, contando mentalmente e sforzandosi di amministrare la riserva d'ossigeno. Non può fare altro. Quel tipo di caccia riduce al minimo i margini d'azione del predatore, puntando tutto su un misto d'ingegno e pazienza.

Lo svantaggio del rapporto di forza l'ha sempre affascinato. Trova equo partire da una condizione d'inferiorità, perché l'uomo che pesca è fuori dal suo elemento, ha sospeso in via temporanea l'attività primaria della vita e sfida creature nel loro habitat.

I duelli per Massimo erano quelli. Scontri impari, che lo vedevano sfavorito in principio: come quel trade che aveva finito per cambiargli la vita. Rovesciare lo stato di sfavore gli pareva l'unico buon motivo per giustificare la caccia.

No, non si trattava di una mattanza. Non aveva a che fare con la banalità di massacri su scala industriale.

... ventuno... ventidue... ventitré...

Il pesce è immobile. Massimo emette un suono gutturale con la gola, lasciando filtrare una piccola bolla d'aria dalle labbra. Altro ossigeno che si consuma. Ma non c'è molto da fare. Può soltanto provare a catturare l'attenzione del pesce, incuriosirlo perché si avvicini fornendogli un buon angolo di tiro.

Per certi versi la tecnica "dell'aspetto" ricorda l'arte della seduzione.

Una seduzione omicida.

La ricciola sussulta, ruota la testa e con un colpo di coda si avvicina.

Massimo valuta la distanza e la posizione del pesce, che gli si offre frontale concedendo una superficie minima per il suo colpo. E lui di colpo ne ha un solo. Non può commettere errori.

Poi, un altro movimento. Ora la ricciola è più esposta.

... ventotto... ventinove... trenta...

Adesso.

Massimo sta per sparare quando un'esitazione sconosciuta gli blocca la mano. Il dito sembra paralizzato.

Si rende conto di avercela fatta, che la preda è sua. E sa che ucciderla, a quel punto, non conta più. Non ha bisogno di un trofeo, perché l'applicazione corretta della tecnica porta già con sé il senso stesso di vittoria.

O forse a fermarlo è una sensazione di pena che un tempo ignorava.

"Non si va a caccia se provi pena per la preda" aveva detto proprio lui a Giorgio una volta.

Abbassa il fucile, muove piano le pinne ed emerge dal nascondiglio. Quando l'animale percepisce la presenza minacciosa dell'intruso, schizza via nel blu.

Andato.

... trentatré... trentaquattro... trentacinque...

Solleva la testa per guardare la luce che dall'alto si riflette sulla superficie dell'acqua. Controlla i piombi disposti intorno alla vita, considerando l'equivalenza approssimativa tra il conteggio e i minuti che ha trascorso in apnea. Dovrebbero essere all'incirca due e mezzo. Quando era più giovane, in una condizione di perfetta forma fisica, in pieno allenamento, arrivare fino a meno trenta significava sfiorare i tre minuti. Una volta, però. Quando con Mario la sfida era sempre aperta.

Adesso Mario non c'è più, e di tempo ne è passato parecchio.

Con un altro movimento delle gambe inizia la risalita, attento a decomprimere. Negli ultimi dieci metri quasi si ferma, aspettando che sia la spinta dal basso a sospingerlo.

Al che emerge dall'acqua con gesti misurati. Si sente come uno di quei sommozzatori che compiono spericolate azioni di sabotaggio. Quindi solleva la maschera sulla fronte e si volta con le palpebre abbassate verso la morbida luce del sole. Ma la voce squillante di Roberto lo sta aspettando. «Allora, papà?»

Apre gli occhi, è a una trentina di metri da un isolotto disperso nell'azzurro. Si tratta di una piccola chiazza di terra, con un diametro di circa un centinaio di metri. Al centro si erge un austero faro in pietra. Tutt'intorno esplode un vorticoso gioco di colori, gradazioni di verde, azzurro e blu che corrispondono alle diverse profondità del mare. A Oriente, Montecristo domina l'orizzonte con la sua presenza enigmatica e leggendaria. Sulla destra è ormeggiato un gommone.

«Papà, che hai preso?»

Massimo cerca il figlio con lo sguardo.

Roberto è in piedi sull'isolotto, vicino a una piccola cala dove gli scogli sporgono a pelo d'acqua.

L'uomo fa un cenno con la mano mentre comincia a nuotare verso la rientranza. Quando raggiunge gli scogli, si gira su un lato e si sfila le pinne. Quindi si alza in piedi.

«Niente, Roby» dice con rammarico. «Non c'era niente.»

«Ma come?» Nella voce del ragazzo la delusione è evidente. «E stasera?»

«Mangeremo quello che hai preso tu.»

Roberto lancia uno sguardo dubbioso a una retina poggiata per terra accanto a una grande bottiglia d'acqua. Soppesa la consistenza del pescato: tre saraghi, due cefali e un'orata. Quindi sbuffa scuotendo la testa. «Paulo e gli altri mangiano un sacco...»

«Dovranno accontentarsi» ribatte Massimo con voce allegra, mentre pensa alla voracità del portoghese e della sua squadra.

«Vedrai che chiederanno ad Ada di cucinargli qualcosa.»

«Questo è sicuro.»

I due si avviano verso il faro e, giunti alla meta, il ragazzo corruga la fronte. «Quant'è lontana l'Africa?» chiede.

«Eh, un bel po'» risponde il padre frizionandosi i capelli col palmo di una mano. Piccole gocce schizzano tutt'intorno.

«E allora perché lo chiamano Scoglio d'Africa?»

Perché la geografia è relativa.

«È soltanto un'esagerazione. Visto che sta più a sud rispetto alle altre isole, l'hanno chiamato così.»

Rimangono in silenzio ad ammirare l'incanto di quella domenica d'inizio ottobre. L'aria è limpida, il mare trasparente. L'isolotto sembra custodire un mistero antico.

Massimo alza la testa e osserva la sommità del faro: fissa il tiburio che custodisce la lanterna grigia e pensa al tempo in cui quel lembo di terra era abitato sempre e soltanto da due persone che, ogni quattro mesi, lasciavano il posto a un'altra coppia. Gli sarebbe piaciuto essere uno dei guardiani del faro, perso nella notte marina, in una sospensione perenne dello spazio e del tempo.

Poggia l'attrezzatura per terra, apre la muta sul davanti e, da una fondina sul fianco, estrae un lungo coltello con una lama affilata e il bordo seghettato.

«Allora?»

Roberto fa un gesto affermativo col capo prima di prendere l'orata dalla retina. La passa al padre tenendola con entrambe le mani.

Massimo l'afferra dalle cavità sotto la testa, si piega e la dispone sulla superficie dello scoglio.

«Prima cosa?» domanda a Roberto che si è accovacciato a sua volta.

«Le pinne.»

Massimo annuisce. «Quali?»

Gli occhi verdi di Roberto scompaiono per un istante dietro le palpebre. Poi indica il fianco dell'orata. «Queste.»

Con un gesto sicuro Massimo rimuove le pinne laterali. «Poi?»

«Le altre!»

L'uomo taglia la ventrale e la dorsale. «Adesso stai attento, perché qua è difficile.» Con la mano sinistra afferra il pesce qualche centimetro oltre la coda. Lo inclina e avvicina la lama per squamarlo.

«Papà...» mormora Roberto con una voce strana.

Massimo si blocca.

«Che c'è?»

Roberto lo fissa, indeciso se proseguire.

«Dimmi» lo incoraggia il padre.

«Quelli che abbiamo visto alla televisione, quelli che spaccavano tutto... dicevi che vivono male...»

Massimo sapeva che il figlio sarebbe tornato sull'argomento. Le risposte che gli aveva dato il giorno degli scontri a Parigi, evidentemente, non erano state sufficienti. Gli era dispiaciuto tagliare corto, ma l'amarezza l'aveva sommerso. Poco contava che le previsioni che aveva urlato a Derek tempo prima si fossero avverate: Francia e Italia avevano contribuito a sviluppare la cultura e la civiltà di un continente, e ora erano in ginocchio. Era insopportabile.

«Ma vivono male come te quando stavamo a Londra?»

«No, Roby, peggio.» Sospira, posa il pesce e si rimette

in piedi, iniziando a sfilarsi la muta. Poi riprende a parlare con voce bassa come se stesse raccontando una storia: «Vedi... per alcune persone, pagare un affitto, comprare delle cose, anche solo trovare un lavoro può essere molto complicato».

«E quindi sono arrabbiati.»

«Molto arrabbiati, sì. E quando stai così è difficile capire cos'è meglio per te.»

«Come quando vi arrabbiavate tu e la mamma?»

Con Michela si vedevano sempre meno. E se Massimo andava a trovare India, preferiva non incontrarla nella town house di Chelsea.

C'erano volte al telefono con lei in cui sembrava che lui fosse soltanto in viaggio, che si sarebbero rivisti presto, al suo ritorno. Gli capitava perfino di ridere per qualche pettegolezzo londinese che gli riportava. Ma prima di riattaccare rimanevano alcuni secondi in silenzio, come se ci fossero delle cose che non riuscivano a dirsi. Massimo sapeva che non c'era stato più nessuno nella vita di lei. Si era perfino augurato che Michela incontrasse un altro che la rendesse felice, ma non poteva ignorare una semplice verità: lei lo amava ancora.

Respira a fondo nel tentativo di allontanare quei pensieri.

«Non proprio» ribatte guardando Roberto. «Quando io e mamma ci arrabbiavamo, era perché non ci capivamo più, e soffrivamo.» S'interrompe sperando che quelle parole siano sufficienti. «Quelle persone invece potrebbero essere felici se non avessero tanti pensieri. Allora cercano di cambiare le cose.»

«E com'è che hanno cominciato a stare male?»

È difficilissimo riuscire a farsi capire. Si concentra alla ricerca di un'immagine che possa illustrare il processo di corruzione della cartamoneta e gli esiti funesti della spirale inflattiva.

«Pensa a uno di quei posti in cui tanto tempo fa venivano scoperte le miniere d'oro...»

«Come zio Paperone nel Klondike?» lo interrompe Roberto.

Massimo fa un cenno d'assenso col capo, benedicendo quei vecchi fumetti che aveva conservato e che un giorno avevano riletto insieme. Descrivevano alla perfezione ciò che gli economisti avrebbero liquidato con due parole: "effetto Cantillon".

«Un posto simile, sì. Te lo ricordi quant'era cattivo il proprietario dell'emporio?»

«Il padre di Paperone... Uh, cattivissimo.»

«In posti come quello c'è tanta ricchezza, ci sono tanti soldi...»

«Però sembrava un posto triste» lo interrompe Roby.

«Esatto» esclama il padre sorridendo. «Era un posto molto triste.»

«Ma se c'erano tanti soldi, dovevano essere tutti felici.»

Massimo passa la lama del coltello su un lato del pesce, attento a non rovinare la carne con una pressione eccessiva.

«No, Roby», dice con voce lontana, concentrato sulle squame, «perché i soldi non girano per tutti nella stessa maniera. Alcuni ne hanno più di altri. Il proprietario della miniera, quelli che vendono le macchine per estrarre l'oro, chi contrabbanda i liquori, be', *quelli* ne hanno molti di più.»

Ha detto *quelli* con un tono sprezzante che ha sorpreso anche lui.

Roberto annuisce mentre Massimo continua a spiegare: «Allora cominciano a spenderli per comprare delle cose». Ora pulisce l'altro lato del pesce. «E sai che succede?»

Il ragazzo scuote la testa.

«Succede che il padrone dell'emporio, il papà di Paperone, e la gente che vende la carne, la lana, il vino, la gente che vende le merci, insomma, fa pagare tutto di più. Perché vuole guadagnare altri soldi.» Massimo si blocca per controllare la pelle del pesce e si rende conto di avere impresso troppa forza. Ricomincia con movimenti più leggeri.

Roberto lo ascolta in silenzio, rapito da quelle parole. È come se il padre gli stesse svelando un segreto importantissimo.

«Ma succede pure che le persone che non lavorano per la miniera, quelle che guadagnano ogni mese uguale, oppure quelle che lavorano la terra cominciano a stare male...»

«... perché tutto costa di più...» Le parole di Roberto sono sospese tra l'affermazione e la domanda.

«Esatto, e quando tutto costa di più si dice che c'è inflazione. Ora un po' di inflazione fa bene a tutti ma quando invece è troppa diventa un disastro, capito?»

«Ma allora perché non ne mettono solo un po'?»

«Perché è difficile: hai presente quando metti il ketchup sulle patatine?»

Roberto quasi strilla. «Sì! Spingo e all'inizio non viene fuori niente, poi di botto esce tutto insieme e mi schizza addosso.»

«Ecco, l'inflazione è la stessa cosa.»

Massimo alza gli occhi e incrocia lo sguardo interrogativo del figlio.

«Bravissimo, hai capito perché tanta ricchezza in un posto non sempre è un bene. Adesso che si fa?» e indica il pesce con un movimento del capo.

«Devi tagliare, no?»

«Dove?»

«In basso.»

«Su, non fare il furbo» esclama Massimo. «*Come* devo tagliare?»

«Lo tieni premuto con una mano.»

«Lo tengo premuto così» dice mentre con il palmo sinistro fa leva sul pesce, incidendo il ventre con il coltello.

«Ma oggi non ci sono miniere» esclama Roberto dopo qualche secondo.

Massimo si morde un labbro. Quel botta e risposta rischia di diventare un labirinto senza uscita: l'intelligenza del figlio è vivace e non si accontenta di una spiegazione da fumetto.

«A parte che le miniere ci sono ancora, e sono posti bruttissimi. Comunque, oggi la stessa roba delle miniere la provocano alcune banche che si chiamano banche centrali e hanno un sacco di poteri. Per esempio decidono se creare nuovo denaro.»

«Dovrebbero farlo e darlo a tutti.»

«Infatti all'inizio va a tutti. E per un po' la gente ha l'impressione di star meglio. Comincia a spendere, compra più cose, magari poco alla volta, facendo dei debiti.»

«Perché non ce li hanno davvero, i soldi?»

«Ce li hanno nel senso che qualche banca più piccola glieli ha prestati. Ma poi i soldi vanno restituiti e non tutti ci riescono, allora chi ha debiti sta molto male.» Adesso Massimo fissa la distesa d'acqua. In quel posto nessuna legge dell'economia aveva valore: la dialettica domanda-offerta, le politiche monetarie, il *quantitative easing* davanti all'essenzialità di un paesaggio compreso tra cielo e mare, in cui perfino quel lembo di terra assomigliava a una presenza invadente.

Alla fine, era la natura a rendere tutto semplice. Quella natura che con il progetto della *Fenice* aveva scelto di sfidare.

«Papà, a che pensi?»

«Che stampare denaro è come una nevicata fittissima, di quelle che ricoprono tutto sotto un manto soffice.»

«Come sulle Alpi.»

«Come sulle Alpi, sì. All'inizio hai l'impressione che il bianco sia ovunque. Poi, quando smette di nevicare, capisci che non è così. Ci sono posti all'ombra dove la neve si accumula e rimane ammassata. E ci sono altri posti in cui invece si scioglie al primo sole, e diventa fango.» Massimo sorride e continua: «I soldi funzionano nello stesso modo. Si accumulano dove ce ne sono già altri, e si poggiano per pochissimo tempo dove non ce ne sono. Poi rimane la melma che sporca tutto».

«E quante sono le banche... Quante sono le banche centrali?»

«Tante: dove c'è una moneta, tipo il dollaro, l'euro o la sterlina che usavamo a Londra, c'è una banca centrale.»

«E tutte stampano soldi?»

«No, non tutte. Lo fa soprattutto una banca importantissima che si chiama Federal Reserve ed è americana. Da un po' ha attaccato a farlo anche quella giapponese.»

«Allora sono loro che fanno star male la gente.»

"... Ed è per colpa nostra che il mondo è diventato un incubo in cui non potranno più distinguere tra bene e male..."

Ancora le parole che aveva detto a Derek. Ancora quella notte a Londra. L'ultima volta nella grande banca, l'ultima volta al floor.

«Sono convinti di fare una cosa buona, ma fingono di non sapere quali siano i rischi.»

«Sono i cattivi» dice Roberto.

Massimo si gode il suono di quelle parole, il giudizio ingenuo e perentorio della giovane età, quando tutto è ancora bianco o nero, bene o male.

«Peggio per loro, peggio per gli americani che non capiscono, no?» aggiunge il ragazzo con foga.

Massimo sorride. Gli piacerebbe che fosse così. Ma il rapporto tra cause ed effetti non è mai lineare, soprattutto in quello spazio selvaggio e senza confini che si chiama mercato. E all'alba del Ventunesimo secolo, nella società globalizzata non esistevano più sistemi chiusi.

«Hai presente le radiazioni?»

Roberto aggrotta la fronte. «Quelle che c'erano in Giappone quando è esplosa la centrale?»

«Proprio quelle, sì. Se ti ricordi, non erano preoccupati solo i giapponesi, ma anche chi viveva lì intorno. Ecco, stampare denaro è come usare il nucleare.» Massimo posa il coltello e con due dita libera il pesce dalle interiora. Quindi torna a rivolgersi al figlio: «Prendi l'acqua e sciacqualo. Attento a togliere tutto il sangue, mi raccomando».

Roby afferra la bottiglia e inizia a lavare.

«La prossima volta dobbiamo farlo meglio» dice Massimo simulando un tono burbero. «Bisogna essere concentrati quando si pulisce un pesce così bello.»

Roberto ignora il rimprovero mentre poggia la bottiglia. «Le radiazioni fanno malissimo» mormora sovrappensiero.

Massimo respira a fondo. È stanco, ma si sforza di essere chiaro. «Fanno malissimo, è vero. Eppure all'inizio anche col nucleare si ha l'impressione di star meglio. Si produce energia che costa poco, e se ne produce sempre di più. Però dovrebbero produrla tutti o non dovrebbe farlo nessuno, perché altrimenti solo alcuni sono avvantaggiati.» Guarda per un attimo la lama del coltello che riflette un bagliore di luce e riprende a parlare. «E poi è pericoloso. Se scoppia una centrale nucleare in Francia, le radiazioni colpiscono anche noi in Italia. Stampare denaro è come produrre energia nucleare. Lo fanno gli americani, e allora dovrebbero farlo tutti. Anche noi europei. Perché quei soldi vanno ovunque e non si fermano lì da loro. Magari un giorno stamperemo anche in Europa, ma sarà una cosa lunga e complicata.»

Smette di parlare e si volta verso il mare. Vorrebbe restare lì e non andare più via. Il progetto della *Fenice* ha fatto riaffiorare dilemmi che non aveva mai risolto, catapultandolo faccia a faccia con l'oscuro senso del limite.

Roberto tiene la testa bassa, gioca con un sassolino.

Massimo sa che sta meditando su quello che si sono detti. Per qualche giorno suo figlio non sarebbe più tornato sull'argomento. Poi, all'improvviso, gli avrebbe fatto una domanda fulminante: e sarebbe stato ancora più difficile rispondergli.

Un giorno, lo sapeva, non avrebbe più avuto risposte ai quesiti del figlio.

Lo guarda allontanarsi verso la piccola cala in cerca di pietre per la sua collezione.

Le parole di un padre sono ricordi unici. Rimangono indelebili nella memoria, eppure si modellano con il passare del tempo.

All'inizio rappresentano l'appiglio sicuro offerto da chi già conosce il mondo. Poi mutano, diventano pareti da scalare, ostacoli da superare per vedere cosa c'è oltre. Roberto avrebbe pensato e ripensato a ciò che lui gli aveva detto. Magari in futuro avrebbe perfino scelto di contestare le idee di Massimo perché le sue sarebbero state più robuste. Suo figlio avrebbe combattuto per sostenere ogni teoria, ogni convinzione.

Ma solo dopo avrebbe compreso anche i non detti, le cose che Massimo aveva scelto di tacere. Diventato uomo, Roberto avrebbe scoperto quanto poteva essere eloquente un silenzio e com'era difficile mediare.

Massimo si volta. Posa una mano sulla pietra bianca e tiepida del vecchio faro, godendosi quel contatto rassicurante. Era lì da più di un secolo. Aveva sfidato la forza degli elementi, indicando la luce ai naviganti.

No, aveva sbagliato a pensare che quell'isolotto fosse ai margini del mondo. Al contrario, era un osservatorio, una fortezza. Da lì si coglieva, prima che altrove, l'avvento della tempesta che avrebbe raggiunto la costa.

Era diventato il suo avamposto: da quell'angolo di mondo in cui si era rifugiato osservava e coglieva prima di altri il disastro che stava per travolgere l'Europa.

Gli eventi prendevano forma davanti ai suoi occhi con una chiarezza che non avrebbe potuto mai avere al floor, dove tutto sarebbe stato tradotto con l'asettica grammatica dei simboli alfanumerici.

Scruta il cielo terso, respira l'aria tiepida e un presentimento inquietante lo fa rabbrividire.

L'inverno avanzava verso di loro.

E sarebbe stato lunghissimo.

18
Cavie

La stanza è rischiarata dal crepuscolo, che si mischia alla luce soffusa del fuoco del camino.

In piedi, davanti alla finestra, il dottor Paulo Miquez guarda il mare. La massa d'acqua è un'enorme chiazza grigia striata di bianco. All'orizzonte, l'isola è scomparsa, inghiottita dalla foschia. La tramontana gonfia le onde, spazza la costa e piega i pini sulla cima della scogliera.

«Il mare in inverno è per pochi» mormora rimpiangendo la luce della lunga estate che sul promontorio si protraeva per buona parte dell'anno.

Ha freddo, il portoghese. Ma quel freddo non è causato dall'aria di febbraio che trasforma il paesaggio in una fotografia in bianco e nero. Viene da dentro. È il freddo che afferra chi non sa cosa fare, chi ha paura.

Si volta e abbraccia l'ambiente con gli occhi. Conosce bene quella stanza. Negli ultimi anni l'ha considerata il quartier generale del progetto *Fenice* e, al tempo stesso, un osservatorio da cui, insieme alle onde, aveva scrutato il proprio futuro. Oggi, invece, ha visto qualcosa che assomiglia troppo a quel mare cattivo.

Nella stanza, al centro del pavimento, un'apertura circolare, sormontata da una ringhiera in ferro, dà su una scala a chiocciola che porta allo studio di Massimo sulla torretta.

Eccolo, il rifugio inaccessibile in cui l'italiano l'ha introdotto. Lo scrigno che custodisce i pochi indizi legati alla vita di quell'uomo senza identità.

Su un lato dell'ambiente, c'è il camino in pietra bianca. All'altra estremità, un divano in pelle, sopra il quale una carta nautica ritrae parte della costa tirrenica: il promontorio e le isole dell'arcipelago. Lungo la terza parete, una grande libreria in metallo è zeppa di volumi e di fogli ordinati in pile.

Paulo aveva scorso più volte le coste che componevano l'insormontabile mole di carta.

Se vuoi capire qualcuno, scopri cosa legge.

Lui l'aveva fatto, e aveva continuato a non capire.

Sugli scaffali sono allineati romanzi italiani e stranieri, saggi di economia, trattati di fisica e scienze naturali, opere di strategia militare. Hemingway accanto a Keynes. Adam Smith e Karl Marx insieme ad Aldous Huxley e George Orwell. Federico Caffè, von Clausewitz e Sun Tzu. *Moby Dick*, *I demoni*, *Il paradiso perduto*, *Fahrenheit 451*, *Il vecchio e il mare*, *Frankenstein*.

Di fronte ai volumi c'è una scrivania in legno con un computer, una lampada alogena in alluminio, una foto incorniciata e un libro.

Mentre aspettava, Paulo ha sfogliato il volume. Si è sforzato di leggere alcune righe, che Massimo aveva sottolineato con uno spesso tratto di matita. Parlavano di esperimenti su scimmie cappuccine chiuse in una gabbia. Si chiedevano quanto l'influenza dell'habitat forzato potesse pesare sui loro comportamenti.

Esperimenti. Gabbia.

Un brivido gli ha attraversato la schiena.

Ad aggiungere un alone inquietante, alcuni oggetti bizzarri. Accanto al divano, per esempio, su una mensola molto robusta, fa bella mostra un'affettatrice dal design vintage. Su un lato, alcune lettere dorate compongono la parola "Berkel". Un tocco surreale in quell'atmosfera satura di un sapere che risponde a segrete corrispondenze. Tracce all'apparenza incoerenti di una vita di cui Paulo ignora praticamente tutto.

Eppure sa che, oltre l'ingannevole illogicità degli accostamenti, c'è un mosaico coerente. L'avrebbe potuto vedere anche lui, se solo Massimo gli avesse dato la chiave per sciogliere il rebus e far combaciare le tessere.

Poi l'arrivo del padrone di casa l'aveva allontanato da quei pensieri.

Paulo rivolge lo sguardo nell'angolo in penombra tra la libreria e il caminetto. Distingue il contorno di una figura che si è accomodata su una poltrona. È immobile. Le gambe accavallate, le mani posate sui braccioli. Nel buio, il volto è indistinguibile.

Il portoghese, all'improvviso, sente la bocca seccarsi. Si schiarisce la voce. «Non sappiamo nemmeno se è possibile riprodurli in cattività. Accelerare la fecondazione complica soltanto le cose.»

Ha parlato d'un fiato. E finalmente si è tolto il peso che l'ha assillato negli ultimi mesi, da quando aveva intensificato l'alimentazione dei tonni.

L'uomo nell'ombra rimane in silenzio.

«Massimo, hai sentito?»

«Continua.» La voce dell'altro è piatta. L'ammissione non pare averlo turbato.

Paulo raggiunge il camino e allunga le mani verso il fuoco. È preoccupato. L'ironia con cui ha imparato a tenere a distanza i colpi beffardi della vita è svanita insieme all'ultimo calore dell'autunno, al sapore dei gelsi e alla gioia che aveva provato la mattina in cui l'esperimento era iniziato.

Vorrebbe essere a casa, a Lisbona. In uno di quei locali del Barrio Alto in cui annegava la malinconia nella cachaça.

Si guarda intorno sovrappensiero, cercando le parole migliori. Non è tipo da avanzare scuse. Non è mai stato indulgente verso se stesso. La vita gli ha insegnato che la durezza nei propri riguardi è la *conditio sine qua non* per dare il massimo ed esigere il massimo dagli altri. Per questo quelli che lavoravano con lui lo stimavano: perché sapeva guadagnarsi il rispetto sul campo.

Ma l'ostinazione dell'italiano era incomprensibile, non si accontentava mai e nessun argomento era servito a fermarlo. Erano mesi che lo imprigionava in una maglia di assurde pretese mischiate a dubbi invalicabili.

Paulo aveva cominciato a provare una sorda avversione per l'uomo verso cui era in debito. Del resto, conosceva bene quell'adagio che suonava tanto antico quanto terribile: avvantaggia qualcuno, e prima o poi ti sarà nemico.

No, lui non sarebbe diventato nemico dell'italiano. Ma anche l'altro doveva capire, e accettare la realtà. «Potrebbero non adattarsi mai al regime di costrizione. Forse abbiamo sbagliato i calcoli, le misure della gabbia sono troppo piccole e i rapporti non vanno.» Non fa niente per trattenere l'espressione di amarezza che gli deforma il viso. «Oppure aveva ragione tuo figlio: non è possibile creare la vita in una prigione.»

«Cos'è che non ha funzionato nella dieta proteica?»

Il portoghese si batte un pugno sulla coscia. «Non c'era modo di indirizzare l'energia in eccesso. Abbiamo scommesso sul fatto che favorisse l'istinto riproduttivo e invece...» Si blocca sperando che l'altro gli venga in aiuto, ma non è così.

Allora poggia la testa al muro alle sue spalle. «Invece è successa una cosa peggiore.» Si concede un respiro profondo. Ha paura: potrebbe finire tutto di lì a poco. Potrebbe ritrovarsi di nuovo a insegnare equazioni a un branco di adolescenti viziati in qualche angolo di un'Europa che sta ballando l'ultimo giro di tango sull'orlo dell'abisso. Ormai rassegnata al casqué finale.

Se ci fosse stato lui al posto di Massimo, non avrebbe esitato a sfilarsi dal progetto. L'italiano aveva investito una fortuna e cos'aveva avuto in cambio? Niente. Neppure l'ombra di un risultato.

Ricomincia a parlare fissando un punto imprecisato nel vuoto: «Si stanno facendo male, lì sotto. Sembrano impazziti. Sbattono contro le barriere, si feriscono. Abbiamo dovuto triplicare gli interventi di manutenzione della rete».

«È un esperimento, Paulo.»

«È un esperimento sbagliato.»

«Per adesso.»

Quelle due parole scuotono il portoghese. Il fremito delle mani diminuisce.

«Allora vuoi andare avanti?» domanda con una voce nuova, illuminata da un filo di speranza.

Massimo si alza in piedi e a passi lenti varca la linea sottile che separa l'ombra dalla luce fioca.

Quando Paulo lo guarda, nota subito un lampo sinistro negli occhi blu.

«Voglio andare avanti, certo. Non mi tiro indietro per un fallimento» dice sorridendo tranquillo.

Paulo studia l'espressione del viso e legge un'ostinazione che non gli piace. Ha qualcosa di malsano. Rasenta un'inconsapevolezza cieca. No, non c'era più scienza in quell'impresa.

«Però, ascoltami...» Il portoghese si sporge sul bordo del divano. «Smettiamola coi trattamenti, e vediamo come reagiscono in primavera.»

«No.» Il monosillabo tronca la conversazione come una lama affilata. La risposta non ammette repliche, e Paulo percepisce una vertigine. Quell'uomo continuava a disorientarlo con un misto di caparbietà e scetticismo. Era come se, oltre le iridi azzurre, si combattesse una guerra la cui posta era qualcosa che stava oltre il possibile, il lecito.

Ma quella non era la *sua* guerra, e Massimo non l'avrebbe convinto a combattere sotto bandiere in cui non credeva.

«È un'assurdità» sbotta il portoghese alzandosi in piedi. «Non posso garantire alcun risultato così. Ma perché? Perché?»

«Perché per me tutto questo funziona solo se la riproduzione è rapida e intensiva.»

«Ti sbagli!» Paulo serra un pugno e lo agita in aria. «Riprodurre un solo esemplare in quelle condizioni sarebbe una scoperta importantissima per la biologia marina. Invece stiamo inseguendo...» si blocca incespicando sulle parole, «... la tua ossessione.»

Massimo socchiude gli occhi. È come se guardasse attraverso le pareti di quella stanza, come se stesse proseguendo un dialogo antico di cui Paulo è un semplice spettatore.

«L'ossessione è l'unico lusso che ho deciso di concedermi.»

«L'ossessione uccide.»

«Lo so.»

Tacciono fissandosi negli occhi.

È il portoghese ad abbassare lo sguardo per primo. Quindi si avvicina al camino, mormorando un'imprecazione. Poggia una mano sulla mensola e indugia fissando il fuoco, mentre all'esterno la luce smorta ha ormai ceduto al buio della sera.

Massimo riprende a parlare spezzando il silenzio teso: «Noi corriamo contro il tempo».

«Ne abbiamo già parlato, ne parliamo di continuo. Tu vuoi ripopolare i mari, e questo non dovrebbe riguardarci.»

L'altro tace, con le mani sprofondate nelle tasche.

«È un'illusione, capisci?» insiste il portoghese. «E le illusioni sono pericolose.»

«No, è un sogno. E i sogni cambiano il mondo. Voglio dimostrare che alcuni processi sono reversibili, Paulo. Ma per farlo ho bisogno di dati che mi diano ragione. Non te lo chiederei se non fosse così importante.»

Massimo ha ammorbidito il tono, ma il dottor Miquez vorrebbe scappare. La gabbia non galleggiava a tre miglia dalla costa e non aveva la forma di un enorme poliedro. La vera gabbia era lì, in quella stanza. Aveva reti impalpabili, e sbarre incorporee. Era il labirinto di quella mente, che lo stava imprigionando in un oscuro disegno di cui non riusciva a decifrare la trama.

Lui, se ne rendeva conto solo in quel momento, era parte dell'esperimento. L'ultima cavia, dopo i tonni nella *Fenice*.

Eppure c'era qualcosa di grandioso nel modo con cui l'italiano perseguiva i propri piani. Una caparbietà che lambiva l'incoscienza e che forse, in qualche modo, andava ancora onorata.

Forse meritava un tentativo estremo.

«D'accordo» ribatte Paulo a mezza bocca, scuotendo la testa.

«Non mi basta.»

«Cosa vuol dire?»

«Vuol dire che non ho bisogno di un mercenario. Voglio che tu ci creda, come all'inizio.»

Paulo riconosce distintamente le parole di un capo. Non doveva essere la prima volta che Massimo esigeva dagli altri una simile motivazione. Quell'uomo, fuggito dal mondo sulla sommità di una scogliera, nascondeva la stoffa del vero leader.

«Non posso credere in una cosa che giudico insensata.»

Massimo sospira. «Sono il fine e il risultato che stabiliscono la sensatezza delle azioni.»

«Questo è un discorso pericoloso. I mezzi modificano il fine.»

A Paulo sembra di cogliere una fugace esitazione sul volto dell'altro.

«*Potrebbe* diventare un discorso pericoloso, ma fino a ora non lo è stato» replica Massimo. «Ci siamo mossi all'interno del nostro accordo, intervenendo in modo naturale.»
Sa sempre cosa dire. E sempre nel modo giusto.
«Non so se ammirarti o avere paura di te.»
«A volte le due cose non sono scindibili.»
Paulo allarga le braccia e sorride. Un sorriso sospeso tra sconfitta e sollievo. «Va bene» esclama. La tenacia di Massimo lo ha contagiato. Paura e incertezza hanno fatto posto a una curiosità maligna.

Gli occhi gli bruciano. Si passa una mano sul volto stanco, deciso a ignorare gli interrogativi che lo tormentano.

«Siamo arrivati a questo punto, e allora giochiamoci tutto. Mal che vada... perderemo» aggiunge un attimo dopo.

«Vorrà dire che ne sarà valsa la pena, e che avremo fallito insieme.» Massimo raggiunge il tavolo e si siede sul bordo. «E ora che cosa pensi di fare? Qual è la tua prossima mossa?»

Il portoghese scuote i lunghi capelli con un movimento brusco della testa. «Proviamo a vedere la questione da un altro punto di vista. Per ora ci siamo concentrati solo sugli animali, abbiamo ragionato pensando a loro. Cambiamo prospettiva. L'alimentazione era l'intervento più semplice. Abbiamo cercato di accelerare il metabolismo per sollecitare l'istinto riproduttivo, e non ci siamo riusciti.» Si accarezza la punta della barba, sembra aver ritrovato la sicurezza di sempre. «Ma l'organismo dei nostri tonni è solo un elemento del quadro...»

«L'altro è l'habitat» lo precede Massimo.

«L'habitat, esatto» risponde Paulo. «Dobbiamo mutare le condizioni esterne. Siamo in inverno.» Con un dito indica la finestra dietro la scrivania. «Bene. Regaliamogli la primavera.»

«Insomma, se non siamo riusciti a stimolarli, almeno inganniamoli» replica Massimo a voce bassa. «Lo sai cosa facevano nell'antica Roma per costruire il consenso?»

Il portoghese scuote la testa incuriosito da quella brusca divagazione.

«Elargivano pane e organizzavano maestosi giochi per il popolo, i *ludi*. Se ci pensi, non è cambiato molto da allora.»

«Scusami, ma la politica mi annoia. Non fa per me.»

«È molto più della politica. È qualcosa d'invisibile, di... *pervasivo*... Capisci cosa intendo?»

Paulo tiene gli occhi socchiusi e Massimo continua: «È una forza che agisce sulla realtà, sulla vita. Ed è la ragione ultima di quello che sta accadendo in Europa. Oggi esistono strumenti simili con cui imprigionare la classe media, e condizionarla. Il terrore, i media, le guerre... Mi capita di pensarci quando parliamo della *Fenice*. È questo che vedo in quella gabbia. Una tecnica per cambiare la percezione. E mi fa paura».

Tacciono entrambi.

Paulo ha l'impressione che quelle speculazioni custodiscano l'arcano che aveva spinto Massimo a separarsi dalla sua vita precedente.

Poi l'italiano fa un gesto con la mano, quasi a cancellare le ultime parole. «Comunque, il problema è che la *Fenice* è in mare, e non è possibile intervenire sul mare» considera con aria assorta.

Il portoghese si siede sul divano. Accavalla le gambe e allarga le braccia con un'espressione furba sulle labbra. «La *Fenice* è in mare, ma se ci pensi bene rimane un ambiente chiuso. E su un ambiente chiuso è consentito intervenire con determinate tecnologie.»

«In che senso?»

«Se al posto del camino in questa stanza ci fosse un condizionatore d'aria regolato a trenta gradi, potremmo stare in maglietta.» Si interrompe, congiunge i polpastrelli della mano sinistra per formare una specie di sfera. Con l'indice della destra disegna un ulteriore cerchio intorno al solido immaginario. «Ma se qualche ricco italiano decidesse di foderare la gabbia con dei particolari teli e munire la struttura di lampade capaci di ricreare certe condizioni di luce, be', in quel caso sarebbe possibile alterare il fotoperiodo.»

«In altre parole, i tonni si convincerebbero di essere in primavera inoltrata.»

«Quantomeno per quello che riguarda un parametro. Non c'è altra strada.»

L'italiano si prende la testa tra le mani. «Facciamolo» scandisce dopo qualche secondo.

Quando sente quella parola, Paulo sa di avere superato una linea. Da lì in poi tutto sarebbe stato possibile.

Aveva tentato di resistere, ma non era servito.

«Facciamolo» ripete assaporando ogni sillaba.

«Perché parlavi di *un* parametro. Ce ne sono altri?»

«Ce n'è un altro, sì.»

Massimo assume un'espressione interrogativa.

«La temperatura dell'acqua.»

«E sarebbe possibile controllarlo?»

«Ah, è possibile. Dopo quello che abbiamo deciso, tutto è possibile» replica il portoghese con voce ironica. «Ma non qui. In alcuni impianti d'allevamento, anche in Toscana, dalle parti di Piombino, si usano le acque delle industrie per riscaldare le vasche dei pesci. Pensa un po': scarichi industriali per generare la vita.» Lancia all'altro uno sguardo polemico. «Qui però è impossibile, siamo troppo lontani. A meno che tu, coi tuoi poteri, non sia capace di spostare una fabbrica.»

Massimo sorride. Quindi con un dito indica un punto sopra la testa di Paulo.

Il portoghese si gira e fissa la carta nautica sopra il divano.

«Sì?»

L'italiano si alza in piedi e raggiunge la cartina. Indica col dito un punto della costa, a sud del promontorio.

«Montalto di Castro.»

Paulo sgrana gli occhi.

«C'è una grande centrale termoelettrica...»

«... famosa per le emissioni di anidride carbonica» aggiunge il portoghese, malizioso.

«L'hai detto tu: scarichi industriali per generare la vita.»

Gli scrupoli si stavano dissolvendo. Forse anche la coscienza stava subendo lo stesso destino.

Paulo avrebbe voluto assicurarsi di averla ancora. Ma c'era un solo modo per scoprirlo: compiere o non compiere delle azioni.

Allunga una gamba e si tocca una tasca con la mano. Il tintinnare di alcune monete risuona nella stanza.

«Anche i sogni hanno un prezzo, Massimo. E tu puoi coltivarne di grandissimi...»

L'italiano ignora il commento. Torna alla scrivania e poggia i palmi sul ripiano. Rimane immobile per qualche secondo prima di prendere la fotografia. La tiene tra le mani guardandola in silenzio.

Paulo conosce quello scatto in bianco e nero. L'ha spiato più volte. Ci sono state occasioni, quando è rimasto solo nello studio, in cui l'ha esaminato cercando una risposta alle domande che aveva giurato di non fare.

È Massimo da ragazzo insieme a un coetaneo dai capelli neri e un uomo dalla corporatura massiccia. Sullo sfondo, il mare. Ai bordi della fotografia, il profilo dell'insenatura che gli abitanti del promontorio chiamavano il Pozzarello.

«C'è odore di passato in quella foto.»

«Non è solo il passato. È la promessa di un futuro, che però non c'è stato.» Massimo parla senza distogliere lo sguardo dalla foto. «Non so se capisci cosa intendo.»

«Per noi portoghesi la *saudade* è la vita stessa. Si può provare nostalgia anche per ciò che non è stato.»

Quindi Paulo vede Massimo scomparire nell'apertura al centro del pavimento, ascolta il rumore dei passi sulla scala di metallo.

Si alza, si avvicina alla scrivania e apre il libro di prima. In quell'istante pensa che ha compreso l'esatto significato dell'espressione *vendersi l'anima*.

PARTE QUARTA

Il fuoco

19
Detto e non detto

«Devi vederli, sono enormi.» Roberto ha finito di mangiare e parla con foga accompagnando il racconto con ampi gesti delle mani.

Di fronte a lui, dall'altra parte del tavolo, India tiene gli occhi bassi. Con aria svogliata muove la forchetta nel piatto e ignora l'entusiasmo del fratello. Ogni tanto porta alla bocca qualche pezzetto di cibo.

«Nuotano velocissimi. È incredibile» insiste Roberto.

«Sì, sì, belli...» mormora la ragazza con sarcasmo senza alzare gli occhi.

«Diglielo tu, papà.»

Massimo sposta lo sguardo dall'uno all'altra, inarca le sopracciglia e sospira.

È come se tra fratello e sorella la distanza fosse aumentata nell'ultimo periodo.

Sul promontorio, Roberto e Massimo avevano inseguito la loro passione per il mare. Via dalla prigione della scintillante metropoli, via dalle regole della mondanità e dai codici soffocanti del glamour.

India, invece, aveva continuato a vivere a Londra, sempre più legata all'apparenza, regina in quella galleria di specchi che rifletteva mille ingannevoli immagini di sé. Lì, sulla costa italiana, doveva sembrarle tutto sperduto e noioso, fuori dal mondo.

Era normale che, vivendo lontani e in modi così diversi,

i due fratelli si capissero poco. Massimo aveva confidato nel tempo, sperato che i diciassette anni di India riuscissero a smussare certi spigoli del suo carattere. Non era accaduto. Anzi, era successo il contrario, come quei cinque giorni carichi di tensione avevano dimostrato. E dire che Roberto si era adoperato in tutti i modi per coinvolgere la sorella nella vita di quel puntino sul Mediterraneo. Le aveva proposto di uscire in barca tutti insieme, di andare in paese. Aveva raccontato della *Fenice*, di Paulo e degli altri membri della squadra. Le aveva perfino chiesto di aiutarlo con i compiti, negli ultimi giorni di scuola. E Massimo sapeva bene che il figlio non ne aveva bisogno.

Ma India aveva opposto a tutto una gelida indifferenza.

Massimo si rende conto solo in quel momento di quanto la presenza di Paulo, con la sua ironia, sarebbe stata importante. Il portoghese, però, gli aveva chiesto una settimana per rientrare a Lisbona, e lui non aveva avuto cuore di dirgli di no. Il rapporto tra loro era in equilibrio perfetto: poteva fidarsi di lui, lo sapeva. Anche con Roberto, Paulo era stato sempre attento a rispettare il patto del silenzio che avevano stretto all'inizio della loro avventura.

L'arrivo di India aveva alterato l'armonia di quel luogo. Ogni volta che la vedeva, Massimo rimaneva estasiato dalla sua bellezza, dai suoi occhi che già vibravano di una determinazione da adulta. Ma c'era qualcosa che non girava come avrebbe dovuto, che trasformava la caparbietà della figlia in una cocciutaggine capricciosa. Inoltre, anche se negli ultimi anni aveva avuto poche occasioni di vederla, il pallore sul viso di lei raccontava di un tormento inequivocabile. Si era sforzato di scacciare quel pensiero. Si era detto che, se ci fosse stato un problema, Michela l'avrebbe saputo, e gliene avrebbe parlato. *Madre e figlia si dicono tutto*, pensava.

Ma la mattina del giorno prima, passando davanti alla

porta del bagno, aveva avuto l'impressione che India non stesse bene. Si era fermato, incerto sul da farsi, la mano bloccata a mezz'aria. Avrebbe voluto bussare, ma alla fine aveva lasciato perdere. Sapeva quanto potesse essere fastidiosa l'invadenza di un genitore a quell'età, soprattutto un genitore assente come lui. Eppure quel brutto presentimento continuava a rimbombargli nella mente.

Sospira ancora.

«Non credo che a India interessino i tonni, Roby.»

Il ragazzo annuisce paziente mentre comincia a giocherellare con una mollica di pane.

Sono seduti intorno al tavolo disposto sul patio. Il sole di quei primi giorni di giugno inonda la scogliera di luce. Il mare è piatto. Sullo sfondo del cielo terso l'isola ha la consistenza palpabile di un bassorilievo.

Una donna sulla sessantina di corporatura minuta fa avanti e indietro dalla casa, assicurandosi che i tre non abbiano bisogno di nulla. È piccola e scattante, con i capelli grigi tagliati corti e gli occhi neri da cui traspare una naturale dolcezza.

Massimo le riserva un'occhiata tenera.

Ada. Aldo e Ada.

Stavano lì dai tempi in cui la casa era di proprietà di un signore francese molto eccentrico con cui Massimo e Mario si erano scontrati spesso, ogni volta che – durante una battuta di pesca – capitava loro di fermarsi a rifiatare sugli scogli davanti alla piccola cala. Il francese non gradiva. Aveva modi eleganti ma, quando voleva, era di poche e sferzanti parole.

Molti anni dopo, quando Massimo si era presentato per trattare l'acquisto della casa nella quale avrebbero vissuto Ada e Aldo, l'uomo l'aveva riconosciuto subito. E gli aveva riservato uno sguardo infastidito come se stesse violando ancora la sua privacy, come se non avesse davanti un acquirente disposto a sborsare una cifra esorbitante ma soltanto uno scocciatore.

Eppure – Massimo ne era certo – era stato contento di vendere proprio a lui.

«Questo posto ti entra nel sangue» gli aveva detto il francese alla fine della trattativa. Aveva ragione.

Massimo cerca con gli occhi il volto di Ada, e non può fare a meno di pensare che nell'ultimo periodo ha riempito il vuoto lasciato da Carina. Sente la morsa impietosa della nostalgia e cerca di scacciarla.

La donna studia con discrezione la tavola, assicurandosi che tutto sia a posto e cercando di prevenire le eventuali richieste.

«Va bene, signorina? Non le piacciono i pomodori?» chiede a India con la tipica cadenza maremmana.

La ragazza fissa sovrappensiero il piatto ancora pieno. «*It's just a salad. How do you want it to be?*» risponde un attimo dopo in tono supponente.

Massimo incrocia lo sguardo smarrito della donna. «Va bene, Ada, grazie. È squisito.»

L'altra annuisce con aria perplessa, prima di voltarsi e tornare in casa.

«Fare un'insalata tanto buona è difficilissimo, anche se non sembra. I pomodori li coltiva Aldo e così dolci non se ne trovano» commenta Massimo un attimo dopo. Cerca di usare un tono neutro per evitare un litigio che sente sempre più prossimo.

La ragazza sbuffa. «*Yeah... Good, clean and fair food!*» replica con la voce impostata, citando uno slogan e alzando un pollice in un gesto ironico.

Massimo ignora il sarcasmo e si sforza di mantenere il controllo nonostante quell'atteggiamento. «Perché parli in inglese? È scortese non farsi capire. Conosci Ada da quando eri piccola, lei ti vuole bene. E anche tu.»

«*I live in London. Remember?*»

«Ma qui non siamo a Londra. Io sono italiano, tua madre è italiana, *tu sei italiana.*» La voce di Massimo si alza involontariamente di un'ottava. «E parlare una lingua è segno d'intelligenza. Non esiste solo l'inglese.»

India lascia cadere la forchetta nel piatto. «Non cominciare! Intelligenza...» Ride. Una risata squillante come un campanello e tagliente come un rasoio. «Ma lo vedi come ti sei ridotto? Avevi tutto e...»

Roberto alza la testa. Ha il viso teso. Osserva il padre e la sorella prima di alzarsi e avviarsi verso la casa.

«E... e sei finito in questo posto... a occuparti di tonni.» Pronuncia le ultime parole a voce alta.

Massimo indurisce lo sguardo. «Non puoi parlarmi in questo modo.»

«Invece sì.» India scatta in piedi. «Lo posso fare, e lo faccio... perché sei sparito, hai lasciato me e mamma per venire qui a fare l'eremita. E adesso pensi di darmi delle lezioni?»

Le lacrime le scivolano sul viso e feriscono Massimo.

«Ne abbiamo parlato tante volte. Ti ho spiegato che non potevamo andare avanti in quel modo, che stavamo tutti male...»

«Hai spiegato? Spiegato?!» lo interrompe lei. «Ma non mi hai chiesto cosa sentivo io, cosa provava la mamma. Sei un egoista e basta, quello che va bene per te deve andare bene anche agli altri.» Stringe i pugni. «Tu non sai amare!» gli dice piegandosi in avanti, il viso deformato da una collera che viene da lontano. Una rabbia che si è accumulata nel tempo, esplosa in quel momento per un motivo che adesso Massimo neppure ricorda.

Tu non sai amare!
Michela, Cheryl...

Quella frase gli fa molto male. Gli fa così male perché è vera: non ha mai saputo amare, Massimo. L'inflessibile volontà con cui ha combattuto per tutta la vita diventa esitazione quando ci sono di mezzo i sentimenti. La paura lo immobilizza. La rinuncia è una scelta immancabile, come se non avesse potuto, *non avesse voluto* essere davvero felice.

Kalim, Paul, Mario.

Anche con gli amici aveva sempre fatto lo stesso, rintanandosi dietro muri insormontabili e sacrificandoli in nome delle proprie ossessioni.

E con Paulo stava facendo la stessa cosa: si sarebbe lasciato alle spalle anche lui, non c'era alcun dubbio.

Guarda la figlia dargli le spalle e dirigersi verso la casa. Si alza in piedi. «India, ascoltami.»

Ma lei non ascolta. Non lo può ascoltare. Come quand'era bambina e voleva dirgli un sacco di cose e invece il cuore le batteva forte e si lasciava prendere da una commozione strana che le impediva di parlare. Così taceva per eccesso d'amore, e smetteva perfino di starlo a sentire.

Corre in casa e Massimo la segue. Per un attimo incrocia lo sguardo preoccupato di Ada. Raggiunge la porta del bagno al pianterreno che si chiude con un tonfo sordo.

«Parliamo, India!»

La risposta è lo scatto secco della chiave nella serratura.

«India... Se ho sbagliato, l'ho fatto solo perché volevo che stessimo meglio.»

I singhiozzi sommessi al di là della porta lo raggelano.

Un attimo dopo percepisce lo stesso rumore che ha colto il giorno precedente. Muscoli che si tendono, la gola che si gonfia.

Un conato di vomito. Un altro. E un altro ancora.

Bussa alla porta. «Stai bene?»

Non sa cosa fare.

Lui e Michela si sarebbero dovuti accorgere di qualcosa? C'era un problema di cui India non voleva parlare?

Bussa ancora, ma sa che è inutile.
Quella porta non si aprirà così facilmente.
E neppure il cuore di sua figlia.
Il titolo a caratteri cubitali campeggia sulla prima pagina del quotidiano.

EUROPA NEL CAOS

Massimo poggia il bicchiere d'acqua sulla scrivania e si passa una mano sul viso. Ha gli occhi rossi. È stanco, e il litigio con India gli ha lasciato addosso un senso opprimente di angoscia. Quel rifiuto del cibo lo terrorizza.

Guarda il BlackBerry accanto al giornale. Per un po' è stato incerto se chiamare Michela. Ma cosa avrebbe potuto dirle? Che India da qualche giorno non stava bene? Che la trovava pallida e più magra del solito?

No, non poteva. Non era lui che l'aveva vista crescere in quegli ultimi anni. Non c'era stato quando lei lo avrebbe voluto accanto. E ora pretendeva di capirla meglio di sua madre?

No.

E così aveva preferito ritirarsi nello studio in cima alla torre. Lontano da tutto, da tutti.

Il sole adesso sta calando. Attraverso la finestra aperta l'aria della sera invade l'ambiente.

Seduto alla scrivania, Massimo respira il profumo di resina e salsedine ed è costretto ad accettare che neppure davanti al mare è semplice essere felici. La vita viene a cercarti, ti scova anche in un rifugio alla fine del mondo, per sbatterti davanti alle responsabilità, a ciò che è stato e che – forse – continua a essere.

Non c'è modo di scappare. Nessun luogo può proteggerti da te stesso.

Non si fugge da ciò che si è.

Abbassa lo sguardo sull'articolo:

Parigi in tilt. Lo sciopero generale paralizza la Capitale.
Voci di un ulteriore declassamento del debito transalpino.

Tutto come aveva previsto. L'inverno cominciato mesi prima aveva continuato a congelare l'Europa. E adesso la tempesta superava Alpi e Pirenei. La mattanza non risparmiava nessuno. Gli intoccabili di ieri erano diventati la carne da macello di oggi.

Il dubbio sollevato sulla tenuta del debito ellenico era stato il bacillo di un'epidemia letale. Dopo Grecia, Italia e Spagna, toccava alla Francia.

Apre il giornale e comincia a leggere il pezzo d'apertura:

PARIGI – Da ieri la Francia è paralizzata dallo sciopero generale di quarantott'ore che ha mobilitato milioni di lavoratori contro le politiche di rigore annunciate dal governo in accordo con i vertici della Trojka. Le strade di Marsiglia, Lione, Bordeaux, oltre a quelle della capitale, sono state invase da centinaia di migliaia di manifestanti, mentre il Paese si bloccava. Fermi i treni e i trasporti, chiusi numerosi esercizi commerciali, chiuse le poste e le scuole, ridotti al minimo i servizi sanitari e l'erogazione di energia elettrica e gas, bloccate le rotative dei principali quotidiani. Ovunque l'appello alla mobilitazione ha registrato una massiccia adesione da parte dei lavoratori. Nonostante la paralisi dei trasporti e i giganteschi ingorghi che hanno bloccato per tutta la giornata gli accessi alla capitale, un corteo di duecentomila persone ha attraversato le vie di Parigi, scandendo slogan durissimi contro i sacrifici richiesti dall'Unione Europea e dal Fondo Monetario Internazionale. Il governo francese, infatti, ha approvato di recente un piano di interventi che prevede ulteriori tagli alla spesa pubblica per quaranta miliardi di euro. Nel corso della manifestazione, che si è mossa intorno alle 10 da Place de La Republique, si sono registrati numerosi episodi di violenza e assalti a filiali di diverse banche e a una sede distaccata del Ministero delle Finanze. Gli scontri più violenti sono iniziati intorno all'ora di pranzo, quando alcune centinaia di giovani, armati di bastoni, pietre e molotov, hanno attaccato i reparti della Sûreté Publique.

Massimo smette di leggere. Avverte un'ondata di nausea dolciastra, il disgusto per l'ineluttabilità di quella catena.

L'Europa combatteva di nuovo, scaraventata nell'incubo d'una guerra civile, il peggiore tra i conflitti: quello in cui il fronte può essere ovunque e il nemico non indossa divise. Padri contro figli. Vecchi contro giovani. I diritti degli uni contro l'invisibilità degli altri. Tutti ugualmente condannati a un gelo senza fine.

Gli tornano in mente le parole profetiche di Guido Roberto Vitale, banchiere illuminato che Massimo considera suo maestro. Qualche volta si vedevano a Milano, all'ora del tè, in una sorta di confessionale, per parlare di storia e di politica, e pochissimo di finanza. Un giorno gli aveva detto: "La Germania continua a credere di poter regnare, quasi in incognito, sull'Europa, imponendo le sue regole e la sua way of life, incurante degli altrui usi e costumi. Non che abbia tutti i torti, anzi, ma avendo rimosso le conseguenze politiche ed economiche della Prima e della Seconda guerra mondiale, adesso cerca, più o meno inconsciamente, quella rivincita che non ha mai avuto e che ancora una volta è probabile le sfuggirà, non senza aver prima prodotto un altro disastro per sé e per gli altri".

Ripensa all'origine della tragedia e rivive con la mente la diabolica strategia che stava alla base di tutto. In principio era stata una *jihad*, la santa alleanza tra fondamentalismi opposti e complementari: la monetizzazione del debito professata a Washington e l'*über alles* dell'euro senza inflazione cantato dai nuovi bismarchiani di Francoforte.

Due confessioni, due fedi. E le politiche monetarie a garanzia dei privilegi di pochissimi in tutto l'Occidente.

E mentre accadeva, mentre i poveri avanzavano bendati verso una morte certa, Massimo era disperso nella *no man's land*, un lembo di terra circondato per tre lati dal mare, a perseguire un progetto che aveva presuntuosamente battezzato *Fenice* e che aveva tutti i tratti della pura follia. Era da lì che aveva osservato l'incombere della tempesta perfetta, senza muovere un dito, affidandosi alla speranza di un miracolo impossibile.

Impotente, escluso, tagliato fuori da tutto.

Le luci del tramonto rischiarano appena l'ambiente. Decide di non accendere la lampada sulla scrivania e scorre le ultime righe dell'articolo.

In concomitanza con lo sciopero generale in Francia, cortei di solidarietà hanno attraversato le più importanti città europee. Da Roma a Madrid, da Atene a Dublino, le manifestazioni sono sfociate in episodi di guerriglia urbana. Mentre si rincorrono voci riguardo a un ulteriore downgrading del debito transalpino, sui mercati obbligazionari monta il panico in vista della prossima asta del decennale di Parigi, con il differenziale di rendimento tra OAT e Bund schizzato a 150.65. Intanto l'Europa ha conosciuto una delle peggiori giornate della sua storia dalla fine della Seconda guerra mondiale. Senza un accordo sui parametri del debito e una riduzione delle politiche di rigore, il continente rischia di precipitare nella paralisi di attività economiche e servizi pubblici, nonché in un'esplosione incontrollata del conflitto sociale.

Massimo chiude il giornale e si guarda le mani.

Il richiamo all'azione è una voce potente che gli urla dentro. Vorrebbe fare qualcosa. Invece sa che non può più nulla se non assistere al sinistro fascino della catastrofe.

Due giorni dopo

«Ancora niente?»

«Nada.» Paulo si lascia andare sull'asciugamano e si ripara gli occhi con una mano. Il sole di mezzogiorno picchia sulla spiaggia di ciottoli. L'aria è molto calda. Il mare calmo.

«Quei tonni non si riprodurranno mai. Il condizionamento del fotoperiodo non è servito, e adesso rischiamo di perdere il momento naturale della riproduzione. Tra qualche giorno la finestra si chiuderà, e addio *Fenice*.»

Seduto accanto a lui, Massimo rimane in silenzio e si stringe le gambe con le braccia. Ormai si è fatto una ragione di quel fallimento.

«Lo sai che ho pensato di rimanere a Lisbona, di non tornare?»

Massimo annuisce senza voltarsi. «Credo di doverti delle scuse, Paulo. Ti ho spinto a fare cose che non avresti mai fatto.»

«Potevo rifiutare, e invece ci ho preso gusto. E poi anche tu hai fatto cose che non avresti voluto fare, o sbaglio?»

«Sì, è vero.»

«Allora siamo pari.»

Rimangono in silenzio.

«Com'era?» domanda il portoghese dopo un tempo che sembra infinito.

«Che cosa?»

«Il lavoro che facevi prima. Era così brutto avere tutti quei soldi tra le mani?»

«Quando l'hai capito?»

Paulo ridacchia. «Forse l'ho sempre saputo, ma ho preferito non pensarci. Oppure ho sperato che fossi tu a dirmelo, magari per amicizia. In fondo sono un sentimentale.» Si puntella sui gomiti sollevando il busto e riprende a parlare con lo sguardo rivolto al mare: «Non vieni da una famiglia ricca, altrimenti qualcosa su di te sarebbe saltato fuori. Il patrimonio di cui disponi l'hai messo insieme da solo. Leggi trattati di strategia militare e libri di economia. Parli di politica. C'è un solo lavoro che mette insieme tutto questo col denaro».

«Lo sai che è per quelli come me che hai perso il finanziamento della ricerca?»

«*Quelli come te...*» Il portoghese sbuffa. «Ho imparato che gli uomini non sono categorie. Ognuno ha il suo valore e la sua storia da raccontare. Tu almeno hai provato a salvarne uno.»

«Sì, ok, ma solo perché mi interessava il tuo lavoro.»

«Comunque ci hai provato.»

Due barche sono ormeggiate vicino alla *Fenice*. La squadra di Paulo lavora sul poliedro.

Il rivestimento della gabbia e l'installazione dei grandi riflettori subacquei avevano comportato un aumento dei lavori di manutenzione, anche se non era stato possibile impiegare le acque reflue di Montalto di Castro. Il tentativo si era arenato davanti a una palude d'impedimenti burocratici, confermando una volta ancora il fallimento dell'operazione.

«Avevo freddo» mormora Massimo. «Quando facevo quel lavoro avevo sempre freddo. Ogni tanto venivo qui, cercavo di rubare quanto più calore possibile per trattenerlo dentro, ma non bastava mai.»

«E poi cos'è successo?»

«È successo che non ce l'ho più fatta. Qualcosa si era rotto qui dentro» con un dito si sfiora una tempia. «È stato prima che cominciasse tutto questo, prima dell'attacco all'Europa.»

«Capisco.» Paulo si mette seduto.

Massimo si volta a guardarlo. Il portoghese è a torso nudo, ha dei jeans, i piedi scalzi e tiene i capelli sciolti sulle spalle.

«L'Europa...» dice Paulo con una voce piegata dal disprezzo, seguendo il filo di altri pensieri. «L'Europa è morta.»

«Sì, forse hai ragione tu. Ma io credo che questo continente meriti ancora una chance.»

«Invece io credo che dovremmo andarcene via una volta per tutte.»

«E dove vuoi andare?» domanda Massimo con una punta d'ironia.

«Pensa a un'isoletta dei Caraibi o a qualche posto del Sud America. Belle donne, cocktail, sole e mare.» Paulo si ferma, sovrappensiero. «*Solo* il mare, intendo. Senza la *Fenice*, la ricerca e robe simili.»

Massimo stringe un ciottolo nella mano. C'era sempre qualcuno che gli suggeriva una fuga, un nuovo approdo, l'ennesima meta da cercare.

L'aveva fatto Mario. Lo stava facendo Paulo.

«Però questa volta devi viaggiare leggero» continua il portoghese. «Liberati dall'idea che per agire in modo giusto serva un progetto. È l'ostinazione con cui lo persegui che ti rende infelice.»

L'altro preferisce ignorare quelle parole. «Allora siamo arrivati alla fine? Oppure c'è ancora qualcosa che possiamo provare?» domanda cambiando tono e indicando la *Fenice* in lontananza.

«No, c'è ancora *qualcosa*.»

Massimo si agita. Si sente a disagio.

Paulo gli posa una mano sul braccio. «Azagly-nafarelin» scandisce guardandolo negli occhi. Sul viso ha un'espressione lieve, quasi scanzonata. «Il principio attivo dell'ormone si chiama azagly-nafarelin» spiega il terzo diavolo.

«E non ci sono altre soluzioni?»

«Le abbiamo provate tutte. L'ultimo condizionamento è a base ormonale. La sostanza va iniettata direttamente sugli esemplari per indurre la riproduzione.»

Ecco, era quello il momento. Stavano per oltrepassare le colonne d'Ercole di quel viaggio, sospinti dall'irresistibile forza della tentazione. Avevano giocato l'uno con l'altro, Massimo e Paulo. Si erano persuasi a vicenda, blanditi, incitati. Quasi sedotti.

Adesso sono pronti a tutto, e di tutto dimentichi: di ciò che erano stati, di ciò in cui credevano. Avevano alimentato reciproche, inconfessabili pulsioni. E così le remore erano state trascurate. Gli scrupoli messi da parte. La coscienza tacitata dal bavaglio di una curiosità maligna. Avevano condiviso un sogno: solo per scoprirsi complici di un oscuro disegno di manipolazione e controllo. Nessuno era al riparo dal fascino di inganni, adulterazioni, condizionamenti.

E in quel mattino di primavera, il terzo diavolo si fa beffa dei dubbi godendo della calda luce del sole. Si passa una mano tra i lunghi capelli neri e osserva il mare con placida noncuranza. Alterare la composizione organica delle cellule, riscrivere la sequenza di amminoacidi fondamento della vita, correggere la mappa genetica, era un compito alla sua altezza. Perché il diavolo non dà origine a niente, ma libera il mondo dai vincoli del suo creatore, e dalle leggi che ne regolano le meccaniche.

È solo una questione di punti di vista, pensa mentre un sorriso gli increspa le labbra.

«E i nostri patti? Le regole che ci eravamo dati?» domanda Massimo.

«Le regole sono fatte per essere infrante.»

Massimo apre la mano, lascia scivolare il ciottolo e scuote la testa.

«Però c'è una cosa che devi sapere» riprende Paulo. «Con questo metodo, anche in caso di esito positivo, si finisce per operare una manipolazione genetica. E lo sai qual è la conseguenza?»

«Non dal punto di vista scientifico.»

«In realtà qui la scienza è solo un aspetto del problema, e di certo non il più significativo. La vera questione è l'essenza del trattamento, ciò che si è disposti a fare.» Si alza in piedi e si avvicina al bagnasciuga. Quindi si piega per immergere le mani nell'acqua e se le passa sul viso, mentre un'onda gli inzuppa l'orlo dei jeans.

«Gli esperimenti fatti su altre razze dicono che i pesci modificati muoiono prima degli altri, e un terzo non supera la maturità sessuale. Se liberassi sessanta esemplari genetici su una popolazione di sessantamila unità, nell'arco di un numero imprecisato di generazioni, incrocio dopo incrocio, avresti estinto la specie originaria, sostituendola con quella nuova. Quella dei *tuoi* tonni rossi.» Sorride di nuovo, ma questa volta c'è qualcosa di duro nello sguardo.

«Che significa un numero *imprecisato* di generazioni?» La voce di Massimo è un sussurro. Ha la camicia bianca di lino incollata al corpo, ma non è quel sole primaverile a farlo sudare. È la strisciante consapevolezza di essere simile agli uomini da cui ha scelto di allontanarsi, di essere guidato dalla medesima smania manipolatrice.

«In questo sei sicuramente più bravo di me, trattandosi di una proiezione matematica.»

Massimo si strofina il viso. Si chiede come mai tutto ciò in cui crede debba sempre coincidere con un fallimento. O, peggio, con una tragica adulterazione degli intenti, un inganno.

«Il tempo è importante» replica con voce piatta.

«No, il tempo è relativo se il risultato finale non c'entra più nulla con quello che volevi fare in partenza.»

«Stiamo intervenendo sulla realtà stessa...» lo interrompe Massimo.

«Sulla realtà, sì. E sulla vita.»

Tacciono.

Massimo si concentra sullo sciabordio delle onde, inseguendo i riflessi di luce sull'acqua. La mente è sempre più lontana da quella spiaggia, persa nell'associazione più spietata: il diluvio di cartamoneta provocato dalla Federal Reserve non era il gesto per eccellenza che modificava la trama della realtà e alterava il patrimonio genetico della vita? Poteva considerarsi diverso dai titolari di quel progetto scellerato?

No di certo: l'unica differenza era che aveva rinunciato a usare il genere umano come cavia. Forse solo per paura.

Ma subito, oltre quei dubbi, avverte l'insidia della tentazione. Non riesce a fermarsi, a resistere, la volontà di spingersi al di là si fa spazio a gomitate nella sua testa.

«Ho bisogno di provare, Paulo. Rubare un po' di tempo è comunque importante.»

«Ormai ti conosco. Ho già dato indicazioni ai ragazzi, sanno cosa c'è da fare» e con un gesto del capo indica le barche al largo. «Però, è l'ultima cosa che *io* faccio per questo progetto.»

«Ti ho deluso, vero?» domanda Massimo alzandosi in piedi e avvicinandosi al portoghese.

L'altro sorride. «No. Tu credi in qualcosa. Il problema è che ci credi troppo.» Si ferma e abbassa la testa. «Ne porto uno con me» dice piegandosi per raccogliere un ciottolo dalla forma allungata. «Sarà il ricordo di uno dei mari che ho amato di più.»

«Allora te ne vai?»

«Sì, te l'ho detto. Tu sei sicuro di non voler venire con me?»

«Un giorno, forse.»

Il portoghese annuisce.
Un altro addio.
Si guardano, poi Paulo allunga la mano e Massimo gliela stringe.

Lo guarda allontanarsi. Quando scompare oltre gli scogli che delimitano la spiaggia, si risiede. È esausto.

Inizia a fissare il mare, lottando contro la malinconia. Un senso di solitudine lo attanaglia. Paulo partiva. India non gli parlava. Tra qualche anno Roberto sarebbe andato via, a studiare. E lui? Cosa avrebbe fatto lui?

Sarebbe rimasto solo, in quella casa sulla scogliera.

Il trillo lo fa sobbalzare, riportandolo alla realtà. Estrae il cellulare dalla tasca dei pantaloni. Il numero che compare sul display ha un prefisso spagnolo.

«Pronto?»

«How are you, Max?»

Ogni volta che sente quella voce, Massimo prova un misto di gioia e nostalgia.

Rimane in silenzio per qualche secondo. «Carina...»

«Come stai?»

Sulle labbra di chiunque quella domanda sarebbe risultata banale, priva di un reale significato. Pronunciata da Carina Walsh, invece, suona semplicemente *vera*.

«Così.»

La risata dall'altra parte della linea gli procura sollievo.

«Una volta vorrei che dicessi *bene*.»

«Anch'io, credimi. Anch'io lo vorrei.»

«E Roberto?»

«Sta preparando gli esami.»

«Ormai è diventato grande.»

Poi la donna smette di parlare e Massimo coglie un'esitazione.

«Che succede?»

Un respiro profondo. «Ieri mi ha chiamato Derek.»

Il nome lo scaraventa nel passato. Da più di tre anni non lo sentiva pronunciare da nessuno e lui stesso aveva fatto di tutto per cancellarlo. Almeno in quello era riuscito, benché avesse ripensato a lungo agli esiti dell'ultimo confronto al floor.

«Cosa ti ha detto?»

«All'inizio l'ha presa alla lontana, non capivo bene cosa volesse. Poi ha cominciato a parlarmi di te, mi ha chiesto dell'allevamento. Mi è sembrato strano, ma lui mi ha fatto capire che vi eravate sentiti...»

«E tu gli hai detto che sono qui.»

Carina sbuffa nel telefono. «Sì, ho sbagliato, Max.»

«Non fa nulla.»

«Mi perdoni?»

«Se non ti perdonassi, non ti meriterei.»

Una risata incerta.

«E lui? Come stava?»

«Lo conosci. Non cambia mai.»

Sì, Derek non cambiava, non poteva cambiare, impermeabile perfino al passare degli anni. Il concetto di trasformazione non era mai contemplato nei piani dell'americano. Così come non cambiavano i suoi giochi di prestigio. Piccoli o grandi che fossero, non faceva differenza.

«Dovresti richiamarlo» dice Carina con voce seria.

«No» ribatte Massimo brusco. «Se mi viene a cercare, ti prometto che gli parlerò. Ma dev'essere lui a cercarmi.»

«Non insisto perché tanto so che è inutile. Almeno fammi sapere.»

«Ti voglio bene, Carina.»

«Anch'io, Max.»

Riattacca. Si morde un labbro, il viso concentrato, mille pensieri a ronzargli nella mente. Torna a fissare il mare, e in quel preciso istante una sensazione si fa strada all'improvviso, quasi fosse un brivido.

È l'orecchio allenato a cogliere l'impercettibile mutamento del ritmo delle onde, mentre la pelle cattura l'alito leggero che prima non c'era.
Si alza in piedi.
Bisognava avvertire i ragazzi sulle barche. Avrebbero dovuto controllare di nuovo le maglie della *Fenice*.
Il vento stava cambiando. Sarebbe girato a libeccio e nel giro di un giorno la pioggia avrebbe spazzato la costa.

20

Riesci a volare?

Il suono della campanella lo fa sobbalzare. Concentrato sugli esercizi di matematica, Roberto ha perso la cognizione del tempo. Gli piacciono quelle concatenazioni di numeri spezzate da x, y e z. La risoluzione delle equazioni, il calcolo delle incognite, lo fa star bene. Quando attribuisce un valore alle variabili gli sembra di svelare un mistero, di mettere le cose al posto giusto, come se completasse un puzzle.

Ma per oggi ha finito. E non vede l'ora di fare un giro in barca, anche se è alla *vera* estate che pensa sempre Roberto: senza compiti, libri ed esame di terza media.

Avrebbe pescato dalla mattina alla sera. E suo padre gli ha promesso che sarebbero tornati allo Scoglio d'Africa.

Raccoglie libri e quaderni, mette lo zaino su una spalla, saluta due compagni di classe e si avvia vero l'uscita.

Quando emerge dal portone della scuola nella luce abbagliante del primo pomeriggio, strizza gli occhi. Dall'altra parte della strada Aldo gli sorride agitando un braccio. È un'apparizione: con la fame che si ritrova, non vede l'ora di buttarsi in uno dei piatti buonissimi che gli prepara Ada.

Poi l'attenzione del ragazzo viene catturata da qualcosa che stona con la sonnacchiosa atmosfera di quella strada in cui tutti conoscono tutti e si vedono facce nuove solo a luglio e agosto.

È una camicia bianca.

Una camicia bianca sotto un vestito blu, e una cravatta. Era da tanto tempo che non vedeva qualcuno vestito in quel modo.

Suo padre prima si vestiva così, quando faceva il lavoro che non gli piaceva.

Con gli occhi segue la linea della cravatta. Si ferma per un attimo sul nodo stretto, risale gli angoli acuti del colletto.

L'amico di papà è in piedi a qualche metro di distanza da Aldo. Roberto non lo vede da anni, da quando si erano trasferiti sul promontorio. E anche a Londra, negli ultimi tempi, l'aveva incontrato pochissimo.

Quanto tempo era passato. L'aveva quasi dimenticato, anche se forse forse il nome se lo ricorda ancora.

Che ci fa lì?

Quando attraversa la strada, l'uomo si muove andandogli incontro.

«Ciao, Roby» lo saluta con voce bassa, in inglese.

«Ciao» mormora il ragazzo, mentre Aldo si avvicina col volto accigliato. Il ragazzo lo tranquillizza con un gesto della mano.

«Come stai?» chiede l'uomo.

«Bene» risponde. E dopo anni si ritrova a parlare in pubblico quella lingua che sul promontorio sembra buffa, una forzatura. A casa la usava da quando era arrivata India, lei proprio non voleva saperne dell'italiano. Secondo Roberto, lo faceva soltanto per innervosire. E perché era triste, ma lui non riusciva in nessun modo a farle tornare il buonumore.

«Sei venuto per papà?»

L'uomo annuisce.

«È a casa.»

«Lo so. Ti ho portato questo» e gli porge una busta. Nell'altra mano ha un barattolo giallo di metallo con delle scritte bianche.

«Cos'è?»

«Fai prima ad aprirlo.»

Roberto prende la busta e spia all'interno, prima di estrarre un pacco avvolto nella carta regalo. Attraverso l'involucro percepisce la morbidezza di un tessuto.

C'era un vestito lì dentro.

«Allora? Non sei curioso?»

Il ragazzo esita mentre il cuore comincia a battere forte. Non ha voglia di scartare il pacco. Non ha voglia di rischiare di trovarsi dei bottoni fra le mani.

L'uomo si piega mentre Aldo segue la scena con la fronte aggrottata. Ha intuito la ragione di quella titubanza: sta per intervenire ma Roberto gli fa cenno di no con la testa.

«Tutto bene.»

Il ragazzo respira a fondo. È seccato, ma non vuole far vedere che ha paura. Ormai è grande. Ha tredici anni e sa andare in barca a vela da solo.

Allora comincia a scartare il pacco, lentamente. Poi sbircia all'interno e scopre il lembo di una maglietta blu scuro su cui sono cucite alcune lettere bianche.

Distingue una "A" e una "N".

Quindi respira ancora prima di estrarre l'indumento e aprirlo.

È una T-shirt. Sul retro c'è la scritta GIANTS. Davanti, le parole ALL IN insieme a una "n" e a una "y" incorniciate da un contorno rosso. Una linea orizzontale corre sotto le due lettere formando un angolo retto con la stanghetta della "y".

E soprattutto: la maglietta non ha bottoni.

«Ti piace?» domanda l'uomo ridendo.

Roberto annuisce. «È bella, sì. Mi piace il colore, è quello del mare. La metterò in barca.»

«Bravo. Ma lo sai chi sono i Giants?»

«No.»

«Sono una squadra famosa di football. Mio padre mi portava sempre nelle Meadowlands a vedere le partite.»

«Il football è come il rugby.»

«Non proprio. In America la palla si tira in avanti con le mani, non con i piedi. E il *touchdown* è più spettacolare di una meta.»

«Grazie» mormora Roberto.

«Vuoi venire a trovare papà?»

L'uomo fa segno di sì, e un attimo dopo i tre si incamminano verso la casa sulla scogliera sotto le occhiate perplesse dei pochi passanti.

«E quello?» domanda Roberto indicando il barattolo di metallo.

«Un altro regalo. Per tuo padre, però. È un tè buonissimo, lo fanno in un solo posto in tutto il mondo, Singapore. È molto lontano da qui, in Asia.»

«E perché solo lì?»

«Perché è raro, si trova su certe montagne particolari. Pare che contenga perfino delle particelle d'oro» continua l'uomo. «Lo lavorano con forbici e filtri di quel materiale prezioso. Dicono che solo così il tè si conserva puro.»

«Ci devono essere molti soldi in quel posto, come vicino alle miniere.»

«Più o meno, sì.»

«Allora vuol dire che tanta gente sta male. Quelli che non lavorano il tè faranno fatica a comprare le cose perché tutto costa di più.»

L'uomo si ferma e lancia uno sguardo ad Aldo che rimane impassibile. Quindi fissa Roberto con aria assorta. «E queste cose come le sai?»

«Me le ha dette papà.»

«Dovevo immaginarlo» risponde l'uomo, scuotendo la testa mentre sorride appena.

In silenzio imboccano la strada che porta alla sommità della scogliera. Dal lato destro proviene il rumore insistente della risacca.

È forte. Troppo.

Roberto guarda istintivamente il cielo verso sud e scorge la massa di nuvole sospinte dal vento. Piega le labbra in una smorfia di delusione.

Tra un po' comincerà a piovere.
Niente barca.

Osserva l'uomo.

Gli piaceva, quel tipo, e faceva bei regali. Aveva un'aria sportiva nonostante il vestito, e poi raccontava storie curiose.

Suo padre sarebbe stato contento di rivederlo dopo tanto tempo.

«Papà, questo è un regalo per te» dice Roby, allungando la scatola dorata sul tavolo al centro del patio.

Massimo si sporge sulla sedia e prende il contenitore. Lo rigira tra le mani.

Yellow Gold Tea, una riserva speciale.

Avverte un leggero fastidio, il principio ancora sfumato di un'intuizione o forse l'irritante consapevolezza di aver dimenticato qualcosa d'importante.

Eppure nulla gli era sfuggito. Al mattino aveva controllato la *Fenice* e si era raccomandato di rinforzare la tenuta della rete perché il tempo stava cambiando. Quindi si era assicurato che India stesse bene e non avesse bisogno di niente. Dopo il litigio di qualche giorno prima i dissidi si erano appianati, ma l'atteggiamento della ragazza non era cambiato. Massimo aveva rinunciato a parlarle, preferendo aspettare un momento migliore, ma la mattina precedente lei era rimasta chiusa in camera. E l'aveva sentita piangere.

Forse era il malessere della figlia a farlo sentire strano, a comunicargli quella sensazione di disagio.

Guarda Roberto e coglie l'espressione furba. Poi nota la T-shirt che tiene in una mano.

«E quella?»

«Questa è mia.» Il ragazzo apre la maglietta.

Massimo riconosce la maglietta dei Giants ancora prima di leggere la scritta "ALL IN – ny". Torna a guardare il figlio.

New York Giants. Yellow Gold Tea.

C'era *qualcuno*, tanto tempo prima, che spesso parlava del tè sfoggiando una citazione. E non è che gli piacesse particolarmente come bevanda, *"ma vedi, Max, ogni volta che lo bevo penso all'orgoglio americano, al Boston Tea Party e ai coloni ribelli. Quello scherzo, gli inglesi non l'hanno dimenticato"*.

Massimo scuote lentamente la testa, fissando il pacchetto.

La telefonata di Carina...

Sorride.

No, non qualcuno.

Lui.

Quanto ci aveva messo ad arrivare alla conclusione? Trenta secondi?

Troppo, decisamente troppo.

Quante probabilità c'erano che sul promontorio ci si procurassero delle cose simili? Quanti uomini potevano regalare una maglietta dei Giants e presentarsi con un tè come quello su una scogliera di fronte al Tirreno?

«Deve rimanere in infusione per cinque minuti.»

La voce lo pugnala alla schiena. Una voce profonda.

Una voce abituata a parlare un inglese senza accento, anche se chi la conosceva bene riusciva a distinguere a tratti l'accento di New York City.

Una voce che Massimo non ha proprio voglia di ritrovare.

Mi dispiace.

Come stai?

Avrei dovuto chiamarti prima di venire.

Quanto tempo è passato.
E invece niente. "Deve rimanere in infusione per cinque minuti." *Solo questo.*

Neppure l'ombra di una scusa, come se non fosse accaduto nulla. Come se si fossero visti la settimana prima per un weekend in Cornovaglia o a Long Island, insieme a Michela e a Hilary.

Derek Morgan, tre anni dopo.

Massimo si volta. E si sorprende trovandolo invecchiato.

Sulla fronte alta e intorno agli occhi ci sono delle rughe che non ricordava. Vicino alle tempie, i capelli scuri sono spruzzati di grigio. Invece le spalle squadrate, il portamento eretto, la mascella tenace, la luce fiammante nelle iridi nere, erano rimasti gli stessi. Quel lampo nello sguardo che tradiva l'audacia.

«Cosa vuoi, Derek?» domanda Massimo con voce neutra, attento a non mostrare il minimo stupore.

L'antico meccanismo di difesa era scattato senza che lui lo volesse.

Non si sarebbe mai davvero liberato dal passato, poteva solo nasconderlo per un po'.

«Bere una tazza di tè, in memoria dei vecchi tempi» risponde l'americano, ironico.

«E delle vecchie amicizie?»

«Perché no?»

Si studiano in silenzio.

Roberto lascia vagare lo sguardo dall'uno all'altro. Non si aspettava una reazione di quel tipo. Pensava che suo padre sarebbe stato contento di rivedere un amico.

Poco dopo Massimo rivolge un'occhiata ad Aldo e gli passa la scatoletta del tè. L'uomo annuisce prendendo il contenitore e si avvia verso casa, quindi Massimo torna a scrutare quel fantasma di un tempo lontano, il suo mentore, e sorride. «Accomodati» gli dice, indicando la sedia vuota dall'altra parte del tavolo. «Ti consiglio di toglierti la giacca, qui la stagione è calda.»

«Magari tra un po'» ribatte Derek, prima di sedersi.

Tornano a studiarsi senza aprire bocca, poi è l'americano a fare il primo passo. «Ti trovo in forma» comincia.

«Merito del mare. Anche tu stai bene.»

Derek scuote la testa. «Non è vero. Il tempo passa e invecchiare è una cosa orribile.»

Quella frase non era da Derek.

Le constatazioni rassegnate non erano mai rientrate nel suo registro.

«Giochi ancora a tennis?» domanda l'italiano guardando il mare.

«Non più. Sono diventato troppo forte, o forse hanno cominciato a farmi vincere. Solo tu mi davi filo da torcere fino all'ultima palla.»

Massimo ignora il complimento e si concentra sul paesaggio. È come se il cielo fosse diviso in due parti. Verso l'orizzonte, il sole inonda l'isola di luce, mentre l'ombra si allunga sulla scogliera e il vento aumenta d'intensità.

«Cos'hai fatto in questi anni?» domanda Derek.

«Sai già tutto, immagino.»

L'altro ride piano accavallando le gambe. «Ho raccolto qualche informazione, anche se hai fatto l'impossibile per non lasciare tracce.»

«Preferisco passare inosservato.»

«Già» mormora l'americano, «mai farsi notare. È poco cool.»

Adesso ridono insieme sotto lo sguardo curioso di Roberto, che li osserva con il mento poggiato su un palmo.

«E la tua attività?»

«Va male. Anche se non la chiamerei *attività*.»

«Ti avrei sconsigliato quell'investimento.»

«Scusami se non ho pensato a te come allevatore di tonni rossi. Sai, ho difficoltà ad attribuirti qualsiasi cosa che abbia un volume e non passi per uno schermo ultrapiatto.»

«Eh eh. Intendevo dire che di questi tempi progetti sperimentali simili non rientrano tra i finanziamenti pubblici e nemmeno nelle priorità di mercato.»

«Oggi molte cose non rientrano tra i finanziamenti pubblici alla ricerca. Molte più di prima, forse a causa della speculazione e di certe politiche monetarie. Non trovi?»

Derek arriccia le labbra. Sta per parlare quando una voce lo precede, interrompendo lo scambio di frecciate.

«Ciao, Derek.»

I due uomini si voltano mentre Roberto sorride.

Dalla soglia della portafinestra, India li osserva. Ha i capelli sciolti. Indossa un vestitino bianco, dei sandali di cuoio e a Massimo manca il respiro. Ha l'impressione di rivedere Michela per la prima volta, in quel baretto di Parigi.

«Oh, India! Come stai?» risponde Derek con un sorriso. «Sei uno splendore.»

«Grazie!»

«Come vanno le vacanze?»

«*Vacanze?*» domanda la ragazza calcando sulla parola con un moto di disappunto. «Non c'è niente da fare qui. Dovevo venire a New York con la mamma» ribatte lanciando un'occhiata risentita al padre.

«Ma dài, questo posto è stupendo! E Long Island a volte è malinconica, l'oceano è diverso da qui...»

In quel momento si materializza Ada. Ha un vassoio con una teiera e due tazze.

«Rimani a cena?» domanda India a Derek. Nella voce una speranza a stento celata.

L'americano si volta a guardare Massimo. «Non credo.»

«Peccato. Ada cucina benissimo.»

«Sarà per la prossima volta.»

«Alla prossima, sì. Ciao, Derek.»

«A presto, e chiama se vieni a New York. Hilary sarà felice di vederti.»

«Abbracciala da parte mia.» Quindi la ragazza si rivolge al fratello: «Roby, vieni dentro che devi ancora mangiare».

«Tra un po'.»

«Vieni adesso» lo rimprovera, simulando un tono burbero.

Il ragazzo sospira e saluta Derek con la mano.

Quando rimangono soli, Massimo socchiude le palpebre.

«Mi sta facendo impazzire» dice con voce pensierosa. «Da quando è arrivata cambia umore di continuo. È... insofferente.»

«È normale, Max. Quanti anni ha adesso? Diciotto?»

«Ne ha compiuti diciassette a marzo.»

«Se penso a cosa ha fatto passare Jaynie a me e a Hilary, non t'invidio. Devi avere pazienza. Poi da un giorno all'altro smetterà coi capricci, allora scoprirai che è diventata una donna. E a quel punto rimpiangerai quando dava i numeri.» Si allunga verso il vassoio, prende una tazza e la poggia davanti a Massimo. Quindi comincia a versare il tè.

L'altro torna a fissare il mare. Adesso il cielo è basso, ricoperto da cumuli neri di nuvole che si addensano in una massa compatta. In lontananza, la luce d'un lampo. Il vento tira più forte.

Massimo guarda il tavolo. E non ci può credere.

La tazza è colma, ma Derek continua a versare. Il tè trasborda colando sul piattino e spandendosi sul tavolo.

«Guarda che è piena.»

L'americano alza gli occhi. Si ferma e posa la teiera. «Sì, è piena. Come te, pieno di pregiudizi e convinzioni. Non posso parlarti se non te ne liberi.»

Massimo sorride. Eccolo, l'illusionista Derek Morgan.

«Dimmi perché sei venuto.»

L'altro sospira. «Sono preoccupato, Max. Sta succedendo

qualcosa di gravissimo qui in Italia. Se non interveniamo in fretta, siete morti.» Parla piano, senza ostentare sicurezza.

«Be', di certo non io. Io sono già morto, come quel pesce rosso la notte al floor. Ho sofferto, ma ormai non c'è niente che mi leghi a voi. Adesso vedi l'onda che monta, io l'ho sentita quando si stava formando. Ti avevo descritto quello che sarebbe accaduto. Ricordi la tua risposta?»

La domanda cade nel vuoto.

Massimo attende ancora qualche istante prima di riprendere a parlare: «Comunque ti confesso che sono più preoccupato per il tuo Paese che per il mio. L'unico errore che ho fatto è stato calcolare i tempi. Se non fosse stato per l'attacco all'euro, adesso sareste in ginocchio. Ma il privilegio clamoroso di avere il dollaro come moneta di riserva durerà ancora poco». Sorseggia il tè con gli occhi semichiusi, gustandone l'aroma. «Davvero buono.»

Derek sorride trincerato nel silenzio. E l'altro ha il sospetto che quel comportamento sia studiato in ogni dettaglio. Anche l'incontro, del resto, era una tessera del mosaico infinito che Derek andava componendo. Non era venuto a trovarlo per amicizia. Non voleva chiarire una questione sospesa.

«Invece avete voluto combattere quest'ultima guerra, e adesso l'Europa brucia. Ma in fondo c'è qualcosa di buono perfino nelle vostre guerre, e tutto questo potrebbe portare benefici. I francesi molleranno sull'austerity, visto che li avete fatti a pezzi, e forse nascerà un'Europa nuova: più sociale e democratica.»

«Ragionamento corretto in linea di principio. Purtroppo non è così che andrà. Ascolta...»

Massimo lo interrompe alzando una mano. È intenzionato a non concedere niente. Era *lui* che l'aveva cercato. *Lui* che l'aveva stanato in quella casa sulla scogliera. E adesso doveva ascoltare.

«Lasciamo stare il futuro. Sei qui da dieci minuti e stiamo già parlando degli scenari. Non faccio più il tuo lavoro. E tutto questo...» allarga un braccio per indicare il mare, «mi ha permesso di apprezzare il presente. Quindi parliamo di quello che sta accadendo, anche se so che non t'interessa perché non si guadagna ragionando sull'oggi.»

Con le dita incrociate e i gomiti sui braccioli della sedia, l'americano lo ascolta concentrato.

«Quando ti dicevo della middle class» riprende Massimo alzando la voce, «mi riferivo proprio alla carneficina che c'è là fuori. Avete ibernato tutto...»

«Max, basta! Ancora con la storia della classe media?»

«Sì, ancora. E ancora e ancora fino a quando non capirai la cosa più importante. Distruggere la middle class significa eliminare un gradino della piramide sociale. Chi è povero non potrà più salire e resterà povero per tutta la vita. Vuol dire cancellare i sogni, e questo è ciò che non potrai mai perdonarti.»

S'interrompe quando avverte la rabbia opprimergli la gola. Non vuole ripetere la scena del floor. Respira e si sforza di riprendere il controllo.

«Ora ti servo perché qualche banca italiana sta per saltare, dico bene?»

Derek inarca un sopracciglio, senza far niente per trattenere lo stupore. «Da cosa l'hai capito?»

«Ho riconosciuto lo schema Cipro. Lì avevate fatto le prove generali.»

«Una volta ti ho detto che eri la mia scommessa sbagliata. Be', non è vero. Sei sempre stato il migliore.»

Massimo lascia che quell'ammissione gli scivoli addosso. «Ma ancora di più l'ho capito dalla tua faccia. Sei preoccupato. Per la prima volta da quando ti conosco, sei preoccupato sul serio. E considerando che lo spread riesci ancora a manipolarlo, allora il problema è un altro. Il tuo problema è il panico. La paura potete controllarla, ma il terrore no, quello no. Immagina la coda agli sportelli, immagina migliaia di persone a ritirare i depositi con l'Europa che ci impedisce di salvare le banche. Se va davvero così, in dieci giorni l'euro è morto. L'avete sempre combattuto. Dovrebbe farti piacere.»

«Di una banca in particolare stiamo parlando, che rischia di essere il principio della slavina. Ma non abbiamo mai scommesso sulla fine della valuta. Non amiamo gli strappi, lo sai. È stata l'instabilità dell'euro ad avvantaggiarci in questi anni. Una proiezione di crollo a dieci giorni è una minaccia per l'ordine.»

«*L'ordine...*» ripete Massimo allargando le braccia in un gesto d'insofferenza. «Hai visto quali sono le conseguenze del tuo ordine? Il caos, il social unrest... È incredibile, Derek. Ti presenti qui dopo tre anni a parlarmi di ordine. Allora ti regalo una proiezione, per questa volta sarò il tuo strategist. Se l'Europa si rifiuta di fare quello che avete fatto voi qualche anno fa, e se quella banca italiana fallisce, non ci sarà solo l'assalto agli sportelli. I capitali fuggiranno. Una processione invisibile oltre confine. Le corporation lo stanno già facendo: via dall'Italia, verso la Germania o il Lussemburgo. In pochi giorni un euro depositato qui non sarà sicuro come uno depositato in una banca tedesca. La risposta inevitabile è il blocco della circolazione dei capitali, e a quel punto la moneta unica salterà. Avremo doppie e triple velocità, l'euro tedesco, quello spagnolo... Ciascuno usato solo nel proprio Paese, e ciascuno con un prezzo. La mossa successiva, la puoi immaginare. Torneranno le divise nazionali.» Massimo si gode un attimo di sospensione per lasciare che le parole, implacabili come maree, si ritirino. Poi conclude: «Ecco, questa è la proiezione peggiore, ma i francesi non lo permetteranno. Quindi sono tranquillo, e anche tu dovresti esserlo».

«Ci sono delle cose che non sai.»

«Come al solito» lo provoca l'altro.

Derek non fa caso al sarcasmo. «La Francia sta con Berlino. I tedeschi hanno dato garanzie sul salvataggio delle banche transalpine. Aiuteranno solo quelle, però. Stavolta voi italiani siete fuori. La linea Maginot è sulle Alpi e dell'euro rimarrà solo il blocco francotedesco. La periferia è out. E ricorda che un conto è rinegoziare il debito, un conto è fare bancarotta.»

Massimo piega la bocca in una smorfia di fastidio, mentre grosse gocce di pioggia iniziano a cadere dal cielo.

«Vuoi arrivare davvero a questo punto?» domanda l'americano incredulo. «Fingi di ignorare le conseguenze di una bancarotta. L'hanno inventata a Genova, quell'espressione, la dovresti conoscere. Nel Quattrocento i banchieri insolventi venivano puniti in pubblico. Il magistrato ordinava d'infrangere il banco su cui esponevano i soldi. E i messi comunali eseguivano l'ordine con dei martelli lunghi e pesanti. Ma non era il legno ad andare in frantumi, no. Era la credibilità del banchiere e l'onore dell'uomo! Era un marchio d'infamia, quello. C'era chi preferiva il suicidio a una vergogna simile.» Calca con forza sulle ultime parole protendendosi in avanti. Quindi si ferma ed estrae dalla tasca dei fogli tenuti insieme da una graffetta. Li posa sul tavolo.

«Questo è il martello dei nuovi messi» scandisce. «È un documento altamente confidenziale dell'FMI. Da circa un anno lavoro in prestito per loro, e diciamo che ho dato voce al dissenso. C'è un bel pezzo dei mercati emergenti che insieme all'America vuole evitare traumi. La fine dell'euro bloccherebbe per anni i loro sogni di crescita. Ma siamo ancora in minoranza e questa volta ce la dobbiamo cavare da soli, altrimenti sarà tempesta.»

Al di là del patio la pioggia cade fitta coprendo i rumori.

Il mare è sferzato dal libeccio e increspato dalle onde. L'isola è invisibile oltre il muro d'acqua che cade dal cielo.

«Lo sapevo da ieri che ci sarebbe stata tempesta. Ma c'è del buono anche nella burrasca: spazza le coste, rimescola le acque stagnanti, purifica i fondali.»

«Non in questo caso. Dopo non ci sarà nulla. Ripartire non sarà semplice come credi. E io ho davvero bisogno del tuo aiuto.»

«Adesso sai di non essere invincibile. Volevi difendere i privilegi di pochi» lo attacca Massimo ridendo amaramente, «ma ora hai bisogno di me per un'altra magia. Perché non accetti il corso della natura. Siete i nuovi maltusiani, pronti a tutto per accaparrarvi le risorse. Ieri volevate controllare l'andamento demografico. Oggi manipolate la realtà. Non vi fermerete mai, perché volete dominare la vita.»

«Lo facciamo solo per guadagnare tempo e allontanare il momento della catastrofe. Non disponiamo della decisione politica e, se altri non fanno, allora interveniamo noi per condizionare gli eventi. Siamo gli unici a garantire che ci siano ancora delle possibilità, un futuro. Pensi di essere diverso? Non stai provando a fare la stessa cosa con i tuoi pesci in questo posto in culo al mondo?»

Massimo resta zitto, l'orecchio incollato al suono ritmico della pioggia. L'intensità del rovescio sta calando. Un acquazzone estivo, breve e intenso. Presto le nuvole si apriranno, il sole rischiarerà l'orizzonte e l'isola ricomparirà sulla linea del mare nel compiersi dei ritmi naturali. La natura fa il suo corso, incurante degli uomini che la sfidano.

Il trillo si sovrappone al rumore delle ultime gocce. Derek estrae il telefono dalla giacca. Lo porta all'orecchio e rimane in ascolto per qualche secondo prima di riattaccare.

«Devo andare. Il tempo a Roma è migliorato e tra poco l'elicottero potrà ripartire.» Batte con due dita sulle pagine. «Leggi questo documento. Dopo sarai tu a cercarmi. Posso solo sperare che non sia troppo tardi.»

«Avrei dovuto dirti addio quella notte al floor... Ma forse è giusto così. Serviva ancora tempo per capire che non abbiamo più niente da dirci. *Addio*, Derek.» Quindi si alza e va verso la portafinestra.

Sul tavolo un soffio di vento scompiglia i fogli.

Ha ascoltato quello che si sono detti.

Dopo aver lasciato Roberto in cucina, era uscita dalla porta sul retro e aveva raggiunto l'estremità del patio sbirciando oltre il muro. Erano ancora lì, seduti, con i volti tirati. Aveva udito le parole pronunciate con foga.

Quando aveva cominciato a piovere, era rimasta immobile mentre i capelli le si attaccavano alla fronte, e il vestito si incollava al corpo.

Derek non era venuto per caso. E India voleva sapere. Scoprire cos'era successo nella vita di suo padre, comprendere il motivo per cui se n'era andato. Tante volte avrebbe voluto chiederglielo, ma poi si era sempre fermata. Forse sperando che fosse lui a raccontarle tutto.

Non era successo.

A Londra, le notti in cui i genitori litigavano, andava a piedi scalzi fino alla porta di quella che era stata la loro camera, rabbrividendo per il freddo, e li ascoltava mentre si facevano del male. Era passato tanto tempo, ma l'unico modo che le poteva consentire di conoscere suo padre era ancora quello: spiarlo.

Si sentiva un'intrusa.

"Parlami, Massimo. Ti prego" lo implorava Michela.

E quando arrivavano quelle parole India tornava di corsa in camera sua, senza fare rumore. Si raggomitolava sotto le coperte e piangeva, perché suo padre non parlava.

E dopo mamma lo lasciava da solo. E non c'era altro che silenzio.

Era arrivata a detestare se stessa, India, perché in fondo si era scoperta simile a lui. Nemmeno lei riusciva a parlare. E preferiva il silenzio.

Per quel motivo aveva scelto di non dire a nessuno cosa le stava succedendo. Neppure a sua madre, anche se a volte le sembrava di impazzire. Stava soffrendo come non le era mai capitato prima, più di quando i suoi genitori si erano separati. L'incertezza la lacerava. Aveva perfino preso un numero di telefono da internet, pensando che parlare con degli estranei sarebbe stato più facile.

Ma poi aveva rinunciato. E si era tenuta tutto dentro.

Rintanata dietro l'angolo del patio, zuppa d'acqua, aveva ascoltato l'addio pronunciato dal padre e l'aveva visto rientrare in casa mentre Derek era rimasto seduto. Quell'uomo che ammirava, che ricordava forte, deciso, sicuro di sé, si teneva la testa con una mano.

India aveva colto l'espressione di angoscia sul volto squadrato. Dunque Derek era così quando credeva di non essere visto, quando era solo. Una persona come le altre. Una persona che poteva soffrire.

Un brivido l'aveva scossa.

Aveva capito poco di quello che si erano detti, eppure sapeva che stava per accadere qualcosa di terribile.

Dopo che l'americano e suo padre si erano allontanati, lei era rimasta ferma qualche secondo.

Una folata di vento aveva fatto cadere i fogli per terra.

Quindi era sgusciata fuori dal nascondiglio, aveva raggiunto il tavolo e raccolto le pagine. Sulla prima, in alto a destra, c'era scritto *"highly confidential"*.

Non avrebbe dovuto leggerli. E invece non aveva resistito. Li aveva presi ed era andata a sedersi su un muretto vicino agli alberi di gelso. L'aria sapeva di terra. In basso, il mare picchiava forte sugli scogli. Il cielo era ancora coperto da spesse nuvole grigie.

Per un tempo che non avrebbe saputo quantificare, era rimasta lì a scorrere quelle righe, inciampando in formule tecniche di cui poteva solo intuire il significato. Attraverso quelle pagine aveva spiato qualcosa che ancora non c'era, ma che presto poteva diventare reale.

Proiezione.

Mentre ascoltava Derek e suo padre, il significato di quella parola le era sfuggito. Ora sapeva che aveva a che fare col futuro, con qualcosa che poteva accadere.

Quando aveva finito di leggere, si era sentita invadere da un misto di rabbia e impotenza. Non era giusto. Non poteva finire in quel modo. L'Italia non le era mai piaciuta. Alcune amiche di sua madre dicevano che era un Paese provinciale, e lei si sentiva inglese. Amava Londra con le sue mille luci, i locali, le feste, la ricercatezza di certi ambienti. Le piaceva il lavoro di sua madre. C'era qualcosa di artistico nell'abbinamento dei vestiti, serviva ingegno, fantasia. Ma quant'era vacuo, superfluo e inutile il suo mondo, davanti alle vite di milioni di persone.

Inavvertitamente aveva stretto i pugni accartocciando i fogli.

E aveva preso una decisione.

Sta seduto alla scrivania dello studio, dalla finestra aperta filtra l'aria fresca di quel pomeriggio piovoso. Massimo si massaggia il collo. Ha i muscoli in tensione, era da tantissimo tempo che non si sentiva così.

L'incontro con Derek l'ha turbato. L'ha fatto ripiombare nei rimpianti che seguivano sempre i suoi incontri con l'americano, nella malsana consapevolezza di non aver fatto o detto le cose giuste.

Aveva rifiutato in maniera netta e decisa, senza pensarci neppure, ma se le parole di Derek erano vere, lui stava anteponendo una questione privata alle sorti di un Paese. Del *suo* Paese.

Era quella la libertà che aveva cercato? Aveva lasciato sua moglie, sua figlia, Londra, la grande banca, per andare a coltivare il rancore nella solitudine?

Quant'era stato ingenuo a credere che sarebbe bastata la vista del mare per trasformarlo in un uomo migliore e un allevamento di tonni per riscattarlo da ciò che era stato.

Lo scricchiolio prodotto dai passi sulla scala di metallo lo strappa a quegli interrogativi. Si volta e vede India comparire nell'apertura circolare al centro dell'ambiente.

Ha i capelli bagnati, il vestito fradicio. Tra le mani stringe dei fogli: Massimo riconosce subito le due circonferenze raffiguranti il globo e la scritta circolare "International Monetary Fund".

Si alza di scatto. Quando incrocia lo sguardo di sua figlia, si sente annegare in una sconfinata tristezza.

«Cos'è successo?» domanda con apprensione.

Lei scuote la testa avvicinandosi, mentre lui rimane immobile.

«Devi mettere qualcosa di asciutto» dice sentendosi fuori luogo, incapace di trovare le parole adatte. «Così ti ammale...»

India lo interrompe mettendogli un dito sulle labbra, delicatamente. «*Con le finestre aperte sulla strada e gli occhi chiusi sulla gente*» mormora, indicando un punto alle spalle del padre.

Lui si volta e guarda il mare attraverso le imposte spalancate, mentre il verso di quella vecchia canzone lo sommerge.

«Non è così, papà, vero? Dimmi che non sei diventato così» gli domanda India con voce dura.

«Quella canzone... Come la conosci?»

«L'ho ascoltata per anni, e neanche lo sai.»
«Perché?»
Lo prende per mano e lo conduce verso il divano.
«Ti ricordi la mia festa dei quattordici anni?»
«Sì...» risponde lui, a fatica.
Il concerto di Justin Bieber. Cheryl. Il trade. La follia del raddoppio.
Rivede Paul e Kalim farsi largo tra gli invitati. Gli risuona nella testa la voce rabbiosa di Michela. E per un istante avverte l'angoscia che l'aveva divorato nell'ultimo anno a Londra.
«È stato il giorno più brutto della mia vita.» La voce di India cancella quelle immagini con un nuovo dolore. «Avevo sentito che avevate litigato. Non riuscivo a prendere sonno. Ero agitata, stavo malissimo. Dopo un po' sono andata in camera di mamma. Lei non c'era, e non c'eri nemmeno tu.»
«Ero con Roby.»
«Come sempre. E io ero da sola.»
La durezza di quelle parole lo colpisce come uno schiaffo.
«Sono andata in bagno. E ho visto che mamma aveva scritto qualcosa sullo specchio col rossetto.»
«Che cosa?»
«*Perché non riesci più a volare?*»
E Massimo capisce.
Ecco cosa aveva pensato sua moglie di lui. Ecco cosa gli rinfacciava con quella canzone che parlava dell'estate come il tempo degli inganni, come la stagione di una felicità ipocrita.
Si erano rimproverati la stessa cosa, lui e Michela. Per anni.
Un modo come tanti per andare d'accordo. Solo più tragico e paradossale di tutti gli altri.
«Non sapevo che fare. Avevo paura che mamma mi vedesse. Allora sono rimasta lì per non so quanto tempo. Poi

ho cancellato la scritta e sono tornata in camera mia. Piangevo. Se non l'avessi cancellata, magari tu l'avresti letta e avresti parlato con mamma.»

"Magari tu l'avresti letta..."

Sì, India aveva ragione. Lui, quella scritta, l'avrebbe letta la mattina dopo, la mattina in cui era entrato nel bagno di Michela prima della riunione per il raddoppio del trade contro il Treasury.

Ma c'era una cosa su cui la figlia si sbagliava. Non sarebbe cambiato nulla. Forse avrebbe capito come Michela lo vedeva davvero, ma quella comprensione non avrebbe regalato più tempo a un legame incrinato.

«Non è colpa tua, India. Nessuno poteva farci niente.»

«Ma io mi sono sentita in colpa. E ho avuto paura di perdervi, di non potervi più considerare una persona sola.» India gira la testa e lo guarda.

Massimo vede che il labbro inferiore della ragazza sta tremando. Lei non gli ha mai parlato così. Anzi: non gli ha mai parlato *davvero*.

«Tu e Roberto ve ne andavate. Ho avuto paura di dover scegliere tra voi e mamma. È stato bruttissimo. Papà, tu non sei così. Dimmi che non sei così» e lentamente gli passa i fogli.

Massimo abbassa lo sguardo sulle carte. Sa cosa comporta leggerle: vuol dire aprire gli occhi e osservare qualcosa che preferisce non vedere. A quel punto la scelta sarebbe stata ancora più dura. O con Derek e gli uomini che volevano dominare la realtà, oppure apatico, indolente responsabile del disastro. Un uomo perso dietro una patetica illusione che aveva chiamato *Fenice*, ormai incapace di lottare per i suoi simili.

Non c'era modo di salvarsi.

Prende i fogli e si alza. Sfiora la mano di India che gli sorride e, appena raggiunge la scrivania, inizia a leggere.

Scorre voracemente i numeri, mentre il gelido stile del gergo tecnico si scioglie nelle immagini di un'apocalisse.

Si ferma a metà del documento. Annota alcune cifre su un blocco. Poi ricomincia a leggere. Quando ha finito, ricontrolla gli appunti e scuote la testa.

Non era una proiezione, quella. Era la chirurgica descrizione di un genocidio, la cronaca dell'uragano che si sarebbe abbattuto sull'Italia di lì a poco. Il referto che descriveva la fine dei diritti e del welfare, del concetto stesso di società. La condanna definitiva alla miseria di massa.

Derek aveva ragione.

Massimo torna a sedersi accanto a India, che per tutto il tempo è rimasta in silenzio a fissare il vuoto.

«Che farai?» domanda lei, stringendosi le spalle con le braccia.

«Non c'è niente che io possa fare.»

Rimangono immobili e zitti, avvolti nella luce grigia.

Poi India inizia a cantare piano.

Massimo ascolta il suono melodioso. Ascolta la canzone, il lamento di una donna delusa e insoddisfatta. Ascolta le parole che compongono il quadro di una famiglia borghese, smarrita nelle pieghe di una felicità apparente. E ascolta l'accusa pungente, rivolta a quell'uomo, marito e padre.

Perfino quell'*ultima canzone per l'estate*, sulle labbra della figlia, gli ricorda – come un monito beffardo – i suoi sforzi di piegare la natura.

Perché non riesci più a volare?

Le parole che Michela non aveva mai pronunciato.

Massimo si passa le mani sugli occhi, ha l'impressione di essersi svegliato da un lungo sonno.

All'orizzonte il cielo si è aperto. Un fascio di luce filtra attraverso le nuvole e rischiara l'isola. L'indomani sarebbe stata una giornata incantevole: avrebbe portato Roberto in barca e magari ci sarebbe stata anche India.

E per una volta sarebbero stati tutti e tre insieme. Finalmente felici.
Il contatto della mano sulla spalla lo fa sussultare.
Si volta.
Lei è accanto a lui.
La guarda.
E si sente invadere da un fiume di tristezza prima di abbracciarla.

21
Double whammy

Qui è cominciato tutto, e qui si gioca l'ultima partita, pensa Massimo mentre fissa la sommità della colonna traiana. Tiene le mani poggiate sul davanzale e respira l'aria tiepida della notte di Roma. Alle sue spalle, Derek si muove nel salotto della suite dove gli ha chiesto di raggiungerlo un'ora prima. Sta controllando gli ultimi dettagli prima della conference call da cui dipendono le sorti dell'Italia, e del continente.

Massimo si sporge in avanti. Cinque piani più giù la piazzetta è deserta. Un minuscolo slargo piantato tra i resti del foro e una torre medievale.

Da Roma era partito per diventare il migliore, per salire sempre più in alto, fino alla cima della piramide, e guardare il futuro. A Roma tornava nel momento in cui sull'Italia si abbatteva un uragano.

In mezzo c'erano stati felicità e dolore, sogni e illusioni, il successo e la caduta. Aveva vissuto due vite. Aveva nutrito la speranza, creduto in un futuro di equità, confidato nella finanza come mezzo per promuovere il progresso. Si era scontrato coi numeri, e aveva vinto sempre. Si era confrontato con gli uomini, e gli era capitato di perdere.

Alza la testa.

Il marmo opalescente della colonna gli ricorda un faro. Una luce nella notte del tempo a perpetuare la memoria di colui che regalò all'impero la massima espansione.

Marco Ulpio Nerva Traiano.

C'era qualcosa d'ironico nel difendere il proprio Paese davanti a quel simbolo di una remota grandezza.

Si concentra sul fregio a spirale. "Il primo film della Storia", l'hanno chiamato. Pensa alle scene scolpite. Dal suo punto di osservazione è impossibile distinguere i contorni del bassorilievo, ma Massimo sa cosa raffigura.

La conquista della Dacia. L'ennesima guerra. Il sangue versato.

Il sigillo dell'eternità di Roma, avrebbe detto qualcuno.

E ora lui si apprestava a combattere una nuova battaglia. Invisibile come sempre. Davanti ai pixel di un monitor, come sempre. Ma quella guerra era priva di epica. Non aveva eroi. Non ci sarebbero state leggende o canzoni a celebrare la gloria dei vincitori. Le armate che si combattevano sarebbero rimaste anonime.

E tra quei ranghi silenziosi, nelle schiere senza volto dei tessitori dei destini del mondo, c'era anche lui, Massimo.

Dopo che si erano abbracciati, India l'aveva guardato a lungo.

"Non deludermi ancora. Non deludermi più" aveva sussurrato con gli occhi umidi.

Era stato allora che aveva deciso. L'aveva lasciato solo nello studio mentre il sole annegava nel mare. Le ultime nuvole si erano aperte come un esercito in rotta, ed era tornato il sereno.

Massimo aveva riletto il documento del Fondo Monetario e ricontrollato gli appunti. La strategia aveva preso forma poco a poco, anche se non era neppure corretto chiamarla strategia. Troppe cose dovevano incastrarsi secondo la giusta tempistica, troppe variabili dovevano allinearsi in una particolare sequenza.

La battaglia era disperata e ancora una volta Massimo partiva perdente. Però era abituato a quello svantaggio. Non aveva speranze, ma neppure paura.

Quando era uscito dalla casa sul promontorio, si era guardato di sfuggita allo specchio. Era un fantasma. Indossava il vestito blu sopra una camicia bianca. La cravatta sottile era annodata stretta. Ai piedi un paio di Sneakers nere. *Quel* Massimo era tornato.

Aveva guidato con gesti automatici, gli occhi fissi sul nastro d'asfalto dell'Aurelia, mentre la testa inseguiva la danza di possibilità sfuggenti.

Roma gli era apparsa poco alla volta. I pini della Colombo. Gli archi delle Terme di Caracalla. Le ombre dell'Aventino. E infine la piramide Cestia, ai bordi delle strade in cui era cresciuto.

Si era concesso una passeggiata nel quartiere. Testaccio non era più lo stesso, e anche le strutture in metallo del vecchio mercato erano state rimosse. In piazza, il ricordo di Mario gli aveva spezzato il fiato.

Aveva poi chiamato Derek, e l'americano non aveva lasciato trasparire alcuna sorpresa, come se si aspettasse la telefonata. Si era limitato a scandire un indirizzo prima di riattaccare.

Il recapito corrispondeva a un albergo in centro, situato a ridosso del foro Traiano, ai margini del rione Monti. Erano nel cuore della Capitale, dove affondavano le radici della città. Perché Roma, quella vera, era tutta lì, nelle pietre dell'antico selciato di cui aveva scritto Marziale: "sudicie di passi mai asciutti". L'antica casbah della plebe, il *suburbium* di meretrici e lupanari, da millenni piantato tra l'Esquilino e il Quirinale.

Massimo si era chiesto se quella scelta fosse fortuita o se custodisse un significato. Poi aveva scartato l'eventualità di una coincidenza, Derek non faceva niente per caso.

Si massaggia il collo, avvertendo la tensione crescere. Non c'era nessuna possibilità di vittoria nella partita che stavano per giocare: potevano solo ritardare la catastrofe.

Se avesse ragionato con distacco, avrebbe dovuto lasciare quella camera d'albergo senza voltarsi. Anzi, non avrebbe mai dovuto entrarci. Forse aveva ragione Paulo: forse una speranza esisteva ancora, ma fuori dall'Europa, lontano da quella polveriera che aveva innescato i più sanguinari conflitti della Storia.

Gli sforzi di settant'anni per unire il continente, la faticosa ricerca di una convergenza tra le nazioni, costituivano la vera posta. Ed era lì che avrebbe colpito il martello dei mercati per infrangere l'unità politica e il conio della moneta unica.

Tutto poteva bruciare nell'arco di ventiquattr'ore. Ed era a Roma che si cominciava a combattere.

Questa volta non si andava sulla street in cerca di profitti e plusvalenze. Ora si lottava per le idee, i principi. Ed era una follia. L'ostinazione dei tedeschi non si poteva definire in altro modo. Sarebbe bastato il salvataggio di quella banca italiana, un singolo intervento mirato, per esorcizzare lo spauracchio del panico e spuntare le armi dei predatori pronti all'attacco.

In lontananza già si percepiva il rombare dei tamburi. I nuovi lanzichenecchi affilavano le armi pronti al saccheggio.

La Grecia, la Francia, l'Italia. Le culle della civiltà occidentale messe a ferro e a fuoco.

Ogni epoca aveva i suoi barbari.

Ogni epoca aveva i suoi fanatici.

E gli integralisti ripetevano un mantra ossessivo di convinzioni travestite da verità. "Prima i bilanci pubblici a posto, poi il resto" raccomandavano ai piani alti della Bundesbank. Impegnarsi a decenni d'austerità, accettare la compressione dei redditi, l'annientamento delle vite, la cancellazione della civiltà giuridica, il principio del diritto. E dopo, *soltanto dopo*, si poteva pensare a un meccanismo per fronteggiare le crisi di liquidità.

Il bilancio di una banca valeva quanto l'idea stessa di società.

Non ci sarebbe stato nessun "dopo". Come un veleno mortale, il panico sarebbe entrato in circolo molto prima dell'assalto agli sportelli e dei servizi urlati ai telegiornali. Avrebbe paralizzato il mercato interbancario, gettato il sistema del credito in una spaventosa crisi di solvibilità. La fiducia cancellata. E nessuno si sarebbe accorto di niente.

Ed era in quella congiuntura che il governo italiano, l'indomani, avrebbe affrontato un passaggio cruciale: un'asta del decennale già più volte rimandata.

La banca e il bond.

Più tardi, fuori tempo massimo, sarebbero arrivate le parole, insieme ai segni di una morte già consumata. Paralisi dei trasporti, blocco della fornitura di energia elettrica e gas, interruzione delle attività pubbliche. E l'ovvia deflagrazione del conflitto sociale.

Il social unrest. Un salto nelle tenebre del passato.

Lui era lì per evitare che accadesse.

«Sei pronto?» La voce bassa di Derek lo strappa a quelle fosche visioni.

Massimo si volta. È al centro della suite.

Il monitor di un televisore al plasma è collegato a un computer ed è disposto di fronte a un grande tavolo in legno. Dall'altra parte della stanza, poggiato a una parete, un mobile a cassettoni è sormontato da uno specchio. Sul ripiano un altro pc. Massimo guarda distrattamente lo schermo, nel quale sono inquadrate le postazioni vuote di un desk.

Nonostante le finestre aperte, nell'ampia sala galleggia ancora un fumo denso e stagnante. Derek è in piedi, una mano nella tasca dei pantaloni, il viso imperscrutabile. Di fianco, su un tavolino, sono posati un giornale, un posacenere colmo di cicche e alcuni fogli adornati con la stella tra due rami d'alloro della Repubblica Italiana.

Eccolo, l'uomo che non aveva mai perso una guerra: il corsaro che aveva imperversato negli anni ruggenti della New Economy, il capo del fixed income "Europa" ai vertici della grande banca. Eccolo, l'uomo delle luci, il grande illusionista, uno di quelli che avevano puntato il riflettore sull'Europa, convinto di difendere il proprio Paese e garantire il progresso del pianeta. E che adesso era disposto al più spregiudicato cambio di fronte per evitare le conseguenze rovinose delle cause in cui aveva creduto.

Era un Generale, Derek Morgan. *Il* Generale.

Massimo si avvicina e lascia vagare lo sguardo sulla superficie del tavolo. Si sofferma per un istante sulla prima pagina del giornale e sulla data riportata in alto a destra.

Martedì 5 giugno.

Sorride mentre estrae l'iPhone dalla tasca della giacca e guarda il display. L'una e cinquanta anti meridiane.

Ormai è il 6.

Poi lo sguardo viene catturato dal posacenere. Gli uomini che l'americano aveva incontrato dovevano essere molto nervosi considerando il numero di sigarette e Toscani Riserva che avevano fumato.

«Com'è andata?»

L'altro si stringe nelle spalle. «Dal governo abbiamo carta bianca.» Si ferma e allarga le braccia. «Ma abbiamo anche pochissimo tempo.»

«La cosa più facile sarebbe rimandare ancora l'asta» mormora Massimo con aria assorta.

Derek scuote la testa. «L'hanno già fatto troppe volte, ormai è tardi. Non ci sono alternative. Bisogna salvare la banca, partecipare all'asta e farla andare in porto. Tutto in una notte, altrimenti sarà l'inferno.»

Massimo si morde un labbro. Derek aveva ragione, l'asta non poteva essere rimandata. Ma se ci fosse stato l'assalto agli sportelli, nessuno avrebbe sottoscritto BTP e l'euro sarebbe saltato.

Un maledetto circolo vizioso.

«Cominciamo?» domanda l'americano.

Massimo sospira e fa segno di sì. Quindi i due si avvicinano al tavolo, sedendosi uno accanto all'altro di fronte allo schermo al plasma. Danno le spalle al mobile con il secondo computer. Sul tavolo una brocca d'acqua, due bicchieri e un blocco per gli appunti.

Derek controlla l'orario sul display del cellulare. Quindi accende il video.

Una manciata di secondi più tardi, le immagini iniziano a comparire sullo schermo diviso in quattro. In tre riquadri appaiono altrettanti uomini dietro una scrivania. Massimo riconosce un ex presidente della sessione Fed di San Francisco che Derek gli aveva presentato alcuni anni prima, durante un meeting della grande banca a New York. La Federal Reserve era l'architrave del piano di salvataggio e presenziava all'incontro ma senza scoprirsi troppo. E soprattutto: non in veste ufficiale.

Nel secondo riquadro, il volto magro di un orientale. *I cinesi schierano i pezzi da novanta*, pensa Massimo incrociando lo sguardo dell'executive del fondo sovrano di Pechino.

Nell'angolo in basso a destra, un uomo dalla corporatura tozza e il viso rotondo sfoglia dei documenti incurante dell'inizio del collegamento. Anche Mosca era al tavolo con la massima potenza di fuoco: l'uomo rappresentava la più importante banca della Federazione russa. Un colosso finanziario su cui erano circolati rumors su un eventuale ingresso nel capitale della banca italiana al centro del ciclone.

Massimo guarda Derek: l'americano aveva tessuto la trama di un'alleanza internazionale, un fronte largo da Occidente a Oriente che potesse fronteggiare il rigore dei tedeschi e gli attacchi degli speculatori. Il disegno era come al solito lucidissimo.

Gli ricorda una tonnara, il dedalo di nodi in cui spingere i raider. Ma le maglie erano sufficientemente strette? La trappola si sarebbe chiusa davvero?

Torna a fissare lo schermo indugiando sul quarto riquadro, in basso a sinistra. La videocamera è puntata su una scrivania, dietro la quale c'è soltanto una sedia vuota. Massimo non ha bisogno di chiedere nulla. Sa che lì non sarebbe comparso alcun viso per tutto il tempo del confronto. C'era una sola cosa che bisognava augurarsi: che da quell'ufficio, alla fine, arrivasse un *sì*. Un laconico assenso che benedicesse l'operazione ai più alti vertici delle istituzioni sovranazionali.

Derek si schiarisce la voce e sei paia di occhi si concentrano su di lui.

«Signori, conoscete la situazione, quindi non perderò tempo a riassumervela.» L'americano scandisce le parole, controllando il tono della voce. «Abbiamo un soggetto disposto a salvare la banca. E abbiamo un compratore istituzionale interessato a coprire l'intera emissione dell'asta BTP.»

Tutta quella conversazione si sarebbe consumata in una zona grigia e sfuggente della realtà, un territorio sconosciuto a miliardi di persone sul pianeta. Era in quello spazio che nascevano le decisioni, eppure nessuno ne avrebbe mai parlato. Non esistevano verbali per quel tipo di meeting, non c'erano registrazioni. Un istante dopo la fine, il confronto sarebbe stato semplicemente dimenticato. Come se non fosse mai avvenuto.

«Ma le due cose vanno fatte insieme» prosegue Derek, «perché l'investitore entrerà nel capitale della banca solo se l'asta andrà in porto. Mentre il compratore sottoscriverà il totale dei BTP emessi soltanto se eviteremo il panico e la corsa agli sportelli.» Rimane in silenzio per studiare la reazione degli interlocutori.

«Garantire questa tempistica è semplicemente impraticabile» ribatte il cinese, indugiando sull'aggettivo. «Sarebbe difficile anche in condizioni normali. Con un margine così stretto è impossibile.»

Massimo osserva prima il russo e poi il dirigente della Federal Reserve. Si chiede se Derek confidi nel cedimento di uno dei due interlocutori e poi, con la coda dell'occhio, nota un fremito sul suo viso e delle piccole gocce di sudore sulla fronte. In dieci anni al floor il Generale non aveva mai tradito turbamento o tensione. Neppure davanti al trade più complicato.

Ha bisogno d'aiuto.

Massimo respira profondamente mentre riordina le idee: sa che da quello che sta per dire dipende l'esito dell'operazione. I dati presentati da Derek non sono stati sufficienti a convincere i referenti del progetto, quindi c'è solo un'altra chance prima che la disponibilità degli interlocutori si esaurisca insieme al loro tempo.

«Non voglio convincervi» scandisce Massimo con voce ferma. Parla col busto dritto, attento a non protendersi in avanti e a non lasciar trapelare insicurezza, sforzandosi di dominare il linguaggio del corpo. «*Nessuno* può convincervi, perché la decisione spetta a voi e a voi soltanto. Posso solo descrivervi col minimo margine di approssimazione quanto accadrà domani se la banca italiana non potrà onorare i pagamenti.» Si ferma per un attimo nel tentativo di creare attesa, poi riparte. «Sarà il panico. E quando si arriva al panico non c'è ragione che valga, è tutto fuori controllo. E Lehman in confronto sarà un ricordo piacevole. Lo scenario più probabile è il seguente...» Prende il bicchiere e sorseggia lentamente dell'acqua per guadagnare tempo.

Derek assomiglia a una statua. Ha ripreso il completo controllo di sé e il viso è tornato a chiudersi nella consueta maschera d'indecifrabilità.

Massimo posa il bicchiere e ricomincia a parlare: «Nelle prime ventiquattr'ore avremo il blocco alla libera circolazione dei capitali e quello dei conti correnti. Nessuno potrà trasferire moneta fuori da questo Paese. Dopo quarantott'ore ci sarà l'assalto alle banche nel disperato e inutile tentativo di ritirare i depositi in ogni modo possibile. La chiusura del mercato obbligazionario e di quello azionario sarà l'inevitabile conseguenza. Poi il contagio si estenderà a tutta la periferia. Grecia, Portogallo, Spagna e Irlanda saranno investite per prime dall'ondata di panico. Quindi toccherà alla Francia. A settantadue ore dall'inizio della crisi, tutti avranno realizzato che un euro depositato in Italia non vale quanto uno depositato in Germania, perché qui le banche possono fallire e lo Stato non è in condizione di garantirne la solvibilità. Il quarto giorno è realistico pensare che l'unione monetaria non esista più».

Nello schermo, i volti sono concentrati e tesi.

Massimo estrae dalla tasca della giacca alcuni fogli piegati e li posa sul tavolo davanti a sé. Si muove in modo flemmatico nel silenzio che li avvolge. «Il ritorno alle divise nazionali non è più un'eventualità remota e nemmeno la variabile di una proiezione.» Solleva i fogli e li agita lentamente. «Alcune fonti confidenziali ci informano che alla stamperia della Banca d'Italia e ai rulli del Servizio Fabbricazione carte valori di via Tuscolana, qui a Roma, da circa un mese sono stati consegnati i fogli con la filigrana della lira.» Si ferma di nuovo attendendo l'effetto della rivelazione.

Subito coglie un movimento impercettibile di Derek, che ruota appena la testa e inarca un sopracciglio. Sul monitor lo stupore è evidente: il cinese si protende in avanti mentre l'ex dirigente della Fed si passa una mano tra i capelli.

«Non credevamo che la situazione fosse arrivata a questo punto» sbotta il russo.

Massimo annuisce senza scomporsi, poi riprende a parlare: «Ragionare in termini di scenario non ha più senso. Il processo è avviato, ormai si tratta di un dato di fatto. Parliamo di una crisi sistemica che colpirà imprese e famiglie paralizzando le funzioni pubbliche. E non pensate che riguardi solo il Sud Europa. Pesanti ripercussioni recessive si percepiranno su scala planetaria. Immagino che nessuno auspichi una conclusione simile».

Massimo incrocia le dita sul tavolo. Ha finito, si è giocato il tutto per tutto.

È ancora il russo a prendere la parola per primo: «Ammettiamo pure di essere all'inizio di quanto ci ha raccontato. La necessità di procedere simultaneamente sul tema banca e su quello del BTP non è derogabile, almeno da parte nostra. Avete una soluzione per questo disastro?»

«È probabile» ribatte Massimo.

«Una soluzione che contempli... garanzie *solide*?» incalza l'ex dirigente della Federal Reserve.

Massimo rimane in silenzio. Con lo sguardo cerca il riquadro occupato dalla sedia vuota dietro la scrivania. Si chiede a cosa stia pensando l'uomo che li ascolta oltre i margini dell'inquadratura, quindi annuisce.

«E cosa aspetta a illustrarcela?» tuona il cinese.

«La soluzione è un nuovo *double whammy*» scandisce. Nel monitor, la medesima espressione di perplessità affiora sui visi. «Sono passati quasi vent'anni da allora. Il mercato è cambiato e a Hong Kong ci sono voluti tre mesi per rovesciare la situazione» replica bruscamente il russo.

Massimo non si scompone. «Proprio perché il mercato è cambiato potremo fare in tre ore ciò che è stato fatto in novanta giorni, ma il principio non cambia. Oggi come allora si tratta di fronteggiare un attacco dei ribassisti che dispongono di una leva gigantesca. Sono convinti di trovarsi in una posizione di assoluto vantaggio, classica *win win situation*. La risposta dev'essere durissima. Serve un compratore di ultima istanza che si opponga a chi intende shortare forte. E la disponibilità di questo soggetto c'è.» Massimo si blocca e cerca con lo sguardo l'uomo della Federal Reserve. Attraverso il video l'americano assente.

«Questo compratore ci chiede delle garanzie per coprire l'ammontare complessivo dell'asta BTP. Bene, il governo italiano fornisce queste garanzie.» Si volta a guardare Derek che risponde con un deciso cenno del capo.

E dopo qualche secondo di silenzio, l'italiano riprende a parlare. Illustra il progetto con voce sicura, delineando le diverse fasi. Sembra sia pronto da sempre per quel momento. Espone una strategia, ma è come se svelasse i segreti di un raffinato gioco d'illusionismo.

Ogni numero di magia si compone di tre atti. Il primo è quello della promessa, in cui l'illusionista mostra qualcosa d'ordinario.

L'asta del decennale italiano è ciò che tutti guarderanno.

Il secondo atto è la svolta, quando qualcosa di ordinario diventa straordinario.

Un sapiente uso delle informazioni e dei mass media avrebbe creato confusione. L'asta si sarebbe palesata come un'operazione ad altissimo rischio in una fase di turbolenza dei mercati e d'instabilità politica. Voci lasciate filtrare ad arte avrebbero sollevato dubbi sulla reale possibilità di collocare il titolo italiano.

L'ordinario diventa straordinario.

L'asta si sarebbe trasformata nel trigger che gli speculatori attendevano, perché la mente dell'uomo vede ciò che vuol vedere, e risponde in automatico agli stimoli condizionanti. Li chiamano "riflessi pavloviani".

"*Ora voi state cercando il segreto, ma non lo troverete; perché in realtà non state davvero guardando. Voi non volete saperlo, voi volete essere ingannati*" dicevano gli illusionisti.

Per questo, perché la magia si compia davvero, bisogna

che d'incanto il velo dello straordinario sia sollevato. Occorre che all'improvviso l'asta vada in porto e l'intero quantitativo di BTP sia collocato a un rendimento inferiore rispetto ai picchi con cui i raider hanno creduto di spaccare tutto.

E così lo straordinario tornerà a essere ordinario.

Ecco perché ogni magia ha bisogno di un terzo atto: la parte più ardua.

Quell'atto viene chiamato "il prestigio".

Allora e soltanto allora, le mani inizieranno a battere ritmicamente l'una contro l'altra, le bocche si apriranno, e gli occhi sgranati fisseranno il palco. Stupore, sorpresa e meraviglia celebreranno le abilità del prestigiatore.

Allora e soltanto allora, la trappola si sarebbe chiusa, e avrebbe avuto luogo la mattanza degli speculatori.

Quando finisce di parlare, Massimo rimane immobile, la mente ormai lontana da quella stanza d'albergo. I pensieri volano alla casa sulla scogliera, a India e all'angoscia che ha percepito in lei. Ma poi non si fermano, avanzano fino a impigliarsi nelle maglie di una gabbia nel braccio di mare tra il promontorio e l'isola.

Magia, inganno, prestigio.

Condizionamento della percezione. Trasformazione del reale.

Massimo pensa ai tonni nella *Fenice* sottoposti da giorni a massicce dosi di ormoni.

Non sono diverso da Derek.

«Signori, propongo di aggiornarci alle cinque antimeridiane, ora di Roma, in modo da consentire ai presenti una valutazione della proposta» scandisce l'ex dirigente Fed.

Dopo qualche attimo di attesa, l'uomo interrompe il collegamento, seguito a ruota dagli altri.

«Sei stato perfetto» mormora Derek. Si sfila la giacca. «Hai fatto tutto il possibile.»

«Potrebbe non bastare» replica Massimo, allentandosi il nodo della cravatta.

«Cos'è questa storia della stamperia della Banca d'Italia?» domanda l'americano mentre indica i fogli sul tavolo.

Massimo alza una mano in un gesto vago.

«Le *nostre* fonti non ci hanno detto nulla. Da chi l'hai saputo?» insiste l'altro.

L'italiano sorride. «Da nessuno, Derek.» Quindi spiega i fogli sul tavolo. Sono bianchi. «Ma un'illusione è più forte della verità, dico bene?»

Derek annuisce. «Un'illusione può anche costare caro. Molto caro.»

Tacciono.

Dalla finestra aperta filtra l'aria notturna. I computer emettono un basso ronzio.

Massimo riempie il bicchiere e lo vuota.

Pensa a Carina, e a Cheryl.

In fondo quella suite poteva essere considerata un desk. E lui beveva come al solito, come sempre quando c'era da montare un trade.

Un riflesso pavloviano.

«Che ne pensi?» chiede Derek.

Massimo si stringe nelle spalle. «È come nelle arti marziali. Bisogna rovesciare la debolezza in un punto di forza.»

L'americano annuisce.

«Mentre parlavo, mi è tornato in mente il match Chang-Lendl. Ricordi?» domanda Massimo.

«Certo. 1989, ottavi del Roland Garros. Tre a due per Chang.»

«I bookmaker davano Lendl *prohibitive favorite*. In pratica il cinese era perdente prima di mettere piede sul centrale. Stava sotto due a zero, aveva i crampi. Era impossibile che vincesse...»

«Poi inventò *quel* servizio.»

«Una trappola.»

«Credi che abboccheranno?»

«Non so.» Massimo si passa le mani sul volto. «Noi che avremmo fatto?»

«Io avrei fatto all in sul "corto" Italia. E avrei detto a Larry d'incrementare progressivamente la posizione. Forse tu e Farradock sareste stati più cauti, perché...» s'interrompe cercando qualcosa tra i ricordi, «perché non si umiliano le posizioni in attivo. Dico bene?»

Massimo annuisce.

«Comunque cambia poco. Avremmo tentato tutti di fare il botto.»

«Ecco, questa è l'unica risposta che possiamo dare.»

Derek sospira.

«Quella partita l'ho vista con Michela. Ci conoscevamo da pochissimo tempo, e capimmo subito per chi sarebbe stato giusto tifare. Senza dirci niente.»

«Ti manca?»

Massimo solleva lo sguardo, sorpreso dalla schiettezza dell'americano. «Non lo so. Forse sì, forse potevamo andare avanti. Saremmo stati una ricca e benestante famiglia di italiani a Londra. Lui che lavora nella finanza, lei impegnata in una charity, e i figli coi posti già prenotati nei migliori college e università del Paese.» Si alza in piedi e raggiunge il centro della stanza. «Ma io ho scelto di non fermarmi. Ho voluto regalare a mio figlio e anche a me stesso qualcosa di diverso. In parte ci sono riuscito. Ho perso molto per arrivare fin qua, ma credo di essere un uomo migliore di prima. Eppure ho un grosso un rimpianto e a volte, nel cuore della notte, mi sveglio e non riesco a riprendere sonno.»

Incrocia lo sguardo di Derek. E adesso, dopo quelle parole, sa che nella mente di entrambi i ricci di Cheryl hanno spazzato via i numeri e le variabili, la banca e il BTP.

Derek distoglie lo sguardo e va a sedersi sul divano, mentre l'italiano torna alla finestra. Si piega con i gomiti sul davanzale e rimane lì a fissare i resti del foro.

Sono in un tempo sospeso, a ripensare agli anni in cui erano stati semplicemente amici, anche se non se l'erano mai detto, o forse non l'avevano neppure capito.

Poi un beep li avverte che l'ora è arrivata e la connessione è di nuovo attiva.

Si muovono all'unisono raggiungendo il tavolo. Massimo stringe il nodo della cravatta. Derek si sistema la giacca.

Rispettando il copione di quella notte, è il russo ad aprire la discussione: «Crediamo valga la pena provare».

«Da Pechino seguiamo lo svolgimento dell'operazione con interesse» replica il cinese laconico.

«Go anche per noi» conferma l'ex dirigente della Fed.

Massimo sospira, incassando l'assenso unanime. Eppure ancora non basta. Quella disponibilità sarebbe stata vana senza l'ok dell'uomo che aveva seguito l'intera conversazione senza farsi vedere.

Tutti gli sguardi convergono sull'inquadratura della scrivania vuota. Manca ancora un tassello per comporre il mosaico.

I secondi sembrano non passare mai. E Massimo ha l'impressione di essere imprigionato in un fermo immagine.

Poi una voce, attraverso gli amplificatori, echeggia in tre continenti.

«Potete andare avanti. Ma avete un giorno da adesso, uno soltanto. Ventiquattr'ore. Non una di più.»

Un attimo dopo, senza che nessuno aggiunga altro, i collegamenti vengono interrotti.

Massimo guarda l'orario sul display dell'iPhone. Ore 5:05.

La battaglia può iniziare.

Bruno Livraghi controlla l'ora sul cellulare mentre cammina a passo svelto lungo Gresham Street, nel cuore della City.

Ore 4:05 del mattino.

Anche se quella notte è restato a Londra e il motore della sua Lamborghini è rimasto in silenzio, Bruno non ha chiuso occhio. Non poteva dormire.

Ha deciso cosa avrebbe fatto la sera prima, quando ha avuto conferma del ciclone che stava per investire l'Italia.

Sa che il tempo è tutto. E questa volta il tempo gli ha regalato una coincidenza eccezionale. Mentre un'antica e importante banca italiana è in gravi difficoltà, a Roma il governo sta considerando se aprire o meno un'asta di BTP troppo a lungo rinviata.

Dove tutti avrebbero visto un evento fortuito, lui scorgeva un'occasione. Il momento propizio.

Allunga il passo.

"Trigger" gli ripeteva tanto tempo prima un uomo a cui deve molto. Era una delle quattro regole che gli aveva insegnato Massimo.

Erano più di tre anni che non lo sentiva. Da quando aveva mollato tutto ed era scomparso. C'era qualcosa di definitivo nella scelta del suo maestro: aveva preso una di quelle decisioni che andavano rispettate, così non l'aveva più cercato.

Forse farò la stessa cosa un giorno, pensa Bruno. *Andrò via, lontano da tutto questo.*

Ma non adesso, perché tra poche ore, all'apertura dei mercati, inizierà la corsa a coprire il rischio Italia.

Dopo la prima crisi dell'euro, i grandi investitori internazionali, spinti dalla fame di rendimento, erano tornati a riempirsi di BTP e ora proprio loro sarebbero stati i primi a vendere qualsiasi cosa fosse riferibile alla penisola. Era come se avessero una bomba tra le mani.

Bruno e la comunità degli hedge, invece, avrebbero fatto di più. Erano pronti a montare uno *short monstre* sull'Italia. Fin dalla sera prima, tutti avevano cominciato a prendere in prestito i titoli per venderli allo scoperto all'apertura dei mercati. Avrebbe colto l'attimo, Bruno. E col dito sul grilletto della pistola, avrebbe fatto fuoco alla nuca di un Paese in ginocchio.

Bruno è italiano, ma la pietà non è contemplata davanti ai monitor. Nella finanza non esistono questioni personali e conti in sospeso. E in quella congiuntura avrebbe montato un "corto" Italia che nessuno avrebbe dimenticato.

"Fai i soldi dove sei certo di farli. Combatti la battaglia facile" era la seconda regola di Massimo: e lui l'avrebbe osservata scrupolosamente, perché quello era un trade sicuro. Non si poteva perdere.

Se il Tesoro non fosse stato in grado di tenere l'asta, i prezzi sarebbero crollati. Nel caso inverso, che avrebbe avuto del miracoloso, i bond sarebbero stati emessi a prezzi di saldo. Una sola cosa era sicura: in entrambi gli scenari il BTP sarebbe sceso. Così Bruno e i pesci grossi della street avrebbero avuto l'occasione di ricomprare quello che avevano shortato a un costo più basso.

Era una *win win situation*. Il profitto, una certezza.

Non si può perdere, pensa aumentando ancora l'andatura. Ora è come se corresse tra le facciate dei palazzi ottocenteschi. Sente l'aria fresca di quella primavera schiaffeggiargli il viso.

All'apertura della London Stock Exchange, non monterà un "corto" qualsiasi. Farà all in, perché quello è *il* trade.

Anche Massimo farebbe così, ne è certo. Anche lui verrebbe meno alla terza regola, quella che prescrive di "non umiliare l'avversario". E poi Bruno, quella regola, non l'ha mai capita.

No, la posizione corta andava incrementata. E senza esitazioni. I prezzi si sarebbero rotti. Avrebbero alzato utili da capogiro.

La performance dell'anno. Del decennio, forse.

Lo tsunami montava e lui avrebbe surfato sulla cresta della grande onda. Sarebbe andato velocissimo. Più veloce di tutti. Più veloce che mai.

Era tempo di mettere in atto la quarta regola, la più importante.

«I rigori si battono forte» mormora Bruno tra sé mentre varca col sorriso l'ingresso della sede londinese del suo hedge fund.

Il cielo si illumina a oriente, oltre la sagoma del Colosseo.

Camminano lenti uno di fianco all'altro. A destra, i resti del Foro di Cesare.

Massimo ha le mani in tasca, la cravatta allentata e il colletto della camicia aperto. Tiene la testa bassa, insensibile allo spettacolo che lo circonda.

Pensa a quello che sta succedendo a un chilometro da lì.

La Federal Reserve aveva preteso garanzie *solide* per coprire l'ammontare dell'asta.

Lui e Derek le avevano fornite.

Era stato l'americano a concordare quella mossa coi vertici della Banca d'Italia e del governo, perché le garanzie *solide* avevano la forma di lingotti d'oro. Proprio in quel momento stavano viaggiando su due camion blindati dell'esercito, alla volta dell'aeroporto di Pratica di Mare: da lì sarebbero stati caricati su un Lockheed C-130 pronto a levarsi in volo verso una destinazione ignota.

Le riserve auree, il fondamento stesso del valore del denaro circolante, venivano trasferite dai caveau di via Nazionale. Una fideiussione come un'altra: nessuno avrebbe sollevato un dubbio su quel dogma. Nella percezione collettiva quelle riserve erano sempre lì, nei sotterranei della Banca d'Italia, anche se erano altrove.

E non era neppure la prima volta che accadeva. In altre

occasioni l'oro era stato prestato o trasferito all'estero, al punto che fin dagli anni Novanta era impossibile stabilire quale fosse il reale ammontare dei depositi nei caveau nelle banche centrali.

Un altro trucco. Un'altra illusione.

«È incredibile, la bellezza di questo posto» mormora Derek, spezzando il filo di quei pensieri. Si ferma di fronte alla prospettiva dei fori imperiali.

Un volo di uccelli fende il cielo terso. In lontananza echeggia il rumore, basso e continuo, della macchina per la pulizia delle strade.

Tra qualche ora la città si sarebbe animata e quel luogo, quel cammino tra le reliquie della Storia, sarebbe tornato a essere una delle massime attrazioni del mondo, coi suoi finti gladiatori e le comitive di turisti estasiati.

«Roma così, all'alba, è una meraviglia ma...» mormora Massimo lasciando la frase in sospeso.

L'americano lo fissa con gli occhi sgranati. «Ma?»

«Se ci pensi, nemmeno il pittore più abile avrebbe saputo rappresentare il potere come si manifesta qui. Lì davanti, il Colosseo e i giochi per fottere il popolo. Di là, il Vittoriano con la piazza delle adunate fasciste.» S'interrompe soprappensiero. «Tuo padre non ha combattuto qui?» domanda un attimo dopo.

Derek fa segno di sì. «Ad Anzio» replica, prima di indicare la fermata della metro. «Vieni.»

Attraversano l'ampia carreggiata, raggiungendo un punto ai piedi del muro che delimita la strada battezzata, ottant'anni prima, "la via dell'Impero". Quindi Derek solleva la testa. Massimo segue il suo sguardo prima di allargare le braccia.

Una fissazione. La mania di Derek Morgan per la scenografia della grandezza è una fissazione.

Sono davanti alle quattro mappe in marmo che rappresentano l'espansione territoriale dell'antica Roma. Eccola, la Città Eterna: in origine un puntino al centro del mondo conosciuto, tra l'Africa sahariana e le steppe russe, tra l'arcipelago britannico e la penisola arabica. Poi, nella successione delle cartine, la progressiva, inesorabile estensione del dominio. Come una luce che fende le tenebre, Roma aveva proiettato il proprio potere sulle terre: dal vallo di Adriano al Medioriente, dalle colonne d'Ercole al Caucaso.

«I grandi poteri hanno bisogno di grandi simboli.» Derek abbraccia con un gesto della mano le rovine dei fori.

«Per tenere buona la gente» ribatte Massimo.

«Per costruire il consenso e promuovere la civiltà.»

«Prima di corrompersi, Derek. Non dimenticare com'è finita quella grandezza.»

«Io credo che nella Storia ci sia sempre un senso, anche se a volte può somigliare a una caotica successione di fatti. Gli imperi nascono, crescono e decadono sempre nello stesso modo. All'inizio si fondano sulla forza dei guerrieri, poi arriva il tempo del commercio e dei mercanti che esaltano egoismo e ricchezza. Quindi segue l'era dell'intelletto, quando gli imperi smettono di conquistare territori, si sentono più deboli e cominciano a costruire mura per difendersi. E ben presto si compie la decadenza, prima nei costumi, poi nella moneta e infine nella forza. Noi in Occidente ci stiamo arrivando. È inevitabile, Max, a meno che qualcuno non riesca a fermare la freccia del tempo, o almeno a rallentarne il corso. Costi quel che costi.»

«*Costi quel che costi*, esatto. Ma voi siete gli Stati Uniti d'America, Derek. Rappresentate solo una parte dell'Occidente, e invece volete decidere per tutti.»

«L'impero esiste, ed è americano. La verità è che oggi esercitiamo un grande potere per perseguire un fine nemmeno troppo ambizioso. È tragico, ma è così. Siamo potenti, influenziamo i governi, stampiamo moneta, condizioniamo la vita della gente. Ma in questo non c'è grandezza. Il nostro è solo un progetto di contenimento. Capisci quello che dico?» Ride piano. Una risata malinconica. «Amministriamo la decadenza per rimandare il crollo. E questa non è un'alba.» Col pollice sopra la spalla, senza voltarsi, indica il profilo del Colosseo investito dai primi raggi del sole. «Questo è un tramonto, e io non voglio che cali la notte.»

«Vedi schemi perfino nella Storia, e credi che non ci sia alcun futuro per chi agisce fuori dal tuo disegno. Sembri un cospiratore. Io credo che la vera differenza tra presente e passato sia la vostra idea di plasmare la società intervenendo sull'economia, come un meccanico su un motore. Avete sempre la soluzione giusta per farlo funzionare. Se va fuori giri, frenate. Se rallenta, date gas. Ma stanotte l'hai visto bene il muro su cui stiamo andando a sbattere.»

«Un *cospiratore*? Un *meccanico*?» domanda Derek con la voce increspata da un sincero sgomento. «Questa notte abbiamo trasferito le riserve auree di un Paese e organizzato una delle più grandi campagne di disinformazione mai viste. Diffondiamo notizie false, assicuriamo l'esito di un'asta in cui vengono collocati titoli di Stato per un valore di miliardi. Stiamo provando a salvare un Paese, anzi, un continente. E questo ti sembra l'intervento di un *meccanico*?» Scuote la testa. «No, Massimo. *Noi...*» indugia sulla parola fissando l'italiano con uno sguardo sinistro, «*noi* inganniamo, compiamo prodigi, modifichiamo la realtà. Oggi stiamo illudendo i principali raider del pianeta, e abbiamo un potere che non è umano. Noi siamo i diavoli, Massimo. Ci credi come ci credo io: noi siamo uguali.»

Quelle parole pronunciate senza astio, imbevute di cupa rassegnazione, colpiscono con la durezza di un pugno.

Massimo rimane in silenzio. Fissa un punto oltre le spalle dell'americano.

Ora il Colosseo è inondato dalla luce incandescente

dell'alba. Bruciava così Roma, la notte in cui il figlio di Claudio l'aveva incendiata?

Ore 7:12. Meno quarantotto minuti all'apertura dei mercati.
Seduto alla sua postazione del floor, Bruno tiene gli occhi fissi sullo schermo. L'apertura di Bloomberg è dedicata alle news sulla banca italiana. "Dimissioni del consiglio di amministrazione. Alle prime ore dell'alba, blitz delle Fiamme gialle nella sede storica dell'istituto di credito. Consob vieta vendite allo scoperto sui bancari italiani."
Bruno annuisce convinto. Manca poco, e lui è pronto al balzo.
Tutto secondo i piani.
Quando legge l'ultimo aggiornamento Ansa, percepisce la scossa di adrenalina.
"La notte più lunga dal dopoguerra. Drammatico Consiglio dei Ministri a Palazzo Chigi. Possibili dimissioni del governo. Si inseguono voci discordanti su asta BTP."
Bruno passa alla seconda notizia. "Con un comunicato ufficiale, la Presidenza della Repubblica rassicura sulla coesione della maggioranza e sulla stabilità del governo."
Segnali contraddittori.
Ma a volte gli spazi bianchi tra le parole contano più delle parole stesse. Bruno ha imparato anche a leggere tra le righe. Non sarebbe arrivato così in alto, altrimenti.
A volte le omissioni svelano più di una confessione. In quel caso, l'implicito contava più di quello che veniva detto. E l'implicito narrava di un Paese allo sbando. La nota del Quirinale era un tentativo disperato di ricomporre i cocci del governo in frantumi.
A quel punto il BTP era come uno straccio strofinato sul corpo febbricitante di un appestato.

Bisognava liberarsene.

Bisognava bruciare il titolo senza neppure sfiorarlo.

Vendere vendere vendere.

Bruno si alza in piedi. Le postazioni del desk sono tutte occupate. Il floor, la plancia di comando della nave corsara, freme di agitazione. Quello è il gran giorno.

«Avanti, ragazzi» scandisce. «Cominciamo con un billion. Tutto "corto" Italia.»

Il brusio della sala si spegne all'improvviso.

Mentre parla, a Bruno sembra di sentire l'eco della sua voce, perché in quell'esatto momento nei desk di tutto il pianeta stanno risuonando le stesse parole.

Quindici paia di occhi lo guardano. Teste si muovono in brevi segni d'assenso. Sguardi carichi di sottintesi rimbalzano da un viso all'altro.

E trenta minuti dopo gli ordini di vendita piovono inesorabili sui mercati come una grandinata. A Londra sono le 8:03 del mattino.

Bruno muove il cursore del mouse sul riquadro dell'orario.

È il 6 giugno. Un mercoledì. *Il* mercoledì.

La grande mareggiata. Onde altissime. Gli sembra di avvertire il vento che gli sferza la faccia.

Poi controlla lo spread e lo vede schizzare a folle velocità. Centottanta secondi dopo l'apertura, il differenziale italiano è passato da 250 a 400 punti.

«Capo» urla una voce dall'altra parte del floor. «C'è una nota dell'FMI.»

Bruno cerca il comunicato sul video e lo scorre veloce: "Il Fondo Monetario Internazionale è preoccupato per la situazione italiana e sconsiglia l'asta decennale in un momento di forte turbolenza e grave instabilità politica".

Secco, stringato. Un altro segnale eloquente dice di come quella mattina Bruno uscirà vincitore.

Quando varcano l'ingresso della suite, Massimo avverte un senso di nausea.

Il grande lampadario che pende dal centro del soffitto è rimasto acceso. L'illuminazione artificiale si mischia alla luce del sole che attraverso le finestre aperte inonda l'ambiente.

Si avvicina al mobile addossato alla parete. Il volto riflesso nello specchio è molto stanco, pallido. Gli occhi sono cerchiati.

Lancia un'occhiata distratta al monitor del computer e con la coda dell'occhio registra la sagoma di un uomo dalla corporatura robusta che sta uscendo dai margini dell'inquadratura. Ha l'impressione di conoscerlo, ma la confusione mista al nervosismo non gli permette di essere lucido.

Torna a guardarsi nello specchio. Non dorme da due giorni. E poi gli anni passati sul promontorio gli hanno fatto perdere l'abitudine a quei picchi di tensione. Sente i muscoli indolenziti, le gambe molli.

All'inizio, a Londra, era rimasto colpito da come il più sedentario dei lavori potesse affaticare tanto il corpo. I polpacci tirano come dopo una corsa.

Quando avverte un leggero colpo alla porta, si volta.

Il cameriere saluta e poggia alcuni giornali sul tavolino. Quindi lascia la stanza con un mezzo inchino.

«Guardali tu. Io non ne ho voglia» dice Derek con una smorfia di disgusto, mentre si siede al tavolo per controllare qualcosa sul blocco di appunti.

Massimo scorre i titoli.

Italia fuori dall'euro.

Crack Italia.

Europa nella bufera.

In quel momento Derek si alza e comincia a chiudere le imposte delle finestre.

«Un'altra illusione?» domanda Massimo con sarcasmo.

«A fin di bene.»

«Come sempre.»

Derek sbuffa. «Io ho dormito quattro ore negli ultimi tre giorni. Tu?»

«Poco di più.»

«Ecco, allora è meglio se facciamo finta che i giorni non passino.»

«Un'unica lunga notte e un inverno senza fine» commenta Massimo.

«Sai che preferivo quando lavoravi per me? Parlavi pochissimo» ribatte l'americano per allentare l'ansia.

Massimo ride e si lascia andare su un divano.

Ore 9:05. Sessantacinque minuti dopo l'apertura dei mercati.

«Boss, ci siamo.»

Bruno si volta.

Accanto a lui, un uomo sui quarantacinque dalla corporatura massiccia e un'espressione dura sul viso se ne sta in piedi con un foglio in mano.

«Cos'è, Mike?»

«Quello che aspettavamo» replica l'altro laconico.

Bruno prende il foglio e fissa il suo braccio destro, che torna a sedersi alla postazione accanto.

Mike è un mastino dello Yorkshire di poche parole. Uno tosto alla maniera della gente dell'Inghilterra del Nord. *"Get on or get out"* era il motto di quel trader che aveva visto tutto. Figlio di un minatore, aveva scalato tutto quello che c'era da scalare.

A Bruno ricordava Paul Farradock, e i tempi in cui era arrivato a London City. E così, quando aveva assunto la responsabilità del desk, Mike era diventato il suo vice: una garanzia di efficienza. Ed era lui a coordinare l'offensiva contro l'Italia.

Bruno inizia a scorrere il foglio.

Sì, quello che aspettavamo.
L'ultima Ansa chiudeva il cerchio: "Il Tesoro italiano conferma asta sfidando il FMI e i mercati".
Un altro segnale discordante.
C'era confusione sotto il cielo. Ma in quel caos all'apparenza senza un senso, Bruno sapeva leggere le perfette meccaniche del profitto.
La preda era stata abbandonata da tutti. Le alleanze erano saltate. E l'Italia si trovava da sola, costretta a puntare su un'asta di titoli di Stato come un volgare scommettitore alle corse dei cavalli che mette gli ultimi spiccioli su un piazzato.
Win win situation e spread a 700.
È fatta.
Bruno si volta verso Mike. «Diamoci dentro. Raddoppiamo.»

«Derek.»
Seduto su uno dei divani della suite, Massimo sobbalza. La voce che ha pronunciato quel nome non è la sua. E per un attimo crede di essersi addormentato. Si guarda intorno.
Non c'è nessuno. Sono soli.
«Derek!» ripete la voce.
Quella voce.
A Massimo sembra di riconoscere il timbro ironico, la cadenza dello humor come un velo tra sé e il mondo.
Non può essere.
L'americano è in piedi vicino al tavolo. Si volta piano e si dirige verso il pc sul mobile.
«Allora?»
«All right» ribatte la voce attraverso l'amplificazione del computer. «Ci siamo. Tutto procede come previsto.»
Massimo si alza in piedi. Sul viso, un'espressione esterrefatta.

«Ah, Derek, noi abbiamo montato un lungo Italia importante» s'inserisce una terza voce. «Ma ci siamo mossi in punta di piedi.»

«Non avevo dubbi» risponde l'americano conservando la consueta imperscrutabilità.

Massimo percorre la stanza.

Ora ne è certo. Quelle voci le conosce bene. Le conosce da molti anni. Sono le voci dei suoi uomini.

No, sono le voci dei miei amici.

Derek si fa da parte e Massimo guarda il monitor.

Ma la malinconia non fa male. È un abbraccio morbido che lo avvolge.

Al centro dell'inquadratura, seduti alle postazioni di un desk ci sono due uomini.

Un indiano sulla quarantina. Ha la cravatta perfettamente annodata e si passa una mano sui baffi sottili. Sorride.

L'altro è sui cinquanta. Ha i capelli bianchi. Sta in maniche di camicia ed esibisce un'espressione seria, quasi indispettita. Come se ce l'avesse con tutto e tutti.

Paul e Kalim lo guardano attraverso il monitor.

«Che cazzo state facendo?» domanda Massimo incredulo, incapace di trovare parole migliori.

«Dei gran soldi» replica Paul e si sforza di accompagnare le parole con un sorriso che ricorda un ghigno.

«Ci hanno detto che eri tornato» aggiunge Kalim. «E non potevamo mancare.»

Rimangono in silenzio osservandosi da lontano. Perfino in quel momento l'astrazione delle immagini prevale sulla realtà. Non un braccio, neppure una stretta di mano. Solo l'algida proiezione dei visi sullo schermo ultrapiatto.

«Lo sai che non ti abbandoniamo» dice Kalim. «Siamo qui da stanotte a guardarti di spalle.»

«Intende dire a guardarti *le* spalle» lo corregge Paul.

L'indiano annuisce senza degnare l'altro di uno sguardo.

«Ora sono più tranquillo» ribatte Massimo.

«Se avete finito coi saluti, pensiamo a concludere il lavoro» s'inserisce Derek riportandoli alle urgenze di quel trade senza profitto. «Kalim, tu chiudi la rete. Ma attenzione a quando darete il segnale di richiamare indietro i titoli in prestito. Bisogna essere veloci, però nessuno deve accorgersi di niente. Devono rimanerci dentro tutti.»

L'indiano annuisce.

Il rais, pensa Massimo. Ancora una volta toccherà a Kalim dare l'avvio alla mattanza. Quando i raider avrebbero raggiunto il massimo dell'esposizione sui corti, lui avrebbe dato il segnale. Tutte le banche avrebbero obbedito e richiesto con effetto immediato i bond italiani prestati a chi li voleva vendere short. Un pugno di sabbia nell'acqua della tonnara. L'ultimo atto. La gabbia della morte.

I ribassisti si sarebbero schiantati contro il prezzo alto del titolo.

«Dateci buone notizie» conclude Derek allontanandosi dal computer.

Nell'inquadratura, Kalim e Paul tornano a fissare i monitor.

Massimo sospira. Era tutto.

Anzi, no. Mancava qualcosa. Un vecchio debito che andava onorato.

Prende il cellulare e digita un messaggio rapido sulla tastiera, prima di spegnere l'apparecchio e poggiarlo sul tavolo.

«Adesso non pensarci più, abbiamo fatto quello che potevamo.» La voce di Derek è uno scoglio nella tempesta per Massimo.

Non avrebbero dovuto dividersi mai. Funzionavano davvero soltanto in coppia.

Derek si avvicina all'interruttore del lampadario. E un attimo dopo l'ambiente precipita nel buio appena rischiarato dal chiarore dei monitor.

«Dobbiamo solo aspettare» aggiunge l'americano togliendosi la giacca e andando a sdraiarsi su un divano.

Massimo fa lo stesso, lasciandosi andare sull'altro sofà.

«Ma tu ci credi davvero che è notte?»

«Fai finta che lo sia» replica Derek con una voce stanca.

Massimo intreccia le dita sul petto.

«Sai perché mi piace il mare?»

«Dimmelo.»

«Perché lì non ci sono finzioni. L'alba è l'alba, e il sole si alza dietro il promontorio. E quando tramonta cala nel mare.»

«Anche la natura inganna, Max. Le allucinazioni, i miraggi, la follia. Ci sono illusioni ovunque. L'occhio che guarda è parte della natura, e l'occhio si fa ingannare.»

Massimo ride piano.

«Ho detto qualcosa di divertente?» chiede l'americano.

«No, anzi. Pensavo che in fondo hai ragione. Quando sono andato a Ciampino con Roberto a prendere India, abbiamo fatto un giro in un posto stranissimo. Lo conosco bene perché ci andavo da bambino con mio padre, vicino a Frascati. È una strada come tante che sale su una collinetta. Tu spegni la macchina mentre stai salendo e vai avanti invece di andare indietro. E se metti una lattina per terra rotola in su. Non so se hai capito. È una cosa che fa impressione, l'hanno pure studiata: hanno ipotizzato strani effetti magnetici di origini vulcaniche. Be', sono tutte cazzate. È un'illusione ottica. Sembra una salita, e invece è una discesa. Un po' come il mulino di Escher che avevi sul desktop al floor. Hai l'impressione che l'acqua salga dal basso verso l'alto.»

Derek sospira. «È solo una fata morgana. Esiste in natura. E noi oggi sui mercati ne abbiamo creata un'altra.» Le parole suonano lente, strascicate, impastate di stanchezza. La tensione di quelle ore ha vinto sul tono di sfida, e ora parlano piano, a voce bassa. Sono gli ultimi colpi di un duello che va avanti da troppo tempo, e che entrambi vogliono chiudere.

«Ne create da anni, Derek. Da troppi anni. Quella è un'illusione ottica, ma voi avete fatto di peggio. Avete smesso di alterare le percezioni e avete cominciato a condizionare la realtà. Ed è questo che mi fa incazzare, perché alla fine abbiamo rubato il futuro a troppa gente. L'Occidente collassa, la torta da dividersi è sempre più piccola ma per alcuni ci saranno fette sempre più grandi. C'è malafede, Derek. E l'ordine a tutti i costi, ma solo sulle spalle della povera gente, è una merda.»

«Adoro Escher. Qualche mese fa ho messo mano a una collezione privata. Ne ho presi un paio che devo farti vedere. Potrei stare ore a guardarli» ribatte Derek schiarendosi la voce e provando a cambiare discorso.

«Be', è una fortuna che non puoi comprarti la salita di Frascati.»

L'americano sogghigna. «Questo game te lo lascio vincere, sono troppo stanco. Ma non hai sonno?»

Massimo rimane in silenzio, non sa cosa rispondere. Ha talmente tanto sonno da non riuscire a dormire.

«Derek?»
«Dimmi?»
«Sei sveglio?»
«Sì. Troppi pensieri.»
«Anch'io.»
«Guarda che non ti canto una ninnananna...»
«Preferirei rimanere sveglio per una settimana.»
Ridono.
«Ma tu perché fai tutto questo?» domanda Massimo in tono serio.

«E se provassimo a dormire?»
«Va bene.»

Torna il silenzio, però è impossibile abbandonarsi al sonno.

«Ci dovrebbe essere un dollaro nella mia giacca. Riesci a prenderla?»

«Devo alzarmi?»

«Lascia perdere, Massimo. Tanto lo sai cosa c'è scritto. *Pluribus unum*, alla fine lo faccio per questo. Quando avevo vent'anni facevo soldi per avere le donne più belle. A trenta volevo il meglio per i miei figli. A quaranta ho scoperto cos'è davvero il potere. Ma nemmeno quello m'interessa più. Lo faccio per il mio Paese, Max. Credo nell'America. Magari è banale. Magari abbiamo creato dei mostri. Eppure continuo a pensare che è servito. Tra poco saremo indipendenti dal petrolio, perché con tutto il gas che stiamo tirando fuori, in un paio d'anni diventeremo esportatori di energia. Abbiamo attuato una riforma sanitaria che fino a un decennio fa era impensabile. Deteniamo ancora il primato militare e sulla tecnologia siamo sempre avanti. Possibile che non ti accorgi che la politica ha fallito? La democrazia è in crisi e nessun governo occidentale per quanto solido è in grado di prendere decisioni forti. Nel vuoto degli ultimi vent'anni le banche centrali, i mercati, quelli come noi sono stati gli unici che hanno tenuto dritta la barra. Stiamo continuando a regalare tempo alla politica anche se viaggiamo su una locomotiva lanciata a una velocità folle. E se mi chiedi se saremo capaci di fermarla, allora ti rispondo che non lo so. Comunque non avevamo e non abbiamo alternative. Il prezzo da pagare è alto, certo. Ma per noi americani forse ne sarà valsa la pena.»

«Il prezzo è la distruzione dell'Europa. Ecco, il prezzo.»

Massimo ha risposto d'istinto, celando a fatica un moto di rabbia. Si pente subito di quella reazione, rischia di cancellare la complicità che hanno creato, perché il duello è finito e adesso stanno semplicemente parlando, entrambi decisi a deporre le armi e rinunciare alle proprie difese. Lì, al buio, è come se gli uomini fossero fuggiti, e fossero rimasti due ragazzi in una tenda da campeggio sotto la luna.

«Sei sicuro che la colpa sia solo nostra?» domanda Derek in tono pacato. «Io penso che gran parte della responsabilità sia vostra. In Europa non siete stati capaci di approfittare del nuovo tempo. I tassi bassi, tutta la moneta che girava, erano un'occasione storica da sfruttare. Invece l'euro ha aumentato divisioni e ostilità. Non siete riusciti a unire le forze migliori per vincere la competizione mondiale. Avete solo condiviso le debolezze di ogni singolo Stato. Ti sembra accettabile che in campo finanziario siete rimasti gli unici a non avere una vostra agenzia di rating? E poi, Max, non avete nemmeno creato un motore di ricerca europeo. Se i tuoi figli vogliono scaricare musica, comprare un libro, fare una ricerca, non hanno alternativa ai contenuti che noi scegliamo per loro. Il primato sulla tecnologia è strategico, e senza la finanza non l'avremmo raggiunto. Dominare così è infinitamente più conveniente che conquistare le terre coi carri armati. E oggi possiamo entrare nelle vostre menti, condizionare i linguaggi, modificare la cultura. Significa influenzare per sempre le nuove generazioni. Vuoi ancora sapere perché faccio tutto questo?»

La domanda cade nel vuoto.

Massimo ascolta con gli occhi chiusi. Non ha più niente da dire. Un giorno ha scoperto la forza delle parole, ora ha imparato che le parole possono anche finire. Si gira su un fianco, la testa poggiata sul braccio. In quella rivendicazione di supremazia non c'è arroganza. Quelle parole suonano come la semplice, terribile constatazione di una verità.

Derek ricomincia a parlare: «E poi, in Italia, negli ultimi vent'anni avete perso la cosa più importante per un Paese: il senso della comunità. Avete esaltato l'io e il consumo di ciò che si possiede. Qui i ricchi si sono comprati squadre di calcio, da noi hanno costruito musei, ospedali, scuole. E sai perché ti devi incazzare? Perché tutto questo vi ha impedito di scoprire la ricchezza e la bellezza dell'altro. E così vi siete sentiti sempre più soli e sempre più poveri. Dovete tornare a condividere il bello. Dovete rinascere».

Dobbiamo rinascere, si ripete nella mente Massimo. *Sì, è vero, dobbiamo rinascere.*

E per una volta lui e Derek si incontrano sulle piste tortuose di un futuro possibile. D'accordo non su una proiezione o su una concatenazione di variabili, bensì su una promessa di riscatto che valeva più di qualsiasi calcolo probabilistico.

E rimangono in silenzio, al buio, come se fuori dalla stanza non esistesse più niente.

Ore 9:31. Novantuno minuti dopo l'apertura dei mercati. Bruno sente il cellulare vibrare accanto alla tastiera del computer. Sbuffa, e per un attimo pensa di ignorare il messaggio. Poi con la mano sinistra prende l'iPhone continuando a guardare il monitor. Preme il pulsante per visualizzare l'sms e lancia un'occhiata distratta al display. Quello che legge è incomprensibile.

"Oggi, 6 giugno. *The Longest Day*. Sono io il tuo 'Bodyguard'."

Bruno aggrotta la fronte e piega la bocca in un'espressione di fastidio. Chi è che lo cercava nel bel mezzo della bagarre per un messaggio così insensato?

Il numero del mittente è preceduto dal +39.

Italiano.

Avverte una contrazione ai muscoli dell'addome. Non è superstizioso, Bruno. Quelli come lui non lo sono mai. Eppure quel messaggio suona come un avvertimento inquietante.

Torna allo spread a 900 e basta la cifra a galvanizzarlo e

scacciare quel presentimento irrazionale. Non ha bisogno di bodyguard.
Quel giorno, il 6 di giugno.
Riprende il cellulare in mano e rilegge il messaggio.
"Bodyguard". Maiuscolo e tra virgolette.
Il ricordo di una mattina di quattro anni prima gli esplode nel cervello con l'intensità di un lampo, mentre un movimento involontario del diaframma gli spezza il respiro.
Una complessa strategia di disinformazione... Un inganno perfetto... Un gioco di specchi... C'era un generale... George Smith Patton...
Bruno si alza in piedi, un brivido gli percorre la schiena. Poggia una mano sulla superficie della postazione per non crollare a terra.
Nel floor regna la calma della grande caccia. Si viaggia col pilota automatico, i trader scambiano poche parole lanciandosi occhiate piene di sottintesi.
Erano le sue parole, quelle. Le aveva pronunciate lui in una saletta riservata del City Airport. E stava parlando con Massimo.
Il 6 giugno. L'anniversario dello sbarco in Normandia.
Ed è allora che Bruno capisce.
Quello che sta vedendo sul monitor non esiste.
La realtà è una bugia. E loro si stanno per cacciare in una trappola orribile.
«Comprate un billion BTP» ruggisce scattando in piedi e rivolgendosi a Mike.
Meraviglia e sgomento invadono il floor.
«Come?» biascica il trader sporgendosi in avanti con gli occhi sgranati. La freddezza dello Yorkshire è svanita davanti all'ordine assurdo di un uomo che Mike considera al pari di una macchina.
«Fai come ti ho detto. Via dal "corto". Subito» replica Bruno, sforzandosi di controllare il tono della voce.

Lascia vagare lo sguardo sui volti. Legge esitazione, sospetto, diffidenza. Sono tutti paralizzati, incapaci di reagire. E intanto il tempo passa, ogni secondo vale decine di milioni.

«Comprate, cazzo. Ricomprate senza guardare i prezzi, fino a quando non vi dico io di fermarvi» intima con voce lenta e controllata, scandendo le parole. E mentre sente la gola gonfiarsi, vorrebbe solo urlare.

I minuti che passano sono i più lunghi della vita di Bruno. Prova sensazioni che non gli erano mai capitate da quando è sulla street.

Ansia è il cuore che pompa a centoventi battiti al minuto. Paura sono i palmi bagnati, la camicia incollata alla schiena, le ginocchia che tremano.

Disperazione è il nero che gli invade la mente e sta calando ai margini del campo visivo.

Se ha frainteso il senso del messaggio, verrà cacciato dall'hedge. Sarà responsabile di mancati utili per miliardi. Ma se ha ragione, se quel messaggio è davvero di Massimo, non è detto che riuscirà a scappare dalla rete che si sta per chiudere.

La percezione del tempo è completamente alterata. Non saprebbe nemmeno dire se sono passati secondi, minuti oppure ore. Bruno chiude gli occhi. Vorrebbe non essere lì. Quindi fissa Mike in modo automatico: le parole del trader sono rumori lontani, di cui non comprende il significato. Si sofferma sull'espressione sbigottita dell'altro. Guarda la bocca che si apre e si chiude, come se l'avessero scaraventato in un film muto.

E poi, finalmente, distingue le parole.

«Boss, hai sentito?»

Bruno fa segno di no con la testa.

«Ho detto che non ci prestano più i BTP. Nessuno ci presta niente e rivogliono indietro tutto, con effetto immediato. Ci chiedono di riconsegnare tutti i corti...»

«Lo so. I titoli che ci restano short proviamo a ricomprarli in asta» replica Bruno mentre realizza che Massimo gli ha appena salvato il culo.

Si risiede alla postazione e controlla l'Ansa.

Un piano perfetto, pensa mentre legge l'apertura dell'agenzia di stampa italiana: "Asta BTP interamente sottoscritta da investitore istituzionale a 250 di spread".

E in quel momento, intanto che il differenziale precipita in picchiata da 800 a 200, Bruno sa che sulla street il sangue sta scorrendo a fiumi. Solo che non è quello della preda designata, bensì quello dei cacciatori.

Un piano perfetto, si ripete. *Un piano degno di Massimo*.

Poi, ha l'impressione che qualcosa non torni. La sensazione di una tessera fuori posto in quel puzzle lucidissimo.

Apre la schermata di Bloomberg e di fronte alla notizia che campeggia a caratteri cubitali comincia a ridere. La miccia era stata disinnescata. Il più importante istituto di credito russo aveva appena annunciato di aver sottoscritto per intero l'aumento di capitale della banca italiana.

Avevano pensato a tutto, rimediando il compratore e il soggetto disponibile a salvare la banca.

No, non era stato Massimo da solo.

Bruno prende il cellulare e digita sui tasti: "Vivo per miracolo, amico mio. Saluti al Generale".

Quindi si lascia andare sullo schienale della poltrona. In quella manciata di ore il suo hedge ha perso poco più di quindici milioni di euro. Ma senza quel messaggio sarebbero stati almeno centocinquanta.

Il suono metallico che proviene dagli amplificatori del computer lo sveglia di soprassalto.

Massimo non sa dov'è. Non sa dire neppure in quale continente si trova. Forse tra poco farà colazione con Michela sfogliando il giornale. Oppure è in una camera d'albergo a Hong Kong. O ancora a New York, per presenziare a un incontro al board della grande banca.

«Derek. Max.»

Per un attimo si chiede perché Kalim lo stia chiamando. Poi ricorda tutto.

Roma. L'asta, la banca.

Sul divano, si mette a sedere accanto a Derek, sfregandosi il viso con le mani.

«Massimo.» Questa volta è Paul a chiamarlo.

Scattano in piedi contemporaneamente senza dirsi nulla e raggiungono il computer, l'unico oggetto illuminato della stanza.

«Allora?» domanda Derek con la voce che vibra di tensione.

Kalim non fa niente per nascondere la sorpresa davanti alla reazione dell'uomo che per dieci anni è stato il suo capo. Per lui quel tono nelle parole di Derek Morgan era un'assoluta, incomprensibile novità.

«Un trionfo» scandisce l'indiano, assaporando il suono della parola e sciogliendosi in un sorriso.

Massimo sospira e alza la testa mentre Derek stringe i pugni.

«Quando sulla street stavano shortando l'impossibile, convinti di spaccare tutti i prezzi, ho fatto richiamare tutti i BTP fuori. Non c'era più il tempo di cacciarsi via da quell'inferno...»

«Abbiamo picchiato durissimo» conferma Paul con voce atona.

Ma Massimo lo sa che sta facendo uno sforzo sovrumano per trattenere la soddisfazione.

Kalim gli lancia un'occhiataccia e riprende a parlare: «Dopo dieci minuti che avevamo tagliato le vie di fuga, è saltata fuori la notizia dell'asta sottoscritta da un investitore istituzionale. A quel punto la partita era chiusa. E poi...».

«Toglimi una curiosità, Derek» domanda Paul, interrompendo Kalim per la seconda volta, «come hai fatto con la Fed?»

Massimo sorride. Era la prima volta che sentiva Farradock chiedere spiegazioni. Ma quel giorno era concesso tutto.

Derek rimane accigliato, sta fissando l'irlandese, incerto se rispondere.

«Offrivamo garanzie da 19,25 grammi per centimetro cubico, Paul.»

L'altro socchiude gli occhi prima di annuire lentamente. «Un peso specifico prezioso» commenta. «Comunque abbiamo fatto la performance dell'anno.»

Le risate dei quattro si sovrappongono a tremila chilometri di distanza.

«E alla fine il cerchio si è chiuso con la notizia dell'aumento di capitale sulla banca» conclude Kalim.

«Bel lavoro. Ve l'ho già detto una volta: siete il miglior team con cui ho lavorato» esclama Derek.

E Massimo percepisce lo straniamento del déjà vu.

È una spinta leggera che lo proietta all'indietro. Chiude gli occhi abbandonandosi a quell'inganno.

Ora è come se fosse al floor della grande banca. Sembra una mattina come tante. Derek è appena uscito dall'ufficio e si sta complimentando per un trade andato in porto. Paul è stato impeccabile come sempre, sulla street nessuno si è accorto di niente. Kalim ha chiuso la rete. Lui, Massimo, ha elaborato la strategia, e ora se ne sta in disparte a godersi la soddisfazione di Derek e le frecciate che si scambiano Kalim e Paul. Loro sono i più forti, e al desk lo sanno tutti. Tra un po' Carina gli porterà l'ultima bottiglietta d'acqua. E Cheryl attraverserà il desk. Cercheranno di non guardarsi ma poi finiranno per incrociare gli sguardi.

«E adesso?» domanda Kalim rompendo l'incanto di quelle percezioni sfalsate.

Tacciono. Nessuno sa cosa dire. Nemmeno Derek.

Poi è Massimo a trovare la forza di rispondere combattendo la malinconia che scivola lungo le fibre ottiche.

«E adesso andate a dormire» ribatte Massimo. Si sforza di sorridere.

Continuano a guardarsi mentre Derek si allontana dal computer.

«Max, ascolta...»

«Non c'è bisogno di parlare, Kalim» lo interrompe l'altro, fissandolo con l'espressione che ha visto mille sul suo volto negli anni passati.

Lo so che ti sono mancato. Anche tu, anche voi.

L'indiano annuisce con un mezzo sorriso.

«Ci vediamo sulla street, Massimo» mormora Paul. E un attimo dopo, da Londra, la connessione viene interrotta.

Ma adesso Massimo è certo che si sarebbero rivisti. C'erano volute due vite per capirlo.

Poi, accompagnata dal rumore delle imposte che si aprono, la luce del sole di primavera cancella il buio della stanza e spazza via una notte troppo lunga.

Derek si ripara gli occhi con la mano.

«Che ore sono?»

«Le due» risponde Massimo. Ha gli occhi che bruciano, e molta fame. Sono ventiquattr'ore che non mangia. «Le due del pomeriggio di mercoledì 6 giugno» aggiunge un attimo dopo. «Non vorrei che ti confondessi.»

Derek sogghigna.

Massimo si rimette la giacca, sistema il nodo della cravatta e si ravvia i capelli.

«E adesso?» domanda, ripetendo le parole di Kalim.

«Abbiamo guadagnato un po' di tempo. E ancora una volta vi abbiamo salvati dai tedeschi.»

«Ma chi ci salverà da noi stessi?»

«I popoli sanno rialzarsi, voi italiani l'avete già fatto. Ogni nuovo inizio libera energie.»

Tacciono per qualche istante. Poi Massimo comincia a parlare. «No, non credo. Sai bene che questo gioco di prestigio ci ha regalato solo qualche anno. Nel nuovo ordine europeo non avremo alternative. Verranno coi martelli e picchieranno. Oppure la Germania garantirà per noi ma si prenderà l'Italia e così almeno due generazioni lavoreranno soltanto per ripagare i debiti. Un po' come avete fatto voi americani con mezzo Sud America negli anni Ottanta: telecomunicazioni, reti elettriche, banche, petrolio... Vi siete presi tutto, o sbaglio?»

«Sì, è vero.» Ora Derek è di fronte a Massimo. Gli posa le mani sulle spalle, esercitando una leggera pressione. «E so anche che sarebbe meglio non ripagare una parte del debito pubblico contrattando con i creditori per poi ripartire. Ma non credo che sarà possibile. Voglio darti un consiglio, e per una volta metti da parte l'ostinazione e ascoltami, italiano. Sarà una lunga notte per il tuo Paese. Ma lì fuori c'è un'intera generazione, quella dei tuoi figli, che deve partire, andare via. Ed è a loro che quelli come te dovranno guardare. Scegliti il pezzo d'Italia che puoi ancora salvare e inventa un modo per formarlo: nelle strade, nelle scuole, nelle università, ovunque sia possibile. Parti dal basso, solo da lì potrai davvero costruire un futuro diverso. Come Roma forgiava i soldati, dovete investire tempo e risorse per formare un esercito di giovani che vinca oltre i vostri confini. Saranno loro a tornare e a farsi carico di questo Paese. È lì il segreto della rinascita.»

Per qualche istante restano fermi, senza parlare. Massimo socchiude gli occhi e sorride mentre un raggio di sole gli illumina il viso. Poi Derek gli stringe le spalle un'ultima volta, prima di raggiungere il tavolo.

L'italiano prende il cellulare dalla tasca della giacca e si connette di nuovo con il mondo. Dopo tre trilli Massimo visualizza un sms.

«Ti saluta un amico da Londra, Generale.»

Derek aggrotta la fronte. Poi gli lancia uno sguardo di rimprovero. «Hai rischiato con quell'avvertimento.»

«Ho calcolato i tempi.»

Quindi Massimo porta il cellulare all'orecchio per ascoltare i due messaggi vocali. E la paura lo paralizza, mentre sente che le gambe cedono.

Si siede in modo automatico, la voce terrorizzata di India gli toglie il respiro. Vorrebbe fare qualcosa, ma non sa cosa. Si maledice per averla lasciata sola in quel momento, anche se era stata lei a chiederglielo. A chiedergli di andare, di fare qualcosa. Ma aveva sbagliato di nuovo. Aveva messo ancora qualcosa davanti alla sua famiglia. E gli sembra di impazzire.

«Cos'è successo?» domanda Derek leggendo l'angoscia sul suo volto.

«India.» La voce di Massimo è incrinata dall'apprensione. «Era terrorizzata. Non so...» Un sudore freddo gli vela la fronte, mentre il cuore pompa a mille.

Riconosce i segnali del panico.

Controllati. Cerca di essere lucido.

«Calma, Max.»

La voce decisa di Derek lo scuote. Alza gli occhi e incrocia lo sguardo glaciale dell'americano.

«Adesso dov'è?»

«All'isola» ribatte Massimo guardandosi intorno. La distanza gli impedisce di agire, lo fa sentire impotente come un animale in gabbia. «Roby lo sa che non ci deve andare da solo, cazzo.» Sbatte una mano sul tavolo.

«Aspetta.» Derek si fruga nelle tasche. Quindi estrae il telefono e compone un numero. Rimane in attesa qualche secondo prima di dare indicazioni per un elicottero in partenza tra trenta minuti dall'avioporto di Roma.

Massimo lo guarda con gratitudine.

«Ora vai» gli dice l'americano dopo aver riattaccato. «Roby e India ti aspettano.»

Massimo si alza in piedi. Ha l'impressione che la stanza stia girando. Si passa una mano sul viso.

«Grazie, Derek.»

«Vai, basta parlare. Abbiamo parlato anche troppo.»

Si dirige verso la porta della suite. Dopo averla aperta si volta, Derek gli dà le spalle. È una silhouette in contrasto col riquadro di luce. Un'ombra nel sole di primavera che splendeva su Roma.

Aveva vinto ancora, il Generale. Sapeva sempre cosa fare.

Ma forse era un'altra la cosa più importante di quella notte: il maestro e l'allievo erano diventati quasi amici.

Rimasto solo, Derek Morgan poggia i palmi sul davanzale e si sporge fuori dalla finestra. Osserva il profilo della colonna traiana stagliarsi sul cielo azzurro. Sorride come se sapesse che quello non è un finale credibile.

«Alla prossima, Max» mormora tra sé. «Alla prossima.»

No man is an island

... e, come un miraggio, l'isola sembra non avvicinarsi mai.

Subito dopo la virata, la deriva 470 aveva ricominciato a fendere il mare sospinta dal grecale. Le vele si erano gonfiate, mentre la barca – di nuovo a favore di vento – era tornata a beccheggiare sull'altalena di onde.

Tenendosi forte al bordo dello scafo, India aveva ripensato alle montagne russe di Alton Towers. Anche quella volta si era tenuta forte, ma allora era felice: non piangeva, e urlava di gioia. Era una bambina, era un weekend di tanti anni prima e con lei c'erano Michela, Massimo e suo fratello.

Roberto.

Si volta a guardarlo.

Ha i capelli bagnati. La maglietta dei Giants che gli ha regalato Derek è zuppa d'acqua. È concentratissimo, la mano sulla barra del timone e gli occhi incollati all'isola. Come se l'intensità dello sguardo potesse abbreviare la distanza, e la tensione aiutasse a sospingere in avanti la deriva.

Era stato bravissimo. Dopo la decisione di navigare sopravento, era stato perfetto in ogni manovra, attento a contenere l'impatto delle onde. Di tanto in tanto la osservava sorridendo. India aveva capito che voleva rassicurarla.

Suo fratello stava crescendo. Lei, invece, non ci riusciva.

Poche ore prima, quando era entrata nella camera di Roby, aveva notato la foto sul comodino. Erano loro da piccoli, in vacanza proprio lì, nella casa sul promontorio, e lei lo teneva in braccio, seria mentre fissava l'obiettivo.

Si era sentita travolgere da un misto di dolcezza e malinconia. Aveva indugiato sull'immagine, sulle braccia forti del fratello. E all'improvviso l'ansia aveva lasciato spazio a una strana euforia.

«Prendiamo la barca, Roby» gli aveva detto con voce squillante senza distogliere lo sguardo dallo scatto.

Lui si era alzato dal letto e si era sporto dalla finestra. Era rimasto qualche secondo proteso oltre il davanzale scuotendo la testa.

«Troviamo mare» e l'aveva squadrata con aria dubbiosa.

«Ma se non si muove neanche una foglia.»

«Ti dico che troviamo mare. È grecale, ci sono le onde.»

«Sarà più divertente» aveva risposto con un sorriso ironico. «Oppure hai paura?» E gli aveva puntato contro un dito scoppiando a ridere.

Lui era arrossito. «Paura? Io?» Aveva gonfiato il petto. «Ma figurati, io sono bravissimo.»

India torna a guardare a prua, adesso l'isola è più vicina. La linea della costa ha smesso di essere un tratto indistinto e si comincia a riconoscere il profilo di un'insenatura. Il sole ha iniziato ad abbassarsi verso il mare.

«Ti ricordi la prima volta che siamo usciti a vela?» le domanda Roberto.

Sì, fa India col capo senza voltarsi, e le lacrime tornano di nuovo a inondarle gli occhi. Ma sono lacrime diverse.

Era un giorno d'estate.

Massimo e Mario parlavano di pesca. Erano inseparabili, allora, e suo padre non era ancora affogato in un mare di silenzio. Michela li guardava felice.

Poi Roberto aveva cominciato a piangere. Era piccolo.

Si era fermato e aveva puntato i piedi sui ciottoli del Pozzarello rifiutandosi di salire sulla barca, sotto lo sguardo interdetto dell'uomo che doveva portarli ai gavitelli, oltre l'insenatura.

Michela aveva fatto di tutto per calmarlo. Mario aveva anche provato a raccontargli una storia, ma non era servito, e neppure Massimo era riuscito a tranquillizzarlo. Allora India aveva immerso una mano nell'acqua e l'aveva passata sul viso del fratello prendendolo in braccio.

«È fresca, vedi?» gli aveva detto. «E la barca è come una giostra.»

Roberto aveva smesso di piangere. Era rimasto fermo, fissandola dubbioso, quindi le aveva stretto le braccia intorno al collo nascondendo il viso nell'incavo della clavicola. Dopo qualche secondo le aveva tirato i capelli ed era spuntato un sorriso. La paura era passata.

La paura.

La paura che si trasformava in amore, com'era successo per Roberto, che quando andava per mare era davvero felice.

India vorrebbe che capitasse anche a lei la stessa cosa. È stanca di avere paura. Attraverso il velo di lacrime, inizia a distinguere l'agglomerato rossastro degli edifici che contornano il porticciolo. In lontananza, lungo il molo allungato sull'acqua come un braccio teso, distingue la forma bassa e tozza del piccolo faro.

«Mamma era disperata. Se non c'eri tu, non saresti mai salito» insiste Roberto, correggendo lievemente la rotta e puntando verso un moletto in legno nella rada alla destra del porto.

India si morde un labbro. Avrebbe voglia di gridare, di dirgli perché sta così male. Poi nota l'iPhone scivolato sul fondo della barca. Si sporge in avanti, lo afferra e compone il numero di suo padre.

Era stata ingiusta, prima. L'aveva convinto lei ad aiutare Derek, a evitare che le cose seguissero il destino scritto in quei fogli. Eppure non le aveva mai fatto una domanda, neanche una: era davvero possibile che non si fosse accorto di nulla?

Dall'altra parte della linea, ancora la voce metallica della segreteria. Ma adesso India ha trovato un approdo. E può dire parole che non sono di rabbia.

«Ti voglio bene, Roby» sussurra a voce bassissima, dopo aver riattaccato.

Poi un piccolo strappo preannuncia l'attenuarsi delle onde mentre il grecale torna a nascondersi dietro la bugia di un soffio appena percepibile.

«Ti voglio bene, Roby» urla India. E il vento cattura le parole per portarle lontano.

«Anch'io.»

Lei si volta. Ora il viso del fratello è asciutto, solo un po' striato dalle linee biancastre del sale. «Anch'io ti voglio bene» ripete e intanto molla la randa. «Hai visto che ce l'abbiamo fatta?»

Corre, Massimo.

Corre da quando è atterrato su una piazzetta alle spalle dell'insenatura. È in camicia, con il colletto aperto e i polsini slacciati. Ha dimenticato la giacca e il telefono nell'elicottero. Il cellulare si è scaricato dopo che ha lasciato l'albergo, e non ha più potuto richiamare India. Il volo è stato angosciante.

Ora le stradine del porticciolo sfilano intorno a lui. Corre senza curarsi dei volti che lo guardano perplessi, senza rispondere ai saluti di chi lo riconosce. Corre nelle prime luci di un tramonto che sfuma i bordi degli edifici color ocra, dissolvendo ogni certezza.

Quando svolta l'ultimo angolo sbucando davanti alla

rada, il mare gli appare come una distesa piatta appena increspata dalle onde. È l'istinto a dargli la consapevolezza del vento leggero.

È grecale.

Capisce allora subito cos'è successo, mentre individua la deriva di Roby attraccata al molo. Il vento di nordest era insidioso, non si lasciava addomesticare facilmente e la manovra aveva richiesto una certa esperienza.

Guarda a bordo e scorge le sagome di un ragazzo a torso nudo e di una ragazza dai capelli biondi. Sono in piedi, le vele sono calate e loro stanno finendo di disarmare la barca.

Massimo rallenta. Alza gli occhi e rivolge un muto ringraziamento al cielo. Si sforza di regolarizzare il respiro camminando lento e tagliando per gli scogli lisci di granito.

Quando arriva a pochi metri dai figli si ferma e li chiama per nome.

India e Roberto si voltano. Lo guardano confusi, senza sapere cosa dire. Ora che la paura è passata, gioia e imbarazzo si rincorrono sui volti.

Massimo lascia che lo sguardo passi dall'uno all'altra cercando di apparire severo.

«Papà, scusa. Non dovevo» mormora Roberto con espressione imbronciata.

Massimo era stato chiaro. In barca, da solo, all'isola non doveva andarci.

Ma Massimo sa che Roby è stato bravo. E sa anche che a loro, tanti anni prima, era successa la stessa cosa.

"Così andate a fondo" aveva detto Siro il giorno in cui lui e Mario si erano voluti fidare del vento.

Squadra il figlio, a lungo, con la fronte aggrottata. Poi nota la maglietta dei Giants poggiata sul molo, vicino alla barca.

«Sai cosa significa quella scritta?» gli domanda.

Roberto lo osserva senza sapere cosa rispondere.

«Giocarsi il tutto per tutto. All in» scandisce Massimo. «Tutto, e in una volta sola. Ecco, cerchiamo di non prenderla troppo alla lettera, quella scritta. In mare non si scherza.»

«È stata colpa del vento» ribatte Roberto con voce esitante.

«Non è mai colpa del vento» lo ammonisce il padre.

«Roby non c'entra» replica India. «Sono stata io che ho insistito.» Serra i pugni. «Lui non voleva.»

Massimo ammorbidisce lo sguardo e sospira. C'era voluta la paura perché si riavvicinassero. Sorride prima di scompigliare i capelli al figlio, quindi si siedono sul bordo del molo, le gambe penzoloni. India, tra il padre e il fratello. Rimangono in silenzio per qualche minuto, ciascuno perso dietro al filo dei propri pensieri.

«Com'è andata, papà?» chiede la ragazza.

Massimo si stringe nelle spalle. «È andata... per quello che può significare. Ma tu, tesoro, hai fatto benissimo a insistere perché io fossi lì, lo sai?»

Sua figlia gli posa una mano sulla spalla, e lui le accarezza il viso.

«Hai freddo?» domanda un attimo dopo quando nota che Roby si sfrega le braccia con le mani.

Il ragazzo annuisce. «Un po'.»

Il vento sta girando, e prima di sera sarebbe arrivata la tramontana.

Massimo inizia a sbottonarsi la camicia. «Ho solo questa, Roberto» gli dice chiamandolo per nome, senza usare il diminutivo, mentre allunga la mano per passargliela tenendo lo sguardo fisso davanti a sé. Ed è come se fosse un gesto ordinario. Rimane col braccio proteso fino a quando non sente le dita di Roberto stringere la stoffa.

Il ragazzo guarda la camicia esitando. L'incertezza è stampata sul viso.

Quindi, con gesti lentissimi, infila il braccio destro nella manica, seguito dal sinistro. Si sistema alla bell'e meglio l'indumento troppo largo sulle spalle e abbassa la testa, spaventato.

Massimo sta per dire qualcosa, ma poi tace: Roberto sta armeggiando con un bottone. Alla fine le dita indecise chiudono la camicia sul petto.

Tacciono ancora, mentre il rosso dell'imbrunire inizia a sporcare la distesa d'acqua. Una vela manovra per rientrare nella rada. Dallo scafo provengono le grida di alcuni ragazzi. I locali che si affacciano sul porticciolo cominciano ad animarsi di vita.

Massimo esplora con lo sguardo il braccio di mare. Socchiude gli occhi nel tentativo di scorgere la sommità della *Fenice*. L'indomani avrebbe sospeso la somministrazione di ormoni, Paulo aveva ragione: non avrebbero mai dovuto venire meno ai loro propositi.

Quella smania di manipolazione, anche se a fin di bene, era servita soltanto a farlo stare male, regalandogli un'altra ossessione.

Avverte la pressione della mano di India sulla propria. Le dita si intrecciano. Massimo percepisce la presenza di un anello. Abbassa lo sguardo e osserva la piccola fede la cui circonferenza, sulla parte superiore, assume la forma di un otto rovesciato. Due piccoli cerchi, uno legato all'altro.

Resta a osservare l'anello senza dire nulla, con la mente allenata a cercare la chiave simbolica delle geometrie. Poi India sussurra qualcosa, e lui lascia che le parole si confondano con lo sciabordio in sottofondo.

È stanchissimo quando il lampo di un ricordo illumina la memoria. E si rivede con India sotto una tenda fatta con le coperte. Stavano lì per tanto tempo, loro due. Il mondo rimasto fuori, oltre la coltre del tessuto spesso e pesante. Lei aveva tre anni, e mordicchiava una merendina. Lui con una piccola torcia legata alla fronte le raccontava una favola, l'unico modo per rasserenarla prima del sonno. Ma lei non voleva mai uscire da lì sotto, e allora Massimo continuava a raccontare fino a quando...

«Papà, mi hai sentito?»

La guarda ancora smarrito nella dolcezza del ricordo. E vorrebbe ricostruire quella specie di tenda, per proteggerla da tutto.

«Hai capito?» gli domanda ancora con voce tenera, accarezzandogli una guancia.

Roberto sorride mentre continua a fissare il mare.

«Aspetto un bambino.»

Massimo annuisce con gli occhi umidi, la mente si svuota, lo sguardo che segue il contorno dell'otto rovesciato sull'anello.

«Non sapevo cosa fare.» Lo abbraccia. «Ho sbagliato, papà.»

«No, non hai sbagliato. Non dirlo mai più, amore mio.»

«Ho anche pensato di...» Massimo le mette un dito sulle labbra, e con quel gesto morbido le impedisce di proseguire. Con l'altra mano le scosta una ciocca dagli occhi.

«Andrà tutto bene, piccoletta.» Massimo si sforza di trattenere il pianto. «Te lo prometto. Ora staremo insieme. Non ti lascerò più, mai più.»

India appoggia la testa sulla sua spalla. Singhiozza tremando, senza parlare.

Mentre la stringe, Massimo sente le braccia di Roberto sulle sue.

E rimangono così, abbracciati davanti al mare, di fronte al crepuscolo del giorno più lungo della loro vita.

Massimo ascolta i respiri di India e Roberto. Sono tutti e tre sul letto matrimoniale, nella camera che un tempo era stata sua e di Michela. In sottofondo, dalle finestre socchiuse proviene il tenue rumore della risacca. Da troppo non ci aveva dormito, passando le notti in una piccola stanza nella torretta, proprio sotto lo studio, lontano da quel letto a due piazze che portava con sé troppi ricordi.

India e Roberto ci avevano messo molto ad addormentarsi. Lui ancora eccitato dal volo di ritorno in elicottero, lei turbata dalle emozioni di quei giorni di un'estate arrivata in anticipo.

Dopo che erano atterrati sul promontorio, mentre India e Roberto si allontanavano diretti verso casa, Massimo aveva preso il gommone e puntato la prua verso il mare aperto. Era stata una lunga ricerca, la stanchezza e il buio complicavano le cose. Aveva girato tre o quattro volte intorno alla *Fenice*, ma alla fine l'aveva trovato.

C'è un argano...

Nella mente erano risuonate le parole che Paulo aveva pronunciato una mattina di molti mesi prima.

Quindi aveva ormeggiato l'imbarcazione al poliedro galleggiante ed era scivolato sulla sommità della grande gabbia, puntellandosi a uno dei tubi neri della struttura. Due brusche scosse stavano per farlo cadere in acqua. Sotto la superficie dell'acqua aveva intravisto le sagome dei tonni: sembravano incontenibili. La somministrazione ormonale li agitava ancor di più.

La luna si era alzata oltre la sagoma del promontorio. Era un disco giallo che proiettava un cono di luce sulla superficie del mare.

Dopo aver impugnato le manopole dell'argano, aveva esitato. Sarebbero bastati pochi giri delle pulegge per mettere fine al progetto che aveva perseguito con un'ostinazione angosciante. Eppure alla prima rotazione degli ingranaggi si era sentito bene, come se non stesse sollevando solo una componente mobile della gabbia, bensì le ossessioni che lo imprigionavano.

Quando aveva completato l'operazione, era rimasto ad aspettare. All'inizio non era accaduto a nulla, e più di una volta si era dovuto tenere stretto alla rete. Era come se i tonni non trovassero la via d'uscita. E lui aveva ripensato a quella sindrome di cui aveva letto, che colpiva gli uomini a lungo reclusi. I muri smettevano di circondare i corpi e imprigionavano le menti al punto che non si voleva più uscire dal regime di costrizione. Era la pervasività del condizionamento. E così era accaduto anche a lui, in tutti quegli anni. Era passato da una prigione all'altra. Da un'ossessione all'altra.

Il guizzo di una sagoma argentata quasi a pelo d'acqua l'aveva strappato a quei pensieri. Poi aveva notato un altro guizzo. E un altro ancora.

Li aveva liberati.

Si era liberato da se stesso.

Roberto si gira nel letto. Massimo chiude gli occhi e prova a svuotare la mente, ma le immagini del branco che abbandonava la gabbia si mischiano ai ricordi della notte con Derek e alla rivelazione che India gli aveva fatto poche ore prima.

Mentre provava a controllare la realtà, il mondo gli sfuggiva continuamente tra le dita. Un insieme di possibilità che nessuno poteva prevedere.

La vita proseguiva. La natura resisteva tenace. Un altro mondo era ancora possibile.

Scuote la testa. Si tira su lentamente, attento a non svegliare i figli, si sofferma per un attimo sull'anello al dito di sua figlia. Attraversa la stanza, percorre gli ambienti della casa avvolta nel silenzio ed esce sul patio.

La notte è l'aria fresca impregnata dai profumi di resina e salsedine, il ritmico sciabordio del mare sugli scogli, la luna ormai alta che rischiara la superficie del mare. Si gode quella magia sentendosi leggero, finalmente libero. Senza un fine da perseguire. Senza un piano da realizzare.

Sull'acqua i riflessi dei raggi lunari formano un cerchio guizzante. Si passa una mano sul viso, socchiude gli occhi. Gli sembra che le cose intorno a lui girino all'unisono. Una successione di dettagli che si incastrano in un'unica concatenazione eterna, senza fine. L'anello al dito di India. L'elica del gommone che poco prima roteava nel mare. L'otto rovesciato che simboleggia l'infinito. La doppia spirale del codice genetico, radice della vita.

Rimane ad ascoltare l'accordo di quella melodia che supera lo spazio e il tempo, fino a quando la vibrazione del cellulare non lo riporta alla realtà, dissolvendo l'immagine di una sincronia perfetta.

Lentamente estrae il telefono dalla tasca dei jeans e scorre il messaggio.

Ora, davanti al mare screziato di bianco, tutto gli appare finalmente semplice.

Posso provare a essere di nuovo felice, pensa mentre rivede la mano di Cheryl giocare con un ricciolo.

Guarda ancora il display.

Le avrebbe risposto alle prime luci dell'alba.

Sospira. Rilegge le parole.

"Are you back?"

I riverberi luccicano sulla distesa d'acqua. Alta nel cielo terso, la luna piena spezza il nero del mare, allungandosi dall'orizzonte alla costa. Il profilo dell'isola si distingue nel chiarore soffuso, mentre verso l'entroterra il promontorio rende più scura la notte. Sembra tutto sospeso, svuotato dalla presenza dell'uomo. Come se niente potesse mai modificare quello scenario immoto, avvolto nel silenzio.

E invece qualcosa accade.

All'improvviso un punto nella massa d'acqua si accende di un bianco scintillante. Una lucentezza di madreperla s'irradia dal basso, dalla profondità del mare.

Sagome allungate e sinuose guizzano nuotando in cerchio. Si sfregano le une contro le altre. Squame e branchie. Musi, code e pinne. Nuotano sempre più veloci e l'acqua comincia a tingersi di bianco.

Emanano una fluorescenza d'alabastro come scie d'argento fuso.

Le sagome formano un anello, confondendosi nel turbinio di una spirale. Compongono un unico, grande organismo che genera la vita.

È danza senza musica.

Ritmo muto.

È soltanto la natura.

Ringraziamenti

Grazie a Paolo Basilico perché quindici anni fa ha avuto il coraggio di fondare Kairos con un ragazzino neppure trentenne in scarpe da ginnastica e un cappelletto della Roma calcato in testa.

Ne sono passati dieci da quando ho cominciato a fissare su carta le prime idee di questo romanzo. Dieci anni di nuvole e sole durante i quali ho trovato tanti compagni di viaggio.

Grazie a Walter Siti che mi ha incoraggiato a scrivere questo libro, ma soprattutto perché nell'ultimo anno è stato come un dottore. Le mie domande cominciavano sempre così: «Walter, è normale che io mi senta...». E lui paziente a spiegarmi.

Grazie a Michele Rossi che per primo ha creduto e investito energie nel progetto; a Stefano Izzo e a Gemma Trevisani per avermi sostenuto nel realizzarlo; a Tommaso De Lorenzis per la pazienza, la dedizione e il talento con cui mi ha aiutato nella stesura.

A Rocco Bove e Piergiorgio Stipa per le loro conoscenze rispettivamente dei bond e del mare.

Ringrazio tutti coloro che hanno sempre saputo che la mia vita non è un luna park. Diana Costantini che mi ha sorretto quando pensavo di cadere, e Guido Roberto Vitale che mi ha spiegato cosa vuol dire essere liberi. Il mio papà che mi ha trasmesso l'amore per i libri e la mia mamma che mi ha insegnato a coglierne i messaggi.

Ma soprattutto un grazie speciale a Caterina che mi ha fatto ricominciare a correre, a Robi, a Costy, a Guido Alberto dai quali ogni giorno imparo qualcosa di nuovo.

Per il verso a p. 189: *Khorakhanè*, in *Anime Salve*, di Fabrizio De André e Ivano Fossati.

L'editore si dichiara pienamente disponibile ad adempiere ai propri doveri per le citazioni di cui, nonostante le ricerche eseguite, non è stato possibile rintracciare l'avente diritto.

Indice

PARTE PRIMA. LA TERRA — 11

1. Match point — 13
2. La felicità è un'idea semplice — 20
3. Home sweet home — 39
4. The trading floor — 59
5. "I rigori si battono forte" — 78
6. Il falò delle vanità — 94
7. Double up — 119

PARTE SECONDA. IL CIELO — 135

8. Don't play with Washington's guys — 137
9. No time no space — 148
10. Stop loss — 169
11. All done — 182
12. L'odore del sangue — 197
13. Il lungo addio — 217
14. Show down — 229

PARTE TERZA. IL MARE   245

15. Another time, another place   247
16. Fare e disfare   265
17. Padre e figlio   275
18. Cavie   289

PARTE QUARTA. IL FUOCO   301

19. Detto e non detto   303
20. Riesci a volare?   322
21. Double whammy   345

No man is an island   388

Ringraziamenti   401

Finito di stampare nel dicembre 2014 presso
Grafica Veneta - via Malcanton, 2 - Trebaseleghe (PD)
Printed in Italy

RCS Libri

ISBN 978-88-17-07934-1